We Never Called It Love
Kim Valentine

KIM VALENTINE

WE NEVER CALLED IT LOVE

Written Dreams

Kim Valentine

We Never Called It Love

Herzogweg 21

31275 Lehrte

kontakt@writtendreams-verlag.de

Satz: Coverstube, Emilia Cole

Bestellung und Vertrieb:

Nova MD GmbH, Vachendorf

Druck und Bindung: Sowa Sp. z o.o. ul. Raszynska 13 05-500 Piaseczno, Polska

ISBN ebook: 978-3-96204-119-9

ISBN print: 978-3-96443-812-6

„Nothing lasts forever, and nothing ever ends."

M. Pierce - "Night Owl"

KAPITEL 1

Meine Beine lagen auf der Rückenlehne des Sessels. Die Federn, die sich normalerweise in Po und Oberschenkel pressten, bohrten sich mir nun in den Rücken und meine blonden Haare ergossen sich wie ein erstarrter Wasserfall über den grauen Teppichboden meines Kinderzimmers.

Ich hatte keine Ahnung, wie lange ich schon so da lag. Jedenfalls war es lange genug, damit mir das Blut in den Kopf stieg, wo es kontinuierlich stärker hinter meinen Schläfen pochte. Doch ich war noch nicht bereit, die unbequeme Pose aufzugeben, in die mich die Langeweile gezwungen hatte, und ließ den Blick im Zimmer umherwandern. Viele Erinnerungen steckten hier, sodass ich nahezu zu jedem Gegenstand eine Geschichte zu erzählen wusste.

Da war mein Bett, an dem Mom jeden Abend gesessen hatte, um mir vor dem Schlafengehen etwas vorzulesen. Gegenüber stand mein Kleiderschrank, dessen Front die Idole meiner verschiedenen Entwicklungsphasen zeigte. Mickey Mouse und Winnie Pooh waren bald von der Disney-Prinzessin Cinderella abgelöst worden, welche wiederum Harry Styles hatte weichen müssen. Harry hatte eine Weile meine uneingeschränkte Verehrung genießen dürfen, inzwischen leisteten ihm Shawn Mendes und Jacob Whitesides Gesellschaft. Verborgen hinter den Türen des Schrankes hing noch immer das Kleid, das ich exakt zweimal angehabt hatte. Entgegen dieser Tatsache klebten daran mehr Erinnerungen als an den abgewetzten Jeansshorts, die ich trug. Es war türkisfarben, mit unzähligen Strasssteinen und Pailletten bestickt, sodass es Lichtpunkte auf alles warf, was sich in der Nähe befand, sobald ein Sonnenstrahl darauf fiel. Es war wie eine Diskokugel. Funkelnd und wunderschön. Trotz seiner Schönheit brachte ich es seit Jahren nicht übers Herz, es anzusehen.

Allein der Gedanke an dieses Kleid trieb mir die Tränen in die Augen. Wie sollte ich es dann ansehen können? Rasch blickte ich zu der Lampe mit dem hellblauen Schirm auf dem Nachttisch. Ihr Licht hatte mich in so vielen Nächten vor den Monstern gerettet, die sich in den Schatten versteckten.

Jetzt wohnte das Monster in einem Anbau unseres Hauses.

Nach Moms Tod vor drei Jahren hatte Dad jemanden gebraucht, der sich um meine kleine Schwester Mae und mich kümmerte. Das Ergebnis: Cruella passte auf uns auf, wenn mein Dad arbeiten war und das war er irgendwie immer. Er wähnte uns in guten Händen. Ich hingegen war mir sicher, dass selbst der Satan persönlich einen besseren Aufpasser abgeben würde. Cruella war meine Granny, aber meine beste Freundin Nell und ich verpassten ihr den Spitznamen des weiblichen Bösewichts aus dem Disney-Film ‚101 Dalmatiner'. Die Gemeinsamkeiten der beiden waren verblüffend. Aussehen, der hochmütige Blick, ein Herz aus Eis oder möglicherweise auch gar keines. Nell war überzeugt, dass in Grandmas Anbau, den ich noch nie hatte betreten dürfen, wirklich ein Mantel aus dem Fell hunderter Hundewelpen existierte. Wenn ich ehrlich war, würde ich nicht die Hand dafür ins Feuer legen, dass sie im Unrecht war.

Inzwischen fühlte sich mein Kopf an wie ein Luftballon, den man zu fest aufgepustet hatte. Ehe mir die Augen herausfielen, ließ ich die Beine zur Seite kippen und zog mich an den Armlehnen des Sessels nach oben, bis ich in einer normalen, sitzenden Position war.

Sofort breiteten sich Sterne hinter meinen Lidern aus und das Zimmer begann, sich zu drehen. Schnell schloss ich die Augen wieder und zusammen mit dem Druck verschwanden die Sterne. Ich gönnte mir einige Sekunden, ehe ich einen zweiten Versuch wagte. Dieses Mal blieb die Lichtshow aus und mein Blick fiel auf die Flasche Mineralwasser, die sich neben meinem Bett befand. Meine Kehle war so trocken, dass mir ein Schluck Wasser wie das Paradies erschien.

Hastig stand ich auf, doch ich hatte meine Kreislaufstabilität unterschätzt. Die Sterne kehrten in Lichtgeschwindigkeit zurück und verwandelten alles um mich herum in ein Karussell. Meine Knie knickten ein und das Zimmer hörte erst auf um, mich zu kreisen, als ich bäuchlings auf dem Teppichboden lag. Dem Himmel sei Dank für Reflexe, denn so waren es meine Handballen, die anstelle meines Gesichts über das raue Material des Teppichs schabten. Stöhnend ballte ich die Fäuste, woraufhin ein brennender Schmerz von den Handflächen ausgehend über meine Nervenbahnen jagte. Gestürzt, weil ich zu tollpatschig gewesen war, aus einem Sessel aufzustehen. Wie demütigend. Gut, dass mich niemand gesehen hatte. Ich blieb mit geschlossenen Augen liegen und seufzte langsam und tief.

Ich hatte gewusst, dass es nicht einfach sein würde, vier Wochen der Sommerferien ohne meine beste Freundin zu überstehen. Jedoch hatte ich nicht geahnt, dass es so ätzend werden würde. Nell fuhr zwar jedes Jahr zu ihrer Granny, aber sie war nie zuvor so lange weg gewesen.

Dabei war heute erst der fünfte Tag. Dreiundzwanzig lagen noch vor mir. Mir war vollkommen bewusst, dass ich mich momentan in Selbstmitleid suhlte, doch es war keine Menschenseele da, um mich daran zu hindern. Also ignorierte ich meine trockene Kehle und genoss das Bad im Stimmungstief. Ich hörte Atemgeräusche, das Klopfen meines Herzens und das Ticken des Weckers. Ansonsten war es still um mich herum. Dad war wie so oft nicht zuhause und Grandma brachte Mae zu irgendeiner Verschönerungsmaßnahme, die bei meiner perfekten Schwester total unnötig war.

Und Mom war tot.

Als sie gelebt hatte, war es in diesem Haus niemals so ruhig gewesen. Nun wirkte es jedoch, als hätte Grandmas Ankunft sämtliches Leben aus unserem sonst so fröhlichen Heim vertrieben. Ich stellte mir vor, wie das Leben seine sieben Sachen gepackt hatte und wäre am liebsten hinterhergerannt, um danach zu suchen. Es musste schließlich mehr geben als Trauer, Verachtung und unerwiderte Liebe.

Ich seufzte. Bleierne Schwermut drohte, mich bis zum Ende der Sommerferien an den Teppich zu ketten, weil die Idee, hier liegenzubleiben, plötzlich sehr verlockend erschien. Meine anderen beiden Freundinnen Hope und Arlene befanden sich ebenfalls im Urlaub, sodass mich sobald niemand vermissen würde. Bei Harry Styles‘ Lockenpracht … war ich etwa depressiv?!

Erschrocken von meinen eigenen Gedanken, riss ich die Lider auf. Dabei traf mein Blick auf einen Gegenstand. Ich blinzelte, denn ich dachte zuerst, dass mir mein Gehirn einen Streich spielte. Aber als der Gegenstand auch Sekunden später nicht verschwunden war, begann mein Herz, schneller zu schlagen. Ich hatte es schon einhundert Mal erfolglos gesucht und nun fiel es mir, beziehungsweise ich ihm, einfach so vor die Nase? Da ich sowieso bereits lag, robbte ich nach vorn, schenkte dem Staub, der in den Teppichfasern unter dem Bett hing, keinerlei Beachtung und griff nach dem Buch. Es musste hinter dem Kopfteil hinabgerutscht sein und die Fußbodenleiste hatte verhindert, dass es auf dem Boden aufgekommen war. Kein Wunder, dass ich es nie gefunden hatte. Ungeschickt krabbelte ich rückwärts unter dem Bett hervor. Erst als ich mir sicher war, dass ich mir den Kopf nicht mehr anschlagen konnte, setzte ich mich auf.

Ich zitterte, als ich über den Einband strich. Himmel, wie oft hatte ich nach diesem Buch gesucht! Ich hatte sogar gebetet, dass ich es wiederfinden würde, obwohl ich nach Moms Tod den Glauben an Gott verloren hatte. Meine Kehle schnürte sich zu, als ich durch die Seiten blätterte, auf denen ich die Schrift meines neunjährigen Ichs erkannte.

Liebes Tagebuch,

heute hat Caroline Hawk wieder mit einem Pokal angegeben, den sie bei einer Misswahl am Wochenende gewonnen hat. Ich hätte auch gerne mal einen Pokal, aber beim Buchstabierwettbewerb gab es dieses Jahr nur Schleifen. Eine Schleife ist niemals so schön wie ein glänzender Pokal und ein Buchstabierwettbewerb kann nie so toll sein wie eine Misswahl. Alle bewunderten Caroline und sie war den ganzen Tag der Star der Schule. Als ob sie das nicht ohnehin ständig wäre. Nate und Nell rollten nur genervt mit den Augen. Ich machte das auch, weil mir Carolines Gerede auf den Keks ging! Jetzt fühle ich mich irgendwie komisch. Nate und Nell sind meine besten Freunde, doch ich brachte es nicht übers Herz, ihnen zu verraten, wie gern ich zu einer Misswahl statt zu einem Buchstabierwettbewerb gehen würde. Vielleicht sollte ich es Mom sagen. Sie versteht meine Wünsche. Mom versteht mich.

Mein Körper war offenbar nicht in der Lage, zu entscheiden, ob er lachen oder weinen wollte, nachdem ich diese Zeilen gelesen hatte. So kam es, dass mir die Tränen in die Augen stiegen, während mein Mund sich im Gegensatz dazu zu einem Lächeln verzog. Zweifellos war mein Gesicht eine hässliche Grimasse, aber es war ohnehin niemand hier, der mich sah.

Die kurze Reise in die Vergangenheit bohrte sich wie ein glühendes Schwert in mein Herz und machte mir deutlich bewusst, was ich verloren hatte. Ich hatte etwas verloren, das ich nie wieder finden konnte, selbst wenn ich den Rest meines Lebens in jedem Winkel des Universums danach suchte.

Meine Mutter.

Meine Mutter, die natürlich zugestimmt hatte, als ich ihr erzählte, wie gern ich an einer Misswahl teilnehmen würde. Sie ermutigte mich, schmiedete mit mir Pläne, war sofort Feuer und Flamme. Schließlich waren ich und Mae für sie die schönsten Kinder der Welt.

Das funkelnde Ballkleid, das in meinem Schrank hing, war das Mahnmal, das Mom mit ihrer Meinung allein gewesen war. Zumindest, was mich betraf. Ich belegte den letzten Platz und die wenigen Punkte, die die Richter mir gaben, erhielt ich bestimmt nur, weil sie Mitleid hatten. Mit mir, dem Kind mit dem braunen und dem blauen Auge.

Ich presste das Buch an meine Brust, das wertvolle Kindheitserinnerungen in sich trug, schloss die Lider und wünschte mich in die Zeit zurück, als wir noch eine Familie gewesen waren.

Zurück in die Zeit, als es nur Mom, Dad, Mae und mich gab.

Zurück in die Zeit, bevor sich der Krebs zwischen uns drängte, uns jegliche Energie und Euphorie raubte und die Metastasen sämtliche Hoffnung auf ein Wunder vernichteten.

Wie immer kamen die Tränen prompt. Sie liefen mir heiß über die Wangen und ich hieß sie willkommen. Der brennende Schmerz in meiner Seele wirkte wie ein reinigendes Feuer. Als die Tränenflut versiegte, fühlte ich mich schlapp, aber auch besser. Ich putzte mir die Nase, holte tief Luft und blätterte zum nächsten Eintrag.

Liebes Tagebuch,

ich bin so nervös! Meine erste Misswahl! Auf dem Weg hierher bewunderte ich nonstop mein Kleid! Es ist so wunderschön! Grandma hat behauptet, dass wir mit dem ‚Fummel' keine

Chance gegen die Konkurrenz haben werden. Sie ist eine alte Hexe. Ich freue mich darauf, es endlich anziehen zu dürfen. Es ist das schönste Kleid, das es in Hayswood und Umgebung zu kaufen gab! Mom gibt es nicht zu, doch für sie ist die Reise furchtbar anstrengend. Das liegt an Mae, die mal wieder Zähne bekommt. Wir teilen uns zu viert ein Hotelzimmer und ich höre sie im Schlaf wimmern.

In den letzten Tagen konnte ich nicht gut schlafen. Aber das hat nichts mit irgendwelchen Zähnen zu tun. Ich bin einfach nur schrecklich aufgeregt! Schließlich ist morgen mein großer Tag.

Die Erinnerung erfasste mich wie eine Tsunami-Welle. Obwohl Mae manche Nächte nur geschrien hatte, sahen Mom und Dad meine Schwester ebenso liebevoll an wie mich. Auch ich hatte Mae auf den ersten Blick ins Herz geschlossen. Doch mit jedem Tag wuchs meine Neugier, ob sie ebenfalls zwei verschiedenfarbige Augen bekommen würde. Irgendwie wünschte ich mir, dass es so sein würde, denn dann wäre ich nicht mehr die Einzige, die andere Leute komisch ansahen. Es kam nämlich äußerst selten vor, dass jemand den Mut aufbrachte, sich danach zu erkundigen.

Heterochromie.

Es war ganz leicht und nicht einmal ansteckend!

Mom tröstete mich und sagte immer, dass Gott keine Entscheidung hatte treffen können, ob er mir blaue oder braune Augen geben sollte. Deswegen hatte er mir von jeder Farbe eines gegeben.

Ich erinnerte mich daran, dass ich darauf antwortete, dass Gott mich hätte fragen können, woraufhin meine Mom gelacht hatte. Damals verstand ich ihn nicht und nun tat ich es erst recht nicht. Dazu lief in meinem Leben im Augenblick zu viel schief. Wieso nahm er zwei Mädchen die Mutter? Aus welchem Grund hasste mich Grandma so sehr? Warum arbeitete Dad mehr als tausend Meilen entfernt? Weshalb gab es auf der Welt Menschen, die so böse waren, dass mein Vater Angst um uns hatte, weil er dabei half, sie hinter Gitter zu bringen? Wieso musste meine beste Freundin am anderen Ende des Landes sein, wo sie keinen Zugang zu WiFi hatte?

Beim Gedanken an Nell dachte ich automatisch an Nate. Allein seinen Namen zu denken, sorgte dafür, dass mein Herz flatterte.

Er war Nells älterer Bruder. Früher spielten wir zusammen, doch im Sommer vor zwei Jahren hörte er plötzlich auf, uns zum See zu begleiten oder mit zu ‚Griffins' zu fahren, wo wir unser gesamtes Taschengeld für Süßigkeiten ausgaben. Irgendwann hing er auch nicht mehr mit uns vor dem Fernseher ab, wie es sonst an Regentagen üblich gewesen war. Bald sah ich ihn nur noch, wenn Mrs. Newman mich bat, zum Essen zu bleiben.

Es gab kaum Regeln bei den Newmans, aber gemeinsam zu Abend zu essen war eine davon. Ich liebte es, mit Nells Familie am Tisch zu sitzen und das nicht nur, weil ich meinem Schwarm dann nahe sein konnte. Mrs. Newman war eine der besten Köchinnen, die ich kannte. Nate über einer Schüssel dampfender Kürbissuppe betrachten zu können, war nur das Tüpfelchen auf dem I.

Die Zimmertür öffnete sich. Erschrocken fuhr ich herum und blickte in Maes perfektes Puppengesicht. Ihre großen blauen Augen musterten mich neugierig und erneut fiel mir auf, wie symmetrisch ihr Gesicht war. Umrahmt wurde diese Perfektion von blonden Korkenzieherlocken, die heute zu zwei Zöpfen zusammengebunden waren, welche links und rechts über ihren Ohren auf und ab wippten.

„Grandma sagt, du sollst zum Essen runterkommen. Es ist gleich sechs Uhr", informierte mich Mae.

Es war kaum zu fassen, aber selbst ihre Stimme war niedlich.

„Schon kurz vor sechs?", wiederholte ich überrascht. Wenn ich etwas in den Magen bekommen wollte, musste ich mich wirklich beeilen, denn nach sechs Uhr gab es bei uns nichts mehr zu futtern. Nicht einmal eine Stange Sellerie durfte man dann noch knabbern.

Mae nickte. „Es gibt Quinoa-Salat mit roter Beete."

Ich verzog das Gesicht. Urghs.

„Wo seid ihr gewesen?", fragte ich meine kleine Schwester, die mein Zimmer bereits fast verlassen hatte.

„Bei der Pediküre und im Tan-Studio. Ich habe ein Ganzkörper-Tanning bekommen."

Ganz die professionelle Little-Miss-Schönheitskönigin des Staates Kansas, wo wir lebten, warf sie sich in einer perfekt einstudierten Geste einen ihrer Lockenzöpfe über die Schulter. Ich seufzte. Einmal hatte ich auch versucht, das zu tun, weil ich Nate beeindrucken wollte. Leider war mein Versuch damit geendet, dass ich mich mit dem Ring, den ich am Mittelfinger trug, in meinem Ohrstecker verfangen hatte. Der Schmerzlaut, der mir dabei entwichen war, jagte Nate jegliche Farbe aus dem Gesicht. Er hatte kehrtgemacht, laut nach Nell gerufen und mich mit meinem Elend allein gelassen. Traurig, dass selbst meine kleine Schwester das besser beherrschte als ich.

„Sieht man gar nicht", merkte ich tonlos an, nachdem ich sie kurz gemustert hatte. Das war die Wahrheit! Ich konnte tatsächlich keinen Unterschied zu vorher erkennen.

„Das Tanning schlägt erst in ein paar Tagen an. Deshalb soll ich nun viel Karottensaft trinken", erklärte Mae. „Am Wochenende, zur Little Miss Sunshine Wahl, werde ich den perfekten Teint haben, wenn ich mich an die Vorgaben halte. Brittany Hawk wird kein zweites Mal bei den Bademoden mehr Punkte bekommen als ich!"

Brittany war die jüngere Schwester von Caroline Hawk, dem Mädchen, auf das ich früher wegen der Misswahlen so neidisch gewesen war. Mae und sie waren Erzfeindinnen. Bisher hatte Mae immer die Nase vorn behalten und Brittany auf die hinteren Plätze verwiesen. Zweifellos würde Grandma dafür sorgen, dass dies so blieb. Schließlich investierte sie einen ordentlichen Teil des Geldes, das sie mit einer Boutiquen-Kette und geschickten Aktiengeschäften verdient hatte, in Maes Schönheit. Es begann bei den besten Haarpflegeprodukten, ging über Maniküre und Gesichtsbehandlungen bis hin zu den aufwändigen, maßgeschneiderten Outfits, von denen Mae nie eines zweimal trug. Meine Schwester hatte sogar schon einen Personal-Trainer und einen Catwalk-Coach.

Obwohl ich mit den Misswahlen nichts zu tun hatte, außer gegen meinen Willen den Wettbewerben beiwohnen zu müssen, bis ich sechzehn Jahre alt war, war Caroline nicht gut auf mich zu sprechen. Ich konnte es ihr kaum übelnehmen. Familien sollten zusammenhalten und Caroline hielt eben zu ihrer.

„Lass Grandma nicht zu lange warten", tadelte mich Mae, nachdem ich nicht auf ihre Fehde mit Brittany einging.

Anschließend zog sie eine hochmütige Grimasse, die sie unserer Großmutter erschreckend ähnlich machte, und trippelte aus dem Zimmer. Wenn sie nur wüsste, dass sie all diese Zuwendungen mit ihrer Seele erkaufte, hätte sie möglicherweise weitaus weniger Spaß daran. Gäbe es das Geburtsvideo nicht, in das ich unbeabsichtigt mal hineingesehen hatte, würde ich vermutlich bis heute abstreiten, dass wir wirklich Geschwister waren.

Seufzend rappelte ich mich auf und versteckte den wiederentdeckten Schatz in Form des Tagebuchs unter meinem Kopfkissen. Obwohl ich nicht besonders erpicht darauf war, Grandma über den Weg zu laufen, musste ich in die Küche, falls ich noch etwas zu essen wollte. Die Cheerios in meinem Regal gingen langsam zur Neige und da Cruella vor regelmäßigen Zimmerkontrollen nicht zurückschreckte, war es ohnehin schwer genug gewesen, ein Versteck für sie zu finden. Nell hatte die Idee gehabt, die Notfallnahrung in einem

Karton zu verbergen, auf dem wir vorgaben, dass er Selbstgebasteltes aus der Vorschule enthielt. Grandma scherte sich nicht um ‚sentimentalen Kram'. Für sie zählten nur Fakten. Selbstverständlich bevorzugt Erfolge.

So gut es möglich war, wappnete ich mich für die unumgängliche Begegnung. Ich strich mein Shirt glatt und kämmte mir die Haare, die ich anschließend wieder zu einem hohen Pferdeschwanz zusammenfasste. Mir war klar, dass alle Bemühungen umsonst waren, denn Grandma würde so oder so etwas entdecken, an dem sie herummeckern konnte. Mit einem Seufzen verließ ich das Zimmer und ging nach unten, um mich ihr zu stellen.

„Wo hast du nur dieses Shirt ausgegraben? Etwa in der Altkleidersammlung?", ätzte sie fünf Minuten später, während ich lustlos in dem Quinoa-Salat herumstocherte.

Ich war ihre Seitenhiebe gewohnt, doch diese Anmerkung traf mich dennoch.

„Das ist von Mom", antwortete ich, ohne aufzusehen und schob mir eine Gabel des Salats in den Mund. Wenn er schon nicht schmeckte, so lieferte er mir zumindest einen Grund, nicht mit ihr sprechen zu müssen.

„Du solltest dich langsam mal von dem alten Zeug trennen", stichelte Cruella nach einer Weile weiter.

Ich schloss die Lider, um zu verbergen, dass ich genervt mit den Augen rollte. „‚*Das alte Zeug*' gehörte deiner verstorbenen Tochter, Grandma", entgegnete ich und sah ihr dabei fest in die Augen. Ich konnte förmlich zusehen, wie die Temperatur zwischen uns abkühlte. In Physik hatten wir gelernt, dass der absolute Nullpunkt bei -459,67 Fahrenheit lag. Der Blick, mit dem mich Grandma jedoch bedachte, stellte im Moment vermutlich eine neue Bestmarke auf. Es würde ihr bestimmt gefallen, der Auslöser dafür zu sein, dass Millionen Bücher umgeschrieben werden mussten.

„Es ist also mindestens drei Jahre alt“, sprach sie beherrscht und überdeutlich aus.

„Es ist rosafarben und hat winzige Kirschen aufgedruckt“, erwiderte ich, ohne mich aus der Ruhe bringen zu lassen. „Kirschen und Rosa können unmöglich out sein.“

„Ms. Taylor sagt, dass diese Saison niemand auf die Farbe Taupe verzichten kann. Und die war im Sommer in Frankreich“, fiel mir Mae in den Rücken.

Auf Grandmas vom Botox gelähmten Gesichtszügen tauchte so etwas wie ein Lächeln auf. „Siehst du, Eden. Selbst deine jüngere Schwester verfügt über mehr Modegeschmack als du“, hielt sie mir vor.

Ich sah wieder auf den Salat, denn ich wusste, wann weitere Argumente sinnlos waren.

Cruella gönnte sich den Augenblick der Genugtuung, ehe sie meinte: „Ach, Eden, Mae muss am Freitag um fünf in Dodge City sein, wenn sie am Laufstegtraining teilnehmen möchte.“

Ich ahnte, was sie mir damit sagen wollte. Nämlich, dass wir früher losmussten. Das wiederum bedeutete, dass ich mehr Zeit mit den beiden verbringen musste, als ursprünglich geplant. Besonders Grandma stellte eine echte Herausforderung für meinen Geduldsfaden dar.

„In ein paar Wochen werde ich sechzehn“, erinnerte ich sie. „Ich könnte zuhause bleiben.“

Ein abschätziges Geräusch war ihre Antwort.

„Das würde dir wohl so passen“, tadelte sie mich, als hätte ich ihr soeben eröffnet, dass ich plante, allein mit dem Rucksack durch die Welt zu trampen, um als Leihmutter zu arbeiten. „Du kommst mit und basta.“

Obwohl ich wusste, dass Cruella keinen Widerspruch duldete, sagte ich: „Denkst du, die paar Wochen machen einen Unterschied? Ich kann gut auf mich selbst aufpassen und verspreche hoch und heilig, dass ich hier keine Party steigen lasse.“

Grandmas Augenbraue hob sich um einen Millimeter. Alles Weitere verhinderte das Botox. „Eden", begann sie und ließ meinem Namen ein genervtes Schnauben folgen. „Wie oft wollen wir diese leidige Diskussion führen? Soll ich es dir aufschreiben?", stichelte sie und bedachte mich mit einem noch hochmütigeren Blick als dem, der ohnehin bereits fest zu ihrer Mimik gehörte. Beinahe hätte ich ihr Schnauben erwidert. Glaubte sie wirklich, mir wäre unsere Vereinbarung entfallen?

Ich hatte, mit Schützenhilfe meines Dads durchgeboxt, dass ich Mae nicht mehr auf die Misswahlen begleiten musste, sobald ich sechzehn Jahre alt war. Mein Geburtstag war in zehn Wochen, doch je näher ich dem Ziel rückte, umso langsamer schienen die Tage zu vergehen.

Ich seufzte. „Nein, ich dachte nur …"

„Hör auf zu denken, wenn nur Unsinn dabei herauskommt", fiel Grandma mir ins Wort.

Zorn brodelte in mir hoch. Ich schrieb nur gute Noten und gehörte in vielen Kursen zu den Besten, obwohl ich bereits eine Klasse übersprungen hatte! Aber bei meiner Großmutter hatte das Äußere einen unmittelbaren Einfluss auf die Intelligenz und jemand mit zwei verschiedenen Augenfarben konnte ihrer Meinung nach kein schlauer Mensch sein. Ich wusste, dass es sinnlos war, ihr weitere Argumente meiner Verlässlichkeit aufzuzählen. Getreu dem Sprichwort ‚Der Klügere gibt nach' ließ ich die angehaltene Luft aus meiner Lunge entweichen, ohne sie für all die Gegenargumente zu nutzen, die mir im Kopf herumschwirrten, und nickte widerwillig.

Ein Lieferwagen, der in unserer Auffahrt hielt, zog Cruellas Aufmerksamkeit auf sich, womit ich ihrem Laserblick entkam. Sie murmelte etwas von Pünktlichkeit, ehe sie den Rock glattstrich und aus dem Haus eilte.

Ich stand auf, kratzte die letzten Reste des Quinoa-Salats in den Müll und stellte den Teller in die Spülmaschine, wie

Grandma es erwartete. Als ich zurück auf mein Zimmer ging, hörte ich Mae aufsagen, welche Konkurrentinnen sich für das Wochenende angemeldet hatten und wie man sie ausstechen konnte. Ich schüttelte nur den Kopf über so viel Berechnung. Mom würde sich höchstwahrscheinlich im Grab umdrehen!

Grandma hatte während ihrer Geschäftskarriere gute Kontakte knüpfen können. Einige davon saßen oftmals in den Jurys der Misswahlen, weshalb es kaum verwunderlich war, warum Mae andauernd gewann. Niemand wollte sich mit Cruella anlegen.

Eine leise Stimme verriet mir jedoch, dass Mae auch ohne diesen Vorteil gewinnen würde. Sie war einfach bezaubernd! Spätestens mit ihrer herzerweichenden Version von ‚Auld Lang Syne' steckte sie die anderen Teilnehmerinnen in die Tasche.

Hätte meine Grandma mir nicht ständig die Perfektion – die ich nie erreichen würde – unter die Nase gerieben, hätte ich Mae vermutlich ein bisschen mehr gemocht.

KAPITEL 2

Liebes Tagebuch,

die Misswahl war schrecklich! Die anderen Mädchen waren total fies zu mir und ich habe alles gehört, als sie über mich lästerten. Hätten sie etwas über meine Augen gesagt, wäre ich damit klargekommen, aber sie sprachen schlecht über mein Kleid! Dabei ist es so schön und unter den vielen Scheinwerfern, mit denen die Bühne beleuchtet wurde, hat es gefunkelt wie ein Sternenhimmel! Eine Teilnehmerin hat sogar behauptet, ich sähe darin fett aus! Mommy sagte, das sei Blödsinn. Aber aufhören zu weinen konnte ich nicht. Sie kannten mich gar nicht und waren gemein zu mir.

Am schlimmsten ist, dass auch Caroline Hawk da war. Sie hat zwar nicht gewonnen, doch als Dritte hat sie trotzdem einen Pokal bekommen, den ich gern gehabt hätte. Ich gehe nie wieder auf eine Misswahl! Nie wieder!

Nie wieder, hatte ich mir geschworen, aber es dauerte lediglich fünf Jahre, bis ich erneut bei einer Misswahl gewesen war. Als große Schwester, die brav im Publikum steht und der Jüngeren zujubelt. Kaum zu glauben, dass das bereits zwei Jahre her war, als Mae kurz nach ihrem sechsten Geburtstag über den Laufsteg gegangen war!

Nun saß ich im Umkleidebereich in der Town Hall von Dodge City. Die Luft war stickig. Geschwängert von Haarspray und den hohen Erwartungen der Eltern, die auf ihre kleinen Schönheitsköniginnen in spe einredeten. Es gab letzte Tipps,

Erinnerungen, die Hand in die Taille anstatt die Hüften zu stemmen und ganz wichtig: niemals das Lächeln zu vergessen.

Ich hatte mich mit meinem Tagebuch hinter einer mit Show-Kostümen voll bepackten Kleiderstange verkrochen, wo ich auf dem Boden saß und versuchte, mit bloßer Willenskraft die Uhr vorzudrehen.

Ich konnte nur schwer glauben, dass ich mich im zarten Alter von neun Jahren freiwillig für so etwas gemeldet hatte. Kopfschüttelnd dachte ich daran, welche Illusionen ich gehabt hatte, als ich meine Mom bat, mit mir zu einer Little-Miss-Wahl zu fahren.

Viel hatte sich seitdem nicht verändert. Noch immer herrschte hinter den Kulissen bei Weitem nicht die Idylle, die man auf der Bühne vorspielte.

„Nein, Mom. Das tut *weh*!“, vernahm ich eines der Mädchen und sah auf.

Die Kleine saß schniefend in einem Schäferinnenkostüm vor einem beleuchteten Spiegel und schlug nach der Hand ihrer Mutter, die versuchte, ihr die falschen Zähne, die das Milchgebiss verstecken sollten, einzusetzen.

Ein scharfer Schmerz durchfuhr mich, als ich sah, wie das Kind am Oberarm gepackt wurde. Das wutverzerrte Gesicht der Mutter war nun ganz nah an dem des Mädchens und ich erkannte, dass man ihr etwas zuzischte.

Ich hörte nicht, was die Frau sagte. Was ich jedoch hörte, war, wie die Kleine noch ein leises „Ach, Mommy“, schluchzte, bevor sie sich ihrem Schicksal ergab. Ich spürte ein Brennen hinter dem Brustbein. Szenen wie diese erlebte ich nahezu jedes Wochenende. Trotzdem zerriss es mir immer wieder aufs Neue das Herz, das mit anzusehen. Meine Eltern hätten meine Einwände ernst genommen und mich nicht zu schmerzhaften Verschönerungsmaßnahmen gezwungen. Ich mochte mir gar nicht ausmalen, wie sich diese Kinder fühlten, wenn ihre Mütter sie zu Dingen zwangen, die sie nicht wollten.

Dabei waren ihre Töchter doch genau die Personen, die sie beschützen sollten!

Das Kribbeln in meiner Nase kündigte die ersten Tränen an, daher sah ich rasch auf mein Tagebuch hinab. Sekunden später verschwammen die Buchstaben vor meinen Augen. Weil ich nicht scharf darauf war, inmitten der Wettbewerbsteilnehmer loszuschluchzen, blinzelte ich dagegen an. Ich wusste, dass Mae das alles freiwillig tat, aber ich wusste auch, dass es Kinder gab, die lieber mit ihren Freunden spielen würden. Das hieß, falls sie welche hatten. Wer in dem Universum der kleinen Schönheitsköniginnen bestehen wollte, musste sehr viel Energie und Zeit aufbringen. Laufstegtraining, Sport, Friseurbesuche, Pediküre, Maniküre, Tanning, Gesichtsbehandlungen, das Anmessen der Kleider, das Einüben der Beiträge zum Talentwettbewerb. Freizeit blieb dabei oftmals auf der Strecke. Mae erzählte ab und zu von einer Alicia, die mit ihr in die Klasse ging. Gesehen hatte ich das Mädchen jedoch noch nie.

„Na, Lancaster. Heulst du deinen geplatzten Träumen hinterher?“, erklang Caroline Hawks Stimme plötzlich neben mir und ich blickte erschrocken auf.

Sie hatte selbst oft genug hier gesessen, bis sie vor vier Jahren von einem Tag auf den anderen das Handtuch warf. Die Gründe kannte niemand. Eine Weile gab es Tratsch, dass sie ihre Halbfinal-Niederlage gegen Sue Hunter nicht verkraftet hatte. Bestätigt hatte Caroline das allerdings nie.

Ihr Blick triefte vor Verachtung und Arroganz, deswegen war ich versucht, sie zu ignorieren, aber etwas veranlasste mich, zu sagen: „Dieser Irrsinn macht mich einfach traurig. Sieh dir diese Kinder mal genauer an. Die meisten sind doch froh, wenn sie es hinter sich haben.“

Ich deutete in den Raum hinein. Da war eine unglückliche Marilyn Monroe, ein bekümmert wirkendes Cowgirl und eine Freiheitsstatue, die sich weigerte, ihre Haut mintgrün anmalen zu lassen, da die Farbe juckte. Die Krönung bildete jedoch Carlee Clayton, laut meiner Grandma eine weitere ernstzunehmende Konkurrentin von Mae, die das Kostüm einer brasilianischen Sambatänzerin trug. Ihre persönliche Make-up-Artistin war gerade dabei, den Schaden, den die Tränen angerichtet hatten, zu beheben. Dem Anschein nach war der Kopfschmuck, der zu dem Kostüm gehörte, so schwer, dass er schmerzhaft an der Kopfhaut zerrte. Carlees Mutter redete auf das Kind ein. Wieder verstand ich nicht, was gesprochen wurde, aber die Worte bewirkten offenbar, dass das Mädchen über den Schmerz hinwegsah und die Tränen herunterschluckte. Contenance zu bewahren war eines der ersten Dinge, die man in diesem Zirkus beigebracht bekam. Die Schuhe drücken oder du musst zur Toilette? Komm damit klar. Die Show muss weitergehen.

Caroline folgte meinem Fingerzeig. Einige Sekunden lang beobachtete sie, wie an Carlee *gearbeitet* wurde. Dann wanderte ihr Blick zu ihrer Schwester Brittany. Deren Stylistin war gerade dabei, das Haar des Kindes mit einem feinzinkigen Kamm zu toupieren. Brittanys Kopf wurde ständig hart zurückgerissen, und jedes Mal, wenn sich der Kamm in ihr brünettes Haar senkte, kniff sie die Lider zu. Selbst aus meiner Position sah ich, wie sich ihre Kiefer währenddessen aufeinanderpressten. Das Motto ‚Wer schön sein will, muss leiden', zelebrierte man hier wie das Amen in der Kirche.

Caroline gab sich ungerührt. Als Brittany jedoch auf einen besonders groben Angriff mit einem nicht zu übersehenden Zucken reagierte, begannen die Augen ihrer großen Schwester feucht zu werden. Offenbar sickerte langsam die Erkenntnis in sie.

„Macht Britt das wirklich Spaß?", setzte ich mit gesenkter Stimme nach.

Anstatt zu antworten, verfolgte Caroline aufmerksam das Vorgehen an den Tischen. Ich glaubte bereits, sie würde mich einfach links liegen lassen und davongehen, aber dann sah sie doch auf mich herab. „Was kümmert es dich? Und überhaupt, was weißt du schon?“, schnappte sie und rauschte mit vor der Brust verschränkten Armen davon.

Ihr Pokerface war gut, aber ich erkannte, dass sie meine Worte zum Nachdenken gebracht hatten. Ich verbrachte die Wochenenden seit Jahren inmitten von falscher Freude, aufgezwungenen Lächeln und geheucheltem Mitleid, sodass ich sozusagen ein Profi geworden war, Unaufrichtigkeit zu erkennen.

Ich seufzte und konzentrierte mich wieder auf mein Buch. Sah ich weiterhin dem Treiben zu, wurde ich zuletzt noch handgreiflich. Mae lebte für diese Wettbewerbe.

Ihr Lächeln war nicht erzwungen, was vermutlich Grandmas jahrelangem Einfluss zuzuschreiben war. Wenn jemand Gehirnwäsche perfekt beherrschte, dann Cruella, soviel war sicher. Wie auf ein Stichwort ging meine Schwester in ihrem Pfadfinderinnenkostüm vor mir in die Hocke. Einen Finger als Lesezeichen benutzend, schlug ich das Tagebuch zu und sah auf.

„Hallo Eden. Ich bin gleich dran. Wünschst du mir Glück?“

„Äh“, war alles, was ich zustande brachte. Ich war zu verdutzt, dass sie Wert auf meinen Beistand legte. Für gewöhnlich stand sie unter dem bösen Zauber von Grandma, doch von der war weit und breit keine Spur. Möglicherweise war sie im Moment damit beschäftigt, die Schiedsrichter zu bestechen. Ich lächelte und schob meine kurzzeitige Verwirrung beiseite.

„Das tue ich immer, Mae. Du wirst sie umhauen“, prophezeite ich und hielt ihr meine geschlossene Faust hin.

„Ich werde sie umhauen“, wiederholte sie und boxte mit ihrer Faust gegen meine.

Dann sprang sie auf, zupfte die Kniestrümpfe des Outfits zurecht und lief zur Bühne. Der Talentteil der Wahl war in vollem Gange. Die Mädchen, die bereits an der Reihe gewesen waren, wurden von ihrer Entourage zwischenzeitlich eifrig auf den bevorstehenden Höhepunkt der Show vorbereitet: der Auftritt im Abendkleid.

Die Veranstalter betonten jedes Mal, dass man eine altersentsprechende Garderobe aussuchen sollte, aber ich sah tiefe Rückenausschnitte, ebenso wie nahezu bis zur Hüfte geschlitzte Kleider und ultrakurze Röcke.

Maes Abendkleid bestand diesmal aus rosafarbenem Satin und hatte einen asymmetrisch geschnittenen Rock. Es brachte die Bräune, die ihr das Tanning beschert hatte, gut zur Geltung und stand ihr hervorragend. Würde Mae das Kleid außerhalb dieses kranken Zirkus hier tragen, hätte es mir wirklich gefallen. So war es nur ein weiteres Symbol, dass Aussehen eben doch viel mehr zählte. Ich konzentrierte mich wieder auf mein Tagebuch, das mein Fenster in eine Welt darstellte, in der alles noch in Ordnung gewesen war. In dieser waren kleine Probleme groß erschienen, weil es schlichtweg keine größeren gegeben hatte.

Liebes Tagebuch,

Caroline Hawk hat heute in der Schule einmal mehr mit einem Pokal angegeben. Ich hatte gehofft, dass sie nicht erwähnen würde, dass ich auch teilgenommen hatte, aber den Gefallen tat Caroline mir natürlich nicht. Sie erzählte jedem, dass ich auf dem letzten Platz gelandet bin. Ich wollte mich den Rest des Schultags auf der Toilette einsperren, doch Nell hat das nicht zugelassen. Auch Nate meinte, dass ich ihr gegenüber keine Schwäche zeigen darf, also nahmen die beiden mich in die Mitte und ließen mich den ganzen Tag kaum aus den Augen. Es hat gut getan, als Nate einen Arm um meine Schultern legte. Ich glaube, ich bin ein klein bisschen in ihn verliebt.

In einer Woche wird Caroline mit einem neuen Pokal angeben, und falls ich Glück habe, bin ich bis dahin schon vergessen.

Selbst, wenn es anders gelaufen wäre, hätte ich sowieso bald keine Zeit für Misswahlen. Mom möchte wieder mehr arbeiten und dazu braucht sie meine Hilfe als große Schwester!

Ich hörte den Applaus des Publikums und wusste daher, dass nun die nächste Kandidatin dran war. Nach ihr kam Maes Auftritt. Sie würde wieder ‚Auld Lang Syne' singen und die Traurigkeit, die sie in den Song legte, trieb verlässlich mindestens einem der Juroren die Tränen in die Augen. Diesem blieb somit gar keine Wahl, als ihr zehn Punkte dafür zu geben und seine Kollegen zogen dabei meist mit.

Grandma erwartete, dass ich in der ersten Reihe stand und begeistert applaudierte, sobald Mae ihre Darbietung beendet hatte. Cruella reagierte allergisch auf Ungehorsam, also steckte ich mein Tagebuch in den Rucksack und machte mich auf den Weg.

Mit etwas Glück befanden wir uns in drei oder vier Stunden auf dem Heimweg. Was war ich froh, dass ich diesen Mist bald nicht mehr mitmachen musste und die Wochenenden mit Nell, Hope und Arlene verbringen durfte. Oder vor dem Fernseher, wo ich jede Menge ungesunder Kohlehydrate in Form von Kartoffelchips, Salzstangen und Minibrezeln in mich hineinschaufeln würde. Einen Teil meines Taschengeldes hatte ich für derartige Fress-Eskapaden zur Seite gelegt.

Ich konnte es kaum erwarten, endlich sechzehn zu werden, obwohl ich Geburtstage schon lange nicht mehr feierte.

KAPITEL 3

Liebes Tagebuch,

gestern war mein elfter Geburtstag, aber gefeiert haben wir nicht. Ich bekam auch noch keine Geschenke, doch das ist mir im Moment total egal.

Mom hatte in letzter Zeit sehr oft Kopfschmerzen und gestern war es so schlimm, dass sie kurz nach dem Frühstück bewusstlos geworden ist. Zum Glück war Daddy da und konnte einen Arzt rufen, denn ich war so erschrocken, dass ich nur dastand und weinte. Mom zuckte ganz komisch und in Daddys Stimme erkannte ich, dass er ebenfalls Angst hatte. Sogar Mae hatte Angst, obwohl sie erst drei Jahre alt ist.

Als der Arzt kam, hat er Mom mit einem Rettungswagen ins Krankenhaus geschickt. Mrs. Newman passte auf uns auf, während Dad bei Mom war. Ich hatte gehofft, dass er bald mit ihr heimkommen würde, um uns zu sagen, dass alles in Ordnung ist. Doch selbst als es schon dunkel wurde, war Dad immer noch weg. Mrs. Newman brachte mich ins Bett. Sie blieb bei mir und las mir die längste Gute-Nacht-Geschichte aller Zeiten vor, aber ich konnte einfach nicht einschlafen! Schließlich habe ich so getan als ob. Dad kam irgendwann doch nach Hause. Ich hörte, wie er etwas von ‚weiteren Tests' und einer ‚unklaren Raumforderung' sagte. Er klang komisch dabei. Trotzdem hatte es mich beruhigt, dass er jetzt zuhause war, sodass ich eingeschlafen bin.

Morgen gehen wir Mommy besuchen. Hoffentlich geht es ihr gut. Oder besser: Ich wache auf und stelle fest, dass alles nur ein Traum gewesen ist!

Es war kein Traum gewesen. Die folgenden Wochen und Monate entpuppten sich als Albtraum, der aus Ärzten, Kliniken, Untersuchungen und Tränen bestand. Vor diesen Kopfschmerzen war alles so perfekt gewesen!

Mom hatte ihre eigene Rechtsanwaltskanzlei in Hayswood gehabt. Dad arbeitete in einer Abteilung beim FBI, wo er noch jedes Wochenende nach Hause kommen konnte. Die Wochenenden waren immer toll gewesen. Wir aßen gemeinsam und erzählten Dad, was wir erlebt hatten. Dazu schmiedeten wir Pläne für die Ferien, lachten viel. Die Samstage bildeten dabei mein Highlight, denn dann kuschelten wir uns abends auf dem Sofa zusammen, knabberten Popcorn und sahen Trickfilme, bis Mae und mir die Augen zufielen. Ich stellte mich schlafend, damit Mom mich in mein Bett trug. Hätte ich ihr gezeigt, dass ich wach war, hätte sie mich nicht getragen und genau das liebte ich so sehr. Auch nach all den Jahren spürte ich kurz vor dem Einschlafen hin und wieder ihre Lippen auf der Stirn.

Ich wusste, dass das nur Einbildung war, doch ich wusste ebenfalls, dass ich daran festhalten würde, so lange ich dazu in der Lage war. Die schönste Zeit meines bisherigen Lebens wollte ich nicht vergessen. Ab und zu kam es mir so vor, als blickte ich in eine Schneekugel zu einer Bilderbuchfamilie, wenn ich an die Jahre mit Mom dachte. Manchmal glaubte ich mir selbst nicht, weil ich mich wie eine Außenstehende fühlte. Dabei waren das zweifellos meine Erlebnisse.

Die Bilderbuchfamilie, die wir gewesen waren, bevor Mom krank wurde und starb, wirkte surreal. Zu gut, zu perfekt, obwohl ich das Glück hatte, sie über zwölf Jahre erleben zu dürfen. Am liebsten hätte ich all meine wertvollen Erinnerungen in eine Schneekugel gesperrt, um sie durch einfaches Schütteln zum Leben zu erwecken. Doch da ich das nicht konnte, war ich froh, das Tagebuch wiedergefunden zu haben, das ich in den Händen hielt. In ihm steckten unglaublich viele Erinnerungen. Nicht immer waren sie gut.

Liebes Tagebuch,

weil Mom eine Chemotherapie bekommt, die dafür sorgt, dass es ihr sehr schlecht geht, wohne ich die ganze Woche bei den Newmans. Um Mae kümmert sich Grandma. Sie hat jedoch gleich gesagt, dass sie sich nicht auch noch um mich kümmern könne. Glücklicherweise gibt es Mrs. Newman. Vorhin hat sie uns Popcorn und Sprite in den Keller gebracht, wo wir mit Nate einen Film ansehen wollten. Er kannte ihn aber schon und hat alles verraten, sodass uns die Lust darauf vergangen ist. Also nahmen wir das Popcorn mit in den Garten und fingen an, es uns gegenseitig zuzuwerfen, um es mit dem Mund zu fangen. Das meiste, das Nell in meine Richtung schmiss, landete daneben. Nate warf kein einziges Mal zu mir. Dabei wünschte ich mir immer, wenn er an der Reihe war, dass er es endlich tat! In letzter Zeit denke ich oft an ihn. Vielleicht tue ich das, um mich von Moms Krankheit abzulenken. Die Ärzte rasierten ihr doch tatsächlich die Haare ab, weil sie ihr ein Loch in den Kopf bohren müssen! Ist das zu fassen?! Natürlich denke ich da lieber an Nates weiche, braune Haare.

Als wir das Popcorn aufgegessen hatten, stand Nate auf und ging ins Haus. Ich blieb bei Nell. Gemeinsam blickten wir zum Himmel und versuchten, herauszufinden, was die verschiedenen Wolken darstellten. In dem Moment, als ich erklärte, warum die Wolke über uns wie ein heulender Wolf aussah, traf mich eine Wasserbombe. Ich prustete und wusste zuerst gar nicht, was passiert war, bis ich Nates Lachen hörte.

Ich glaube, ich lachte auch. Es war das erste Mal, seit Mom ins Krankenhaus gekommen war und ich bekam sofort ein schlechtes Gewissen.

Ich habe solche Angst um sie.
Ich will sie nicht verlieren.
Sie ist doch meine Mom!

Meine Stirn legte sich in Falten, als ich probierte, mir Moms Lachen ins Gedächtnis zu rufen. Aber je mehr ich mich darauf konzentrierte, desto weniger bekam ich es zu fassen. Die Erinnerung entschlüpfte mir wie ein glitschiger Fisch. Je fester ich sie umschließen wollte, umso leichter glitt sie davon.

Der Gedanke an meine Mutter und das Unvermögen, mich an ihr Lachen zu erinnern, das ich so sehr vermisste, trieben mir die Tränen in die Augen. Ehe ich jedoch begann loszuheulen, nahm ich mein Smartphone zur Hand.

Dad hatte es mir vergangenes Weihnachten geschenkt. Grandma war darüber gar nicht begeistert gewesen, denn sie war der Meinung, dass ich auch mit einem Tastenhandy telefonieren und alberne unwichtige Textnachrichten schreiben konnte. Mein Vater sah das glücklicherweise anders. Vielleicht war es seine Art, sich für seine häufige Abwesenheit zu entschuldigen. Ich tippte auf das Display, um nachzusehen, ob eine Antwort von Nell eingetroffen war.

Fehlanzeige.

Es waren nun schon zehn Tage, seit meine beste Freundin bei ihrer Granny in Georgia war. Ihre Granny war eine der Großmütter, die Apfelkuchen buken, Patchworkdecken nähten und Marmelade einkochten. WiFi, Smartphones, Bluetooth, Skype, Touchscreens und diese Dinge waren ihr fremd. Deswegen befand sich Nell buchstäblich in der technologischen Steinzeit. Die gelegentlichen Anrufe und Nachrichten genügten nicht, um mich vor einem Nell-Entzug zu bewahren.

Mindestens ebenso schwerwiegend war jedoch der Nate-Entzug.

Nate wurde in zwei Wochen achtzehn. Nach den Ferien war er ein Senior und würde bald aufs College gehen. Ehe er dadurch keine Zeit mehr hatte, verdonnerten ihn seine Eltern dazu, noch einmal mit der ganzen Familie seine Grandma zu besuchen.

Ich war fast süchtig danach, ihn zu sehen.

Die Wasserbombenschlachten von Moms letztem Sommer bildeten eine weitere Schneekugelerinnerung, die irgendwann zu surreal werden würde, um sie zu glauben. Kurz darauf fingen Nate und Nell an, sich zu hassen, sodass er uns inzwischen komplett aus dem Weg ging. Möglicherweise lag das an der Pubertät, die unser Biologielehrer Mr. Suarez als völlige Neuordnung des Gehirns bezeichnete. Offenbar waren die Gehirne der beiden Geschwister nun so gepolt, dass sie sich gegenseitig abstießen. Oftmals ertrugen sie es nicht einmal, gemeinsam an einem Tisch zu sitzen.

Aber während ich hier auf meinem Bett lag und an die Decke starrte, konnte ich mich an die Wasserbombenschlacht erinnern. Nates Lachen, sobald er einen Volltreffer gelandet hatte, hallte klar durch meine Gedanken und ich sah ihn deutlich vor mir.

Wie er eine Hand auf seinen Bauch presste, an dem sein nasses T-Shirt klebte und den Kopf in den Nacken warf. Wie seine Schultern bebten und sein Adamsapfel hervortrat. Wie das Wasser sich an den Spitzen seiner dunklen Haare sammelte, ehe es einen Tropfen bildete, der dann auf seinen Körper fiel.

Auch jetzt dachte ich noch manchmal daran, wie gerne ich einer dieser Tropfen gewesen wäre. Selbst, wenn die Sonne meine Existenz rasch zunichtegemacht hätte, war ich mir sicher, dass es das wert gewesen wäre. Ihm einmal so nahe zu sein. Seinen Körper zu berühren, zu erfahren, wie er sich anfühlte – ein Traum, der sich vermutlich nie erfüllte.

Aber viel faszinierter war ich von den Grübchen. Sie zeigten sich auf seinen Wangen, sobald er lachte und ich hoffte nach wie vor, sie irgendwann anfassen zu dürfen. In meiner Fantasie legte ich die Daumenkuppen darauf, bis sie zusammen mit seinem Lächeln verschwanden, weil er sich zu mir beugte und mich küsste. Sein Atem würde meine Lippen streifen und in meinen Wunschträumen nahm er dabei mein Gesicht zärtlich in seine Hände. Ich malte mir aus, wie er mir den liebevollsten Kuss gab, den man sich als Ungeküsste vorstellen konnte. Manchmal gestand er mir im Anschluss daran, wie sehr er mich liebte. Dieser Wunsch beflügelte mich jedes Mal und brachte mich zum Lächeln.

Seit Moms Tod lachte ich wenig und auch, wenn mir klar war, wie absurd diese Träumerei war, sah ich nicht ein, sie aufzugeben. Daher schloss ich die Lider und stellte mir vor, wie Nate Newman wohl küsste. Das war tausendmal besser als die Realität, allein mit Cruella und meiner erschreckend perfekten Schwester zu sein.

Eine meiner liebsten Erinnerungen an Nate, war eine der jüngsten.

In den letzten Tagen vor den Sommerferien hielt ich besonders oft Ausschau nach meinem Schwarm. Ich wollte einen Vorrat anlegen, obwohl ich wusste, dass das unmöglich war. Während ich ihm hinterhergesehen hatte, wie er zum Parkplatz lief, schmerzte mein Herz, weil mir klar war, dass ich ihn wochenlang nicht sehen würde. Als er sich plötzlich umgedreht hatte, war ich erstarrt. Wie gebannt beobachtete ich, wie Nates Blick über die Menge der Schüler hinwegflog. Er schien nach jemandem zu suchen und mein Puls beschleunigte sich, als er mich direkt ansah. Erst dachte ich, dass ich dem Gesuchten im Weg stand, aber sein Blick brannte sich förmlich in meinen. Mehrere Meter trennten uns, doch sein zaghaftes Lächeln raubte mir den Atem. Nate Newman hatte mich tatsächlich angelächelt. Daran bestand kein Zweifel. Von diesem Moment zehrte ich seit knapp zwei Wochen. Ich spulte ihn immer wieder aufs Neue in meinem Kopf ab, erfand etwas hinzu, verlor mich. Ein Brummen riss mich aus dem Tagtraum. Ich wusste sofort, dass es von meinem Handy kam und drehte mich schnell herum, um abzuheben. Ein Bild von der überglücklich lächelnden Nell erstrahlte auf dem Display, woraufhin ich ebenfalls lächelte. Ihr Anruf befreite mich aus meiner Lethargie und wirkte wie ein Sonnenstrahl.

„Hey!“, grüßte ich sie.

„Na du, was läuft in Hayswood?“, legte sie unvermittelt los.

„Nichts“, erwiderte ich, worüber wir beide lachten. Niemand, der hier wohnte, hielt unsere verschlafene Kleinstadt für einen Ort, an dem das Leben tobte. „Wie ist es bei deiner Granny?“

„Hier wäre es genauso langweilig, wären da nicht die neuen Nachbarn meiner Gran“, begann sie. „Sie haben einen Sohn, Joseph, wie ich inzwischen herausfand, aber er ignoriert mich!“

Ich grinste in mich hinein und ließ mich nach hinten auf mein Bett fallen. Nell konnte unglaublich hartnäckig sein, daher war ich mir sicher, dass sie Josephs Aufmerksamkeit schon noch gewinnen würde.

„Gestern hat er den Rasen gemäht und trug nur Shorts“, fuhr sie fort.

Unwillkürlich stellte ich mir vor, wie Nate wohl mit freiem Oberkörper aussah. Seit dieser Wasserbombenschlacht ging er seiner Schwester und mir aus dem Weg. Nachdem ein Farmer sein Güllefass im See versenkt hatte, wollte niemand mehr dort schwimmen, was mir die Chance raubte, Nate in Badekleidung zu sehen.

„Sonst nichts?“, bohrte ich nach und wickelte mir eine meiner blonden Strähnen um den Zeigefinger.

„Na ja, er hatte welche dieser ausgetretenen Vans-Sneaker an. Zählt das?“

Nate besaß auch solche Schuhe und meiner Meinung nach sahen sie an ihm tausendmal besser aus als Nike Airs, die die Hälfte der männlichen Schüler der Hayswood High trug. Die andere Hälfte lief in Chucks herum, die ab einer gewissen Schuhgröße einfach fürchterlich aussahen, wie ich fand.

„Nein", entgegnete ich nach einem Moment. „Wenn er einen tollen Oberkörper hat … wer glotzt da bitte auf die Schuhe?", witzelte ich.

„Den hat er definitiv. Sollte ich ihn morgen sehen, werde ich ihn fragen, ob er Sport macht. Das muss er, sonst hätte er nicht so einen Body!", redete Nell begeistert weiter.

Allerdings kannte ich meine Freundin. Nell verlor ihr Herz schnell, holte es sich jedoch mit derselben Geschwindigkeit wieder.

„Kannst du heimlich ein Foto von ihm schießen?", bat ich sie und hoffte dabei im Stillen, dass der Zufall dafür sorgte, Nate möge sich irgendwie auf dieses Bild mogeln.

„Ich versuche es", versprach sie.

Anschließend lauschte ich knapp zwei Stunden ihren Schilderungen.

Bald war sie zurück und ich freute mich darauf, sie dann endlich in die Arme schließen zu dürfen. Die Zeit bis dahin würde ich bestimmt überstehen.

Schließlich hatte ich schon Schlimmeres hinter mich gebracht.

KAPITEL 4

Maes Stimme, die ‚Shake it off' von Taylor Swift zum Besten gab, drang durch meine Zimmertür. Ich presste mir das Kissen auf das Gesicht und wünschte, nie aufgewacht zu sein. Doch wirklich böse konnte ich ihr nicht einmal sein, wenn sie mich aus dem Schlaf riss.

Hübsch war Mae schon immer gewesen, aber mit drei Jahren stellte sich heraus, dass sie zudem auch eine natürliche Grazilität und eine bezaubernde Stimme besaß. Ich war mir sicher, dass Grandma sofort den Entschluss fasste, aus meiner Schwester die künftige Miss America zu machen, als sie das erkannte. Sie hatte sich so sehr in dieses Ziel verbissen, dass jeder Terrier unter seinem Fell vor Neid erblasste. Nachdem Mom von uns gegangen war, fragte Dad Grandma, ob sie sich einem Umzug nach Hayswood vorstellen konnte. Kein Wunder, dass sie zustimmte, denn hier ließ sich ihr Mini-Me heranziehen. Cruella vergötterte meine Schwester und leider beruhte diese Wertschätzung auf Gegenseitigkeit.

Mae gefiel die Aufmerksamkeit und um diese nicht zu verlieren, scheute sie sich nicht einmal vor einer Kohlsuppendiät. Inzwischen glaubte sie sogar, roher Fisch wäre gut für die Haut. Seitdem gab es bei uns regelmäßig Sushi, was ich mittlerweile hasste wie die Pest. Ansonsten bestand Grandma auf ‚Healthy Food'. Kohlehydrate – für sie seit jeher die Ausgeburt der Hölle – waren absolut tabu.

Aus Protest ging ich zu meinem Geheimversteck, fischte eine Handvoll Cheerios heraus und schob sie mir in den Mund. Anschließend legte ich mich wieder ins Bett. Ich war noch nicht bereit, mich der Welt vor der Zimmertür zu stellen, also holte ich mein altes Tagebuch unter dem Kopfkissen hervor und las einen weiteren Eintrag.

Liebes Tagebuch,

Glioblastom. So heißt der Tumor, der in Moms Kopf ist. Wenn wir sie besuchen, fragt sie uns nach unseren Erlebnissen und lächelt. Mae springt dann sofort auf ihren Schoß und plappert darauf los. Ich versuche zu lächeln, doch ich erkenne die Schatten unter Moms Augen. Jeden Tag scheinen sie dunkler zu werden. Ich habe keine Ahnung, wie lange ich noch in der Lage bin, zu lächeln. Am liebsten würde ich den ganzen Tag heulen.

Heute war ich bei Nell. Nate war auch da, aber außer einem ‚Hey' hat er nichts gesagt. Ich denke, er weiß nicht, wie er sich mir gegenüber verhalten soll. Schließlich weine ich ständig. Dabei hatte ich mir so sehr gewünscht, dass er Zeit mit uns verbringt. So wie früher. Früher war alles besser. Früher, als Mom diesen blöden Tumor nicht hatte.

Obwohl sie und Dad immer lächeln, habe ich ein komisches Gefühl. Ich glaube, es ist Angst. Entsetzliche Angst.

Schlimmer als die Angst ist die Ohnmacht, nicht helfen zu können. Am liebsten würde ich in ihren Körper kriechen und jede Krebszelle eigenhändig vernichten. Aber das kann ich nicht. Ich kann so vieles nicht.

Vielleicht sollte ich Ärztin werden. Dann wäre ich möglicherweise in der Lage, kranken Menschen zu helfen.

Kranken Menschen wie Mom.

Sie darf nicht sterben!

Tränen liefen über mein Gesicht und landeten schließlich in meinem Haar. Meiner Mutter waren nach diesem Eintrag nur noch wenige Wochen geblieben. Die Ärzte benutzten das Wort ‚austherapiert', bevor man Mom auf eine Palliativstation verlegte.

Spätestens ab da war mir bewusst geworden, dass der Krebs nicht allein in unser Haus gekommen war. Er hatte auch den Tod mitgebracht. Neue Tränen folgten denen, die bereits im Begriff waren, auf meinen Wangen zu trocknen. Ein Loch, so groß, dass es mich zu verschlingen drohte, schien sich in meinem Brustkorb gebildet zu haben. In mir war nichts als Leere. Entsetzliche Leere.

Allmählich erkannte ich, dass ich mich mit dem Lesen der Tagebucheinträge, mit denen ich mir den Kummer über Moms Schicksal von der Seele geschrieben hatte, erneut an den Rand eines gigantischen Abwärtsstrudels getrieben hatte. Ich vermisste sie, aber ich mochte nicht mehr in den Zustand zurück, in dem ich mich nach ihrem Tod befunden hatte. Es war mir wie ein nie enden wollender Albtraum vorgekommen. Vergebens hoffte ich, einfach aufzuwachen, hinabzugehen und Mom in der Küche vorzufinden, wo die wichtigste Frage war, ob sie mir Rührei oder Pfannkuchen zum Frühstück machen sollte und nicht, ob wir den weißen oder den rosafarbenen Sarg wollten.

Särge, Grabsteine, Traueranzeigen.

Nicht einmal in Anbetracht dieser Todesbegleiterscheinungen war es meinem Kopf damals gelungen, die unabänderliche Realität zu akzeptieren. Meine Mutter war tot und nichts und niemand konnte sie mir zurückgeben. Ich – *wir* – hatten sie verloren. Der Sog ins Dunkle wurde stärker, als plötzlich die Tür aufging und ich vor Schreck zusammenzuckte. Eilig klappte ich das Tagebuch zu, denn für Grandma wäre es nur sentimentaler Kram. Ballast, mit dem man sich nicht aufhalten sollte, weshalb sie es mir bestimmt wegnehmen würde. Was geschehen war, war schließlich nicht mehr zu ändern. Doch es war Mae, die im Wechselschritt herein hopste und sich bäuchlings auf mein Bett warf. Sie trug ein hellblaues Baumwollkleid mit Rüschen am unteren Saum und sah mal wieder bezaubernd aus.

„Hallo Mae“, begrüßte ich sie und wischte die Tränen ab.

„Hast du geweint, Eden?“, fragte sie mich unverwandt, während sie das Kinn in die Handflächen stützte und mich mit ihren großen blauen Augen musterte.

Ich zwang mir ein Lächeln aufs Gesicht und die Verneinung des Offensichtlichen lag bereits auf meinen Lippen, als mir bewusst wurde, dass ich keinen Grund hatte, sie anzulügen. Sie war das argloseste und liebenswerteste Geschöpf, das ich kannte. Selbst wenn sie etwas zu sehr unter dem Einfluss von Cruella stand, so war sie doch meine Schwester.

„Ja. Ich musste an Mom denken“, gestand ich ehrlich.

In Maes offenherzigem Blick war für den Bruchteil einer Sekunde ein Schatten zu sehen. „Machst du das oft?“

Vorsichtig strich ich über den Einband des Tagebuchs und nickte. „Ich vermisse sie“, gab ich offen zu und kämpfte gegen die aufsteigenden Tränen an.

Damit war ich nicht die Einzige. Mae sah auf die Bettdecke hinab und blinzelte einige Male. „Ich auch. Manchmal bin ich neidisch auf dich, Eden.“

Überrascht zog ich die Brauen in die Höhe. Mae, die jeder auf den ersten Blick ins Herz schloss und die einen Little-Miss-Sunshine-Pokal nach dem anderen gewann, beneidete *mich*?

Mich, ihre fünfzehn Jahre alte Schwester mit den aschblonden Haaren, einem braunen und einem blauen Auge, die nicht einmal einen Blumentopf gewonnen hatte? Schwer vorstellbar. Ich besaß nichts, um das Mae mich meiner Ansicht nach beneiden konnte.

„Wieso das denn?“

Sie zuckte mit ihren schmalen Schultern. „Na ja. Weil du Mom viel länger hattest als ich.“

„Oh.“

So hatte ich das nie zuvor gesehen. Mae beugte sich zu mir und sagte in einem verschwörerischen Tonfall: „Ich will dir ein Geheimnis verraten, Eden. Ich habe immer ein Bild von Mommy dabei, wenn ich auf die Bühne gehe. Es steckt in einem meiner Schuhe.“

Erneut lief eine Träne über mein Gesicht. „Wirklich?“, krächzte ich.

Das schlechte Gewissen erschlug mich fast. Ich war so sehr mit meiner eigenen Misere beschäftigt gewesen, dass ich keinen Gedanken daran verschwendet hatte, was Moms Verlust für sie bedeutete. Sie wirkte stets so glücklich, sobald es um ihre Misswahlen ging. Und um die ging es in diesem Haus ständig. War das möglicherweise nur Fassade?

Mae nickte und als sie aufblickte, erkannte ich, dass sich auch in ihren Augen Tränen sammelten.

„Liest du mir was vor?“, bat sie mich und deutete mit dem Kinn auf das Tagebuch.

„Klar“, erwiderte ich mit tränenerstickter Stimme.

Ich rutschte ein wenig zur Seite, damit Mae sich an mich kuscheln konnte. Sie zögerte kurz, ehe sie sich neben mich setzte und sich bei mir anlehnte. Schweigend suchte ich nach einer der schönsten Erinnerungen, die ich an Mom und Dad hatte und las dann vor.

Liebes Tagebuch,

Mom bekommt seit einer Woche ein neues Medikament, das dafür sorgt, dass es ihr besser geht. Die Ärzte haben ihr sogar erlaubt, einen Ausflug mit uns zu machen. Wir fuhren in den ‚Elephant Rocks State Park'. Dad sang während der Fahrt jeden Song aus dem Radio mit und Mom lachte immer, sobald er den Text nicht konnte und sich irgendwas ausdachte. Das Auto roch wunderbar nach Moms Parfüm. Es heißt ‚Indian Summer'. Meiner Meinung nach hätte man es auch einfach ‚Mom' nennen können. Als wir ankamen, hat Mae eine Ewigkeit geheult.

Wegen des Namens dachte sie, im Park gäbe es richtige Elefanten. Sie hörte erst auf, als Dad ihr erzählte, dass die riesigen Granitfelsen, die hier überall zu sehen waren, versteinerte Elefanten seien, die sich manchmal bewegten, wenn man gut aufpasste.

Je länger wir im Park waren, umso mehr Pausen brauchte Mom. Auf dem Rückweg hat sie die ganze Zeit geschlafen. Vielleicht hat sie von echten Elefanten geträumt.

Tränen schimmerten in Maes Augen, als ich von den Zeilen des Tagebucheintrages aufblickte, den ich kurz nachdem uns die Diagnose mitgeteilt worden war, geschrieben hatte.

„Alles in Ordnung?", fragte ich vorsichtig. Es dauerte ein paar Sekunden, bevor sie mich ansah.

„Wir sind in einen Elefantenpark gefahren?"

Meine Mundwinkel schoben sich in die Höhe und ich hatte das Gefühl, dass mein Herz sich ausdehnte, weil es sich mit Zuneigung für sie füllte.

„Nein. Der Park heißt nur wegen der großen Steine so", erklärte ich und klappte das Buch zu.

„Oh."

Mae wirkte seltsam niedergeschlagen.

„Keine Sorge. Als ich den Namen das erste Mal gehört habe, dachte ich ebenfalls, dass dort Elefanten leben", tröstete ich sie.

„Wirklich? Dabei bist du so schlau, Eden. Aber das musst du sein. Schließlich willst du Ärztin werden. Ärzte müssen klug sein." Mae hatte im vergangenen Jahr im Rahmen eines Schulprojektes ein Interview mit mir geführt. Eine der Fragen war, was ich später einmal werden wollte. Seit Moms Tod war es mein Traum, Medizin zu studieren, daher war das auch die Antwort gewesen.

Inzwischen war ich unsicher, ob es tatsächlich das Richtige war. Vielleicht konnte ich Menschen retten, doch es würde genügend Leute geben, denen nicht mehr zu helfen war. Fraglich, ob ich das verkraftete.

„Alle Ärzte, die ich kenne, sind klug. Ich werde bestimmt nie Ärztin, denn ich wusste ja noch nicht mal, dass es in diesem Elefanten-Park um Steine geht", fügte Mae hinzu und ihr darauffolgendes Seufzen war so schwer, dass sich ihr schmaler Brustkorb dabei um einige Zentimeter hob.

„Nur weil man gewisse Dinge nicht weiß, ist man nicht automatisch dumm, Mae. Manches lernt man eben später. Es gibt sicher viel mehr, was ich nicht weiß, als umgekehrt."

Sie brummte etwas Unverständliches, während sie aufstand und zur Tür ging. Offenbar hatte sie keine Lust, weiter über Klugheit und Dummheit zu sprechen.

„Grandma ist bei der Kosmetikerin und kommt erst in einer Stunde zurück. Wollen wir gemeinsam Cheerios essen?", erkundigte sich Mae und linste zu meinem Versteck.

„Du weißt von meinem Notvorrat?"

Röte überzog ihre Wangen, was sie nur noch anbetungswürdiger erscheinen ließ.

„Ich wollte nicht herumschnüffeln. Aber ich entdeckte die Cheerios, als ich mir die selbstgebastelten Sachen ansehen wollte. An dem Tag habe ich Mom mal wieder ganz doll vermisst."

Mae biss sich verlegen auf die Unterlippe. Wenn sie aus dem Grund in meinem Zimmer herumgestöbert hatte, konnte ich ihr unmöglich böse sein.

„Schon okay, Mae", versicherte ich ihr und musste mir das aufmunternde Lächeln diesmal nicht aufzwingen, wie ich es sonst so oft getan hatte. „Doch du musst mir versprechen, dass du mein Tagebuch in Ruhe lässt", ermahnte ich sie, während ich aufstand. Sie nickte eifrig und beobachtete mich, wie ich zu meinem Geheimvorrat ging, der nun nicht mehr so geheim war.

„Sie sind lecker“, flüsterte sie.

„Am besten sind sie, wenn man sie mit Milch isst. Lass uns schnell welche futtern, bevor Cru… Grandma nach Hause kommt“, schlug ich vor und begab mich mit meiner Schwester an der Hand hinab in die Küche.

Das erste Mal seit langem fühlte ich mich in meinem Zuhause nicht wie ein unerwünschter Gast.

KAPITEL 5

Liebes Tagebuch,

ich glaube, heute war der schrecklichste Tag in meinem Leben. Ja, ich weiß, dass ich dasselbe schrieb, als Mom gestorben ist. Doch erst heute, auf der Beerdigung, realisierte ich so richtig, dass sie tot ist. Tot. Weg. Für immer!

Auf dem Friedhof roch es nach Blumen und frisch gemähtem Gras. Obwohl es erst April ist, hatte die Sonne ungewöhnlich viel Kraft. Die schwarzen Klamotten, die ich hatte anziehen müssen, saugten die Wärme auf, wie ein ausgetrockneter Schwamm das mit Wasser tun würde. Schweiß lief mir über das Gesicht, aber mir fehlte die Energie, ihn abzuwischen.

Um Moms Grab befand sich ein Meer aus Blumen. Sie waren schön. Ihr Duft war allerdings so intensiv, dass ich ihn sogar auf der Zunge schmeckte. Mir wurde übel davon, doch ich musste am Grab stehen bleiben, bis alle Trauergäste an uns vorbeigegangen waren. Dad meinte, es seien über vierhundert Leute gekommen, um Mom ‚die letzte Ehre zu erweisen'. Mir kam es vor wie viertausend, denn die Reihe der Wartenden wollte einfach nicht enden. Einer nach dem anderen warf eine Schaufel Erde auf Moms weißen Sarg, bis das Gelb des Blumengebindes auf dem Deckel langsam von dunklem Braun überlagert wurde.

Es wurde immer heißer. Mit der langärmeligen schwarzen Bluse und der schwarzen Hose war ich viel zu warm angezogen. Ich wagte kaum zu atmen, aus Angst, noch mehr von dieser unerträglichen Hitze aufzunehmen. Mae fing irgendwann zu jammern an und Grandma ging mit ihr zum Auto. Am liebsten wäre ich den beiden hinterhergerannt, aber dann wäre Dad allein gewesen. Ich wusste, dass er mich brauchte, denn er drückte unablässig meine Hand, bis schließlich wir an der Reihe waren, uns von Mom zu verabschieden.

Selbst, als ich direkt vor dem Grab stand, konnte ich es nicht fassen, dass meine Mom tot sein sollte! Ich brauche sie! Mae braucht sie! Und auch Dad braucht sie. Sonst hätte er auf dem Heimweg nicht so geweint. Ich sah Daddy noch nie weinen. Vielleicht war das der Moment, in dem mir bewusst wurde, dass das kein Traum mehr ist. Kein Traum dauert so lange.

Sie war weg. Für immer. Ich würde nie mehr ihr Lachen hören, nie wieder in ihre schönen Augen sehen. Ich werde mich nachts nie wieder an sie kuscheln können, wenn ich einen Albtraum gehabt habe.

Ich will das nicht glauben!

Die Tage und Wochen danach fühlten sich komisch an. Dad schlief auf dem Sofa, weil er es nicht über das Herz brachte, ins Schlafzimmer zu gehen.

Ich hingegen war oft dort, legte mich in Moms Bett und vergrub die Nase in ihrem Kissen. Es roch nach ihr, was es nur unwirklicher machte, dass sie nie mehr hier schlafen sollte.

Als ich am letzten Schultag vor den Sommerferien nach Hause kam, war plötzlich etwas anders. Der Truck einer Baufirma stand in der Einfahrt und die schönen Rosenbüsche, die Mom gepflanzt hatte, lagen entwurzelt in einer Ecke des Vorgartens. Arbeiter waren dabei, einen Bagger abzuladen, während mein Vater mit einem Mann sprach, der einen gelben Schutzhelm trug. Ich erinnere mich noch, wie sich alles in mir sträubte, als Dad mir eröffnete, dass Grandma zu uns ziehen würde. Sie sollte auf Mae und mich aufpassen, damit er wieder arbeiten gehen konnte.

Die Handwerker waren da, um einen Anbau für Grandma zu errichten. Ich hatte schon von klein auf kein enges Verhältnis zu ihr gehabt, dementsprechend gering fiel auch die Freude darüber aus, dass sie künftig bei uns lebte.

Mein Bauchgefühl hatte mich nicht betrogen und im Endeffekt war es sogar schlimmer gekommen, als ich es mir damals ausgemalt hatte. Grandma interessierte sich ausschließlich für Mae. Ich war nur das lästige Anhängsel, das sie so schnell nicht loswurde. Obwohl meine Gesellschaft für sie nicht besonders erstrebenswert zu sein schien, bestand sie darauf, dass ich sie und meine jüngere Schwester auf die Misswahlen begleitete. Sie wusste, dass ich es hasste, aber der Zug, ihr vorzuspielen, ich würde gern mitfahren, war längst abgefahren. Außerdem fand das in acht Wochen ohnehin ein Ende. Niemals zuvor war der ‚Sweet Sixteen' sehnsüchtiger erwartet worden, dessen war ich mir gewiss.

Wie so oft in den vergangenen Tagen zog ich mein Tagebuch hervor, das inzwischen einen festen Platz unter meinem Kopfkissen gefunden hatte. Viele der Einträge hatte ich in der Zwischenzeit so oft gelesen, um sie auswendig zu kennen. Doch vor einem – dem Letzten – hatte ich mich bisher immer gedrückt.

Ich hasse sie! Warum hat Mom sterben müssen?! Etwa, damit SIE nun ihren Platz einnimmt? NIEMAND wird jemals ihren Platz einnehmen können! Niemand! Ich hasse Grandma! Ich wünschte, sie wäre anstelle meiner Mom gestorben! Ich hasse hasse hasse hasse sie!

Kein ‚Liebes Tagebuch', kein Blatt vor dem Mund. Nur pure, reine Gefühle, die mich in dem Moment, als ich das geschrieben hatte, zu überwältigen drohten. Es war Moms erster Geburtstag gewesen, den wir ohne sie verbringen mussten. Bereits Tage davor war ich niedergeschlagen und traurig gewesen, aber als ich am Morgen in die Küche gekommen und mein Blick auf das Datum gefallen war, das der Wandkalender zeigte, war ich zusammengebrochen. Ich hatte die Hände vor das Gesicht geschlagen, geschluchzt, geheult und das Schicksal verflucht. Dad war längst bei der Arbeit gewesen und Mae war mit ihren vier Jahren zu klein, um zu verstehen, was mit mir los war.

Die einzige anwesende Person, die mir Trost hätte spenden können, war Grandma. Doch die schnauzte mich nach wenigen Minuten nur an, ich solle mich zusammennehmen. Es würde sich nicht ‚schicken', mit tränenverquollenen Augen, rotfleckigen Wangen und einer Rotznase das Haus zu verlassen. Zuerst hielt ich es für einen Scherz. Als ich jedoch aufgesehen hatte, erkannte ich die Ernsthaftigkeit in Grandmas Miene.

Sie, die nun dafür zuständig sein sollte, auf Mae und mich achtzugeben, zeigte keinen Funken Verständnis für meine Reaktion. Mit verkniffenem Mund musterte sie mich, wie ich auf dem Küchenboden kauerte, während meine unbändige Trauer von Unglauben abgelöst wurde.

„Wie bitte?", hatte ich nachgehakt, weil ich geglaubt hatte, mich verhört zu haben. Aber ich hatte mich nicht verhört. Grandma wiederholte ihre Zurechtweisung so langsam, als wäre ich schwer von Begriff und setzte sogar noch einen drauf.

„Man sieht, dass du keine Fairchild bist. Fairchild-Frauen brechen nicht zusammen. Fairchild-Frauen heulen nicht. Fairchild-Frauen bewahren die Contenance", hatte sie mir eingeschärft.

Jede Silbe wirkte wie ein Peitschenhieb. Moms Mädchenname war Fairchild gewesen. Dass mir die eigene Großmutter die Ähnlichkeit, ja möglicherweise die Verwandtschaft zu ihr absprach, war eine heftige Ohrfeige.

Ich vermisste meine Mutter mit jedem Schlag meines Herzens, mit jedem Atemzug, den ich tat! Ich war ihre Tochter und Fairchild-Gene hin oder her: Mom hatte mich ebenso geliebt, wie ich sie. Dass ich sie so kurz nach ihrem Tod nicht mehr betrauern sollte, war in meinen Augen der größte Verrat, den man ihr antun konnte.

„Wie kannst du so herzlos sein?", hatte ich bebend vor Wut hervorgepresst, woraufhin Grandma nur herablassend lachte.

„Oh, du dummes Kind! Irgendwann wirst du mir danken, dass ich dir diese unsinnige Gefühlsduselei ausgetrieben habe!"

Ich sollte dankbar sein, dass sie meine Trauer verachtete? Niemals! Schockiert war ich zurückgewichen. Die unzähligen Worte, die ich ihr entgegenschleudern wollte, sammelten sich in meinem Mund. Doch die Fassungslosigkeit über das vollkommene Ausbleiben von Empathie seitens meiner Großmutter verhinderte, dass ich auch nur einen Laut hervorbrachte.

Ich war in mein Zimmer gerannt und weinte so lange, bis keine Tränen mehr kamen. Mein Vorrat an Tränenflüssigkeit war ohnehin nicht besonders groß, weil ich in den letzten Wochen ständig geweint hatte. Als der Tränenstrom versiegte, überlagerte die Wut wegen Grandmas Worten für einen Moment den Schmerz. Aber ich wollte nichts anderes fühlen! Das war ich Mom schuldig. Sie war es wert, dass man sie vermisste! Um die Wut loszuwerden, hatte ich mir das Tagebuch geschnappt, um die Gefühle auf Papier zu bannen. Ich hatte vor Zorn so sehr gezittert, dass ich kaum in der Lage gewesen war, den Stift zu halten.

Danach war es mir besser gegangen. Das Verhältnis zwischen mir und Grandma war ab diesem Vorfall allerdings endgültig kaputt.

Mein Handy, das auf meinem Nachttisch lag, brummte. Ich drehte mich so hastig auf meinem Bett herum, dass das Tagebuch zu Boden fiel.

Nell: *Hey Eden. Ich hoffe, du vergehst fast vor Sehnsucht nach mir!*

Froh, dass sich meine beste Freundin meldete, textete ich rasch zurück.

Eden: *Sehnsucht ist gar kein Ausdruck! Ich vermisse dich so furchtbar, dass ich schon überlegt habe, mir eine Nell-Puppe zu basteln.*

Lächelnd sah ich auf die drei tanzenden Punkte auf meinem Display, die mir verrieten, dass Nell dabei war, zurückzuschreiben.

Nell: *Uuuhhh … das ist irgendwie unheimlich. So weit muss es jedoch nicht kommen, denn … ich bin wieder zuhause!*

Als ich den letzten Satz las, sprang ich aus dem Bett. Ich wollte ihn erneut lesen, da ich mir selbst nicht traute, aber ich zitterte vor Aufregung und Freude so sehr, dass es schlichtweg unmöglich war. Im ersten Moment wusste ich nicht, ob ich sie anrufen oder ihr zurücktexten sollte. Doch meine beste Freundin nahm mir die Entscheidung ab, indem sie mir eine dritte Mitteilung schickte.

Nell: *Da ich davon ausgehe, dass du dich sofort auf dein Rad schwingst und zu mir fährst, gehe ich rasch duschen. Bis gleich! XO*

Sie hatte absolut recht. Nichts und niemand konnte mich abhalten, zu ihr zu fahren.

KAPITEL 6

Der Sommer neigte sich dem Ende, aber die Hitze reichte aus, damit mein Shirt an meinem Rücken klebte. Ich atmete schwer, weil ich so schnell gefahren war. Endlich war sie zurück und ich konnte es kaum erwarten, sie wiederzusehen.

Trotzdem nahm ich mir die Zeit für drei weitere tiefe Atemzüge, ehe ich auf die Klingel drückte. Wenige Sekunden, nachdem das Signal erklungen war, hörte ich Schritte im Inneren des Hauses. Der Anflug von Erleichterung, dass tatsächlich jemand zuhause war und somit die Nachricht von Nell nicht nur meinem Wunschdenken entsprang, wandelte sich sofort in Aufregung, als ich eine Silhouette hinter der Milchglasscheibe ausmachte. Denn die Person, die dabei war, mir die Tür zu öffnen, war nicht meine beste Freundin – es war Nate.

Mein Herz blieb stehen, als er sich plötzlich ohne die schützende Scheibe vor mir befand und mich mit seinen karamellfarbenen Augen ansah. Seine bloße Anwesenheit reichte, damit ich total nervös wurde und nun stand er mir zu allem Überfluss nur in Surfshorts gegenüber! Das war zu viel. Mein Mund öffnete sich und ich ließ den Blick ziemlich unverhohlen an ihm hinabgleiten. Unterhalb seines Bauchnabels kräuselte sich eine Linie dunkler Haare, bis sie im Bund der tiefsitzenden Shorts verschwand. Mein Gehirn weigerte sich, zu realisieren, was hier geschah.

Ganz langsam, Eden, versuchte ich, mich selbst zu beruhigen.

Dein Schwarm hat dir eben die Tür geöffnet.

Er trägt nur Surfshorts, wodurch du freie Sicht auf eine zehn Zentimeter lange Spur seiner Schambehaarung hast.

Mit diesen Dingen wäre ich geradeso klargekommen. Was mich völlig aus der Fassung brachte, war, dass er ein Sixpack besaß!

Bevor ich ohnmächtig werden konnte, atmete ich tief ein und glotzte dabei definitiv zu auffällig auf die falschen Stellen. Eine männliche Stimme, die Nates Namen rief, zerrte mich glücklicherweise zurück in die Realität. Endlich gelang es mir, den Blick wieder auf sein Gesicht zu richten.

„Ich komme gleich!“, antwortete mein Schwarm, während er mich musterte.

Schneekugelerinnerungen mit Wasserbombenschlachten blitzten vor meinem geistigen Auge auf und mein Puls raste, als Nate sich zu mir beugte. Der Anflug eines Lächelns lag auf seinen Lippen, doch was vermutlich aufmunternd wirken sollte, raubte mir vollkommen den Verstand.

„Hallo, Eden. Willst du auch mal was sagen?“, setzte er so leise hinzu, dass es nur für mich zu hören war.

Das befreite mich glücklicherweise aus der Starre. Ich stieß die angehaltene Luft aus und war endlich in der Lage, Nate in die Augen zu sehen.

Himmel, diese Augen! Die dunklen Wimpern und sein gebräunter Teint ließen sie leuchten wie zwei Bernsteine, die von Sonnenstrahlen getroffen wurden. Nun funkelten sie mich herausfordernd an, was mich daran erinnerte, dass ich immer noch keinen Ton von mir gegeben hatte.

„Hey, Nate“, rang ich hervor. Meine Stimme hatte sich furchtbar überschlagen, deswegen räusperte ich mich, ehe ich weitersprach. „Alles Gute nachträglich zum Geburtstag.“

Das Lächeln wurde breiter und jagte meinen Puls weiter in die Höhe. Noch ein paar Millimeter und die Grübchen kamen zum Vorschein. „Danke. Nell hat mir deine Glückwünsche ausgerichtet“, meinte er und ich geriet ins Grübeln, wann er zuletzt so viel mit mir gesprochen hatte. Es musste eine Ewigkeit her sein. Ich überlegte, ob ich ihm sagen sollte, dass ich ihm gern selbst gratuliert hätte, wenn ich seine Handynummer besessen hätte, aber ich fürchtete, dass ich damit den Bogen überspannte.

„Ist deine Schwester da?“, wollte ich daher stattdessen wissen.

Im Prinzip war die Frage überflüssig. Schließlich hatte ich vor fünfzehn Minuten eine Nachricht von ihr bekommen, in der sie mir mitgeteilt hatte, dass sie wieder zuhause war.

„Klar“, brummte er und wandte sich ab. Er machte ein paar Schritte in den Flur, brüllte den Namen seiner Schwester, winkte mir kurz zu und ging davon.

Ich schnappte nach Luft. Nate hatte mir zugewunken! Und das, nachdem er mich in letzter Zeit – abgesehen vom Blickkontakt am letzten Schultag – vollkommen ignoriert hatte!

Verträumt sah ich ihm hinterher, als er zur Hintertür lief, die zum Garten der Newmans führte. Bestimmt waren Harris und Duncan hier. Die drei Freunde verbrachten viel Zeit zusammen und mussten sich nach Nates wochenlanger Abwesenheit garantiert einiges erzählen.

Hinter der sich entfernenden Gestalt meines Schwarms tauchte Nells schmale Silhouette auf. Im Vorbeigehen rempelte er seine Schwester mit der Schulter an, womit er sie zum Straucheln brachte. Sie fing sich jedoch rasch, denn derartige Rangeleien standen bei den beiden auf der Tagesordnung. Trotzdem bedachte sie ihren Bruder noch mit einem Schimpfwort und einem mordlustigen Blick, ehe sie sich in meine Arme warf.

„Eden! Gott, was habe ich dich vermisst!“, rief sie und drückte mich fest.

„Und ich dich erst!“

Mir kamen fast die Tränen, so glücklich war ich, meine beste Freundin endlich wiederzusehen.

Nell löste sich von mir und zog mich die Stufen hinauf in Richtung ihres Zimmers.

Es war modern, mit einem großen Kleiderschrank, einem Himmelbett und einem total mädchenhaften Schminkspiegel. Meines war eher funktional. Die Möbel waren inzwischen in die Jahre gekommen, aber ich konnte mich nicht von ihnen trennen. Im ganzen Haus verschwanden Moms Spuren immer mehr, deshalb setzte ich alles daran, dass dieser Schwund vor meiner Zimmertür Halt machte. Wozu ein neues Bett? Ich hatte, was ich brauchte und die Erinnerungen, die mit meiner Einrichtung verbunden waren, waren ohnehin unersetzlich.

Nell schloss die Tür hinter uns und führte mich zum Bett. Sie kletterte auf die schwarz-weiße Tagesdecke, die Mrs. Newman selbst genäht hatte, begab sich in den Schneidersitz und klopfte auffordernd auf den Platz neben sich.

„Wie geht es dir?", erkundigte sie sich.

Ich sprach ungern über mich, deswegen senkte ich den Blick und suchte nach einem Weg, um meine Finger zu beschäftigen. Mrs. Newman war jedoch eine hervorragende Handarbeiterin, sodass ich keinen losen Faden oder etwas Ähnliches fand, an dem ich herumzupfen konnte.

„Wie immer", murmelte ich und begegnete Nells bedauernder Miene, als ich aufsah.

Als beste Freundin wusste sie natürlich, was für eine Tyrannin Grandma war. Eigentlich wusste es ihre ganze Familie und sie verstanden sehr gut, dass ich so oft wie möglich versuchte, nicht daheim zu sein. Das hier war meine Zuflucht und die vier Wochen, die die Newmans auf Familienbesuch gewesen waren, hatten mich viel Kraft gekostet. Die einzigen Rettungsinseln waren die beiden Wochenenden gewesen, an denen Dad heimgekommen war. Ich hatte ernsthaft mit dem Gedanken gespielt, mich an seine Beine zu ketten, als er wieder nach Quantico aufbrechen musste! Aber in Hayswood war Nate zuhause und lieber ertrug ich Grandma, als ihn und seine Schwester hinter mir zu lassen.

„Es tut mir leid", flüsterte sie.

„Es ist alles in Ordnung. Nur weil mein Leben beschissen ist, musst du nicht auf den Besuch bei deiner Lieblingsgranny verzichten", versicherte ich ihr.

Nell nickte, drehte sich eine ihrer braunen Haarsträhnen um den Zeigefinger und schwieg, doch mit jeder Sekunde spürte ich deutlicher, dass ihr was unter den Nägeln brannte.

„Los, erzähl schon!", forderte ich, zwang mich zu einem Lächeln und stieß mit dem Knie gegen ihren braungebrannten Oberschenkel, der unter den kanariengelben Jeansshorts hervorblickte.

„Joseph! O mein Gott! Noch nie habe ich hinreißendere Augen oder ein süßeres Lächeln gesehen!"

Sofort trat eine zarte Röte auf die Wangen meiner besten Freundin, und je länger sie Joseph beschrieb, umso mehr strahlte sie. Ich ließ mich auf den Rücken sinken, verschränkte die Arme hinter dem Kopf und lauschte Nells Schilderung. Es lenkte mich von meinem eigenen, todlangweiligen und beschissenen Sommer ab und ich wusste wirklich jede Silbe, die ihren Mund verließ, zu würdigen.

Was hätte ich gegeben, um mit ihr tauschen zu können? Nells Leben war bis auf kleine Dramen, wie eine schiefgelaufene Arbeit oder eine verunglückte Haartönung, perfekt. Ihr Dad war immer gut gelaunt und nahm sich Zeit, falls Nate oder Nell Hilfe bei den Hausaufgaben brauchten. Er feuerte seinen Sohn bei einem Videospiel mit dem gleichen Enthusiasmus an, wie seine Tochter bei ihren Schwimmwettbewerben. Mrs. Newman war leidenschaftliche Köchin, die mit Herzblut dafür sorgte, dass es täglich eine richtige Mahlzeit gab.

Bei uns zuhause gab es nur das, was von Grandma gebilligt wurde. Meist war es seltsames Zeug, das nur der Feinkostladen in Kansas City führte, auf den sie so große Stücke hielt. Hierzu nahm sie sogar zweimal wöchentlich die einstündige Fahrt dorthin auf sich. Aber da sämtliche Läden in Hayswood nur billigen Schrott verkauften, hatte sie schließlich keine Wahl.

Für mich war es jedes Mal ein Highlight, sobald Mrs. Newman mich zum Essen einlud – selbst, wenn Nate nicht mit am Tisch saß.

Nate.

Seine Existenz war der alleinige Grund, der mich von einem Tausch mit Nells perfektem Leben abhielt. Wäre ich sie, wäre er mein Bruder und ich dürfte ihn erst recht nicht lieben. Das war auch jetzt ein absolutes Tabu, denn die beiden stritten ständig. Es gab kein Schimpfwort, mit dem der eine den anderen nicht schon bezeichnet hatte und ich wusste, dass Nell ausflippen würde, sollte ich ihr je gestehen, in ihren Bruder verliebt zu sein. Sie war meine beste Freundin, die einzige Zuflucht. Ich konnte sie nicht verlieren. So blieb mir nur, auf das Wunder zu hoffen, dass irgendwann der Zeitpunkt kam, an dem die Geschwister sich ein bisschen weniger hassten. Es musste nicht viel sein. Nur so viel, dass sie mich nicht einem Exorzismus unterziehen wollte, wenn ich ihr gestand, dass ich mein Herz an Nate verloren hatte. In meinen Augen war er einfach perfekt!

Nate, der mich nun plötzlich nicht mehr ignorierte. Er hatte mich soeben sogar angelächelt! Mein Herz war im Begriff, sich in einen Tagtraum zu stürzen, doch mein Kopf schritt entschlossen ein. Zusammen mit dem Blickwechsel am letzten Schultag waren es nur zwei Momente gewesen, die ihm möglicherweise gar nichts bedeuteten. Vielleicht wollte er nur nett sein. Ich sollte mich nicht in etwas hineinsteigern, das gar nicht existierte. Sonst riskierte ich nur eine riesige Enttäuschung.

„Habt ihr euch geküsst?“, unterbrach ich Nells Schwärmerei.

„Na endlich! Ich dachte schon, du fragst gar nicht danach!“

Ich drehte mich auf die Seite, schnappte mir eines der unzähligen Kissen und drückte es mir gegen die Brust.

„Das ist ein Ja“, stellte ich fest.

„Ja!“, quiekte Nell und strahlte überglücklich. „Er hat mich zum See gebracht, wo er dutzende Teelichter angezündet hat!

Das war so romantisch! Irgendwann beugte er sich zu mir und hat mich gefragt, ob er mich küssen darf. Natürlich habe ich nicht Nein gesagt!“

Nell ließ sich auf den Rücken fallen und seufzte verträumt. Ich knabberte an meinem Daumennagel, um mich von dem dumpfen Gefühl abzulenken, das ihre lebhafte Beschreibung von Josephs Kuss verursachte.

Ich wartete noch immer auf den ersten Kuss. Vermutlich hätte ich diese Erfahrung längst gemacht, wenn ich auf Partys hätte gehen dürfen. Doch damit musste ich bis zu meinem sechzehnten Geburtstag warten.

Also schloss ich die Augen, lauschte Nells Schilderung und hoffte, dass ich das alles selbst erleben durfte. Vorzugsweise mit Nate, so wie ich das jeden Tag vor dem Einschlafen und in meinen Träumen bereits unzählige Male getan hatte.

KAPITEL 7

Einige Wochen später ging ich neben Nell über den Flur unserer Highschool, auf dem es summte wie in einem Bienenstock. Es war der erste Tag nach den Sommerferien und überall standen Leute in kleinen Gruppen zusammen, um über die Erlebnisse der Ferien zu sprechen. Hin und wieder drang das Schlagen einer Spindtür oder ein schrilles Lachen in meine Ohren. Hauptsächlich galt meine Aufmerksamkeit aber Nell, die sich bei mir untergehakt hatte und mir in Sachen Schulklatsch ein Update verpasste.

Seit sie von ihrer Granny zurückgekommen war, hatte sie den Informationsrückstand spielend aufgeholt, der durch das fehlende Internet verursacht worden war. Meine beste Freundin liebte Gossip, wohingegen ich mich nur bedingt für die Dramen, die sich auf dem Gelände der Hayswood High abspielten, begeistern konnte. Wer seine Mutter an den Krebs verloren hatte, dem erschien die Tatsache, dass die Erzfeindin mit demselben Top zur Schule kam, einfach nicht wichtig genug, um eine Tragödie darin zu sehen. Trotzdem hörte ich ihren Schilderungen gerne zu, denn sie gaben mir das Gefühl, dazuzugehören.

„O mein Gott! Da ist Vicky. Sie und Patrick haben sich in den Ferien getrennt!", flüsterte mir Nell mehr oder weniger leise zu.

„Ach wirklich?"

„Angeblich hat sie sich im Urlaub auf eine Affäre mit einem Animateur eingelassen", führte sie die Trennungsgründe weiter aus.

„Willst du mir nicht lieber erzählen, ob du etwas von Joseph gehört hast?", lenkte ich sie ab.

Sie rollte mit den Augen und stöhnte. „Eden, du weißt doch, dass das nur ein Urlaubsflirt war."

Ich lächelte. Nell verliebte sich schnell und dementsprechend rasch entliebte sie sich auch. Nur Hope, Arlene und mir hielt sie bedingungslos die Treue.

„Dafür hast du allerdings sehr ausführlich von ihm geschwärmt", warf ich ein.

Nell umklammerte meinen Arm fester und lehnte ihren Kopf an meine Schulter, während wir uns durch die Massen an Schülern in Richtung Cafeteria bewegten.

„Joseph ist wirklich irre süß! Aber eine Fernbeziehung mit sechzehn? Das funktioniert niemals. Vielleicht war er einfach nur eine nette Ablenkung, weil ich sonst dort versauert wäre. Urlaub mit meinen Eltern und meinem dämlichen Bruder auf einer Farm mitten im Nirgendwo. Wie aufregend", meinte sie mit einem ironischen Unterton.

Ich schätzte es, dass sie mir meinen Sommer schönreden wollte. In Wahrheit wäre ich kurz vor Nells Abreise beinahe zu ihr gefahren, um sie anzuflehen, mich in ihren Koffer zu stecken. Mae zuliebe hatte ich es nicht getan, obwohl mein Verhältnis zu meiner Schwester nicht unbedingt das Beste war. Ich seufzte, was meine Freundin jedoch falsch interpretierte.

„Du konntest immerhin zuhause versauern. Wir hätten hier zusammen versauern sollen. Wobei wir beide *zusammen* gar nicht versauern könnten, nicht wahr?"

Nell hatte recht. Uns würde nie langweilig werden! Sie konnte nämlich nicht nur reden wie ein Wasserfall, sie war auch eine Meisterin im Erfinden von Zeitvertreib. Sie liebte es zum Beispiel, in Modekatalogen zu blättern. Eines ihrer liebsten Spiele bestand daraus, dass sie sich von jeder Doppelseite ein Kleidungsstück aussuchte, das dann wie von Zauberhand in der passenden Größe in ihren Schrank wanderte.

„Weißt du eigentlich, dass Will bei einer Party auf dem Stoppelfeld hinter der Farm der Belmonts in Mavericks Pick-up gekotzt hat?"

Ich grinste, während mich das Bedürfnis überkam, sie in meine Arme zu ziehen. Nell wusste, dass es mir verboten war, auf Partys zu gehen, und versorgte mich deshalb mit allem, was man wissen musste, um mitreden zu können. Dafür war ich ihr wirklich dankbar. Ohne sie wäre ich schon längst in der sozialen Isolation gelandet.

„Nein, das wusste ich bisher nicht. Doch ich bin froh, dass du es mir erzählt hast", antwortete ich mit einem Zwinkern und stieß die Tür zur Cafeteria auf. Hier gesellte sich zu dem Stimmengewirr noch das Klappern von Besteck und Geschirr, was den Lautstärkepegel weiter in die Höhe schraubte.

„Na ja, es war nur die Ladefläche, aber Maverick war stinksauer." Nell kicherte und wir reihten uns in die Warteschlange vor der Essensausgabe ein. Meine Freundin stellte sich auf die Zehenspitzen und versuchte, über die Köpfe hinweg auf die Menütafel zu sehen.

„Makkaroni mit Käse", unkte sie und zog eine Grimasse. „Für den ersten Schultag hätten die sich ruhig mal was anderes einfallen lassen können."

Schulterzuckend holte ich mein Portemonnaie hervor und zählte das Geld ab, das mich die normale Mittagsportion und die übliche Flasche Wasser kosten würden.

„Hauptsache, etwas zu essen, das nicht aus Algen, rohem Fisch oder irgendwelchen Samen besteht", gab ich zurück, was mir einen mitfühlenden Blick von Nell einbrachte.

„Sorry …", begann sie, aber ich unterbrach sie.

„Mach dir keinen Kopf, Nell", beschwichtigte ich sie und lächelte ihr zu.

Als meine beste Freundin wusste sie natürlich, dass Essen bei mir zuhause ein heikles Thema war. Für gewöhnlich nahm sie Rücksicht darauf, deshalb war ich ihr wegen des Ausrutschers nicht böse. Ich hatte mehrfach versucht, Dad von Grandmas seltsamem Speiseplan zu erzählen, doch ich wollte die wenige Zeit, die wir zusammen verbrachten, nicht mit sowas belasten. Ich wurde satt, selbst wenn ich den Kram einfach furchtbar fand. War mein Dad da, gab es normales Essen. Noch ein Grund mehr, warum ich mich immer freute, sobald er heimkommen konnte.

Fünf Monate nach Moms Tod war ihm eine Beförderung zum stellvertretenden Leiter einer anderen Abteilung angeboten worden, was nicht nur finanziell eine Verbesserung darstellte. Da er zwei Töchter ernähren musste und diese bestenfalls mal aufs College gehen sollten, nutzte er die Chance und ließ sich nach Quantico versetzen. Wir blieben in Hayswood, damit wir nicht ins Visier der Kriminellen gerieten, gegen die mein Dad ermittelte. Er wähnte uns in Grans Händen gut versorgt, dabei tat sie den ganzen Tag kaum etwas anderes, als an mir herumzunörgeln. Grandma vergötterte nur ihre Person und ein kleines bisschen Mae. Doch weil ich verstand, wie wichtig meinem Dad sein Job war, ertrug ich alles, denn schließlich war es nur widerliches Essen und Geringschätzung. Es hätte auch schlimmer sein können.

Nell beugte sich näher zu mir, und flüsterte: „Welche Achtjährige knabbert bitte lieber an rohem Fisch herum, statt sich einen Burger und Fritten zwischen die Backen zu schieben?“

„Ach, das ist wahrscheinlich nur eine Phase“, verteidigte ich meine Schwester. Dabei war mir in den letzten Wochen mehr als einmal in den Sinn gekommen, sie an den Schultern zu packen und so lange zu schütteln, bis sie mir verriet, was zu Hölle mit ihr nicht stimmte. Sie war diejenige, die Grandma in ihrem Wahn noch bestärkte, indem sie sagte, dass sie sich besser fühlte, seit sie regelmäßig Chia-Samen aß.

Warum also nahm ich sie in Schutz? Zudem war Nell meine beste Freundin! „Na ja, vermutlich hat Großmutters Wahnsinn bereits auf sie abgefärbt“, ruderte ich zurück.

„Das wundert mich nicht! Deine Gran kann sehr …“, begann sie und schnippte mir mit den Fingern vor der Nase herum, als ob sich dadurch das richtige Wort, um meine Großmutter treffend zu beschreiben, hervorzaubern ließ.

„Sehr?“, stichelte ich mit einem Grinsen auf den Lippen, gespannt, welches Adjektiv Nell wählen würde.

„Sie kann sehr vereinnahmend sein“, meinte sie schließlich und nickte zufrieden über ihre Wortwahl.

Nun, da musste ich ihr zustimmen, wobei *‚vereinnahmend‘* eine äußerst freundliche Bezeichnung war. Kein Wunder, dass ich so viel Zeit bei ihr zuhause verbrachte. Bei den Newmans ging es immer laut und lebhaft zu. Dort wurde kein roher Fisch aufgetischt. Es gab weder Missbilligungen noch Misswahlen, bei denen es die Contenance zu bewahren galt.

Bei den Newmans gab es Hausmannskost, Pepsi aus Dosen, echtes Lachen. Der Begriff Nestwärme bekam bei ihnen eine völlig neue Definition. Ehe mir schwer ums Herz werden konnte, erreichten wir die Essensausgabe, wo wir Teller in Empfang nahmen, auf denen eine seltsame gelbe Masse klebte. Es mochte zwar nicht gut aussehen, doch mir lief beim Anblick einer dampfenden Ladung Kohlehydrate das Wasser im Mund zusammen.

Unter Grandmas Regiment wurden Kohlehydrate nicht geduldet. Wenn sie die Packung Cheerios in meinem Zimmer finden würde, rief sie vermutlich die Seuchenschutzbehörde und schleppte mich ins Krankenhaus, um mir dort den Magen auspumpen zu lassen.

Zielstrebig peilten Nell und ich den dritten Tisch in der Fensterreihe an, an dem wir saßen, seit wir die Highschool besuchten. Hope und Arlene waren nicht zu sehen, würden aber bestimmt in den nächsten Minuten zu uns stoßen.

Nell piekte eine Makkaroni an und hielt sie sich vor die Nase. Selbst als sie die Gabel noch höher hob, riss der Käsefaden nicht ab.

„Nun iss einfach, Nell", forderte ich sie auf und schob mir die erste Portion voll herrlich ungesunder Kohlehydrate und fettigem Käse in den Mund. Die meisten hassten das Schulessen – ich liebte es. Der Geschmack war dabei völlig nebensächlich. Wichtig war, dass ich hier essen konnte, ohne, Angst zu haben, dass Grandma jeden Moment hereinplatzte und ich mir einen Vortrag über Cholesterin und Fettleibigkeit bei Teenagern anhören musste. Als ob bei ihrem Speiseplan jemand dick werden könnte! Es war ein kleines Gefühl von Freiheit, das mir in den vergangenen Wochen sehr gefehlt hatte.

Was hatte ich nur für ein jämmerliches Leben.

Niemand, absolut niemand, den ich kannte, vermisste das Schulkantinenessen!

„Na ja, beim Schwimmtraining bekomme ich das schon wieder runter", meinte sie und tat es mir gleich.

Während wir schweigend das Mittagessen zu uns nahmen, ließ ich den Blick im Speisesaal umherwandern. Ich erkannte, dass sich bei den meisten Cliquen über den Sommer nichts verändert hatte. Da waren die Nerds, die Emos, die Gamer, die wandelnden Modemagazine, die Rocker, die Streber, die Mitglieder der diversen Sportmannschaften. Fußball, Volleyball, Basketball, Lacrosse. Den größten Teil stellte das Footballteam und unweit von ihnen befand sich die typische Co-Existenzgruppe: die Cheerleader.

Die Cheerleader bestanden aus einem erlesenen Kreis der heißesten und beliebtesten Mädchen der Schule. Wer nicht Mitglied des Teams war, blieb außen vor. Schließlich war man lieber unter sich. Es gab nur eine Ausnahme: Caroline Hawk.

Niemand wusste, warum sie vor vier Jahren plötzlich aufgehört hatte, aber keine der Cheerleaderinnen hatte es gewagt, sie aus dem elitären Kreis zu verstoßen. Caroline hatte zwar ihre Uniform abgegeben, gehörte jedoch trotzdem nach wie vor dazu. An ihrem Einfluss schien sich kaum etwas verändert zu haben, denn wer zu Carolines Freunden zählte, hatte gute Chancen, aufgenommen zu werden. Ich war weit davon entfernt, mit ihr befreundet zu sein. Vermutlich hasste sie mich aus tiefstem Herzen.

Meine Überlegungen wurden jäh unterbrochen, als ich im Augenwinkel eine Bewegung wahrnahm. Aber es war nicht einzig das, sondern auch die dazugehörige musikalische Untermalung, die mein Interesse und die des gesamten Speisesaals in Richtung Eingang lenkte. Selbst Nell hörte auf, ihre Makkaroni zu malträtieren, und sah auf.

Eine wichtige Clique hatte ich vergessen: die Aufreißer. Nell und ich nannten sie insgeheim so, denn natürlich war das kein offizieller Titel.

Genau jene betraten soeben die Cafeteria. Allen voran schritt Cole White. Aufrechter Gang, gewinnendes Lächeln, hier und da ein Zwinkern an eine mögliche Bettkandidatin, Arme etwas abgespreizt, damit jeder sah, dass er Krafttraining betrieb. Ihm folgten die üblichen Verdächtigen: Tom Fraser, Chris Morgan und Robbie Weller. Um jemanden aufzureißen, brauchte man dessen Aufmerksamkeit und die Aufreißer wussten, wie sie die bekamen. Fraser hatte einen tragbaren Bluetooth-Lautsprecher dabei, aus dem der neueste Song von Jay Z dröhnte.

„Kann denn irgendjemand endlich mal Hirn vom Himmel werfen?“, knurrte ich genervt und wandte mich wieder meinen Makkaroni zu.

Plötzlich verstummte die Musik und ich hob den Kopf, um zu sehen, was passiert war. Ich grinste schadenfroh, als ich wahrnahm, dass Mr. Friedmann, der heute als Aufsicht in der Cafeteria eingeteilt war, sich die Box geschnappt und den Aus-Knopf betätigt hatte. Der Blick, mit dem er Tom Fraser bedachte, während er ihn zurechtwies, war stechend. Tom nickte und sah auf seine Schuhspitzen. Ich erkannte, wie sich seine Lippen bewegten, bevor Mr. Friedman ihm den Lautsprecher zurückgab. Mr. Friedmann war einer der Lehrer, die man vom ersten Moment an respektierte, und das nicht nur wegen seiner zwei Meter Körpergröße oder militärischen Vergangenheit. Es war seine Ausstrahlung. Dieser Mann war verkörperter, freiwilliger Gehorsam. Er hatte uns in der siebten Klasse Selbstverteidigungsunterricht gegeben und nicht einmal Valerie, die bis dahin immer einen Grund gefunden hatte, sich um den Schulsport zu drücken, wagte es, eine ihrer fadenscheinigen Ausreden hervorzubringen. Ein Blick von Mr. Friedmann genügte, sodass man sich automatisch fragte, was man falsch gemacht haben könnte, selbst wenn man nur in der Ecke gestanden und geatmet hatte.

Da es offenbar nichts Interessantes mehr zu sehen gab, widmeten sich die meisten wieder dem Essen und den Gesprächen, die sie vor dem Auftritt der Aufreißer geführt hatten. Ich musterte Cole, den Kopf der Aufreißer-Clique, einen Moment. Er klopfte Tom grinsend auf die Schulter, ehe er sich mitsamt seinem Gefolge an die Spitze der Warteschlange vor der Essensausgabe drängelte. Cole sah wirklich gut aus, und obwohl er ein riesiger Angeber war, schwärmte die Hälfte der Mädchen, die ich kannte, für ihn oder seinen älteren Bruder Corey, der ihm sehr ähnlich sah. Mich würden die beiden nicht einmal interessieren, falls sie auf weißen Schimmeln mit einem Strauß roter Rosen in der Hand auf mich zugeritten kämen und die letzten Männer auf dem Planeten wären. Schließlich war mein Herz seit einer kleinen Ewigkeit vergeben.

Bevor ich mich auf meine Makkaroni konzentrieren konnte, erregte ein mir bestens bekannter dunkler Schopf, der sich zielstrebig durch die Menge bewegte, meine Aufmerksamkeit. Ich brauchte sein Gesicht nicht zu sehen, um zu wissen, dass es Nate war.

Seine Haare waren an den Seiten kurz, oben etwas länger und je länger sie wurden, umso wilder standen sie von seinem Kopf ab. Eine Zeitlang versuchte er, sie mit Gel zu einer Frisur zu bändigen, sah aber glücklicherweise schnell wieder davon ab. Ich liebte Nates Haare, so wie sie waren! Es war ein verwuscheltes Chaos, das aussah, als wäre er eben erst aus dem Bett gestiegen.

Er grüßte, gab ab und an jemandem einen Handschlag, wobei er dieses hinreißende Lächeln zeigte. Das genügte, um mir das Gefühl zu geben, als wäre in meinem Magen eine Flasche Sekt entkorkt worden, die man zuvor heftig geschüttelt hatte.

Wie konnte man sich nicht in dieses Lächeln verlieben? Wenn ich es sah, beschleunigte sich mein Puls und ich spürte dieses kribbelnde Flattern hinter meinen Rippen. Ich musste mir jedes Mal, sobald ich ihn lächeln sah, ein verträumtes Seufzen verkneifen.

Nate war allerdings nicht der typische Schönling, wie Cole und sein Gefolge. Er besaß Ecken und Kanten. Im Vergleich zu Chris, der vergangenes Jahr die Schulmeisterschaft im Ringen gewonnen hatte, war er nicht so groß und breit gebaut. Er besaß auch kein Modellgesicht wie Tom, denn das verhinderte die waagrechte Narbe, die die äußere Hälfte seiner rechten Augenbraue in zwei Teile spaltete und die kleine Erhebung auf seinem Nasenrücken. Nein, er war unauffällig attraktiv, worum ich weiß Gott wie froh war. Ich könnte es nicht ertragen, wenn er ununterbrochen in der Schule angeflirtet werden würde.

Mein Herz geriet ins Stolpern, als ich sah, dass er das ausgewaschene Ramones-T-Shirt trug, das so unfassbar gut an ihm aussah. Es war ursprünglich schwarz gewesen, aber da Nate es quasi ständig anhatte, war es inzwischen eher grau. Zudem war durch das häufige Tragen der Kragen ausgeleiert, sodass man die Ansätze seiner Schlüsselbeine sehen konnte. Himmel! Fing ich wirklich schon zu sabbern an, weil ich Nate Newmans Schlüsselbeinansätze sah? Das musste der wochenlange Entzug sein!

Ich rechnete damit, dass er zu seinen Freunden Harris und Duncan gehen würde, mit denen er vor den Sommerferien jede freie Minute verbracht hatte. Doch Nate ließ die beiden links liegen und mir fielen beinahe die Augen aus dem Kopf, als ich sah, zu wem er sich gesellte.

Über den Tisch gebeugt zischte ich Nell zu: „Seit wann hängt dein Bruder mit den Aufreißern ab?"

Nell zuckte mit den Schultern, aber an dem verkrampften Zug um ihre Mundwinkel herum erkannte ich, dass auch sie ganz und gar nicht einverstanden damit war.

„Irgendwann, nachdem wir von meiner Grandma zurück waren, standen plötzlich Cole und Robbie auf unserer Veranda. Nate begrüßte sie mit einem Handschlag und führte sie in sein Zockerzimmer im Keller. Danach kamen sie fast jeden Tag", meinte meine Freundin gelangweilt.

„Na, das nenne ich mal Neuigkeiten", brummte ich. „Warum hast du mir nichts davon gesagt?"

Über alles Mögliche hatte sie mich informiert, wieso nicht über die neuen Freunde ihres Bruders?

„Keine Ahnung. Ich hoffte vermutlich, dass sich diese Freundschaft ebenso schnell in Luft auflösen würde, wie sie zustande gekommen ist."

„Was ist mit Duncan und Harris geschehen? Gab es Streit?", hakte ich nach.

Nell runzelte die Stirn, überlegte einen Augenblick und schüttelte anschließend den Kopf. „Zumindest keinen, den ich mitbekommen habe. Nate war ja schon immer ein Idiot. Seit er mit den Aufreißern abhängt, übertrifft er sich jedoch selbst", grummelte sie und widmete sich wieder den Makkaroni.

Bevor ich weiter nachdenken konnte, welchen Grund es für den Zwist zwischen Nate und seinen offenbar ehemals besten Freunden gab, kamen Arlene und Hope an den Tisch.

„Hey!", riefen die beiden und stellten ihre Tabletts ab.

„Na, wie war es bei deiner Granny?", erkundigte sich Hope bei Nell, während Arlene, die wir auch Lene nannten, sich bereits über ihr Mittagessen hermachte.

„Schrecklich und schön zugleich", hielt Nell sich vage.

„Sie hat jemanden kennengelernt", informierte ich unsere Freundinnen, die den gesamten Sommer in den Hamptons gewesen waren, wo eine Tante von Hopes Mutter ein Ferienhaus besaß. Nell erzählte sofort mit leuchtenden Augen von Joseph und ich dachte an die vergangenen Wochen.

Die meiste Zeit hatte ich meine Ruhe, weil Grandma darum bemüht war, Mae für die Wettbewerbe fit zu halten. Dazu gehörte ebenfalls, dass sie möglichst gleichmäßig bräunte und sich auf gar keinen Fall einen Sonnenbrand zuzog. Der sorgsam auf Urlaub getrimmte Teint musste schließlich bei den Misswahlen gewinnbringend in Szene gesetzt werden!

Wenn ich an die Ferien dachte, musste ich auch an Dads letzten Besuch denken, der schon wieder eine gefühlte Ewigkeit her war. Aber gestern rief er an, um mir zu verraten, dass er einige Überstunden gesammelt hatte, damit er zu meinem Geburtstag nach Hause kommen konnte.

Das war ein echter Lichtblick. Insgeheim vermutete ich, dass er möglicherweise Ablenkung in der Arbeit suchte und deswegen so selten heimkam. Dad sagte mir kurz nach Moms Tod, dass er mit ihr seine große Liebe verloren hatte. Wenn er sie nur annähernd so schrecklich vermisste wie ich, konnte ich ihn verstehen. Es verging nicht ein Tag, an dem mir ihr Lachen, ihr Geruch oder einfach nur ihre Anwesenheit fehlte. Oft hörte ich meine Klassenkameraden genervt seufzen, weil ihre Mutter anrief, um sie an etwas zu erinnern oder sich zu erkundigen, wo sie steckten. Was gäbe ich darum, so einen Anruf zu erhalten? Meine Mom konnte mich nicht anrufen, ich würde nie wieder mit ihr sprechen! Zumindest nicht in diesem Leben. Der Gedanke an den Verlust verursachte einen schmerzhaften Stich, aber ehe ich in Traurigkeit versank, holte mich Hopes lautes Gekicher in die Gegenwart.

Meine beste Freundin war gerade dabei, Lene und Hope auf den neuesten Stand zu bringen, was den Highschool-Klatsch betraf. Da ich das meiste bereits erfahren hatte, schweifte mein Blick zu Nate, der nun tatsächlich mit den Aufreißern am Tisch saß, als hätte er das seit eh und je getan. Vereinzelt drangen Wortfetzen von Nells gut ausgeschmückter Story, wie Will in Mavericks Pick-up gekotzt hatte, in mein Ohr.

Der Großteil meiner Aufmerksamkeit ruhte jedoch auf meinem heimlichen Schwarm. Sogar während er aß, war er hinreißend! Robbie schien etwas Lustiges gesagt zu haben, denn Nate, Cole und Tom ließen ihr Besteck fallen und lachten auf. Nur Chris blickte finster drein. Nells Bruder saß zu weit entfernt, als dass ich es hätte erkennen können, aber ich wusste, dass er beim Lachen die Nase ein klein wenig in die Höhe zog. Jedes Mal, wenn er das tat, schmolz ich förmlich dahin.

„Eden!", rief Nell, woraufhin ich den Blick vom Objekt meiner unerfüllten Träume losriss und sie ansah. „Na, endlich", brummte sie und rollte mit den Augen, entschärfte diese genervt wirkende Geste jedoch, indem sie mich nur den Bruchteil einer Sekunde später mit einem Zweihundert-Watt-Lächeln bedachte. Sie hörte das ungern, doch sobald sie lächelte oder gar lachte, war sie ihrem Bruder verdammt ähnlich.

„Was war denn? Habe ich etwas verpasst?", fragte ich meine drei Freundinnen, die mich gespannt anstarrten.

„Hast du nicht zugehört? Wir wollten wissen, ob du am Wochenende mit auf Pollys Party kommst", klärte mich Arlene auf.

Lene war die Kleinste von uns Vieren, obwohl sie mit ihren sechzehnzweifünftel Jahren, wie sie immer wieder betonte, die Älteste war. Ihrer Mom gehörte der Friseursalon in der Stadt und sie benutzte ihre Tochter gern als Versuchskaninchen. Zurzeit trug Arlene ihre schulterlangen Haare in einem pastellfarbenen Blau. Meist tauchte sie mindestens zweimal im Monat mit einer neuen Farbe auf und viele Mädchen beneideten sie deswegen. Der Großteil der Hayswood-Mütter rümpfte nämlich bereits die Nase, wenn ihre Tochter um die

Erlaubnis bat, ihre natürliche Haarfarbe mit einer auswaschbaren Tönung aufzupeppen. Manche zogen mit Sicherheit auch einen Aufenthalt in einem Bootcamp für schwererziehbare Jugendliche in Betracht,

„Dieses Wochenende?", hakte ich nach, obgleich ich schon wusste, dass ich bis zu meinem Geburtstag in fünf Wochen keine Zeit haben würde. Schließlich galt es, Mae bei ihren Wettbewerben zu unterstützen, und da musste ich als Schwester daumendrückend in der ersten Reihe stehen!

Hope nickte so heftig, dass ihr brünetter Pferdeschwanz wie eine Peitsche auf und abschwang. „Claire aus meinem Geometriekurs hat erzählt, dass Pollys Eltern unterwegs sind und es sogar zwei große Fässer Bier geben wird!"

Was hätte ich darum gegeben, diese Party zu besuchen! Nicht wegen der Bierfässer, sondern einfach nur, um dabei zu sein. Ich würde mich den ganzen Abend mit Mineralwasser begnügen und mit niemandem reden, nur damit ich ein einziges Mal sagen konnte, dass ich auf einer Party gewesen war. Aber was das betraf, biss ich bei Cruella auf Granit. Ehe ich nicht sechzehn Jahre alt war, musste ich mit zu den Misswahlen fahren. Diskussion zwecklos.

„Ihr wisst, dass ich bis zu meinem Geburtstag meine Schwester und Grandma begleiten muss", murmelte ich, senkte den Kopf und starrte auf die Makkaroni, auf die mir der Appetit vergangen war.

Obwohl ich wusste, dass es nicht die Absicht meiner Freundinnen war, dass ich mich wie eine Außenseiterin fühlte, war genau das jedes Mal der Fall, sobald sie über ihre Pläne für das Wochenende sprachen. Wie immer war ich nur Zaungast, als sie Outfits diskutierten. Sie alle waren nur wenige Monate älter als ich, doch manchmal glaubte ich, dass Welten zwischen fünfzehn und sechzehn lagen.

„Sie soll eine Ausnahme machen! Dein Geburtstag ist bald und schließlich werden wir dabei sein und aufeinander aufpassen. Ich spiele den Chauffeur und trinke keinen Tropfen Alkohol. Ich sehe nicht einmal in die Richtung des Bierfasses", versprach Hope.

Ich seufzte und legte die Gabel aus der Hand. „Hope, ich weiß, du meinst es gut. Es war jedoch anstrengend genug, Grandma das Zugeständnis abzuringen, dass ich zuhause bleiben darf, sobald ich sechzehn bin. Ich stehe das bereits so lange durch, da kommt es auf diese paar Wochen wirklich nicht mehr an." Meine Freundinnen setzten bedauernde Mienen auf. Ich wusste, dass sie mich gern dabeihaben würden, aber mir war auch klar, dass sie sich wie verrückt auf diese Party freuten. „Macht euch keinen Kopf! In siebenunddreißig Tagen feiern wir zusammen und holen alles nach."

Da ich ihnen die Stimmung nicht verderben wollte, zwang ich mir ein Lächeln aufs Gesicht, obwohl ich am liebsten geheult hätte.

KAPITEL 8

Zum hoffentlich letzten Mal saß ich auf einem Ledersofa, dessen rissiger und überstrapazierter Bezug förmlich unter meinem Hintern wegbröselte. In dem Teil der Sporthalle, der mittels einer Trennwand für die heutige Misswahl als Umkleide umfunktioniert worden war, war es stickig und das durch die Oberlichter einfallende Licht offenbarte Unmengen Staubpartikel, die in der Luft herumschwebten.

Die Mütter oder speziell angeheuerten Stylisten kümmerte das wenig. Mit Lockenwicklern, Glätteisen, Haarspray, Wimperntusche, Puderquasten, Liplinern, Bürsten und Haarnadeln bewaffnet, zupften und zerrten sie an den Mädchen herum, als wären es Puppen, die eigens für diese Behandlung vorgesehen waren. Bei manchen war das womöglich die traurige Realität. Geboren, um die verlorenen Träume der Mütter zu erfüllen. Getrimmt, die Schönste der Schönen zu werden. Kindheit, ade.

Ich linste zu meiner Schwester, die etwa fünf Meter von mir entfernt saß. Ihre Stylistin Francine war soeben dabei, die Lockenpracht so zu arrangieren, damit sie Maes Gesicht bei der bevorstehenden Sportmodenpräsentation optimal zur Geltung brachte. Francine ging alles andere als zimperlich vor, Mae allerdings verzog keine Miene. Nein, stattdessen plapperte sie munter vor sich hin. Das Surren eines Föhns verhinderte, dass ich hören konnte, was sie sagte, aber es sah so aus, als unterhielt sie sich mit der Teilnehmerin, die neben ihr saß. Ich hatte die Kleine bereits einige Male gesehen, doch sie zählte nicht zu den Kandidatinnen, in denen Grandma eine ernstzunehmende Gefahr erkannte. Vielleicht war exakt das der Grund, weshalb Mae mit dem Mädchen redete. Sie schienen sich sogar ziemlich gut zu verstehen, denn ein strahlendes Grinsen tauchte auf den Zügen meiner Schwester auf.

Ein seltsames Ziehen breitete sich in meinem Bauch aus, als mir klar wurde, dass Mae mit diesem Mädchen heute mehr Worte gewechselt hatte, als mit mir in den vergangenen Wochen.

Als sie neulich in mein Zimmer gekommen war und ich ihr einen Eintrag aus dem Tagebuch vorgelesen hatte, glaubte ich, dass sich das bislang eher frostige Verhältnis zwischen uns endlich bessern würde. Ich hatte mich geirrt. Nachdem Mae mit dem Mund voller Cheerios aus der Küche marschiert war, war sie wieder ganz die alte gewesen. Unserer Großmutter hörig und mich weitestgehend ignorierend.

Ich hatte keine Ahnung, warum ich unbedingt hier sitzen musste, wenn ich den beiden ohnehin egal war. Doch das war das letzte Mal. In drei Tagen war mein Geburtstag und dann griff der Freiheitspakt, wie ich die Vereinbarung inzwischen nannte. Vermutlich hatte Dad dabei einen Vertrag mit dem Teufel geschlossen, denn ohne irgendeine Gegenleistung hatte Grandma gewiss nicht zugestimmt. Hoffentlich war Dad nicht gezwungen worden, ihr seine Seele zu überschreiben! Wer wusste schon, was Cruella damit trieb.

Haare, die schimmerten wie pures Gold, tauchten am Rand meines Blickfeldes auf, während zeitgleich das Sofapolster zu meiner Rechten ein wenig einsank. Ich schnappte überrascht nach Luft, als ich sah, dass sich Caroline neben mich gesetzt hatte. Natürlich nicht, ohne ihre Mähne in dieser perfekten Geste über die Schulter zu werfen.

Ich rechnete fest mit einem bissigen Kommentar, doch sie meinte: „Hey, Lancaster. Ist dir auch so heiß? Ich habe das Gefühl, als könnte man hier kaum atmen. Bestimmt hat das ganze Haarspray meine Lunge bereits verklebt."

Um ihre Atemnot zu unterstreichen, griff Caroline sich an ihren schlanken Hals, um den eine zarte Goldkette hing. Mir lag als Antwort auf der Zunge, dass die winzigen Haarspraypartikel nicht in der Lage waren, eine komplette Lunge zu verkleben, allerhöchstens die Lungenbläschen, aber ich schluckte die Worte unausgesprochen hinunter. Niemand mochte Klugscheißer, und da ich bei Caroline ohnehin nicht besonders hoch im Kurs stand, hielt ich besser den Mund.

„Ja, echt ätzend", stimmte ich ihr stattdessen zu. Neugierig linste ich zu ihr hinüber und erkannte, dass sie den Blick über die zahlreichen Tische schweifen ließ, an denen eifrig gearbeitet wurde. Krampfhaft suchte ich nach einem Small-Talk-Thema, doch da wir die Temperaturen in der Halle bereits angesprochen hatten, fiel mir nichts ein.

„Britt präsentiert heute ein Field Hockey Dress", brach Caroline schließlich das Schweigen.

„Mae eins für Tennis", murmelte ich, weil ich mich ein wenig schämte.

Es war einfach zu offensichtlich, was Grandma mit diesem kurzen Röckchen bezwecken wollte. Zwar trug Mae Hotpants darunter, aber kein acht Jahre altes Mädchen sollte mit einem derart knappen Outfit in die Öffentlichkeit geschickt werden. Ich merkte, wie meine Schultern zu schmerzen begannen, da ich mich neben Caroline total verkrampfte. Tief in mir rechnete ich damit, dass sie jeden Moment wieder eine spitze Bemerkung von sich geben würde.

„Ich kann diesen Mist nicht mehr sehen", hörte ich sie plötzlich flüstern und wandte mich ihr zu. Tränen schimmerten in ihren Augen. Mein Mund öffnete sich, doch bevor ich einen Ton sagen konnte, sprach Caroline weiter. „Ich muss hier raus. Kommst du mit?"

Ohne eine Antwort abzuwarten, stand sie auf und rannte förmlich in Richtung Ausgang. Da ich mich auf dem Sofa sowieso zu Tode langweilte und mich nach frischer Luft sehnte, folgte ich ihr. Zudem war ich neugierig, was es mit ihrem überraschenden Stimmungsumschwung auf sich hatte. Die klare Herbstluft, die nach kürzlich gemähtem Gras und Laub roch, war eine echte Wohltat für meine Lungen. Vor der Halle befanden sich einige Bänke, aber Caroline steuerte zielstrebig die Ecke mit den Müllcontainern an.

Dort angekommen sank sie in die Hocke und lehnte sich mit dem Rücken gegen den Holzzaun, an dem die Farbe abblätterte. Ich hatte Caroline immer für jemanden gehalten, der Schmutz aus dem Weg ging, doch offenbar lag ich damit falsch.

Ohne mich anzusehen, fischte sie ein Päckchen Zigaretten aus der Hosentasche und steckte sich eine davon zwischen die Lippen. Das tat sie so lässig, als ob sie das schon hunderte Male getan hatte. Ebenso geübt schirmte sie die Flamme des Feuerzeuges mit einer Hand ab, während sie am Filter saugte, bis die Spitze der Zigarette zu glühen begann. Mir fielen fast die Augen aus dem Kopf, als sie einen tiefen Lungenzug nahm und den Qualm durch die Nase hindurch wieder ausstieß.

Mein Bild von der ehemaligen Little Miss Kansas, der Anführerin der Cheerleader, dem beliebtesten Mädchen der Schule, stürzte in sich zusammen und rieselte gemeinsam mit der Zigarettenasche zu Boden.

„Du rauchst?“, presste ich nach ihrem dritten oder vierten Lungenzug endlich hervor.

Sie gab ein Geräusch von sich, das nach einem trockenen Lachen klang. Es konnte allerdings ebenso ein Husten sein. „Habe ich jetzt dein Weltbild zerstört?“ Ein ironisches Lächeln umspielte ihre vollen Lippen.

Ich schlang mir die Arme um den Oberkörper. Hier im Schatten war es kühl, ich hätte mir eine Jacke mitnehmen sollen. „Ja, ein bisschen“, gab ich zu und bedachte Caroline mit einem schiefen Grinsen. „Ich dachte immer, du wärst perfekt.“

Sie sah mich an, aber ich wich ihrem Blick aus. Erneut lachte sie. „Perfekt? Ich? Falls jemand perfekt ist, dann höchstens unsere Schwestern“, meinte sie und deutete mit den beiden Fingern, zwischen denen die qualmende Zigarette klemmte, in Richtung Sporthalle.

„Na ja, du hast bei den Little Miss Wahlen ziemlich abgeräumt, wenn ich mich recht erinnere.“

Etwas Dunkles huschte über Carolines Miene. „Was hat mir das gebracht? Ein Haufen wertloses Blech, das jetzt in einem Karton in der Garage steht und einstaubt, weil ich es nicht ertrage, den Mist zu sehen.“

Schmerz schwang unverkennbar in ihren Worten mit, allerdings war ich zu feige, um direkt nach dem Grund dafür zu fragen.

„Diesen Mist? Ich war immer total neidisch auf dich“, gestand ich.

Nach wie vor hatte ich keine Ahnung, was der Auslöser war, dass sie sich mir gegenüber so verändert verhielt. Aber es war schön, jemanden zum Reden zu haben. Vielleicht war ich deswegen so ehrlich.

„Neidisch? Auf mich?“, versicherte sich Caroline und zog so heftig an der Zigarette, dass ich Angst bekam, sie würde außer dem Rauch die gesamte Kippe inhalieren. „Auf mich braucht niemand neidisch zu sein, Eden. Das kann ich dir versprechen.“

Ihre Stimme klang hart und für einen kurzen Moment lief ein Schauder über ihren Körper. Sie schnippte den Kippenstummel hinter den Müllcontainer und zündete sich sofort eine neue an. Mein Bauchgefühl verriet mir, dass wir nicht so schnell zurück in die Halle kehren würden, also setzte ich mich neben sie. Ich zog die Knie an die Brust und schlang die Arme um die Beine.

Bis die zweite Zigarette als Stummel hinter den Container flog, wechselten wir kein Wort, doch eine Frage brannte mir immer mehr unter den Nägeln. Ich atmete tief ein und nahm allen Mut zusammen. „Warum hast du aufgehört, an den Wahlen teilzunehmen? Du warst wahnsinnig erfolgreich."

Caroline belegte bei jedem Wettbewerb einen Platz auf dem Treppchen. Es gab nicht nur Misswahlen für Mädchen in Maes Alter. Es gab den Miss Teen America Contest und unzählige andere. Caroline hätte gewiss riesige Chancen gehabt. Sie war groß, wunderschön, besaß Charisma und eine unvergleichliche natürliche Eleganz. Dass ihr das ständige Unterwegssein zu viel war, schloss ich als Grund aus. Schließlich würde sie dann nicht jede Woche ihre kleine Schwester begleiten. Statt zu antworten, fischte sie ein Pfefferminzbonbon aus der Hosentasche, wickelte es aus und steckte es sich in den Mund. Ihren nach Tabak riechenden Atem mochte das Bonbon überdecken, aber gegen den Geruch, der an ihren Haaren und Kleidern haftete, war es wirkungslos. Noch immer konnte ich kaum glauben, dass sie rauchte.

„Diese knappen Outfits, wie auch Britt und Mae sie tragen. Ich … ich brachte es irgendwann nicht mehr über mich, das Zeug anzuziehen", kam es leise über ihre Lippen.

Ich verstand das, allerdings hatte ich nie den Eindruck gehabt, sie fühle sich in ihrem Körper unwohl. Um sie nicht anzustarren, schielte ich aus den Augenwinkeln heraus zu ihr hinüber. Genau in dem Moment lief eine Träne über ihre Wange. Carolines brüchige Stimme, das Zittern ihrer Hände und diese Träne ließen sämtliche Alarmglocken in mir schrillen.

„Was zur Hölle ist passiert, Caroline?", wisperte ich, bevor sich meine Kehle vor Angst vollkommen zuschnürte.

Sie schüttelte den Kopf, wischte sich eilig über die Wange, spuckte das Bonbon aus und zündete sich eine weitere Zigarette an.

„Was denkst du, was passiert ist, Eden? Die Welt ist nicht so rosarot, wie du glaubst."

Ich begriff rasch, dass die alte Caroline, die lediglich einen verachtenden Blick für mich übrig hatte, soeben durchbrach. Mein erster Impuls war, sie scharf an den Tod meiner Mutter zu erinnern, aber ich bekam die Kurve, ehe ich mit wenigen Worten den Fortschritt der vergangenen Minuten zunichtemachen konnte.

„Meinst du wirklich, ich wüsste das nicht, Caroline? Ich sah meiner Mom beim Sterben zu. Spätestens als ich an ihrem Grab stand und auf den Sarg hinabblickte, verstand ich, dass das Leben nicht aus Zuckerwatte, Lollipops und Bächen aus geschmolzener Schokolade besteht. Damals war ich dreizehn", entgegnete ich ruhig.

Caroline, die dabei gewesen war, einen erneuten Zug zu nehmen, hielt inne.

„Genauso alt war ich, als …"

Sie brach ab, schüttelte den Kopf und sprang auf. Rasch warf sie die Zigarette weg und klopfte sich den Schmutz von der Kleidung, ohne mich anzusehen.

„Du warst genauso alt, als was?", hakte ich nach, während ich mich ebenfalls erhob. Ich versuchte, ihr in die Augen zu sehen, aber diesmal war sie es, die den Blick senkte und überall hinsah, außer in meine Richtung. Und dieses Mal hatte es nichts mit einer Abneigung zu tun, nein, sie tat es, um etwas zu verbergen.

„Ist doch egal", winkte sie ab und anhand ihres Tonfalles erkannte ich, dass weitere Fragen sinnlos waren. „Lass uns reingehen", meinte sie und lief in die Halle, ohne auf eine Antwort zu warten.

Ich sah ihr einen Moment hinterher, ehe ich ihr folgte. Sie schlang die Arme um den Oberkörper, so wie ich es vor wenigen Augenblicken aufgrund der Kälte getan hatte. Ihr blondes Haar fiel ihr ins Gesicht und ihre gesamte Körperhaltung war darauf ausgelegt, unauffällig zu bleiben. Nichts an ihr erinnerte an die ehemalige Anführerin der Cheerleader, deren Markenzeichen der hoch angesetzte Pferdeschwanz war und die mit gestrafften Schultern und hervorgestrecktem Kinn durch die Flure der Highschool schwebte. Kein Funke der sonst so selbstbewussten, polarisierenden Siebzehnjährigen war hier zu erkennen. Sie wirkte wie ein anderer Mensch.

Nichts von dem, was ich in den letzten Minuten von ihr gesehen hatte, passte zu der Caroline Hawk, die ich bisher gekannt hatte.

Was verbarg sie nur?

An diesem Tag bekam ich keine Antwort auf die Frage. Caroline ging mir auch tunlichst aus dem Weg, doch ich plante ohnehin nicht, sie ein weiteres Mal auf ihre Andeutung anzusprechen. Da war zu viel Schmerz gewesen und ihre Abweisung war deutlich genug, damit ich verstand, dass ich es mit meinem Fragen nur noch schlimmer machen würde.

Mae belegte den zweiten Platz hinter Carlee Clayton. Dritte wurde Brittany. Die Zirkoniasteine auf den Diademen funkelten im Licht der Scheinwerfer, als die Mädchen sich am Ende des Laufstegs für das Siegerfoto aufstellten. Carlee winkte begeistert ins Publikum, während sie den Pokal und den Blumenstrauß für die Erstplatzierte mit einer Hand umklammert hielt. Mae und Britt hatten ihre Trophäen vor sich abgestellt und klatschten, mit einem ebenso breiten Lächeln im Gesicht, artig Beifall.

Bei keiner der Drei erreichte das Lächeln die Augen.

KAPITEL 9

Sechzehn zu werden hatte ich mir spektakulär vorgestellt, aber als ich die Lider aufschlug, fühlte ich mich wie immer. Auch der Glitter, der in so manchem Tagtraum auf mich herabgeregnet war, blieb aus. Nicht einmal die Sonne schien heller, als sie es für gewöhnlich tat. Um genau zu sein, war die Sonne überhaupt nicht zu sehen, denn anstelle von Sonnenstrahlen klopften Regentropfen an mein Fenster. Trotzdem schwang ich die Beine mit etwas mehr Elan über die Bettkante, als ich es üblicherweise tat.

Nachdem ich mich angezogen hatte, ging ich hinunter in die Küche, wo Grandma am Tresen saß und einen ihrer schrecklichen Kräutertees trank, die für irgendetwas gut waren. Falls mal eine Teemischung erfunden wurde, die statt einer gesunden Darmflora Mitgefühl verlieh, würde ich ihr das Zeug fässerweise einflößen.

„Guten Morgen", sagte ich betont gut gelaunt, während ich den Kühlschrank öffnete, um den Frühstückssmoothie herauszuholen, auf den Großmutter bestand.

„Guten Morgen", entgegnete sie im gewohnt gleichgültigen Tonfall über die Tasse hinweg, ohne von der Tageszeitung aufzusehen.

Ich stutzte kurz. Selbst wenn Grandma kein Herz zu besitzen schien, so hatte ich dennoch eine Gratulation erwartet. Mit einem Geschenk rechnete ich gewiss nicht. Schließlich war ich nicht masochistisch genug, um so hoch zu spekulieren – aber ein Glückwunsch wäre durchaus nett gewesen. Als ich den Smoothie, der eine seltsame grau-grüne Färbung aufwies, in ein Glas goss, schluckte ich gegen den Kloß an, den die Enttäuschung in meiner Kehle festsetzen wollte. Mit aller Willenskraft kämpfte ich dagegen an, denn ich durfte Cruella keine Angriffsfläche bieten. Emotionen oder gar Tränen befanden sich auf ihrer Liste der verachtenswertesten Dinge mit Kohlehydraten gleichauf.

Manchmal fragte ich mich, wann der Zeitpunkt kommen würde, in dem sich Grandma ihre menschliche Maske herunterriss, um ihr Roboterantlitz zu offenbaren. Vielleicht sah sie mich dann aus roten Augen heraus an und gestand mir, dass sie aus der Zukunft geschickt worden war, um mich zu beschützen, weil ich eine wichtige Rolle in John Connors Kampf gegen die Maschinen spielte.

Aber sogar das setzte eine gewisse Empathie voraus. Kopfschüttelnd stellte ich den Rest des Smoothies zurück in den Kühlschrank. Bei der Vorstellung, dass mir selbst ein Killerroboter oder Cyborg mehr Fürsorge entgegenbringen würde als meine eigene Großmutter, stieg ein Kichern in mir auf. Doch genauer betrachtet war dieser Umstand alles andere als lustig. Vielmehr war er niederschmetternd.

Der Smoothie roch nach etwas, das ich eher im Abfluss eines Spülbeckens, als auf einem Speiseplan vermuten würde. Dennoch würgte ich ihn entgegen des sofort aufsteigenden Brechreizes hinunter. Mein Magen rebellierte wegen des bitteren Nachgeschmacks. Inzwischen war ich geübt, was diese Getränke betraf, sodass ich nach einigen tiefen Atemzügen zuversichtlich war, dass sich mein Frühstück nicht als Bumerang entpuppte. Als ich das Glas in der Spüle auswusch, wuchs der Drang, meinen Mund ebenfalls mit Wasser auszuspülen mit jeder Sekunde. Was war das nur für ein Zeug gewesen, das ich eben hinuntergestürzt hatte?

Ein galliger Geschmack sammelte sich in meiner Mundhöhle, was gemeinsam mit dem unheilvollen Rumoren meines Magens ein untrügliches Zeichen darstellte, dass der Smoothie doch zu der Entscheidung gekommen war, eine Einlage als Bumerang zu geben. Ich legte mir eine Hand auf den Bauch, die andere presste ich gegen meine Lippen. Um zu verhindern, dass ich mich auf den Küchenboden erbrach, musste ich schleunigst ins Badezimmer! Ich war schon fast auf dem Flur, als mich Grandmas Stimme zum Innehalten zwang.

„Eden! Auf ein Wort", begann sie und ließ eine dramatische Pause folgen. Mein Magen zog sich zusammen, rebellierte und ich ahnte, dass mir der kurze Moment bereits jetzt zum Verhängnis geworden war.

„Dein Vater hat angerufen und mitgeteilt, dass er es entgegen seines Versprechens nicht schafft, am Wochenende hier zu sein", informierte sie mich.

Diese Neuigkeit wirkte wie ein Faustschlag auf meinen ohnehin stark strapazierten Magen und ich fühlte den Druck in der Kehle ansteigen. Bevor ich den seltsamen Smoothie auf Großmutter erbrach – was ich in Gedanken schon Hunderte Male getan hatte – rannte ich zum Spülbecken und übergab mich. Dad kam nicht und ich hatte mich so auf ihn gefreut!

Nachdem ich meinen Mageninhalt wieder von mir gegeben hatte, und gerade dabei war, mir den Mund mit einem Glas Leitungswasser auszuspülen, erklang Grandmas näselnde Stimme in unmittelbarer Nähe.

„Zudem wirst du am Wochenende nicht allein Zuhause sein."

Ich sah so rasch auf, dass mich ein leichter Schwindel erfasste.

„Was?", rief ich entsetzt und wandte mich ihr zu.

Ich hätte den Smoothie doch auf ihr graues Kostüm erbrechen sollen! Blendender Zorn bahnte sich einen Weg an die Oberfläche und ich ahnte, dass gleich der jahrelang aufgestaute Frust über ihre Behandlung aus mir herausbrechen würde. Kurz flackerte das Bild von mir als Stephen Kings Carrie, nachdem man sie auf der Bühne mit Blut übergossen hatte, vor meinem geistigen Auge auf. Es musste ja nicht in einer vergleichbaren Tragödie und unzähligen Toten enden, aber gegen zerberstende Gläser oder klappernde Schranktüren hätte ich nun wirklich keine Einwände.

„Ich werde da sein, Liebes", hörte ich eine vertraute Stimme, die in diesem Haus leider viel zu selten zu hören war.

„Dad!", flüsterte ich heiser, weil mir erneut die Tränen in die Augen stiegen.

Ich drehte mich um und rannte auf meinen Vater zu, der in der Tür zum Wohnzimmer aufgetaucht war. Er streckte die Arme aus und ich warf mich in seine Umarmung. Ich krallte die Finger in sein Baumwollhemd und vergrub mein Gesicht an seiner Brust. Erst jetzt bemerkte ich, wie sehr er mir tatsächlich gefehlt hatte. Ein Schluchzen drang aus meiner Kehle. Es war mir egal, dass ich nun sechzehn war. Er war mein Vater und ich brauchte und liebte ihn!

Dad lachte leise und gab mir einen Kuss auf den Scheitel. „Sweet Sixteen, mein Herz", murmelte er und ich glaubte, dass seine Stimme dabei ebenfalls ein wenig belegt klang. „Ich hoffe, du nimmst es mir nicht übel, dass ich deine Grandma dazu überredet habe, dich anzuschwindeln."

Ich schüttelte den Kopf. „Schon okay, Dad. Sonst wäre die Überraschung nicht geglückt", versicherte ich ihm und schmiegte mich fester an ihn. „Danke", flüsterte ich.

„Danke für was? Du hast doch dein Geschenk noch gar nicht bekommen", wandte er nach einem Moment ein und ich sah überrascht auf.

„Du musst mir nichts schenken", versicherte ich. Ihn hier zu haben, war Geschenk genug!

„Man wird nur einmal sechzehn, Eden", erinnerte mein Vater mich, woraufhin ich kicherte.

„Man wird auch nur einmal zwölf, oder zwanzig, oder fünfundzwanzig", belehrte ich ihn mit einem Augenzwinkern.

Dad warf über die Schulter hinweg einen Blick zu Großmutter, die in der Tageszeitung las, ehe er sich zu mir beugte.

„Das ist nicht ganz richtig, mein Herz", flüsterte er mir in einem verschwörerischen Tonfall zu. „Ich schwöre, dass deine Grandma mindestens sieben Mal ihren neunundvierzigsten Geburtstag gefeiert hat."

Ich erwiderte sein breites, echtes, glückliches Lächeln. Es tat unglaublich gut, jemanden um mich zu haben, der nicht gegen mich war. Jemanden, der mich liebte, den interessierte, wie mein Tag war. Jemand, der mich wahrnahm und dem ich etwas bedeutete. Dass Dad heute nach Hause gekommen war, war das beste Geschenk, das er mir hatte machen können.

„Es ist schön, dass du da bist, Daddy. Ich vermisse dich immer schrecklich", gestand ich aufrichtig.

Mein Vater drückte mir die Schulter und sah mich mit so viel Liebe im Blick an, dass ich eine Gänsehaut bekam. Dieses Haus war inzwischen mit einigen negativen Erinnerungen verbunden, doch seine Anwesenheit reichte aus, damit es sich wieder wie ein Zuhause anfühlte.

„Geht es dir gut?", erkundigte er sich und deutete in Richtung Spülbecken.

Ich nickte. „Es war nur die Aufregung", redete ich mich heraus, woraufhin er mich einen Moment prüfend ansah. Erst nach einem aufmunternden Lächeln schien er überzeugt zu sein.

„Warte kurz", bat er mich, verschwand im Flur und kehrte mit einer kleinen Papiertüte zurück. Sie war silberfarben und die riesige Tüllschleife verhinderte, dass ich sehen konnte, was sich darin befand.

„Danke, Dad", flüsterte ich, nahm die Tüte entgegen und zog meinen Vater in eine einarmige Umarmung.

Als ich hinein fasste, stießen meine Fingerspitzen gegen Stoff und ich zog mein Geschenk neugierig hervor. Es war ein weißes Top, dessen unterer Saum mit einer breiten Spitzenbordüre besetzt war. Ich faltete es auf und hielt es mir vor den Oberkörper.

Dad rieb sich mit einer Hand den Nacken und musterte sein Präsent.

„Es ist bauchfrei. Die Verkäuferin versprach mir, es sei perfekt für ein sechzehnjähriges Mädchen."

Vorsichtig strich ich über das Oberteil, das in Höhe meines Nabels endete.

„Es ist wunderschön." Vermutlich war es ab sofort das schönste Kleidungsstück, das ich besaß.

„Es ist von vorletztem Jahr. Spitze trägt diese Saison kein Mensch mehr", erklang Großmutters Stimme, die wie üblich vor Hochmut triefte.

„Mir gefiel es", setzte mein Vater entgegen und warf mir einen bedeutungsvollen Blick zu.

Er konnte Grandma ebenfalls nicht ausstehen, deshalb erlaubte ich mir, die Augen zu verdrehen.

„Mir gefällt es auch", stärkte ich meinem Dad den Rücken und vollführte auf dem Fußballen eine Drehung, während ich mir weiterhin mein neues Top vor die Brust hielt.

In dem Moment kam Mae in die Küche. Sie musterte das Top und rümpfte prompt die Nase. „Spitze ist out, Eden", verkündete sie, woraufhin ich die Fäuste ballte.

Ich war kurz davor, zu explodieren, schließlich hatte ich Geburtstag! Grandma und meine jüngere Schwester waren nicht einmal an diesem speziellen Tag in der Lage, aufzuhören, an mir herumzukritisieren! Dads Hand, die sich auf meine Schulter legte, bewahrte mich vor dem Ausbruch.

„Mae, das ist das Geburtstagsgeschenk, das ich deiner Schwester gemacht habe", schaltete er sich dazwischen.

Auf Maes Gesicht zeigte sich plötzlich ein breites Lächeln. „Daddy!", quiekte sie und rannte mit ausgebreiteten Armen auf ihn zu.

Dad fing sie, hob sie hoch und ich verspürte einen kleinen Stich, weil er seine Aufmerksamkeit nun ihr schenkte. *Reiß dich zusammen, Eden. Sie ist ebenfalls seine Tochter*, sagte ich im Stillen zu mir. Der Schmerz darüber ließ dennoch nur sehr langsam nach. Ich war immer die Einzelkämpferin und ich hätte meine Verstärkung gerne noch ein bisschen für mich allein gehabt.

„Ich mache mich für die Schule fertig", murmelte ich in den Raum hinein und eilte aus dem Zimmer.

„Ach, Happy Birthday, Eden", hörte ich Großmutter sagen, als ich bereits die ersten Stufen hinter mir gelassen hatte. Nicht einmal eine Gratulation kam dieser Frau über die Lippen, ohne, dass es wie einen Vorwurf klang.

Ich tat, als hätte ich nichts gehört.

Was sollte ich auch tun? Mich entschuldigen, dass ich geboren war? Mich bedanken? Dazu war ich zu verletzt. Mein Dad schenkte mir etwas und Grandma und Mae nörgelten nur herum!

Wenn ich nur daran dachte, was für ein Tamtam um den Geburtstag meiner kleinen Schwester gemacht wurde, kehrte die Wut zurück. Aber der heutige Tag brachte mir ein riesiges Stück Freiheit. Ich musste ab sofort auf keine Misswahl mehr fahren!

KAPITEL 10

„Sweet Sixteen!", kreischten Nell, Hope und Arlene wie aus einem Mund, als ich den Schulflur betrat.

Sie trugen paillettenbesetzte Partyhüte sowie bunte Federboas und der Glitter, den ich am Morgen vermisst hatte, regnete nun auf mich herab. Ehe ich mich versah, verpassten sie mir die größte Boa und den auffälligsten Hut. Die Kopfbedeckung war – passend zur Boa – pink, glitzerte und eine LED-Anzeige verriet, dass ich heute ‚Sweet Sixteen' feierte. Ein Gefühl, jeden Moment vor Glück zu platzen, erfüllte mich und ich grinste von einem Ohr zum anderen.

„Den soll ich dir von meiner Mom geben", erklärte meine beste Freundin, nachdem sie mich gefühlt eine Ewigkeit umarmt hatte.

Arlene überreichte mir einen Pappteller, auf dem sich eine kleine Schokotorte befand. In der Mitte brannte eine einzelne Kerze und anhand der dunklen Färbung erkannte ich auf den ersten Blick, dass Mrs. Newman Unmengen Zartbitterschokolade dafür verwendet hatte. Zartbitter war meine Lieblingsschokolade und allein die Tatsache, dass sie das wusste, trieb mir vor Rührung die Tränen in die Augen. Da wir aufgrund der Hüte, der Boas, des Glitters und nicht zuletzt des aufgeregten Geschnatters ohnehin die Aufmerksamkeit aller Schüler auf uns zogen, blinzelte ich die Tränen weg.

Statt loszuheulen, pustete ich die Flamme aus und wünschte mir – wie die letzten beiden Geburtstage zuvor schon –, dass Nate sich in mich verliebte. Nell hüpfte freudig auf und ab und klatschte in die Hände.

„Was hast du dir gewünscht?!“, bohrte sie sofort herum und sah mich hoffnungsvoll an.

„Das darf sie nicht verraten, Nell! Sonst geht es nicht in Erfüllung“, warf Lene ein, die dabei der Fragestellerin mit der Faust gegen die Schulter stieß.

Sie war ein wenig abergläubisch. Arlene machte einen Bogen um schwarze Katzen, ging nie unter einer Leiter durch und spannte niemals einen Regenschirm im Inneren eines Gebäudes auf.

Meine beste Freundin hörte auf, wie ein Flummiball auf und ab zu hüpfen und sank förmlich in sich zusammen. „Du Spielverderberin!“, motzte sie und schob die Unterlippe nach vorn.

Ich lächelte Arlene zu, ehe ich mich an Nell wandte.

„Sie hat recht. Was ich mir gewünscht habe, bleibt mein Geheimnis“, trällerte ich und grinste breit.

„Das ist eine doofe Regel!“, maulte Nell und verschränkte die Arme vor der Brust, wobei sie die Boa plattdrückte.

Ich verkniff mir, sie darüber aufzuklären, dass ich ihr auch ohne diese Regel den Wunsch verschweigen würde. Vermutlich schleppte sie mich in die nächste psychiatrische Einrichtung, wenn ich ihr verriet, dass ich mir gewünscht hatte, ihr Bruder würde sich in mich verlieben.

„Ob doof oder nicht. Regel ist Regel“, beharrte Arlene.

„Du bist eine Spaßbremse, Lene. Die Hauptsache ist doch, dass du uns nun auf Partys begleiten kannst, Eden“, wechselte Nell das Thema, drehte sich um, und lief den Flur hinab. Wir folgten ihr.

Ich balancierte den Teller mir der Torte auf den Händen und versuchte, den Schokoladenguss von den Federn der Boa fernzuhalten. Wasser sammelte sich bereits in meinem Mund und ich konnte kaum erwarten, ein Stück davon zu kosten. Am besten aß ich sie gleich hier in der Schule auf, bevor Grandma beim Anblick all der Kalorien, die darin steckten, einen Herzinfarkt bekam. So sehr ich sie auch hasste – ich legte keinen

Wert darauf, für ihren Tod verantwortlich zu sein. Wir waren inzwischen vor Nells Schließfach angelangt, wo sie ihr Partyhütchen verstaute und stattdessen ihr Biologiebuch hervorholte. Die Boa behielt sie um.

„Und das trifft sich gut, denn Polly gibt mal wieder eine Party“, gab Hope kund.

„Dieses Wochenende kann ich nicht. Mein Dad ist da. Sorry Mädels“, entschuldigte ich mich und warf einen bedauernden Blick in die Runde, während ich nach wie vor den Pappteller in der Hand hielt. So nett ich Mrs. Newmans Geste fand, ich wusste nicht so recht, was ich mit der Torte bis zum Ende des Schultages tun sollte. Ich konnte sie schlecht mit in den Biologiekurs nehmen, zu dem ich gemeinsam mit Nell gleich gehen musste.

Vergangene Stunde war von Mr. Suarez angekündigt worden, dass wir heute Insekten unter dem Mikroskop betrachten würden und ich hatte wenig Lust, Fliegenbeine in der Nähe meiner Geburtstagstorte zu haben.

„Oh! Wirklich? Das ist ja toll, Eden. Das geht selbstverständlich vor“, meinte Hope.

„Er ist irgendwann in der Nacht nach Hause gekommen. Ich war total überrascht, als er am Morgen vor mir stand“, berichtete ich meinen Freundinnen.

Hope tippte sich mit dem Zeigefinger an die Unterlippe und sah hinauf zu der vertäfelten Decke, die sich über den Schulflur spannte. Sie gab ein „Hmmm“, von sich, während sie nachdachte. „Kommende Woche wollen die Seniors ein letztes großes Lagerfeuer auf dem abgeernteten Feld der Belmonts machen, ehe ihn Mr. Belmont umgräbt.“

„Das heißt umpflügt“, verbesserte Lene sie, was Hope jedoch unkommentiert ließ.

Nell schnippte mit den Fingern und zeigte auf mich. „Das ist perfekt! Das wird deine erste Party, Eden!“, legte sie fest und stürzte auf mich zu.

Sie war offenbar im Begriff gewesen, mich in die Arme zu ziehen, als ihr auffiel, dass ich immer noch die Torte hielt.

„O mein Gott! Die sollte doch schon längst wieder im Kühlschrank sein!", keuchte sie erschrocken, packte mich am Ellbogen und zog mich in Richtung Cafeteria. „Ich habe mit Mrs. Sullivan abgesprochen, dass sie die Geburtstagstorte bis zur Mittagspause für dich aufbewahrt."

Hope und Arlene blieben zurück. Wenn ich mich nicht irrte, hatten sie gleich Geschichte bei Mrs. Patricks, die jede Sekunde zu spät kommen hart bestrafte.

„Wir sehen uns beim Mittagessen!", riefen sie uns hinterher, was Nell mit einem Winken und ich mit einem Nicken beantwortete, da mir die Hände gebunden waren.

Die Flure wurden langsam leerer, als wir vor der Tür der Cafeteria ankamen. Statt hineinzugehen, trat meine Freundin einen Schritt auf mich zu. „Nun sag schon: Was hast du dir gewünscht?", erkundigte sie sich mit gesenkter Stimme.

Jedes Mal, nachdem ich die Geburtstagskerze ausgepustet hatte, stellte sie mir diese Frage. Ich hatte mich stets aus der Affäre gezogen, indem ich ihr einen alternativen Wunsch auftischte. Doch Dads überraschendes Auftauchen hatte mich davon abgelenkt, mir rechtzeitig etwas auszudenken, das die Freundschaft zu ihr nicht gefährdete. Ich biss mir auf die Lippe und sah hinab auf die süße Köstlichkeit in meinen Händen.

An meinem vierzehnten Geburtstag sagte ich, dass ich mir meine Mom zurückwünschte. Letztes Jahr war mein offizieller Wunsch, dass Dad einen Job hier in der Nähe bekam, um nicht länger auf Grandmas Hilfe angewiesen zu sein. Es waren keine direkten Lügen gewesen, schließlich wünschte ich mir diese Dinge wirklich. Es war nur nicht das, was mir beim Auspusten der Kerze in den Sinn gekommen war.

„Eden, ich bin deine beste Freundin!", drängelte Nell weiter.

„Ja, meine beste und zugleich ungeduldigste, neugierigste Freundin", schindete ich Zeit.

Ein tiefes Lachen ließ mich zur Seite sehen. Mein Herz geriet ins Stolpern, als ich sah, wie die Aufreißer um die Ecke kamen. Cole lief voraus. Tom, Chris, Robbie und Nate folgten.

Nate trug eine dunkelgraue Jeans, die ihm locker auf den Hüften saß. Unter dem schwarzen Baumwollhemd erkannte ich erneut das Ramones-Shirt, das ich ebenso liebte, wie er. Bei der lässigen Coolness, die mein Schwarm ausstrahlte, hätte ich fast verträumt geseufzt. Bevor meine Aufmerksamkeit jedoch zu lange auf ihm verweilte und mich dadurch zuletzt verriet, musterte ich aus einem Impuls heraus Cole und versuchte, dabei eine möglichst verliebte Miene aufzusetzen. Um mein Schauspiel perfekt zu machen, biss ich mir auf die Unterlippe und sah zu Boden.

„Gott, Nell, bitte erklär mich jetzt nicht für verrückt", begann ich, woraufhin die Antennen meiner besten Freundin sofort ausschlugen.

Sie legte mir die Hände auf die Schultern, ging ein bisschen in die Knie, sodass sie mir ins Gesicht sehen konnte und schwor: „Eden! Das würde ich niemals tun! Na ja – es sein denn, du vergeudest dein Herz an meinen dämlichen Bruder."

Volltreffer. Autsch.

Ich sah auf und bemerkte, wie Nell die Augen zu schmalen Schlitzen verengte und Nate, der den Aufreißern in die von uns aus entgegengesetzte Richtung folgte, einen bösen Blick zuwarf. „Nein! Es ist … es ist Cole", brachte ich die Lüge flüsternd über die Lippen.

„Was?!", kreischte sie, ehe sie ihren Fehler erkannte und sich eine Hand vor den Mund schlug.

„Seit wann?", hakte sie nach, weil ich ihr gegenüber nie etwas deswegen erwähnt hatte.

„Keine Ahnung. Ich ertappe mich in letzter Zeit nur immer öfter dabei, wie ich nach ihm Ausschau halte und an ihn denke. Daher habe ich mir gewünscht, er würde mich einfach mal wahrnehmen."

Nells Hände glitten über meine Oberarme. „Gott, Süße! Warum hast du nie was gesagt?“

Ich biss mir auf die Unterlippe. Es fühlte sich grässlich an, sie anzulügen, doch ich konnte ihr unmöglich sagen, dass ich nahezu vierundzwanzig Stunden des Tages an ihren Bruder dachte!

„Ich war mir sicher, du würdest mich für verrückt erklären. Immerhin ist er der Anführer der Aufreißer und da ich weiß, dass du nicht ihr größter Fan bist. Ich ... ach, das ist alles so ...“ Ich ließ den Satz unbeendet und zuckte mit den Schultern.

„Eden, ich bin gewiss nicht sein größter Fan, allerdings ist er schon ziemlich süß. Vielleicht bringen wir ihn dazu, sich mal nicht wie ein aufgeblasener Idiot zu benehmen.“

Ich lächelte. „Möglicherweise ist er ganz anders, wenn man mit ihm allein ist“, mutmaßte ich und untermauerte damit gleichzeitig die Lüge.

Nell öffnete die Tür zur Cafeteria und zeigte mit dem Finger auf mich. „Und genau das gilt es herauszufinden. Die Party auf dem Feld wird deine Chance!“

Ich nickte stumm und hoffte, nicht in die Hölle zu kommen, weil ich sie so schamlos angelogen hatte. Aber ich wusste, was sie von ihrem Bruder hielt, und das Risiko, dass sie deswegen sauer auf mich war, war schlichtweg zu groß.

Nell war meine Rettungsinsel! Sie und die Newmans bewahrten mich seit Jahren davor, den Verstand zu verlieren, depressiv zu werden oder eines Nachts einfach abzuhauen. Meine Hoffnung war, sie würde irgendwann erkennen, dass ihr Bruder kein so schlechter Kerl war, wie sie dachte.

Die Tatsache, dass Nate nun mit den Aufreißern abhing, oder schlimmer noch, inzwischen einer von ihnen war, machte die Sache natürlich nur schwerer.

Doch was war schon leicht? Das Leben als Teenager in einer amerikanischen Kleinstadt bestimmt nicht.

KAPITEL 11

Ich war froh, nicht auf Arlene gehört zu haben und bei Sneakern geblieben zu sein. Meine Ratgeberin stakste auf viel zu hohen Keilabsatzschuhen an Hopes Arm, die dieselbe Schuhwahl wie ich getroffen hatte, über das Stoppelfeld und war kaum in der Lage, sich auf den Beinen zu halten. Ich konnte mir zu gut vorstellen, wer dazu verdonnert werden würde, die Jacken aus dem Wagen zu holen, wenn es uns zu kalt wurde.

„Eden! Warte auf uns!“, hörte ich Nell rufen, die auf gelben Pumps mit der Eleganz eines Trampeltiers über den unebenen Boden lief.

Ich verschränkte die Arme vor der Brust und drehte mich um.

„Nur weil ihr euch die falschen Schuhe ausgesucht habt, will ich keine Minute der Party verpassen!“, gab ich zur Antwort und steuerte weiter schnurstracks auf das Lagerfeuer zu.

Mein Herz pochte aufgeregt, als ich die Menschen sah, die in Gruppen zusammenstanden, lachten und gemeinsam tranken. Zu meiner ersten Party würde ich bestimmt nicht zu spät kommen! Mir war bewusst, dass es hier weder einen festen Beginn noch ein offizielles Ende gab. Doch wir waren aufgrund des ewigen Hin und Her wegen der Outfits später dran, als mir lieb war. Was ich heute Abend anhatte, lag schon seit Tagen griffbereit! Natürlich hatte ich mich für das süße bauchfreie Top entschieden, das ich von Dad zum Geburtstag bekommen hatte. Die Alternative wäre eine Bluse mit Karomuster gewesen und die kam gegen mein neues Oberteil nicht an. Mein Haar trug ich offen, sodass es mir fast bis zum Bund der Jeans reichte. Um meine Aufmachung ein bisschen aufzupeppen, hatte mir Arlene ein halbes Dutzend Modeschmuckketten geliehen. Anfangs fühlte es sich fremd an, da ich außer dem schmalen Ring an meinem Mittelfinger und der Ohrstecker kaum Schmuck anlegte, aber die silbernen Ketten mit den zahlreichen verschiedenen Anhängern gefielen mir. Vielleicht sollte ich mein Geld ausnahmsweise doch mal in etwas Altersentsprechendes investieren, statt es für Cheerios auszugeben.

„Diese verfluchten Schuhe!", schimpfte Lene, woraufhin ich den Gedanken fallenließ und einen Blick über die Schulter warf.

Meine Freundinnen waren stehen geblieben. Arlene bückte sich hinab und hielt kurze Zeit später die Schuhe an den Riemchen, welche noch vor wenigen Sekunden um ihre Knöchel gelegen waren. Nell seufzte und befreite sich ebenfalls von ihrem Schuhwerk.

„Los! Lasst uns endlich auf die Party gehen. Dort vorn wird alles schon platt getreten sein, dann können wir sie wieder anziehen", zeterte Lene genervt und stürmte nahezu an mir vorbei.

Nell hakte sich bei mir unter und ich kicherte, als ich beobachtete, wie schnell Arlene plötzlich auf dem unebenen Boden laufen konnte. Die Stoppeln schienen ihr nichts auszumachen, oder sie ignorierte sie schlichtweg.

Am Lagerfeuer waren bisher etwa fünfzig Leute eingetroffen. Die meisten kannte ich vom Sehen und von einigen wusste ich die Namen, da ich mit ihnen zusammen in irgendeinem Kurs war. Aber es war niemand dabei, den ich spontan ansprechen würde. War das der Preis, den ich nun zahlte, weil Grandma mich bislang immer auf die Schönheitswettbewerbe geschleppt hatte?

„Hey, Eden! Wir wollen uns was zu trinken besorgen. Kommst du mit?", erkundigte sich Arlene, die inzwischen wieder auf ihren Keilabsätzen stand.

Ich nickte und folgte meinen Freundinnen, die sich zielstrebig von dem Lagerfeuer entfernten, welches das Zentrum der Party bildete. In etwa fünfzig Metern Entfernung entdeckte ich einen Kleintransporter, der offenbar unser Ziel war. Als wir ankamen musterte ich die unzähligen Rostflecken, während Nell rhythmisch an die Seitentür klopfte.

„Zweimal klopfen, bis drei zählen, dann erneut zweimal klopfen“, erklärte sie, als bereits die Tür geöffnet wurde. Ein Schwall süßlicher Rauch schwebte uns entgegen, den ich versuchte, mit wedelnden Handbewegungen von mir fernzuhalten. Trotzdem hustete ich.

„Deine Freundin verträgt wohl nichts, was?“, hörte ich einen Typen sagen, den ich erst erkennen konnte, als sich der Qualm ein bisschen verzogen hatte.

„Sie ist das erste Mal hier. Keine Sorge, sie wird den Mund halten“, stellte Nell klar und reichte dem Kerl einen Zehndollarschein. „Gib uns vier Bier. Der Rest ist für dich.“

Daraufhin verschwand der Typ wieder im Inneren des Transporters. Ich hörte verschiedene Stimmen aus dem Fahrzeug und vermutete, dass dort drin allem Anschein nach einige Leute ihre private Feier veranstalteten. Obwohl ich sozusagen eine Party-Jungfrau war, ahnte ich, dass sie Gras rauchten und Bier oder gar Schnaps tranken.

„Sollte Officer Hawk hier auftauchen, habt ihr mich nie gesehen, verstanden?“, schärfte uns der Verkäufer ein, was meine Freundinnen mit einem gemurmelten „Ist klar“, beantworteten. Wir nahmen die Flaschen entgegen und kehrten zum Lagerfeuer zurück. Es fühlte sich seltsam an, mit einer Bierflasche in der Hand herumzulaufen, doch Arlene, Hope und Nell verhielten sich, als wäre das völlig normal. Zwar war Alkohol erst ab einundzwanzig erlaubt, aber für meine drei Freundinnen schien dies gang und gäbe zu sein. War es irgendwie ja auch. Partys feiern, mit Gleichaltrigen abhängen, Grenzen austesten. Das war es, was Teenager tun sollten! Mit meinem selbst zugesprochenem Mut probierte ich einen Schluck und verzog das Gesicht. Verdammt war das Zeug bitter! Um nicht weiterhin als Außenseiterin zu gelten – die war ich lange genug gewesen – zwang ich mich zu einem zweiten und dritten Schluck. Meine Geschmacksnerven gewöhnten sich rasch daran, denn beim vierten Mal schmeckte das Gebräu sogar relativ gut. In meinem Brustkorb dehnte sich ein seltsames Gefühl aus, als mir bewusst wurde, dass ich vermutlich ab sofort dazugehörte. War das Rührung? Ergriffenheit? Freude?

Ich hatte keine Ahnung und es war mir egal, weil ich endlich auf einer Party war!

Am Montag in der Schule würde ich genau wissen, von was meine Mitschüler sprachen, da ich dabei gewesen war und es nicht nur durch Nells bildhafte Erzählungen wusste. Die Erkenntnis wühlte mich regelrecht auf, aber ich drängte die Freudentränen eisern zurück, die darauf lauerten, mein Make-up zu ruinieren. Den Kloß in meiner Kehle spülte ich mit einem weiteren Schluck Bier herunter. Hmmm. Nicht übel.

Arlene und Hope liefen einige Meter vor mir, während Nell neben mir war. Plötzlich fiel mir etwas ein und ich umfasste den Oberarm meiner besten Freundin mit der freien Hand.

„Nell, warte kurz“, bat ich sie, woraufhin sie sofort stehenblieb.

„Eden, alles okay mit dir?“, fragte sie, als sie meine offenbar besorgte Miene bemerkte.

„Mit mir ist alles in Ordnung. Es geht um Caroline.“

Nells Augenbrauen schoben sich vor Verwunderung in die Höhe.

„Sie lässt sich auf solchen Partys nie sehen. Du musst dir keine Sorgen machen, dass ...“

„Das ist es nicht“, unterbrach ich sie.

Nun bewegten sich Nells Brauen in die entgegengesetzte Richtung, als sie mich forschend ansah.

„Auf Maes letzter Misswahl habe ich mit ihr gesprochen. Hast du gewusst, dass sie raucht?"

Nell zuckte mit den Schultern. „Nicht direkt, aber ich sah sie hin und wieder in der Mittagspause zu den Hausmeistergaragen laufen, hinter denen sich die Raucher verstecken."

„Na ja, jedenfalls raucht sie. Das ist nicht nur ein Paffen. Sie raucht so richtig auf Lunge."

Ich laberte sinnloses Zeug und holte tief Luft, als ich das bemerkte. Aus irgendeinem Grund gelang es mir nicht, auf den Punkt zu kommen.

„Machst du dir etwa Sorgen um sie? Du weißt, dass sie diejenige war, die dich nach deiner Wahlteilnahme durch den Kakao gezogen hat?"

„Das weiß ich, doch an diesem Wochenende wirkte sie so … so aufgewühlt. Sie hat eine Zigarette nach der anderen geraucht und darüber hinaus sogar vergessen, ätzend zu mir zu sein."

„Tatsächlich?", meinte Nell trocken.

Sie war kein großer Fan von Caroline. Als meine beste Freundin hielt sie stets zu mir, wodurch ich vermutlich bis an mein Lebensende in ihrer Schuld stand. Ohne sie an meiner Seite hätte ich nach dem Wahlfiasko meine Pausen ausschließlich auf der Schultoilette verbracht, was wirklich erniedrigend gewesen wäre.

„Weißt du, weshalb sie bei den Cheerleadern ausgestiegen ist und aufgehört hat, an den Wettbewerben teilzunehmen?"

Nell stemmte eine Hand in die Taille und sah mich mit riesigen Augen an. „Du sorgst dich um sie", stellte sie fest. „Mensch, Eden. Dein weiches Herz bringt dich irgendwann ins Grab. Sie hat kein gutes Haar an dir gelassen und wurde nicht müde, jedem von dem letzten Platz zu erzählen, den du belegt hast. Sie hat es sogar dann noch erzählt, als es schon längst niemand mehr hören wollte. Sag mir, dass du dir nicht ernsthaft den Kopf über Caroline Hawks psychischen Zustand zerbrichst!"

Ich presste die Lippen aufeinander und schluckte widerwillig den dicken Brocken Wahrheit, den meine Freundin mir eben vor den Latz geknallt hatte. Sie mochte recht haben, aber unter Carolines unausgesprochenen Worten schlummerte etwas, das mich beunruhigte.

„Nell, ich fahre seit Jahren auf diese Wahlen. Es wird immer schlimmer und die Outfits werden zunehmend knapper. Du müsstest die Mädchen mal sehen. Manche sind halb so alt wie ich und tragen dennoch doppelt so viel Make-up wie eine Bordsteinschwalbe in Los Angeles. Denkst du, sie hat aufgehört, weil sie jemand …"

Ich geriet ins Stocken. Die Worte, die mir auf der Zunge lagen, waren so grässlich. So widerlich, dass ich sie als fauligen Geschmack wahrnahm.

„Weil sie jemand angefasst hat?", vollendete meine beste Freundin den Satz für mich. Auf Nells Zügen zeichnete sich Verblüffung ab, doch bald erkannte ich, wie sich die Zahnräder in ihrem Kopf drehten.

„Sie war so verdammt erfolgreich! Erinnerst du dich daran, wie sehr wir sie wegen ihrer ständigen Prahlerei gehasst haben? Gut, sie hat einmal nur das Halbfinale erreicht und ist dadurch *nur* auf dem fünften Platz gelandet, allerdings scheint mir das als Anlass ein wenig zu fadenscheinig. Wieso hört eine Schönheitskönigin, die nur am gewinnen ist, plötzlich auf?"

„Das allein ist jedoch nicht der Grund, warum du denkst, dass was passiert sein muss, richtig?", merkte sie an.

„Nein", gab ich leise zu. „Caroline sagte, die Welt sei nicht nur rosarot."

Nell schnaubte. „Also bitte. Falls es jemanden gibt, der weiß, dass das so ist, dann du, Eden."

„Klar, meine Mom ist gestorben und ich stehe unter der Aufsicht von Cruella. Aber was bringt ein Mädchen wie Caroline dazu, so eine Aussage zu treffen? Da steckt mehr dahinter, als ein abgebrochener Fingernagel."

Nell biss sich auf die Unterlippe und schwieg einen Moment. „Womöglich hast du recht. Leider habe ich keine Ahnung, was vorgefallen sein könnte."

Ich nickte. Meine beste Freundin war stets gut über alles informiert. Wenn es nur den Hauch eines Gerüchtes wegen Carolines Karriereende gab, das sich mit unserer Vermutung deckte, würde sie das wissen.

„Komm, wir gehen zurück", schlug ich vor und bot ihr einen Arm an, damit sie in ihren gelben Pumps nicht umknickte.

Wir waren nur ein paar Minuten weg gewesen, doch in unserer Abwesenheit waren schätzungsweise zwei Dutzend Leute dazugekommen. Mein Herz setzte einen Schlag aus, als ich Nate darunter erkannte. Noch nie war ich so froh darum, dass es bereits dunkel war, denn sonst hätte jeder in meiner näheren Umgebung beobachten können, wie ich feuerrot anlief. Ich zwang mich dazu, den Blick nur für einen Moment auf ihm verweilen zu lassen und folgte Nell zu Arlene und Hope, die auf der anderen Seite des Feuers standen.

Unsere beiden Freundinnen sprachen mit Zoey und Gina, die zusammen mit Nell im Schwimmteam waren. Die Schwimmerinnen begrüßten sich mit einer stürmischen Umarmung und sofort begannen die drei ein Gespräch über den neuen Trainer, der für die kommende Saison ins Team geholt worden war. Lene und Hope diskutierten ein gemeinsames Projekt, welches sie für Mrs. Cornwalls Chemieunterricht auf die Beine stellen sollten.

Weil ich weder beim Thema Schwimmen, noch dem Chemieprojekt mitreden konnte, sah ich mich um. Nate befand sich mit seiner Clique am äußeren Rand des Kreises, der sich um das Lagerfeuer gebildet hatte. Wie es sich für die Aufreißer gehörte, hielten sich einige Mädchen in ihrem Dunstkreis auf, die immer wieder ihre Haare über die Schultern warfen. Warum taten sie das? Dachten sie, Cole und sein Gefolge würden vom Duft ihrer Haarspülung so betört, dass sie ihnen sabbernd hinterherliefen und dabei ihre Handtaschen trugen? Die Jungs schien es nicht zu stören, denn ich erkannte, wie Nate einer dieser ‚Haarwerferinnen' sein wunderbares Lächeln schenkte.

Himmel, war ich dämlich! Wieso glaubte ich, eine Ahnung davon zu haben, was Jungs mochten und was nicht? Ich war eine ungeküsste Jungfrau, die bisher über das Händchenhalten mit Simon Whitmore in der sechsten Klasse nicht hinausgekommen war! Verärgert wegen meiner eigenen Arroganz, setzte ich die Bierflasche an die Lippen und trank in großen Schlucken, bis sie leer war. Anschließend wandte ich mich meinen Freundinnen zu, die weiterhin in Gespräche vertieft waren.

„Soll ich euch etwas mitbringen?", mischte ich mich ein und hielt die Flasche in die Höhe.

„Danke, ich hab' noch", entgegneten Arlene und Hope wie aus einem Mund und auch Nell schüttelte mit dem Kopf. Also begab ich mich allein auf den Weg in Richtung des rostigen Kleintransporters. Nachdem ich mich mit dem Klopfzeichen bemerkbar gemacht hatte, öffnete derselbe Typ wie vorhin die Seitentür und sah mich an.

„Hey, ich brauche Nachschub", begründete ich mein Auftauchen und reichte ihm meine leere Flasche.

„Das kostet dich fünf Dollar", verlangte er, woraufhin mir der Atem stockte.

„Was? Wir bezahlten vor zwanzig Minuten für vier Bier zehn Dollar!", widersprach ich seiner Forderung.

Er kratze sich über den ungepflegt wirkenden Bart und nickte einige Male. „Das ist korrekt, aber seit eurem letzten Einkauf ist die Nachfrage stark gestiegen und der Vorrat geht bereits zur Neige. Bei einem Mangel an Angebot steigt der Preis. Das versteht sich von selbst, oder?", meinte er.

Lautes Gelächter, das aus der Richtung des Feuers herüber schwebte, ließ mich herumfahren. Ich erkannte, wie sich eine ganze Gruppe auf den Weg hierher machte und der Typ in wenigen Augenblicken die nächsten Kunden an der Angel haben würde. Weil es hier jedoch keine Alternative gab, musste ich den Wucherpreis wohl oder übel in Kauf nehmen, wenn ich nicht auf dem Trockenen sitzen wollte.

„Na gut“, stimmte ich zu und überreichte ihm einen Fünfdollarschein, woraufhin er im Inneren des Wagens verschwand.

Während ich auf mein Getränk wartete, kam Corey Walker um die Ecke. Er war Coles großer Bruder und der Schein des Lagerfeuers reichte aus, um zu erkennen, dass er mit beiden Händen an seinen Hosenknöpfen zugange war. Mit jedem Schritt, den er auf mich zukam, verkrampfte ich mich mehr, denn ich rechnete damit, gleich sein Glied zu sehen. Erleichtert stellte ich allerdings fest, dass er dabei war, die Hose zu schließen, statt sie vor mir herunterzulassen.

Als er bemerkte, dass jemand unmittelbar vor ihm stand, hob er den Blick, der bis dato ausschließlich auf seine Hände gerichtet gewesen war, und sah mir direkt ins Gesicht. Himmel, diese Augen. Besaß er einen Waffenschein dafür? Mein peinliches nach Luft schnappen ging glücklicherweise unter, weil der Bierverkäufer auftauchte und meine überteuerte Bestellung zwischen uns hielt.

„Hey, Corey. Noch n‘ Bier?“, erkundigte sich der Typ, während ich ihn weiterhin musterte.

Cole war schon ein Hingucker, aber sein Bruder wirkte kantiger, männlicher und verflucht – der Kerl war verdammt attraktiv. Ich musste ein Kichern unterdrücken, als ich erkannte, dass ich soeben zwei deftige Flüche in einem Satz untergebracht hatte. Ich hatte sozusagen die Contenance verloren! Grandma würde mich vermutlich zwingen, meinen Mund mit einer Drahtbürste zu säubern, wenn sie davon erfuhr!

„Überleg es dir gut. Mir hat er satte fünf Mäuse abgeknöpft!“, sprudelte es aus mir heraus, woraufhin mein Gegenüber überrascht blinzelte.

„Fünf Dollar?! Darren, du bist ein Bastard!", brummte Corey und reckte ihm auffordernd eine Hand hin.

Darren gab mir das Bier, stieß ein genervtes Seufzen aus, verschwand erneut im Van und kehrte mit einer zweiten Bierflasche zurück, die er Coles Bruder ohne weitere Widerworte überreichte.

„Danke", meinte er knapp, grinste ein Gewinnerlächeln und streckte dann überraschenderweise mir die Flasche entgegen.

Der Van wackelte, als der Bierverkäufer sich verzog und begann, darin etwas hin und herzuschieben. Vermutlich musste er das Lager neu sortieren.

„Oh, äh, das … das wäre nicht nötig gewesen", stammelte ich unbeholfen, und umklammerte das Fünf-Dollar-Bier mit beiden Händen, denn irgendwas in mir weigerte sich, die zweite Flasche anzunehmen. Mein Blick wanderte zwischen Coreys Augen hin und her. „Behalte sie. Als Dankeschön sozusagen", presste ich schließlich hervor. Mein Gegenüber zuckte mit den Schultern, drehte den Verschluss ab und nahm einen großen Schluck.

„Eden, richtig?", vergewisserte er sich, was mich verblüffte. Corey Walker kannte meinen Namen?! War etwa die Hölle eingefroren? Verzögert bestätigte ich seine Frage mit einem Nicken, während er sich gegen den Van lehnte. „Was machst du hier?"

„Ähm, feiern?", schlug ich vor. Corey grinste spitzbübisch. Mit Sicherheit sorgte das bei anderen Mädchen dafür, dass sie nur noch daran dachten, den Weltrekord im Höschenausziehen zu brechen, wohingegen ich es in Gedanken mit Nates Lächeln verglich. Corey war heiß und besaß Charme, für meinen Schwarm war er trotzdem keine Konkurrenz. Ungeachtet dessen erwiderte ich sein Grinsen. Ein bisschen Small Talk tat mir gewiss gut und ich musste ja nicht mit ihm ins Bett steigen. „In erster Linie bin ich hergekommen, um Bier zu kaufen", ergänzte ich und wackelte mit der Flasche.

„Ah, richtig", entgegnete er, stieß sich vom Van ab und kam auf mich zu. Sein Blick brannte sich in meinen und plötzlich spürte ich, wie er seine Finger um mein Handgelenk legte. Zuerst glaubte ich, das würde ein Annäherungsversuch werden, aber er nahm mir lediglich das Bier ab und öffnete den Verschluss für mich. Vorsichtig und so unauffällig wie möglich entließ ich die angehaltene Luft aus meinen Lungen.

So ganz kalt ließ Coles Bruder mich offenbar doch nicht. War das wirklich verwunderlich? Der Moment, in dem er mich berührt hatte, war mein erster Körperkontakt mit einem Jungen seit der sechsten Klasse!

„Danke", sagte ich gedehnt und suchte dabei krampfhaft nach einem Gesprächsthema. Ich war eine Niete, was belangloses Geplauder betraf! Die Gruppe, die mir vorhin aufgefallen war, lief lärmend an uns vorbei, was mir einige Sekunden Zeit verschaffte.

„Wolltest du wieder zurück?", fragte Corey, während er sich am Kopf kratzte, wodurch er irgendwie total süß aussah.

Bisher hatte ich nur Augen für Nate gehabt, aber da der mich seit unserer Begegnung an der Haustür nicht mehr beachtete, war es vielleicht kein Schaden, die Fühler ein wenig auszustrecken. Zudem hatte ich Nell vorgegaukelt, dass ich für Cole schwärmte. Sein Bruder sah ihm ziemlich ähnlich und um meine Schwindelei zu untermauern, traf es sich gut, wenn sie mich mit ihm zusammen entdeckte. Ich könnte dann zum Beispiel behaupten, dass ich versuchte, über ihn an Cole heranzukommen.

„Ja", gab ich zu und setzte mich langsam in Bewegung. Corey blieb an meiner Seite.

„Was treibt dich auf diese Party, Eden?"

„Nun, ich schätze, dasselbe, das jeden hierhertreibt", antwortete ich, gab die abgeklärte Partygängerin, hob die Hand und wackelte mit der Bierflasche. Cole zeigte erneut sein Killerlächeln.

„Mein verdammter Kumpel Darren verdient sich jedes Wochenende eine goldene Nase mit uns. Pass auf, ihm nie mehr als zwei, maximal drei Dollar für ein Bier zu bezahlen", warnte er mich.

Shit! Somit war meine Rolle als abgeklärte Partygängerin aufgeflogen. Corey ging jedoch nicht weiter auf mein vermutlich missglücktes Schauspiel ein. Vielleicht war er im Laufe des Abends selbst mehrfach Kunde bei seinem Kumpel gewesen, sodass deswegen mein kleiner Fauxpas von ihm unbemerkt blieb.

„Woher weißt du, wie ich heiße?", erkundigte ich mich, weil ich mich nicht daran erinnern konnte, schon einmal Kontakt mit ihm gehabt zu haben.

„Du bist doch das Mädchen, deren Mutter an Krebs starb, oder?", erwiderte er und verpasste meiner Partystimmung damit einen herben Dämpfer.

„Richtig", bestätigte ich und trank einen Schluck. In einer Kleinstadt wie Hayswood machte sowas die Runde. Was hatte ich auch erwartet?

„Erzähl mir was von dir, Eden. Was hast du in den Ferien gemacht?", forderte Corey mich auf und wechselte somit gleichzeitig das Thema.

Ich hatte eigentlich keine Lust, über meinen todlangweiligen Sommer zu reden, den ich im Schwelgen von Erinnerungen verbracht hatte. Allerdings lenkte es mich von den Gedanken an meine Mom ab und es gefiel mir, dass ein Junge Interesse an mir zeigte. Schließlich redete ich nicht mit irgendwem, sondern mit Corey Walker, der in Sachen Attraktivität seinem Bruder in nichts nachstand. Und Cole war immerhin der Anführer der Aufreißer, dessen Name schätzungsweise gut die Hälfte der weiblichen Schülerschaft in Herzchen gerahmt auf ihre Hefte kritzelte.

Mein Herz schlug ein bisschen schneller als gewöhnlich und ich bemerkte, dass sich all meine Sinne auf Corey konzentrierten.

Fühlte es sich so an, wenn man flirtete? Dadurch, dass ich eine Klasse übersprungen hatte, waren all meine Klassenkameraden älter als ich. Ein Großteil der Mädchen hatte schon Freunde gehabt, erste Küsse erlebt und Leanne, die mit mir in Geschichte war, und ihre Freundinnen prahlten mit dem Sex, den sie angeblich ständig hatten. Im Vergleich zu denen war ich eine Nonne und es an der Zeit, den Erfahrungsrückstand endlich ein wenig aufzuholen. Also gab ich mir einen Stoß und beschloss, etwas zu riskieren.

„Ich war ein paar Wochen in den Hamptons", log ich mit gesenkter Stimme und hoffte, Hope und Arlene würden mir verzeihen, dass ich mir ihre Erlebnisse *ausborgte*. Blieb nur zu hoffen, dass Corey mich nicht gesehen hatte. Doch da ich mein Zimmer kaum verlassen hatte, war das Risiko gering.

„Hey! Die Hamptons! Wie abgefahren! Da ging es bestimmt jeden Abend ab, was?"

„Ja, es war ziemlich cool", schwindelte ich, da ich vermutete, er meinte Partys. Corey durfte auf keinen Fall herausbekommen, dass das hier meine Premiere war.

„Was hast du denn den Sommer über gemacht?", fragte ich, um von mir abzulenken.

Nachdem wir einige Schritte weitergegangen waren, antwortete er: „Nichts Spektakuläres. Meine Eltern sind geschieden. Ich war ein paar Wochen bei meiner Mom, dann wieder bei meinem Dad, danach noch einmal bei meiner Mom."

Ich erkannte den traurigen Unterton in seiner Stimme, obwohl sich Corey nach außen hin abgeklärt gab. Vielleicht war ich so gut darin, zu erkennen, wenn jemand etwas vorspielte, weil ich im Prinzip das Gleiche tat. Ich tat, als kannte ich mich mit Partys aus. Ich tat, als verletzte mich Grandmas Ignoranz nicht und ich tat, als ob es mir nichts ausmachte, dass Nate mit anderen Mädchen abhing und mit ihnen flirtete, während er mich links liegen ließ. Kurz darauf erreichten wir das Lagerfeuer und blieben stehen. Die züngelnden Flammen wärmten mich und durch den Temperaturunterschied meiner beiden Körperseiten wurde mir bewusst, wie sehr es mittlerweile abgekühlt hatte. Ich schlang die Arme um den Oberkörper und hielt Ausschau nach Hope, Arlene und Nell, konnte sie jedoch nicht entdecken. Möglicherweise waren sie auf dem Weg zum Auto, um die Jacken zu holen. Ich hoffe, sie würden meine mitbringen.

„Hast du eigentlich einen Freund, Eden?"

Ein seltsam dumpfes Gefühl breitete sich in mir aus, denn ich konnte mir gut vorstellen, weshalb ihn mein Beziehungsstatus interessierte. Vor wenigen Minuten dachte ich noch, Corey sei ein möglicher Kandidat, um endlich über Nate hinwegzukommen. Seine einfache Frage genügte allerdings, um mir klarzumachen, dass ich mich hierbei auf dem Holzweg befand. Niemand stieß Nate so schnell vom Thron meines Herzens. Ich räusperte mich, um Zeit zu gewinnen.

„Nein, ich bin in keiner Beziehung", antwortete ich wahrheitsgemäß, woraufhin Coreys Lächeln eine Spur strahlender wurde. Mist! Das war genau das gewesen, was er hören wollte. „Aber ich hatte in den Hamptons was mit einem Typen aus New Jersey am Laufen. In ein paar Wochen bin ich darüber hinweg", brüstete ich mich.

Bereits als mir das letzte Wort über die Lippen gekommen war, war ich wütend auf mich selbst. Wieso tat ich das? Warum log ich wie gedruckt, um einen Kerl zu beeindrucken, der mir nicht genug bedeutete, um eine solch dicke Lüge zu rechtfertigen!?

Coreys Hand landete auf meiner Hüfte und er kam einen Schritt auf mich zu, bis sich unsere Körper beinahe berührten. Ein Kloß breitete sich in meiner Kehle aus, denn mir missfiel diese Nähe. Der schwere Geruch seines Deodorants oder Aftershaves stieg mir in die Nase und verstärkte das flaue Gefühl in meinem Bauch. Weshalb hatte mich das vorher nicht gestört?

„Ich würde dich gern besser kennenlernen, Eden. Was hältst du davon, wenn wir uns eine Ecke suchen, in der wir uns in Ruhe unterhalten können?", säuselte Corey in mein Ohr. Alles in mir schrie nein, daher wich ich immer weiter vor ihm und seinen feuchten Lippen zurück, bis mich die Hitze des Feuers stoppte.

„Ähm", brachte ich gedehnt hervor, während ich fieberhaft überlegte, wie ich ihn möglichst galant loswerden konnte.

„Sie geht mit dir nirgendwohin!", erklang plötzlich eine mir bestens bekannte, ziemlich wütende Stimme.

Ich fuhr herum und blickte in Nate Newmans zorniges, anbetungswürdig schönes Gesicht. Er umfasste Coreys Handgelenk und bedachte ihn mit einem derart vernichtenden Blick, bei dem ich eine Gänsehaut bekam. Nates Kiefermuskeln waren angespannt, eine senkrechte Falte hatte sich zwischen seinen dunklen Brauen gebildet und das Lagerfeuer spiegelte sich in seinen Augen, die bedrohlich funkelten.

Er war nie attraktiver gewesen.

Trotzdem hatte er kein Recht, sich einzumischen! Ich legte die Hand auf seinen Arm, drückte ihn nach unten und zwang ihn dadurch, Corey loszulassen.

„Was soll das, Nate? Wir unterhalten uns nur!", verteidigte ich uns beide.

Obwohl ich froh darum war, dass er mich davor bewahrte, Coles Bruder einen Korb geben zu müssen, nahm er sich hier eindeutig zu viel heraus. Wir mochten mal sowas wie Freunde gewesen sein, doch das gab ihm keine automatische Erlaubnis, mich zu bevormunden. Nicht einmal Nell würde sich eine derartige Behandlung von ihm bieten lassen und die war immerhin seine Schwester. Nate und ich hingegen waren nichts!

„Unterhalten", schnaubte er wütend, ohne den Blick von meinem vermeintlichen Verehrer zu lösen. „Ich weiß, was er vorhat!"

„Newman, was soll das?“, meldete sich endlich Corey zu Wort, der von mir unbemerkt ein wenig auf Abstand gegangen war.

„Was das soll?“, wiederholte Nate scharf. „Du willst mit ihr dasselbe machen, was du mit Tiff getan hast! Das werde ich zu verhindern wissen, also nimm die Pfoten von ihr und verpiss dich!“

Nate drängte sich zwischen Corey und mich und stieß ihn mit beiden Händen gegen die Brust. Dieser stolperte nach hinten und fiel beinahe in eine Gruppe Mädchen, die die Szene mit großen Augen beobachteten.

„Hey, bleib cool. Ich wusste nicht, dass du heiß auf die Tussi bist“, blaffte Corey und trat wieder einen Schritt auf uns zu. Wäre die Situation eine andere gewesen, hätte ich mir ein Lachen verkneifen müssen, weil er nicht weiter hätte daneben liegen können mit seiner Vermutung.

Nate und heiß auf mich? Niemals!

„Halt einfach deine Fresse, ja?!“, herrschte er Corey an und ich zuckte bei seinen deutlichen Worten zusammen. So hatte ich meinen Schwarm nie zuvor mit jemandem reden hören.

Als ich zu ihm sah, erkannte ich, dass Nate das Kinn herausfordernd vorgereckt hatte. Seine Hände waren zu Fäusten geballt und sämtliche Muskeln seines Körpers schienen in Alarmbereitschaft zu stehen. Es war noch nie vorgekommen, dass sich zwei Jungs um mich stritten!

Im Augenblick war ich mir nicht sicher, ob ich mich geschmeichelt fühlen sollte, oder ob es besser wäre, mir ein Loch im Boden herbeizuwünschen, in dem ich verschwinden konnte. Inzwischen hatte sich ein Kreis um uns gebildet und jedes anwesende Augenpaar beobachtete uns drei. Hilfesuchend blickte ich mich nach Nell um. Sie würde vermutlich wissen, was zu tun war, um ihren Bruder und Corey davor zu bewahren, sich die Köpfe einzuschlagen. Doch von meiner besten Freundin war keine Spur zu sehen. Auch Hope und

Arlene waren unauffindbar, obwohl Letztere mit ihren derzeit leuchtend pinkfarbenen Haaren aus der Menge hervorstechen musste.

„Nate", warf ich ein, um die Situation zu beruhigen, die immer mehr Aufmerksamkeit auf sich zog. Als er mich weiterhin nicht beachtete, versuchte ich es erneut. „Nate!"

Er fuhr herum und starrte mich wutentbrannt an.

„Was, *Nate*?! Du wirst mit diesem Typen nirgendwo hingehen, Eden!", fauchte er. „Und was soll das überhaupt? Du bist sechzehn!" Mit diesen Worten nahm er mir die Bierflasche aus der Hand, kippte sie aus und warf sie anschließend achtlos zur Seite. Dass sein Zorn nun mich traf, wirkte wie ein Schlag ins Gesicht und ich schnappte erschrocken nach Luft.

„Reg dich ab, Newman", meldete sich Corey zu Wort und bedachte mich mit einem abschätzigen Blick. „Du kannst sie haben! Jungfrauen langweilen mich sowieso."

Lachend schlenderte er davon, während die Scham, die in mir aufwallte, die Hitze des Feuers in meinem Rücken unbedeutend erscheinen ließ. Corey hatte soeben für jeden gut hörbar herumposaunt, dass ich noch Jungfrau war! Das stimmte zwar, doch er hatte nicht das Recht, das zu verkünden! Überraschenderweise schien diese Neuigkeit für die meisten kein Grund zur Aufregung zu sein, denn immer mehr der Umstehenden wandten sich von uns ab. Möglicherweise taten sie mein intimes Geheimnis als albernen Spruch ab.

Während sich die Ansammlung auflöste, blieb Nate neben mir stehen und ich erkannte aus dem Augenwinkel, in welch schnellem Rhythmus sich seine Brust hob und senkte. Ich rechnete damit, dass er Corey hinterherlaufen oder wieder dahin gehen würde, wo er hergekommen war, aber Nate tat etwas vollkommen Unerwartetes. Er schloss seine Finger um mein Handgelenk und die Berührung genügte, um mich an den Rand einer Ohnmacht zu bringen.

„Komm mit", knurrte er und zog mich mit sich.

Völlig überrumpelt von dieser Forderung stolperte ich ihm hinterher. Wir hatten die Party bereits hinter uns gelassen, als ich zur Besinnung kam. Ich rammte die Fersen in den Boden und stemmte mich gegen seinen Griff.

„Stopp!", rief ich, weil er weiter an mir zerrte. „Ich gehe nirgendwo hin mit dir!"

Nate fuhr herum. Der Ausdruck in seiner Miene unterschied sich kaum von dem, als er Corey zur Rede gestellt hatte.

„Doch, das wirst du!", zischte er.

„Ich bin mit Nell, Hope und Arlene hergekommen und ich werde die Party mit ihnen zusammen verlassen", protestierte ich.

Mein Schwarm deutete mit einem Nicken zum Feuer. „Ach, und siehst du die Drei irgendwo?", erkundigte er sich. Seine Stimme klang hart.

Ich folgte seinem Blick und suchte in der Menge nach den mir so gut bekannten Gesichtern. Ich sah mir wirklich jeden genau an, meine Freundinnen waren allerdings wie vom Erdboden verschluckt. Unsicher wandte ich mich wieder an Nate. Seine Miene wirkte nun nicht mehr so abweisend, aber noch immer befand sich eine Furche zwischen seinen Augenbrauen.

„Wo …?", setzte ich an, doch er kam mir dazwischen.

„Ich sah sie vor etwa fünfzehn Minuten in Richtung Auto gehen", erklärte er nun deutlich ruhiger.

„Dann holen sie bestimmt nur die Jacken, die wir auf dem Rücksitz deponiert haben", sagte ich und versuchte, seine Finger zu ignorieren, die weiterhin mein Handgelenk umfasst hielten. Seine unerwartete Aufmerksamkeit brachte mich total aus dem Konzept!

„Sie wären längst zurück", widersprach er. „Niemand benötigt eine Viertelstunde von hier nach da." Er nickte von der Party zu den entlang des Wegrandes geparkten Autos.

Es missfiel mir zwar – allerdings musste ich zugeben, dass er recht hatte. Mit der freien Hand zog ich mein Handy aus der Gesäßtasche und drückte auf einen Knopf, damit die Displaybeleuchtung anging. Es sah meinen Freundinnen nicht ähnlich, mich einfach so stehenzulassen.

Nell: *Wir sind zu Will gefahren, damit du Cole oder Corey bitten kannst, dich nach Hause zu fahren. Falls sie das nicht tun, melde dich. Wir kommen sofort!*

„Mist. Sie sind wirklich weggefahren“, gab ich zerknirscht zu und rieb mir über die Stirn. „Ich werde sie anrufen, damit sie mich holen kommen.“

„Wozu die Umstände? Ich werde dich jetzt nach Hause bringen“, legte Nate fest und zerrte erneut an meinem Arm.

„Nein!“, schnaubte ich und versuchte, mich aus seinem Griff zu befreien.

Er blieb stehen und atmete einmal tief durch. Allmählich wirkte er genervt und ich ahnte, dass seine Geduld langsam erschöpft war, doch ich durfte mich von ihm nicht einfach herumschubsen lassen!

Ich sah über meine Schulter hinweg zurück und stellte fest, dass das Interesse an dem, was sich zwischen Nate und mir abspielte, ein weiteres Mal aufflammte. Wir bekamen mehr Aufmerksamkeit, als mir lieb war. Aber wenn Nate Newman jemanden wie ein bockiges Kind von einer Party weggezerrte, konnte man schon mal einen Blick riskieren! Falls ich nicht schleunigst etwas tat, war ich am Montag das Gespräch der Schule!

Ich entschied mich für die Offensive und kratzte allen Mut zusammen. Langsam schmiegte mich an ihn und schlang die freie Hand um seinen Hals. Offenbar völlig überrumpelt von meinem Sinneswandel gab er mein Handgelenk frei, wodurch ich ihm die andere Hand auf die Brust legen konnte. Eine Brust, die sich fest und unfassbar gut anfühlte. Nate war wie erstarrt, doch ich spürte, wie schnell sein Herz schlug. Ich betete, dass mein Augenaufschlag besser war als meine Fähigkeit, meine Haare elegant über die Schulter zu streichen und sah auf. Sein Blick brannte sich in meinen und endlich war auch die steile Falte zwischen seinen Brauen verschwunden. Nates Hand, die sich auf meinen unteren Rücken legte und mich damit fast vollkommen meines Verstandes beraubte, hätte den Plan beinahe zunichtegemacht. Aber ich rief mich im Stillen zur Ordnung, denn ich verspürte nicht die geringste Lust, auf ewig die zu sein, die gegen ihren Willen von einer Party geschleift wurde.

„Nathaniel James Newman", begann ich mit einer, wie ich hoffte, schmeichelhaften Stimme.

Sein Kehlkopf hüpfte und zu beobachten, wie er sich mit der Zunge über die Lippen fuhr, ließ mich für den Bruchteil einer Sekunde stocken. Himmel, er war mir so nah. Seine Wärme, sein Duft und die Hand, die ein Stück hinabgewandert war, lösten Dinge in mir aus, die enorm kontraproduktiv auf mein Vorhaben wirkten. Doch ich musste nun einen klaren Kopf bewahren!

„Du wirst mich nicht wie ein kleines Kind von hier wegzerren", fauchte ich ihm entgegen.

Nate blinzelte einige Male und ich nutzte seine Verwirrung, um einen Schritt zurückzutreten. Sofort fröstelte ich, denn das bauchfreie Top hatte den kühlen Herbsttemperaturen rein gar nichts entgegenzusetzen. Mit einer blitzschnellen Bewegung schnappte er mein Handgelenk und zog mich an sich. Seine Nähe machte mich schwach und ich musste mich beherrschen, nicht verträumt aufzuseufzen.

„Ich lasse dich nicht in Coreys Nähe, also kommst du nun mit!", zischte er und brachte sein Gesicht bis auf wenige Zentimeter an meines. „Entweder tust du so, als ob du mir freiwillig folgst, oder ich werfe dich über die Schulter und trage dich zum Auto!" Nates Blick sprühte sprichwörtlich Funken, doch ich hielt ihm stand. Mein Gehirn arbeitete wie ein

Hochleistungsrechner, als ich die Möglichkeiten abwog. Fakt war, dass mir langsam kalt wurde, meine Freundinnen weggefahren waren, um mir die Chance zu geben, mich von meinem angeblichen Schwarm retten zu lassen, ich in Coreys Ungnade gefallen war und nun jeder auf der Party wusste, dass ich noch Jungfrau war. Die andere Option war eine etwa zehnminütige Autofahrt mit dem Jungen, in den ich bereits seit zwei Jahren rettungslos verliebt war.

„Na schön", lenkte ich ein und ergab ich mich mit einem theatralischen Schnauben meinem Schicksal.

Nate sollte schließlich nicht merken, dass für mich zehn Minuten mit ihm allein verlockender waren, als auf die Party zurückzukehren. Wir waren erst wenige Meter gegangen, als er erneut stehenblieb. Ich rechnete mit weiteren Vorwürfen, aber zu meiner Überraschung zog er sein Hemd aus und legte es mir um die Schultern. Fragend blickte ich auf.

„Dir ist kalt. Du zitterst", begründete er sein Handeln und deutete auf meine Arme, auf denen sich eine deutliche Gänsehaut abzeichnete. Die Geste rührte mich zwar, doch ich hatte nicht vor, ihm alles wegen eines Hemdes zu verzeihen.

„Danke", gab ich knapp zurück, reckte das Kinn und stapfte an ihm vorbei, in die Richtung, in der ich sein Auto vermutete.

KAPITEL 12

Als ich eine kurze Nachricht an Nell schrieb, um ihr mitzuteilen, dass mich jemand heimbrachte, zitterten meine Finger. Ich wusste jedoch nicht, ob es an der Kälte lag oder an meiner Aufregung. Nate und ich nur weniger als einen Meter voneinander entfernt – das genügte, um meinen Puls in die Höhe zu jagen, doch ich sammelte mich und sprach an, was mir unter den Nägeln brannte. „Warum hast du das getan?“, stellte ich Nate zur Rede, der stur auf die Fahrbahn blickte. Er hielt das Lenkrad so fest umklammert, dass ich Angst bekam, es würde jeden Moment zerbröseln.

„Warum ich das getan habe?“, wiederholte er, als wäre es unmöglich, dass seine Entscheidung für mich nicht nachvollziehbar war. „Corey hat dir nur auf die Titten geglotzt, Eden!“

Ich verschränkte die Arme vor besagten Brüsten. „Na und? Immerhin hat er sie registriert“, schnappte ich.

Nate sah kurz zu mir. Die schwache Armaturenbeleuchtung genügte, damit ich erkennen konnte, wie wütend er war. „Was soll das nun wieder heißen? Kannst du bitte aufhören, in Rätseln zu sprechen?“

Ich wandte den Blick von ihm ab und sah aus dem Seitenfenster, weil ich nicht vorhatte, darauf zu antworten. Vermutlich würde er es ohnehin nicht verstehen!

„Zur Hölle, Eden! Sprich mit mir!“, verlangte er mit Nachdruck, während wir bereits in meine Straße einbogen.

„Ich bin kein kleines Kind, Nate!“

„Dass du kein kleines Kind bist, sehe ich, Eden!“, gab er harsch zurück.

Was sollte das denn bedeuten?

„Ich mag noch nicht erwachsen sein, aber ich bin in der Lage, meine eigenen Entscheidungen zu treffen und mit den damit verbundenen Konsequenzen zu leben."

„Und was ist, wenn eine dieser Konsequenzen ist, dass du morgen früh ohne deine Unschuld aufwachst und nur eine Kerbe im Bettpfosten von irgendeinem Typen bist? Was ist dann, Eden? Wirst du mit dieser Konsequenz auch so gut leben können?", provozierte er mich.

Es war möglich, dass Corey nur darauf aus gewesen war. Trotzdem hätte Nate mir die Entscheidung überlassen müssen, anstatt mich von der Party zu zerren, als ob ich mich heimlich dorthin geschlichen hatte. Bevor er aufgetaucht war, war ich ohnehin bereits kurz davor gewesen, Coles Bruder einen Korb zu geben. Dennoch verstand ich nicht, warum Nate sich eingemischt hatte. Seit zwei Jahren schlug mein Herz schneller, sobald ich ihn sah und mehr als diesen Blick vor den Sommerferien und das Lächeln neulich hatte ich nie bekommen!

„Was kümmert es dich?", gab ich in einem resignierten Tonfall zurück und ließ mich tiefer in den Sitz sinken, als er den Wagen unsere Einfahrt hinauf steuerte. Statt mich hinauszukomplimentieren, schaltete er den Motor ab und wandte sich zu mir.

„Was es mich kümmert?", hakte er nach.

Wieso wiederholte er alles, was ich sagte? War meine Aussprache so undeutlich, oder wo lag sein Problem? Frust stieg in mir auf und setzte sich als bitterer Geschmack in meinem Mund fest.

„Ja! Was. Kümmert. Es. Dich?!", schleuderte ich ihm entgegen, schüttelte anschließend den Kopf und sah auf meine bebenden Hände, die in meinem Schoß lagen. „Du ignorierst mich seit einer gefühlten Ewigkeit. Dabei dachte ich mal, dass wir Freunde wären. Seitdem du mit Cole und dessen Gefolge rumhängst, grüßt du mich nicht einmal mehr, wenn ich Nell besuche! Und nun machst du dir plötzlich Sorgen darum, mit wem ich mich unterhalte? Merkst du, wie paradox das Ganze ist?“

In der Stille des Wagens hörte ich, wie er schluckte.

„Du … du bist die beste Freundin meiner kleinen Schwester, Eden“, begann er nach einem Augenblick des Schweigens. „Dann komme ich auf diese Party und sehe dich in diesen engen Jeans. Dein Haar glänzte wie flüssiges Karamell im Schein des Lagerfeuers. Als hätte das nicht schon genügt, musst du auch noch ein Top tragen, das zu kurz ist, um bis zum Hosenbund zu reichen. Bei jeder Bewegung hat ein Stück deines nackten Bauches hervorgeblitzt. Ich wusste nicht, ob ich vor dir auf die Knie gehen soll, um dich genau dort zu küssen oder ob es besser gewesen wäre, mir mein Hemd vom Leib zu reißen und es dir umzulegen. Fast jeder Kerl hat dich angegafft und alles, was ich wollte, war, sie dazu zu bringen, damit aufzuhören.“

War das ein Kompliment? Gab er mir gerade zu verstehen, dass er *eifersüchtig* war? Zögernd sah ich auf. Sein Blick hing an meinem Mund.

„Und dann dieses verdammte Lipgloss. Am liebsten würde ich höchstpersönlich dafür sorgen, dass es von dort verschwindet“, fuhr er fort, wobei seine Stimme nun eindeutig dunkler klang als Augenblicke zuvor. Automatisch strich ich mir mit den Fingern über die Unterlippe.

„Nate, ich …“, begann ich, aber als er sich mir langsam näherte, verstummte ich. Er legte mir eine Hand an die Wange und sah mir in die Augen. Uns beide trennten nun nur Zentimeter. Sein Duft nach Duschgel, Mrs. Newmans Waschmittel und dem ganz eigenen Nate-Geruch stieg mir in die Nase. Sein Gesicht, die eine Hälfte in Schatten getaucht, die andere nur schwach von der Lampe über der Haustür beleuchtet, war mir so nah wie noch nie. So nah, dass ich jede Pore hätte zählen können, wären seine Augen nicht weitaus faszinierender gewesen. Mein Atem kam flach und stoßweise, während sich Nates Blick in meinen senkte. Alles in mir vibrierte vor Aufregung.

Würde er mich nun küssen und somit mein größter Traum in Erfüllung gehen? Als seine Nasenspitze meine streifte, hielt ich die Luft an.

„Eden", hörte ich ihn flüstern, bevor seine Lippen auf meinen lagen.

Ich hatte geahnt oder besser gesagt, gehofft, er würde das tun, doch nun, als es wirklich geschah, glaubte ich es selbst kaum. Völlig perplex starrte ich auf seine geschlossenen Lider, versuchte, zu begreifen, dass er mich tatsächlich küsste. Ich konnte nicht fassen, dass gerade exakt das passierte, was ich mir täglich vor dem Einschlafen herbeifantasierte.

Wenn sich sein Mund nicht so fest, warm und perfekt angefühlt hätte, wäre ich von einer Illusion ausgegangen. Ob ich ihn anfassen durfte, ohne dass er wie eine Seifenblase zerplatzte?

Vorsichtig legte ich die Hand auf seine Brust. Das fühlte sich echt an!

Nates Finger, die sich langsam in meine Haare schoben und dadurch eine Gänsehaut auslösten, taten dies auch. Als ich begriff, dass ich mir weder die Brust unter der Handfläche noch seine Berührung einbildete, schloss ich endlich die Augen und genoss. Ich seufzte leise, ließ zu, dass sich unser Atem vermischte und öffnete die Lippen, bereit für ein bisschen mehr.

Sofort verstärkte sich sein Griff und ein tiefes Raunen begleitete das Beben, das ich unter den Fingerspitzen spürte. Er schmeckte nach Cola und als sich unsere Zungenspitzen das erste Mal berührten, durchfuhr es mich wie ein Stromschlag.

Seit zwei Jahren schwärmte ich für ihn.

Das waren siebenhundertdreißig Tage, in denen ich mir siebenhundertdreißig Mal beim Einschlafen vorgestellt hatte, wie sich ein Kuss von ihm anfühlte. Siebenhundertdreißig Mal hatte ich falsch gelegen, denn Nate in Wirklichkeit zu küssen, stellte jede Fantasie in den Schatten. Seine Zunge stupste immer wieder sanft gegen meine. Er veränderte stets die Intensität, mit der sein Mund meinen liebkoste und so wusste ich nie, was als Nächstes passieren würde.

Doch dann geschah, was irgendwann geschehen musste.

Nate löste sich von mir. Nicht viel, aber genug, um Sehnsucht in mir zu wecken.

Ich hielt die Lider geschlossen, weil sich alles in mir sträubte, in die Realität zurückzukehren. Mein Herz raste und ich hörte durch meinen hämmernden Puls hindurch, wie schwer sein Atem ging.

„Eden", flüsterte er erneut an meinen Lippen.

„Nate", antwortete ich, „wieso hörst du auf?"

Stoff raschelte, seine Hand verschwand aus meinen Haaren und ich öffnete die Augen. Er hatte sich auf den Fahrersitz zurückgezogen, den Kopf in den Nacken gelegt und starrte in Richtung Fahrzeugdach.

„Wenn ich jetzt nicht aufhöre, höre ich nie auf", erklärte er und warf mir einen Blick zu, den ich nicht zu deuten vermochte. Am liebsten wäre ich auf seinen Schoß gekrochen, erkannte aber rechtzeitig die altbekannte Distanz in Nates Miene. „Verdammt, Eden. Hör auf, mich so anzusehen", entgegnete er schroff und lachte auf. Zorn stieg in mir auf. Er tat ja gerade so, als müsste ich wissen, was in ihm vorging!

„Wie sehe ich dich denn an?", erwiderte ich, ohne den leicht schnippischen Unterton zu unterdrücken.

„Als ob du keine Ahnung hast!"

Ich schnaubte. „Womöglich habe ich die wirklich nicht. Ich bin vor ein paar Tagen sechzehn geworden. Heute war ich das erste Mal auf einer Party, auf der es Alkohol und Jungs gab. Sonst langweilte ich mich jedes Wochenende bei Maes Misswahlen zu Tode. Wann sollte ich deiner Meinung nach Erfahrungen sammeln? Vielleicht hätte es mit Corey geklappt, wenn du mich nicht wie ein unartiges Kind davongeschleift hättest!", warf ich ihm aufgebracht an den Kopf.

Sein Blick wurde mit einem Mal weich. Er presste die Lippen fest aufeinander und musterte mich einige quälend lang wirkende Sekunden. Dabei sah er mir immer wieder auf den Mund.

„Heißt das, dass das gerade dein erster Kuss war?"

Ich blickte hinab auf meine Finger. „Möglicherweise", gab ich bewusst vage zurück, da es mir plötzlich peinlich war, ihm gegenüber meine Unerfahrenheit zuzugeben.

Nate sank tiefer in den Fahrersitz und raufte sich mit beiden Händen die Haare. Er sah alles andere als glücklich aus, was der Euphorie, die ich bei unserem Kuss empfunden hatte, einen herben Dämpfer verpasste. Ich besaß weder Erfahrung beim Küssen, noch bei den Dingen, von denen die Mädchen in meiner Klasse sprachen. Allerdings hatte er nicht den Eindruck erweckt, dass der Kuss furchtbar gewesen war.

„Eden, es tut mir leid", murmelte er so leise, sodass ich es beinahe überhört hätte.

Bitterkeit machte sich in meinem Mund breit. Sie überdeckte Nates Geschmack, was mich trauriger stimmte, als die Tatsache, dass er den Kuss – *unseren Kuss* – bereute. War ihm möglicherweise wirklich nicht klar, dass ich seit zwei Jahren für ihn schwärmte? War jetzt der beste Zeitpunkt, um ihm einen Hinweis zu geben? Für meine Mitschülerinnen mochte ein Kuss unbedeutend sein. Jedoch nicht für mich. Schließlich war das eben mein erster gewesen und ich hatte ihn von Nate bekommen! Mir hatte schon lange nichts mehr so viel bedeutet wie das. Ich holte tief Luft.

„Ja, es war mein erster Kuss. Das ist kein Grund für ein schlechtes Gewissen, Nate. Es war toll. Der Abend hätte kaum perfekter verlaufen können", gab ich ehrlich zu. Um die Situation ein wenig aufzulockern, schob ich hinterher: „Na ja, abgesehen von dem vorzeitigen Ende meiner Party-Premiere."

Ein Lächeln umspielte seine Mundwinkel. Langsam wandte er sich wieder zu mir. „Es war so das Beste, Eden. Es mag die erste Party gewesen sein, aber bestimmt nicht die Letzte. Versprich mir, dich künftig von Corey fernzuhalten", verlangte er mit ernstem Ton.

Das erinnerte mich an etwas. „Was war denn mit ihm und Tiff?", hakte ich nach.

„Das weißt du nicht? Die halbe Schule spricht darüber!"

„Offenbar gehöre ich zur anderen Hälfte. Was ist vorgefallen?"

Er sah mich nachdenklich an und schien abzuwägen, ob er mir wirklich von der Sache erzählen sollte. Seltsam, dass Nell noch nichts davon erfahren hatte.

„Oder hast du mich nur von ihm weggezerrt, um mich ungestört küssen zu können?", neckte ich ihn.

Ein Teil von mir wünschte sich, er würde die Frage bejahen und wir würden wiederholen, was wir eben getan hatten, aber Nates sich sofort verhärtende Miene erstickte diese Hoffnung rasch. Schließlich atmete er einmal tief durch. „Tiff und Corey hatten vor zwei oder drei Wochen etwas miteinander. Er hat das Ganze gefilmt und das Video weitergeschickt."

„Was?", rief ich. Meine Stimme klang schrill.

Nate presste die Lippen aufeinander und nickte. „Halte dich von ihm fern. Unbedingt."

Die Neuigkeit erschütterte mich. Wäre ich das nächste Opfer gewesen, wenn Nate nicht dazwischen gegangen wäre? Schweigend blickte ich aus der Seitenscheibe des Wagens. Mein Atem, der dagegen stieß, ließ sie beschlagen. Mir juckte es in den Fingern, ein Herz auf die Oberfläche zu zeichnen. Doch die laufende Lüftung arbeite kräftig, sodass meine kondensierte Atemluft rasch verschwand.

„Eden, ich habe dich nicht nach Hause gebracht, um dich zu ärgern. Das musst du mir glauben", sagte Nate ruhig. Ich sah zu ihm hinüber. Er war wieder ein Stück näher an mich herangerutscht, was meinen Puls sofort in die Höhe trieb. Mit einem Mal erkannte ich, wie seltsam die Situation wirklich war. Seit Jahren schwärmte ich für ihn und exakt in dem Moment, als ich in Erwägung gezogen hatte, einem anderen Jungen eine Chance zu geben, tauchte er auf und rettete mich. Ich lachte auf und schüttelte mit dem Kopf.

„Was?“, fragte er und wirkte aufrichtig interessiert an der Ursache meiner Belustigung.

„Es scheint eine Premierennacht zu sein“, merkte ich an und holte tief Luft für das, was ich Nate gleich sagen wollte.

Möglicherweise war es das Bier, oder mein plötzlicher Mut rührte daher, dass ich mir sicher war, Nate Newman nie wieder näherzukommen, als es nun der Fall war. Hier in dem kleinen Universum, das das Innere seines Wagens darstellte, fühlte ich mich mutig genug, alles auf eine Karte zu setzen.

„Nate, ich weiß, du hast mich bisher nicht bemerkt. Ich aber dafür dich“, gestand ich ihm.

Mein Mut hatte nicht ausgereicht, um ihm bei meinem Geständnis ins Gesicht zu blicken. So starrte ich auf meine zitternden Finger und hoffte, dass meine Stimme bei den letzten Worten nicht zu schwach gewesen war. Ich konnte das unmöglich wiederholen, sollte er mich darum bitten. Mein Herz leistete Akkordarbeit und es schlug immer schneller, je länger er schwieg. Was hatte ich mir nur gedacht? Er war der ältere Bruder meiner besten Freundin! Zwei Jahre mochten wenig erscheinen, auf der Highschool stellten das allerdings Welten dar!

„Heißt das, du magst mich?“, hakte er nach. Er klang heiser.

Meine Kehle wirkte wie zugeschnürt, deswegen nickte ich nur. Nate schnaubte und stieß ein „O mein Gott“ aus.

Drei geflüsterte Worte, die wie Peitschenhiebe in mir hallten. Feuchtigkeit verschleierte meinen Blick. Etwas hinter meinem Brustbein bebte und ich wusste nicht, ob das mein rasender Puls war, oder die Tränen, die aus mir herauszubrechen drohten. Ich war wie ein bis zum Anschlag gefülltes Glas, das nur aufgrund der Oberflächenspannung noch nicht übergelaufen war. Ein Teil von mir wollte so schnell wie möglich ins Haus rennen. Der zerstörerische und weitaus mächtigere Teil blieb jedoch reglos sitzen. Das Zeitfenster, in dem ich einen würdevollen Abgang hätte hinlegen können, schloss sich, ohne dass ich auch nur eine Gliedmaße bewegt hatte. Wie armselig war ich eigentlich?

Eine Träne landete auf meinen Jeans. Weitere waren im Begriff zu folgen, doch dann spürte ich seine Hand an der Wange. Mit sanftem Druck drehte er mein Gesicht zu sich, aber ich war nicht imstande, ihm in die Augen zu sehen. Das war einfach zu peinlich. Ich war eine wandelnde Katastrophe. In einem letzten Versuch, einen Rest Würde zu bewahren, flüsterte ich: „Ich erwarte nicht, dass du meine Gefühle erwiderst, Nate."

Meine Stimme klang zittrig und das Schluchzen, das am Ende des Satzes aus mir hervorbrach, zerriss seinen wunderschönen Namen. Ich hatte alles auf eine Karte gesetzt und verloren, so wie es aussah.

„Eden, der Kuss ...", begann er, wurde jedoch von einem schrillen Läuten unterbrochen. Offenbar froh um die Unterbrechung, griff er umgehend in seine Hosentasche und fischte sein klingelndes Telefon heraus.

„Sorry", murmelte er, doch mir entging der erleichterte Unterton nicht, der in diesem einen Wort lag.

„Ja?", sagte er, nachdem er das Telefonat entgegengenommen hatte. Während er dem Anrufer zuhörte, fand ich endlich den Mut, den Kopf zu heben. Ich beobachtete, wie er sich mit der freien Hand durch sein unordentliches Haar fuhr, das danach nur noch zerzauster war. Um zu verhindern, dass ich seinen Fingern mit meinen folgte, wie ich es am liebsten tun würde, klemmte ich die Hände zwischen die Schenkel und zwang mich dazu, ihn nicht allzu offensichtlich anzugaffen.

Andererseits war die Blamage aufgrund meines Geständnisses, dass ich etwas für ihn empfand, ohnehin bereits groß genug. Es war nahezu unmöglich, mit einem Blick alles schlimmer zu machen.

„Gut, ich komme. Bis gleich."

Er hielt weiterhin sein Smartphone, als er sich wieder zu mir wandte. Die Displaybeleuchtung erhellte Nates Züge und ich versuchte, jeden Schatten, jede Kontur und jedes Detail unauslöschlich in meine Erinnerung zu brennen.

„Meine Schwester und eure anderen beiden Freundinnen sind gemeinsam mit ein paar Leuten zu Will gefahren, weil er darauf bestand, dass sie dort den selbstgemachten Cider seines Vaters probieren. Wie es aussieht, hat Nell zu viel probiert. Arlene ist mit Owen verschwunden und Hope knutscht mit Trevor herum. Robbie kümmert sich gerade um meine Schwester, aber ich muss sie abholen und nach Hause schaffen", erklärte er erschreckend sachlich.

„Shit! Soll ich mitkommen?", bot ich an, in der Hoffnung, noch ein bisschen Zeit mit ihm verbringen zu dürfen.

Nate schüttelte den Kopf.

„Nein, ich mache das schon. Ich habe keine Ahnung, in welchem Zustand sie ist. Wenn du mir hilfst, muss ich dich später heimfahren, wodurch Nell wieder allein ist. Je nachdem, wie viel sie erwischt hat, ist das möglicherweise eine schlechte Idee."

Ich nickte. Er hatte recht.

„In Ordnung", murmelte ich. Obwohl ich wusste, dass er seiner Schwester helfen musste, sträubte sich alles in mir, den Türgriff zu betätigen, die Tür aufzustoßen und auszusteigen. Sobald ich ausgestiegen war, war dieser Moment endgültig verloren.

„Bis bald, Eden", verabschiedete er sich und startete den Motor. Ein überdeutlicher Hinweis, dass es für mich an der Zeit war, den Wagen zu verlassen.

Bevor ich ihn noch anflehte, mich mitzunehmen, stieg ich aus und ging zur Haustür. Nate wartete, bis ich aufgeschlossen hatte, ehe er den Gang einlegte und rückwärts aus unserer Einfahrt setzte. Ich sah ihm hinterher, bis er aus meinem Sichtfeld verwunden war.

Erst als ich die Tür hinter mir verschloss, bemerkte ich, dass ich vergessen hatte, ihm sein Hemd zurückzugeben. Ich vergrub die Nase in dem Stoff und saugte seinen herrlichen Duft so tief in mich auf, wie ich konnte. Das würde ich heute Nacht zum Schlafen tragen, denn ich hatte Angst, dass alles, was in der vergangenen Stunde passiert war, mir morgen wie ein Traum erschien.

Ich hatte meinen ersten Kuss von Nate Newman bekommen und ich versuchte, mir krampfhaft einzureden, das würde den anschließenden Korb abmildern. Jedoch war das Gegenteil der Fall. Mein Herz fühlte sich an wie eine offene Wunde, in die eine Wagenladung Salz gekippt worden war.

Der erste Kuss war etwas Magisches. Es gab ihn nur einmal und ich wünschte mir, ich wäre in der Lage eine Schneekugelerinnerung daraus machen, die ich wieder und wieder und wieder schütteln konnte, um Nates Lippen wieder und wieder und wieder zu spüren.

KAPITEL 13

Selbst, als ich am nächsten Morgen in Nates Hemd aufwachte, dachte ich im ersten Moment, alles war nur ein Traum gewesen. Gähnend rieb ich mir den Schlaf aus den Augen und fischte mein Handy vom Nachttisch. Mein Herz klopfte schneller, als ich die Anzeige auf dem Display sah.

Drei neue Mitteilungen.

Hatte er nochmal über unser Gespräch nachgedacht? Besaß er überhaupt meine Nummer? In der Dunkelheit erschien mir die Displaybeleuchtung viel zu hell, und obwohl ich die Helligkeit schnell auf die niedrigste Stufe stellte, brannte das Licht in den Augen. Mit zusammengekniffenen Lidern öffnete ich die Mitteilungs-App.

Die Ernüchterung kam prompt, als ich sah, dass die Nachrichten von Nell stammten, die mir nur einige verschwommene Bilder geschickt hat. Vermutlich war das auf ihren übermäßigen Cider-Konsum zurückzuführen. Ich ächzte vor Scham, als mir bewusst wurde, was ich für eine miese Freundin war. Statt enttäuscht zu sein, weil es keine Nachricht von Nate war, sollte ich mir Sorgen über ihren Zustand machen.

Ich war versucht, Nell zu antworten, doch nach einem Blick auf die Uhr beschloss ich, das später zu erledigen. Der Kater holte sie bestimmt früh genug ein und Sadismus war noch nie meine Neigung gewesen.

Wie reagierte sie wohl, wenn sie erfuhr, dass Nate mich nach Hause gebracht hatte? Ihr oder jemand anderem von dem Kuss zu erzählen, kam keinesfalls infrage, und da er nicht dasselbe für mich empfand, war es sowieso besser, dieses Kapitel ein für alle Mal abzuschließen! Bei dem Gedanken krampften sich meine Eingeweide zusammen.

Ich wollte ihn in meinem Herzen behalten! Er war dort bereits so lange, sodass ich keine Ahnung hatte, wie ich das Loch stopfen sollte, das sein Fehlen zweifellos hinterlassen würde.

So einfach ging es ohnehin nicht. Ich konnte nicht sagen: *„Eden, Nate zu lieben ist sinnlos. Er erwidert deine Liebe niemals.“*, um die Gefühle zu ersticken. Wäre es so leicht, gäbe es keinen Liebeskummer, der mich zum ersten Mal mit der vollen Breitseite traf. Bisher hatte ich mich an die Hoffnung klammern können, Nates geseufztes ‚O mein Gott‘, war jedoch unmissverständlich gewesen. Tränen kitzelten mir in den Augen. Wie sollte ich ihm künftig gegenübertreten, ohne vor Scham feuerrot anzulaufen? Allein der Gedanke an Nates Zurückweisung genügte, um dieses verräterische Zittern in mir auszulösen, welches einen Heulkrampf ankündigte. Rote Wangen waren da noch das kleinste Übel.

Die Demütigung fraß sich wie Blei durch mein Innerstes. Es schien verlockend, mich den ganzen Tag unter der Decke zu verkriechen, doch das konnte ich tun, wenn Grandma und Mae hier waren.

Nun galt es, die Freiheit auszunutzen. Ich streckte mich und zwang meine müden Gliedmaßen aus dem Bett. Bei einer Schüssel Cheerios, die ich vor dem Fernseher genießen wollte, kam mir hoffentlich eine Idee, wie ich Nell besuchen und dabei die Nerven behalten konnte.

Meiner besten Freundin räumte ich eine Schonfrist bis zum Mittag ein. Spätestens dann würde ich sie fragen, was genau mit dieser Chance gemeint war. Ich holte die Cheerios, die ich gestern gekauft hatte, aus dem Versteck und verließ ungekämmt, ungewaschen und im Schlafanzug, der aus einer Baumwollhose, einem ärmellosen Top und Nates Hemd bestand, mein Zimmer.

Mein Elan verpuffte rasch, als ich am Treppenabsatz stand und Stimmen hörte.

Grandma?!

Was tat sie denn hier?

Dieses Wochenende waren sie nach Rapid City, South Dakota gefahren, wo Mae an einem weiteren Little Miss Wettbewerb teilnahm. Grandma hatte meine kleine Schwester dazu gedrängt, die Hausaufgaben direkt am Freitag zu erledigen, weil sie am Sonntag erst gegen Abend zurück in Hayswood sein würden. Warum war also mein erstes Wochenende in Freiheit vorzeitig beendet? So leise wie möglich lief ich wieder in mein Zimmer und ließ die Cheerios im Versteck verschwinden. Schweren Herzens zog ich auch Nates Hemd aus, in dem ich den Rest des Tages hatte herumlaufen wollen und schlüpfte in eine Jeans und ein Langarmshirt. Cruella hasste diesen Look, aber falls ich mich nun herausputzte, machte ich sie zuletzt noch misstrauischer, als sie ohnehin von Natur aus war.

In dem Moment, in dem ich in die Küche kam, hörte Grandma auf, auf ihrem Smartphone herumzutippen und sah mich an.

„Guten Morgen“, begrüßte ich sie. Ich hoffte, dass ich freudig überrascht und nicht verärgert geklungen hatte.

Keine Antwort. Cruella sah mich einfach nur an. Ein klammes Gefühl breitete sich in meiner Brust aus. Irgendetwas musste passiert sein. War Dad etwas zugestoßen?

„Ihr seid schon zurück?“, fragte ich, weiter bemüht, um einen lockeren Tonfall, was jedoch zunehmend mehr Kraft erforderte.

„Mir bleibt kaum eine andere Wahl, wenn hier alles aus dem Ruder läuft“, schnappte sie und spießte mich mit ihrem Blick förmlich auf.

„Was ist geschehen?“

Mein Herzschlag dröhnte mir in den Ohren. Irgendwas war gewaltig faul.

„Eden hat einen Freund! Eden hat einen Freund", trällerte Mae, die im Wechselschritt in die Küche gehopst kam. Als sie mich sah, blieb sie abrupt stehen.

„Was?!", stieß ich hervor.

Sämtliches Blut wich mir aus dem Gesicht und schnürte mir auf dem Weg nach unten die Kehle zu. Woher zur Hölle wussten Mae und Grandma von Nate? Das war unmöglich! Ich hatte es keiner Menschenseele erzählt, zumal es auch gar nichts zu erzählen gab!

„Mae, geh auf dein Zimmer", befahl Großmutter und meine Schwester gehorchte, ohne ein Widerwort zu verlieren. Natürlich. Das Ticken des Sekundenzeigers klang wie ein Countdown. Gleich explodierte die Sprengladung, die in der Luft zwischen Cruella und mir schwelte. Oder wollte der Sekundenzeiger mich anzählen, wie es ein Ringrichter beim Boxen tat? Lag ich bereits besiegt am Boden und ahnte es nur noch nicht? Maes Zimmertür, die ins Schloss gedrückt wurde, gab den Startschuss. Grünes Licht. Den Gong. Was auch immer.

„Dachtest du tatsächlich, ich lasse dich hier wirklich vollkommen unbeaufsichtigt zurück?", höhnte sie in bester Cruella-Manier und schob mir mit einem makellos manikürten French Nail ihr Smartphone entgegen.

Neugierig sah ich auf das Display, auf dem eine Aufnahme unserer Hofeinfahrt zu sehen war. Auf dem Bild war Nates Auto in perfektem Winkel getroffen. Seine Hand lag an meiner Wange und er hatte sich zu mir gebeugt, sodass nur wenige Zentimeter uns trennten. Das waren die Sekunden vor unserem, vor *meinem* ersten Kuss! Das war mein Moment gewesen! Meine Schneekugelerinnerung!

Der Schock über diese Neuigkeit wurde plötzlich von Wut durchsetzt. Das war ein extrem intimer Augenblick gewesen, in den sich Grandma ohne mein Wissen gedrängt hatte!

„Was hast du getan?", kam es mir bebend vor Zorn über die Lippen.

Sie schnaubte herablassend. „Die Frage ist doch eher, was du getan hast?“, entgegnete sie und drückte auf das kleine, nach rechts zeigende Dreieck in der Mitte des Displays.

Die Bilder erwachten zum Leben. Die Aufnahme war schwarz-weiß und etwas grobkörnig, aber Nate und ich und vor allem, was wir gemacht hatten, war deutlich zu erkennen. Anhand der Perspektive musste sich die Kamera irgendwo in der Nähe der Eingangstür befinden. Wie lange existierte sie bereits und warum war sie bisher von mir unbemerkt geblieben? Der Lieferwagen von neulich, den ich nicht weiter beachtet hatte, kam mir in den Sinn. Waren das möglicherweise die Monteure gewesen, die die Kamera angebracht hatten?

Großmutter ließ die Aufzeichnung schneller laufen. Sie stoppte, als sein Auto ohne mich auf dem Beifahrersitz aus der Einfahrt fuhr.

„Da lasse ich dich allein und du verhältst dich bei der ersten Gelegenheit wie eine läufige Hündin!“, zischte sie voller Missachtung.

Immer noch fiel es mir schwer, zu realisieren, dass sie heimlich eine Überwachungskamera installiert und so auf heimtückische Art und Weise Zeugin meines ersten Kusses geworden war. Konnte mich bitte jemand an der Schulter packen und mir sagen, ich solle aufwachen? Das hier war ein einziger Albtraum!

„Wir haben uns geküsst!“, fauchte ich gleichermaßen verachtend zurück und versuchte, die Demütigung, als läufige Hündin bezeichnet worden zu sein, hinunterzuschlucken.

„Dabei wäre es wohl kaum geblieben, hätte das Telefon dieses Herumtreibers nicht geklingelt!“

Ich ballte die Fäuste.

Sie kannte Nate überhaupt nicht und nannte ihn einen *Herumtreiber*. Aber das war bezeichnend für sie. Ich sparte mir, ihr zu erklären, wer der Junge war, den ich geküsst hatte, dass er mir kurz danach deutlich zu verstehen gab, er habe kein

Interesse an mir und ihre Sorge einer Teenagerschwangerschaft unbegründet war. Nicht einmal, indem ich mir den Mund fusselig redete, änderte ich ihre Meinung. Niemand, absolut niemand, war jemals gut genug für Grandma. Das war nur sie selbst.

„Du denkst wirklich, ich habe die Beine für ihn breitgemacht, ja? Ich kann dir versichern, dass das nicht passiert ist. Doch was kümmert es dich? Deiner Ansicht nach bin ich ohnehin kaum mehr als ein Kaugummi, der unter deiner Schuhsohle klebt!", spie ich ihr all meine Frustration entgegen.

Das Botox in Grandmas Gesicht ließ keinerlei Regung zu. Nur ihre Augen blitzten vor Zorn. „Wunderst du dich ernsthaft darüber, Eden? Wenn ja, bist du dümmer, als ich angenommen hatte."

Das hörte ich nicht zum ersten Mal. Ihre Meinung über mich stand in Stein gemeißelt, aber warum sollte ich das ändern? Nun würde ich diese Tatsache für Antworten nutzen.

„Tja, Grandma. Möglicherweise hast du mich sogar überschätzt, denn ich habe keinen Schimmer, welchen Grund ich dir jemals gab, damit du mich so hasst. Was zur Hölle habe ich angestellt?"

Mein Tonfall war beängstigend ruhig und gefasst. In mir brodelte es jedoch. Großmutters Lippen zuckten, als drängten die hässlichen Worte, die ihr auf der Zunge lagen, mit aller Kraft nach draußen. Wie Gefängnisinsassen, die die Chance erkannten, in die Freiheit zu gelangen.

„Die Wahrheit willst du nicht wissen", spottete sie.

Was auch immer die Gründe für ihren Hass auf mich waren – sie konnten mich nicht so sehr verletzen, wie es Moms Tod oder ihr Verhalten in den letzten Jahren getan hatte. Ich hatte viel durchgestanden und bildete mir ein, daraus eine gewisse Stärke gewonnen zu haben.

Ich hielt dem stechenden Blick stand und forderte mit fester Stimme: „Die Wahrheit. Jetzt."

Cruellas Nasenflügel bebten. „Du möchtest den Grund erfahren? Nun gut", fauchte sie und sah mich aus zu schmalen Schlitzen zusammengekniffenen Augen heraus an. „Laura war eine steile Karriere so gut wie sicher. Sie erhielt Angebote von den besten Kanzleien New Yorks. Doch dann musstest du dich in ihre Gebärmutter einnisten und ihre Anstrengungen sowie das gesamte Studium zunichtemachen!"

Mir sank der Unterkiefer in Richtung Brust. „Was?!"

Grandma hob das Kinn, wodurch ihr hochmütiger Ausdruck noch verstärkt wurde. „Du hast richtig gehört. Wäre sie nicht mit dir schwanger geworden, hätte sie eine glorreiche Karriere hingelegt. Hast du überhaupt auch nur den Hauch einer Ahnung, wie es für mich war, zu sehen, wie alle Bemühungen durch dieses Plus auf dem Schwangerschaftstest zunichtegemacht wurden? Meine kleine Laura schlug sich hunderte Nächte um die Ohren, um zu lernen. Plötzlich war sie *schwanger*. Ich wollte, dass sie das Problem beseitigen lässt, aber da hatte ihr dein Vater schon die Flausen von der glücklichen Familie in den Kopf gepflanzt", schleuderte sie mir mit einer Stimme voller Verachtung entgegen.

Problem?

Beseitigen?

Es war unschwer zu verstehen, Cruella hatte gewollt, dass Mom mich abtreiben ließ. Ich musterte ihre wutverzerrte Miene, suchte nach einem Hinweis auf eine Lüge und fand keinen. Die hässlichen Worte, die nun ausgesprochen waren, wirkten wie Gift. Sie brannten mir in der Kehle, meinem Bauch, bis tief in die Seele. Mein Herz zog sich schmerzhaft zusammen. Doch mit diesem Wissen ergab mit einem Mal vieles Sinn. Obwohl Grandma nur knapp dreißig Meilen von Hayswood entfernt gewohnt hatte, war sie nie besonders oft zu Besuch gekommen. Meine Geburtstage vergaß sie regelmäßig und an Weihnachten bekam ich stets das kleinste der Geschenke, die sie mitbrachte. Mit Dad sprach sie kaum und ich beobachtete einige Male, wie sie Mom zur Seite nahm und in einem beschwörenden Tonfall auf sie einredete. War es bei den Gesprächen darum gegangen, ihre Karriere weiterzuverfolgen? Wollte Grandma ihre Tochter dazu drängen, ihre Familie zu verlassen? Moms Kanzlei hier in Hayswood war zwar nicht groß gewesen, aber über zu wenig Arbeit oder Einkommen klagte sie nie. Mom hatte glücklich gewirkt und mir und Mae das gleiche Maß an Liebe zukommen lassen.

Die Ungeheuerlichkeit in Grandmas Aussage, ließ sämtliche Zurückhaltung in mir in sich zusammenfallen. „Du gibst also Dad und mir die Schuld daran, dass Mom keine Bilderbuchkarriere als Anwältin hinlegen konnte? Mir, einem damals ungeborenen Kind und dem Mann, der deine Tochter bis heute so sehr liebt, dass er nach wie vor *seinen* Ehering am Finger und *ihren* an einer Kette um seinen Hals trägt?!"

Grandma öffnete den Mund zu einer Erwiderung, doch ich ignorierte das. Die Zeit für gute Manieren, Höflichkeit und Respekt war ein für alle Mal vorbei. „Du hältst mich für dumm und glaubst dabei selbst diesen Schwachsinn, den du soeben von dir gegeben hast?", fauchte ich.

„Einen anderen Ton. Sofort!", blaffte sie, aber ich war so in Rage, dass mir egal war, welche Konsequenz mir drohte.

„Dir geht es nur um Karriere, Erfolg, Aussehen und Geld. Ich bin froh, dass Mom nicht so war, wie du es bist. Für sie stand die Familie an erster Stelle und dafür lieben wir sie noch immer. Denkst du wirklich, dein Bankkonto steht irgendwann an deinem Grab und trauert dir hinterher? Sollte das tatsächlich der Fall sein, so weiß ich, dass unter den hier Anwesenden nicht ich die Dumme bin."

Das Adrenalin peitschte nur so durch meine Adern. Jeder Muskel in meinem Körper war angespannt und trotzdem lauerten die Tränen hinter meinen Lidern.

„Geh. Auf. Dein. Zimmer", presste sie zwischen zusammengepressten Zähnen hervor.

„Mit Vergnügen!“, gab ich schnippisch zurück. Es war unerträglich, mit dieser Person auch nur eine Sekunde länger in einem Raum zu sein.

Dad. Ich musste Dad kontaktieren. So durfte es nicht weitergehen. Er konnte mich nicht in der Obhut einer Frau lassen, die keinen Hehl aus ihrem Hass machte.

„Dort werde ich Dad anrufen und ihm alles erzählen“, fügte ich hinzu und fischte mein Smartphone aus der Tasche, um seine Nummer zu wählen.

„Oh, nein! Du rufst weder deinen Vater noch den Herumtreiber an!“, fauchte Großmutter und riss mir das Handy aus der Hand. Triumphierend hielt sie es in die Höhe, doch ich hatte nicht vor, mich kampflos geschlagen zu geben.

„Es gibt Festnetztelefone“, erinnerte ich sie.

Grandmas Blick schnellte zu der Ladestation, die sich im Flur befand. Aufgrund ihrer Position würde sie das Gerät vor mir erreichen, allerdings hatte ich auch nicht von *diesem* Festnetztelefon gesprochen. Ich gönnte ihr ihr diabolisches Grinsen, während sie sich vor mir aufbaute.

„Aber nicht dieses Telefon, Grandma“, spottete ich und schlüpfte, so schnell ich konnte, durch die Haustür.

Als ob alle Höllenhunde hinter mir herjagten, schnappte ich mir mein Fahrrad, sprang auf und trat in die Pedale. Mein Ziel war klar.

Die Newmans.

Nells Kater hin oder her. Ich brauchte sie jetzt mehr denn je.

KAPITEL 14

Der Fahrtwind trieb mir die Tränen horizontal über das Gesicht. Immer wieder wischte ich sie zur Seite, doch ihre Flut schien nicht enden zu wollen.

Nun wusste ich, warum Grandma mich hasste, auch wenn der Grund völlig absurd war. Als ob sich ein Embryo aussuchen konnte, in welchem Körper er heranwuchs! Und Cruella hielt tatsächlich mich für doof! Wäre die ganze Sache nicht so erschütternd und traurig gewesen, hätte ich vielleicht darüber lachen können.

Das Haus der Newmans mit der vertrauten gelben Fassade kam in Sichtweite. Allein, es zu sehen, spendete mir Trost. Als ich mein Fahrrad auf dem Rasen ablegte, merkte ich, wie sehr meine Oberschenkel brannten. Ich beugte mich nach vorn, stützte die Hände auf die Knie, atmete durch und sah mich währenddessen um. Nates Wagen sowie der seiner Eltern standen in der Auffahrt. Das war ein positives Zeichen, denn das bedeutete, dass jemand zu Hause war.

Ich machte mir nicht die Mühe, meine emotionale Verfassung zu verbergen, als ich auf den Klingelknopf drückte. Das Wissen, mich gleich in den Schoß der Familie Newman sinken lassen zu dürfen, ließ mir die Tränen in die Augen steigen. Meine Lunge japste noch immer nach Sauerstoff und wegen des Schluchzens hatte ich einen Schluckauf. Meist, wenn ich hier vor dieser Haustür mit der Milchglasscheibe gestanden hatte, war ich darum bemüht, einen guten Eindruck zu machen. Schließlich war es möglich, dass mein Schwarm die Tür öffnete. Heute war mir das jedoch egal. Ich war verheult, hatte einen Schluckauf und weil ich so schnell gefahren war, hatten sich Schweißflecken unter meinen Achseln gebildet. Ich war ein Wrack – und das nicht nur äußerlich. Innerhalb weniger Stunden hatte sich – wieder einmal – mein ganzes Leben verändert.

Die Tür ging auf. Vor mir stand Nate. Er trug eine graue Jogginghose und eine schwarze Sweatjacke über einem dunkelblauen T-Shirt. Am liebsten hätte ich mich an ihn gedrückt und ihn angefleht, mich festzuhalten und nie mehr loszulassen. Doch ich war wie erstarrt.

Sein Lächeln verschwand, als er mich sah.

„Eden! Was ist geschehen?“, rief er bestürzt, kam einen Schritt auf mich zu und umfasste meine Schultern. Der Schock, mich so aufgelöst zu sehen, war ihm deutlich ins Gesicht geschrieben.

Seine besorgte Reaktion öffnete die Schleusen noch weiter. Ich schluchzte in den Schluckauf hinein und war im Begriff, mich an seine Brust zu werfen, als Mrs. Newman hinter ihm auftauchte. Sie war dabei, eine Porzellantasse abzutrocknen. Als sie mich entdeckte, fiel die Tasse polternd zu Boden. Sie zersplitterte, wie es mein Herz vor einigen Minuten getan hatte.

Auf Mrs. Newmans Miene zeichnete sich das Entsetzen ebenso ab, wie in Nates. Sie ignorierte die Scherben, schob ihren Sohn zur Seite und zog mich wortlos in die Arme. In einer vergleichbaren Verfassung hatte ich mich nur befunden, nachdem Mom gestorben war. Möglicherweise glaubte Mrs. Newman, etwas Ähnliches wäre geschehen.

Ohne Fragen zu stellen, führte sie mich in die Küche. Der ganze Raum duftete nach dem Kuchen, der zum Auskühlen auf der Anrichte stand. Es roch köstlich, aber die Auseinandersetzung mit Grandma war mir gewaltig auf den Magen geschlagen. Vermutlich würde ich in den kommenden Tagen keinen Appetit mehr verspüren. Mr. Newman, der am

Küchentisch Zeitung las, sah auf. Er hatte seine Mimik ein wenig besser im Griff, doch auch ihm war der Schreck deutlich anzusehen. Das Papier raschelte, als er seine Lektüre zusammenfaltete und einen Blick mit seiner Frau tauschte, ehe er das Zimmer verließ.

Nate war uns gefolgt, statt jedoch seinem Vater hinterherzugehen, legte er mir eine Hand auf die Schulter und dirigierte mich zum Tisch. Dort zog er ausgerechnet den Stuhl heraus, auf dem er sonst saß, und deutete mir an, dass ich Platz nehmen sollte. Diese liebevolle Geste beschwor neue Tränen herauf, die ich stumm ihrer Wege gehen ließ.

Schweigend und noch immer, ohne mich mit Fragen zu löchern, die ihr gewiss unter den Nägeln brannten, holte Mrs. Newman eine Tasse hervor. Ich kannte ihre Handbewegungen in- und auswendig, daher wusste ich, dass sie dabei war, mir Kakao zu machen. Ich war so dankbar darüber, bei Nells Familie erneut eine Zuflucht zu finden, dass ich mich nicht traute, sie darum zu bitten, welche von den kleinen Marshmallow-Stücken dazu zu tun. Schließlich wollte ich ihre Gastfreundschaft nicht überstrapazieren.

Nate setzte sich neben mich. Sein Arm rutschte von meiner Schulter, hinunter auf die Rückenlehne des Stuhls. Augenblicklich fehlte mir seine Berührung, aber aufgrund der gestrigen Zurückweisung hatte ich ohnehin damit gerechnet, dass er wieder auf Abstand ging. Um ehrlich zu sein, wunderte ich mich, dass er noch hier war, anstatt sich in seinem Zockerzimmer im Keller zu verkriechen. Während seine Mutter die Milch abmaß, linste ich zu ihm hinüber.

Er wirkte angespannt und die Hand, die auf dem Tisch lag, bewegte sich ununterbrochen. Nervös knetete er seine Finger und am liebsten hätte ich die Hand auf seine gelegt, um ihn zu beruhigen. Ich riskierte einen Blick und versank sofort in Nates besorgt dreinblickenden Augen. Der Moment dauerte nur kurz, denn die riesige Tasse Kakao, die Mrs. Newman vor mir abstellte, lenkte meine Aufmerksamkeit auf sich. Inklusive Marshmallow-Stückchen. In meinem Brustkorb gab das Herz, von dem ich gedacht hatte, Großmutter hätte es zerschmettert, ein Lebenszeichen von sich.

„Möchtest du uns verraten, was passiert ist?“, begann Mrs. Newman nach einer Weile.

Was geschehen war, war eigentlich viel zu ungeheuerlich, um es in Worte zu fassen. Doch die Newmans wussten von meinem angespannten Verhältnis zu Grandma. Wenn ich es ihnen nicht erzählen konnte, dann niemandem. Ich holte tief Luft und berichtete zuerst von gestern Abend. Dass der Junge, der mich nach Hause gefahren hatte, Nate war, und wir uns geküsst hatten, verschwieg ich. So gut es möglich war, wiederholte ich Grandmas Vorwürfe und je mehr ich erzählte, umso leichter fühlte ich mich. Der Druck, der auf meiner Brust lastete, wurde weniger und so redete ich mir all den angestauten Kummer und Frust von der Seele.

Irgendwann hatte ich genug Kraft, um aufzusehen. In Mrs. Newmans Augen schimmerten Tränen. Sie hielt ein Geschirrtuch so fest umklammert, dass sich ihre Knöchel weiß unter ihrer Haut abzeichneten. Nate neben mir wirkte wie versteinert. Nur sein gelegentliches Zusammenzucken oder das Kopfschütteln, sobald ich von einer besonders schrecklichen Situation berichtete, verriet, wie aufmerksam er in Wirklichkeit zuhörte. Mr. Newman, der offenbar vorhin gegangen war, um seine Tochter zu holen, kam mit Nell ins Zimmer.

Meine beste Freundin war leichenblass und ihr entsetzter Blick erzählte mir, dass das nicht allein an dem übermäßigen Alkoholgenuss der vergangenen Nacht lag. Da sie sich jedoch nicht sofort auf mich stürzte, um nachzubohren, von wem ich nach Hause gebracht worden war, ging ich davon aus, dass sie den Beginn meines Berichtes wohl verpasst hatte.

Mr. Newmans Lippen waren zu einem schmalen Strich zusammengepresst und seine Hände zu Fäusten geballt. Das letzte untrügliche Zeichen, wie wütend ihn machte, wie Grandma mit mir umsprang, war sein Gesicht. Er hatte die Brauen so fest zusammengekniffen, dass sie sich fast berührten. An der Schläfe sah ich eine Ader pochen. Nell rutschte einen Stuhl so nah an meinen heran, wie es möglich war, und legte den Arm um mich. Unter dem Tisch drückte ich ihre andere Hand, um ihr zu zeigen, wie dankbar ich war, von ihrer wunderbaren Familie erneut aufgefangen zu werden.

„Gott, Eden! Das ist so schrecklich", flüsterte sie.

Sie lehnte die Stirn gegen meine Schulter und begann zu weinen, während ich noch versuchte, zu verarbeiten, was heute Morgen geschehen war.

„Grace, sie kann nicht wieder dorthin zurück", sagte Mr. Newman entschieden und setzte sich nun ebenfalls.

Mrs. Newman nickte. Sie sah mich an und öffnete den Mund, doch ein plötzliches Schluchzen verschluckte, was immer sie hatte sagen wollen. Sie blinzelte und wischte mit den Fingern unter ihren Augen entlang. Schwarze Mascarastreifen entstanden, aber Nells Mom schien das nicht zu stören.

„Eden, dein Vater befürchtete, dass sowas passieren würde. Hast du nie mit ihm über das Verhältnis zu deiner Großmutter gesprochen?", erkundigte sie nach einem Augenblick.

„Nicht im Detail. Er hat genug Sorgen."

Die wenigen Tage, in denen er zuhause war, wollte ich ihm nicht auch noch welche bereiten.

Nun richtete Mr. Newman den Blick auf mich. Seine Miene war ernst und aus heiterem Himmel machte sich Angst in mir breit. Irgendetwas lag hier in der Luft. Ich konnte auf die Newmans zählen, doch der Streit heute Morgen toppte alles Vorhergegangene. Ich sah zu Nells Mom. Sie hielt nach wie vor das Tuch umklammert, allerdings nicht mehr so fest wie Minuten zuvor. Ihr Gesichtsausdruck war ebenfalls ernst, aber ich glaubte, zusätzlich eine Spur Nervosität darin zu erkennen. Mr. Newman räusperte sich, wodurch ich mich ihm zuwandte.

Er hatte sich in der Zwischenzeit mit den Unterarmen auf den Tisch gestützt. Die Fingerspitzen ruhten aneinander.

„Wir sollten ihm von dem Vorfall erzählen. Du darfst nicht länger unter einem Dach mit deiner Großmutter wohnen“, entschied Mrs. Newman.

Die Klammer aus Angst, die sich mir um die Kehle gelegt hatte, löste sich ein klein wenig. Die Gewissheit, dass die Newmans verhindern würden, dass ich wieder zurückging, hielt mich zusammen.

„Ich kann ihn nicht anrufen. Sie hat mir das Handy weggenommen und ich habe mir nie die Mühe gemacht, seine Nummer auswendig zu lernen“, gab ich zu und sah in meine inzwischen leere Kakaotasse. Braune Rückstände klebten am Boden. Ob man auch aus Kakaosatz etwas herauslesen konnte?

Stuhlbeine schabten über die Fliesen. Ich sah auf und beobachtete, wie Mrs. Newman in den Flur ging und mit dem Telefon und einem kleinen Notizbuch in der Hand zurückkehrte. Sie blätterte, bis sie den Eintrag mit den Telefonnummern meines Dads gefunden hatte und ich erkannte, wie sie die Festanschluss- anstelle der Mobilnummer wählte. Sie stellte das Gerät auf Lautsprecher, sodass jeder am Tisch mithören konnte, wie es in der Telefonleitung knackte. Es läutete nur einmal, bis abgehoben wurde.

„Ted? Was ist passiert?“, erklang Dads Stimme. Mr. Newman gab uns ein Zeichen, ruhig zu sein. Dann begann er zu berichten, was vorgefallen war. Während er sprach, drang aus der Leitung nur gespenstische Stille. Nachdem Mr. Newman seine Schilderung beendet hatte, dehnte sich das Schweigen zwischen Hayswood und Quantico ins Unermessliche.

„Dad?“, fragte ich zaghaft. „Hast du geahnt, dass sowas geschieht?“

Ich schloss die Augen und lauschte meinem hämmernden Puls, bis er „Ja“ sagte. Das Seufzen, das diesem einen Wort folgte, war so tief, dass es im Lautsprecher knisterte.

„Was machen wir denn nun?“, flüsterte ich. Als ich auf eine Antwort wartete, schaltete Mrs. Newman den Lautsprecher ab und reichte mir den Hörer. Ich war ihr dankbar, um die Möglichkeit, diese Familienangelegenheit unter vier Ohren zu besprechen, auch wenn ich ihnen vermutlich sowieso davon erzählen würde.

Papier raschelte. Ich versuchte, mir meinen Vater in seiner Wohnung in Quantico vorzustellen, wo er in seinem Terminkalender blätterte, oder in einer Akte, die er sich mit nach Hause genommen hatte, etwas suchte.

„Ich bearbeite im Moment einen wichtigen Fall. Die Sache ist sehr komplex, deswegen kann ich frühestens am nächsten Wochenende hier weg, mein Herz. Aber selbst darauf gibt es keine Garantie.“

Nächstes Wochenende? Das bedeutete fünf oder sechs Tage mit Grandma unter einem Dach! Eine Träne landete vor mir auf dem Tisch. Weitere folgten rasch.

„Du fährst jetzt zurück und holst alles, was du für die kommende Woche brauchst. Bis ich da bin, bleibst du bei den Newmans. Ich werde dich dort abholen“, wies mich mein Dad an, als hätte er die Verzweiflung gespürt, die mich zu übermannen drohte.

Seine feste Stimme und das Wissen, dass jemand hinter mir stand, ließ den Tränenstrom versiegen. Ich nickte, was mein Vater natürlich nicht sehen konnte.

„Eden, es tut mir so unendlich leid. Ich hätte öfter heimkommen sollen.“

„Es braucht dir nicht leidtun, Dad. Sie behandelt mich wie ein Stück Scheiße. Nicht du.“

„Aber ich hätte es erkennen und einschreiten müssen“, widersprach er.

Durch die Leitung hörte ich ein Telefon klingeln.

„Das ist mein Diensthandy. Ich …“

„Es ist in Ordnung, Dad. Wir reden, sobald du hier bist.“

„Ich hab dich lieb, mein Herz."

Mit diesen Worten legte er auf. Ich hielt den Hörer weiterhin ans Ohr, weil ich die Verbindung noch nicht aufgeben wollte. Nells Hand, die meine fester drückte, holte mich zurück.

„Mein Vater meint, ich kann hier bleiben", brachte ich heiser hervor, weil ich plötzlich einen Kloß im Hals hatte.

„Natürlich kannst du das, Eden. Wir holen einfach ein paar deiner Sachen. Hast du genug Taschen?", erkundigte sich Mrs. Newman. Ich überschlug kurz, was ich für die kommenden Tage brauchte. Ein paar Shirts, Hosen, Unterwäsche, Schuhe, Waschzeug, meine Schultasche und mein Tagebuch. Das passte alles in die Reisetasche, die sich in der Abstellkammer befand.

„Ich denke schon."

„Wo wird Eden schlafen? Können wir eine Matratze in mein Zimmer legen?", fragte Nell.

Wenn ich gelegentlich am Wochenende bei ihr übernachtete, schlief ich für gewöhnlich mit ihr zusammen in ihrem Bett. Für eine ganze Woche war das jedoch keine Lösung. Nell verhielt sich im Schlaf wie ein Rotorblatt: Sie drehte sich nahezu ununterbrochen.

„Das ist vermutlich das Beste", meinte Mr. Newman und stand auf.

„Ich kümmere mich um die Matratze, während ihr euch in die Höhle des Bösen begebt", legte Nate fest, der das erste Mal das Wort ergriff, seit mich Mrs. Newman in die Küche geschoben hatte. Erneut schabten Stuhlbeine über den Boden, als er ebenfalls aufstand.

„Danke, Nate", rang ich mir hervor, obwohl ich ihn viel lieber anflehen würde, mit uns zu kommen.

Doch mir fiel rechtzeitig ein, mit was ich vor knapp einer Stunde konfrontiert worden war. Meine Großmutter hatte sich nie sonderlich für mich und meine Freunde interessiert, sodass sie höchstwahrscheinlich gar nicht wusste, dass der Junge, den ich geküsst hatte, der Sohn der Newmans war. Aber ihr

Sehvermögen war gut, und sobald Nate ihr gegenüberstand, brauchte sie nur eins und eins zusammenzuzählen. Das Risiko, dass sie uns die Aufzeichnung der Überwachungskamera unter die Nase hielt, war sowieso vorhanden. Um es nicht zu vergrößern, war es besser, wenn er hierblieb.

Sollte Grandma uns auf die Aufnahme ansprechen, die mich beim Knutschen zeigte, würde ohnehin Nell sofort nachfragen. Bislang hatte sie keine Ahnung, von wem ich gestern nach Hause gefahren worden war und wenn sie von diesem Kuss erfuhr, dann von mir. Blieb nur zu hoffen, dass ich dazu noch die Gelegenheit bekam, denn jetzt – zwischen Tür und Angel – würde ich das nicht erledigen.

„Ich werde rasch den großen Koffer vom Dachboden holen. Damit musst du dir keine Gedanken um den Platz in der Tasche machen“, beschloss Mrs. Newman und ging aus der Küche.

„Ehe wir fahren, räume ich besser alles aus meinem Kofferraum. Bin gleich wieder da“, murmelte Mr. Newman und Sekunden später war auch er verschwunden.

Nell sah an sich herab und es schien, als würde sie jetzt erst bemerken, dass sie noch ihren Schlafanzug trug. „Und ich hüpfe kurz ins Badezimmer und ziehe mir etwas anderes an.“

Ich überlegte, ihr doch hinterherzugehen, um meine Beichte abzulegen, allerdings reichte mein Mut hierfür nicht aus. Nell würde sauer sein, sobald ich ihr von dem Kuss erzählte und ich konnte keinen Streit riskieren. Daher blieb ich allein mit meinem Schwarm zurück, der mit dem Hintern an der Küchenzeile lehnte.

Drei Meter trennten uns. Drei Meter, die mir wie ein ganzes Universum erschienen. Alles, was ich wollte, war, in seiner Umarmung Trost zu suchen, denn ich wusste, dass ich ihn dort finden würde. Aber ich durfte nicht. Es war knapp zwölf Stunden her, seit er mich abgewiesen hatte. Ansehen hingegen war wohl kaum verboten, oder?

Ich sah an seinem drahtigen Körper nach oben, bis sich schließlich unsere Blicke ineinander verhakten. Anhand der Furche zwischen seinen Brauen erkannte ich deutlich, wie er nachdachte. Ein Funkeln tauchte in seinen Augen auf, als er sich von der Anrichte abstieß und hinüber in die Ecke ging, die von der Tür aus nicht sofort einzusehen war. Wie erstarrt sah ich ihm nach, bis er sagte: „Wir haben etwa dreißig Sekunden."

„Was?", fragte ich, da ich keinen blassen Schimmer hatte, was er meinte.

Nate lächelte und breitete die Arme aus. „Du siehst aus, als würdest du eine Umarmung gebrauchen. Also komm und hol sie dir."

Mehr benötigte ich nicht, mehr musste ich nicht wissen. So schnell ich konnte, stand ich auf und warf mich in seine Arme, die mich umfingen und die einzelnen Splitter meines Herzens schienen sich auf wundersame Weise zusammenzusetzen.

„Aber du … gestern, hast du …", stammelte ich unbeholfen, weil ich nicht in der Lage war, die richtigen Worte zu finden. Ich bemerkte, wie sich Nates Brustkorb ausdehnte, als er tief einatmete. Sein Kinn strich über meinen Scheitel und sein Seufzen traf als warmer Atem auf mein Haar.

„Ich weiß, was ich gesagt und getan habe, Eden. Mein Kopf kommt mir vor wie eine frisch geschüttelte Schneekugel. Alles wirbelt durcheinander. Ich muss dringend nachdenken, okay?"

Ich lächelte über seinen Schneekugelvergleich. Was immer das auch für Dinge waren – falls sie dazu führten, dass er uns eine Chance gab, dann sollte er gründlich nachdenken.

„Okay", flüsterte ich und genoss noch einen Moment seine Nähe. Dreißig Sekunden waren niemals genug, um meine seelischen Wunden zu schließen, doch ich war trotzdem dankbar.

Als ich hörte, wie jemand die Haustür öffnete, löste ich mich von ihm, machte einen Schritt rückwärts und drehte mich genau in dem Augenblick um, als Mr. Newman in die Küche kam. Ein minimaler Anflug von Verwunderung huschte über seine Miene, als er uns beide in der Ecke stehen sah. Sollte ihm etwas seltsam vorkommen, so sprach er uns nicht auf diesen Umstand an.

„Das wird schon, Eden", munterte Nate mich auf, klopfte mir in einer freundschaftlichen Geste auf die Schulter und ging aus dem Zimmer. Es kostete mich viel Kraft, ihm nicht hinterherzusehen. Nur verzögert wurde mir bewusst, dass sein letzter Satz zweideutig geklungen hatte. Meinte er meine familiäre Situation oder *uns*? Er hatte mich zwar abgewiesen, aber kurz darauf hatte er mir die Hand an die Wange gelegt, damit ich ihn ansah. Leider war ich zu beschämt gewesen, um aufzusehen! Hätte ich in Nates Blick das erkannt, was er mit Worten nicht ausdrücken konnte? Was wäre geschehen, falls wir durch das Läuten des Telefons nicht unterbrochen worden wären?

Nell kam in die Küche gerannt, gerade rechtzeitig, ehe es zwischen ihrem Vater und mir unangenehm werden konnte.

Minuten später saßen wir im Auto und je näher wir meinem Elternhaus kamen, umso heftiger zog sich mein Magen zusammen. Glücklicherweise hatte ich am Morgen auf das Frühstück verzichtet.

KAPITEL 15

Grandma und Mae waren zum Glück unterwegs gewesen, als ich mit Hilfe der Newmans meine Sachen holte. Wir befanden uns bereits wieder auf dem Rückweg, als Nell sich zu mir lehnte. Sie tippte auf ihre Armbanduhr und verkündete stolz: „Wir brauchten nur zwölf Minuten, um den Koffer zu packen. Ich komme mir vor wie jemand aus einem S.W.A.T.-Team."

Ich sah auf ihr rosafarbenes Shirt, die weiße Hose und die glitzernden Ballerinas, die sie anhatte, und zog eine Augenbraue in die Höhe.

„S.W.A.T.-Team? Du?", hakte ich grinsend nach.

„Tarnung ist alles", erklärte sie, fügte ein Zwinkern hinzu und legte mir eine Hand aufs Knie. „Zum Glück haben wir dich da rausgeholt. Du musstest es viel zu lange mit Cruella aushalten."

Beim Gedanken an das, was hinter mir lag, schnürte sich mein Brustkorb zusammen. Doch selbst, als ich die Lider schloss und mir die grässliche Auseinandersetzung von heute Morgen noch einmal ins Gedächtnis rief, spürte ich nicht wieder diesen entsetzlichen Schmerz, denn jetzt war da ein Lichtblick. Mein Vater wusste Bescheid und die Newmans standen mir bei. Aufregung machte sich in mir breit, als ich daran dachte, die kommenden Tage gemeinsam mit Nate unter einem Dach zu verbringen. Meine Gefühle für ihn ließen sich nicht einfach so abstellen und das kurze Gespräch in der Küche gab mir Hoffnung. Nate hatte der Kuss gestern ebenso gefallen wie mir, sonst hätte er wohl kaum so reagiert. Es war ein bisschen armselig, aber ich hoffte, dass ihm der Kuss ein klein wenig den Kopf verdreht hatte. Allein beim Gedanken an seine weichen Lippen meldeten sich die Schmetterlinge in meinem Magen.

„Wenn wir nur dein Handy gefunden hätten!", holte Nell mich aus meinen Überlegungen.

„Cruella hat es entweder mitgenommen, oder es gut versteckt. Dieses Biest!", grummelte ich, doch so richtig wütend war ich deswegen nicht. Da ich die kommenden Tage bei den Newmans verbrachte, war das Fehlen des Handys keine Tragödie. Grandma konnte auf das Gerät nicht zugreifen, also musste ich nicht fürchten, dass sie meine ach so ‚unwichtigen und albernen' Nachrichten las. In einigen davon kam sie alles andere als gut weg. Nach unserer heutigen Auseinandersetzung konnte sie sich allerdings vermutlich ohnehin denken, was ich von ihr hielt.

Zurück bei den Newmans trug Nells Dad sofort den Koffer mit meinen Sachen ins Haus.

„Ich sorge dann mal für das Mittagessen. Machst du Eden bitte ein bisschen Platz in deinem Schrank?", bat Mrs. Newman ihre Tochter und schenkte mir ein liebevolles Lächeln.

„Klar", meinte diese und zog mich mit sich in ihr Zimmer.

Die Matratze, die vor dem Bett lag, erschien mir unglaublich tröstend. Sie war das Symbol für meine Zuflucht, meine Befreiung von Grandma, selbst, wenn diese möglicherweise nur vorübergehend war.

„O Gott, ich kann es kaum erwarten, mich heute Abend hinzulegen", murmelte ich, während mein Grinsen immer breiter wurde, als ich die kleine Schokoladentafel erkannte, die nur Nate auf dem Kopfkissen hinterlassen haben konnte. Nell betrachtete die Aufmerksamkeit ihres Bruders mit einem argwöhnischen Blick.

„Die würde ich an deiner Stelle nicht essen. Wer weiß, was er damit gemacht hat", merkte sie an und zog eine Grimasse. Ich zuckte mit den Schultern. Im Gegensatz zu ihr fand die Geste ziemlich süß, aber das verschwieg ich meiner besten Freundin. Nell ließ sich auf ihr Bett fallen, vergrub ihr Gesicht unter ihrem Armen und stöhnte gequält. Da fiel mir ein, dass wir noch keine Silbe über den gestrigen Abend und ihr plötzliches Verschwinden gesprochen hatten.

„Apropos Nate", begann ich und hoffte, dass Nells Kopf nach wie vor zu benebelt war, um das Beben in meiner Stimme zu hören.

„Was ist mit ihm?", murmelte sie.

Mist. Wo sollte ich anfangen? Ich entschied mich für die Offensive.

„Er hat mich gestern heimgebracht."

Nell schoß in die Höhe und sah mich mit großen Augen an, die sie jedoch rasch zusammenkniff und die Hände an die Schläfen presste. „Au! Mein Kopf!", jammerte sie und sank wieder nach hinten. Täuschte ich mich, oder war sie ein wenig blass um die Nase? „Trink nie mehr als eine Flasche Cider. Das Zeug ist unfassbar heimtückisch", warnte sie mich. Ich kicherte und glaubte schon, sie hätte vergessen, was ich eben gesagt hatte, als sie nachhakte: „Sagtest du wirklich Nate? Was ist mit Corey geworden? Ich habe dich mit ihm gesehen."

Ich seufzte und nahm auf der Bettkante Platz.

„Wusstest du das von ihm und Tiff?", hakte ich nach.

„Corey und Tiff?"

Nell klang ahnungslos.

Offenbar war ihr nichts von dem Video zu Ohren gekommen, daher erzählte ich ihr, was ich von ihrem Bruder erfahren hatte. Nachdem ich geendet hatte, hatte ihr Gesicht definitiv eine weiße Farbe angenommen.

„Ich glaube, mir wird schlecht", meinte sie und zog eine Grimasse. „Und wir Idiotinnen, die sich als deine Freundinnen bezeichnen, dachten, wir helfen dir, indem wir uns aus dem Staub machen! Wir wollten, dass Corey dich nach Hause bringt. Zu Cole ist er ja eine echt heiße Alternative."

„Das hat Nate glücklicherweise verhindert. Wobei ich ohnehin nicht mit ihm in ein Auto gestiegen wäre."

Nell drehte sich auf die Seite und stopfte sich ein Kissen unter den Kopf.

„Moment. Als Hope, Lene und ich dich gestern das letzte Mal gesehen haben, sah es aus, als würdet ihr euch blendend verstehen!"

Ich zuckte ratlos mit den Schultern. „Das war auch so. Aber plötzlich ist er total aufdringlich geworden", gestand ich und sah auf meine Zehenspitzen.

„Was?!", rief Nell, woraufhin ich wieder aufblickte. Tränen standen ihr in den Augen und vor Schreck hatte sie eine Hand vor den Mund geschlagen. „Eden! Das tut mir leid! Wenn wir das gewusst hätten!"

„Schon okay. Dein Bruder half mir zum Glück aus der Klemme."

„Nate?! Er hat dich nicht nur heimgefahren, sondern kam dir zudem zur Hilfe? Reden wir tatsächlich von Nathaniel James Newman?"

„Hast du noch einen Bruder mit demselben Namen, den ich nicht kenne?", konterte ich und lächelte meiner besten Freundin zu. Sie erwiderte mein Lächeln und schüttelte zaghaft den Kopf, was wohl ihrem Kater zuzuschreiben war.

„Was hat er getan?"

„Er gab Corey zu verstehen, er solle die Finger von mir lassen und hat mich im Anschluss daran nach Hause gefahren."

Ich wusste, dass das die Chance war, ihr von dem Kuss zu berichten, doch während ich mir die Worte zurechtlegte, verließ mich der Mut ein weiteres Mal. Um von mir abzulenken und die Kapitel Party und wie ich von dort weggekommen war abzuschließen, meinte ich: „Anschließend fuhr er zu Will, um dich abzuholen."

„Scheiße", murmelte sie und rieb sich mit beiden Händen über das nun erneut ziemlich fahl wirkende Gesicht. „Und ich rätsle schon den ganzen Morgen, wie ich in mein Bett gekommen bin."

„So viel Cider hast du getrunken?", hakte ich erschrocken nach. Nell wurde blass und ich lachte, als ich ihre Miene sah. „Ich hörte auch etwas von Zungenakrobatik mit Trevor und Owen."

„O Gott! Nein!", rief sie und sah mich entsetzt an. Die Versuchung, sie leiden zu lassen, war groß, aber das konnte ich ihr heute nicht antun.

„Nicht du!", gab ich, begleitet von einem Lachen, zurück. „Arlene und Hope haben mit den beiden herumgeknutscht!"

„Ein Glück!", stieß sie sichtlich erleichtert hervor. „Kann es sein, dass Robbie auch dort war? Mir ist, als hätte er mir ein Glas Wasser gebracht."

„Nate erwähnte, dass er sich um dich gekümmert hat, als zu schon ziemlich hinüber warst", antwortete ich.

„Aber ich habe nicht mit ihm geknutscht, oder?"

Ich lachte leise.

„Nicht, dass ich wüsste."

Nell wirkte erleichtert. Wir unterhielten uns noch eine Weile über den gestrigen Abend, ehe sich das Gespräch erneut auf mich konzentrierte.

„Was willst du deinem Dad sagen, sobald er hierherkommt?"

Ich dachte einen Moment über meine Situation nach, ehe ich antwortete.

„Der Ärger mit Grandma schwelt schon lange. Was sie mir vorwirft, ist einfach zu ungeheuerlich, als dass ich weiter mit ihr unter einem Dach leben kann."

„Was hast du vor? Glaubst du, es gelingt dir, ihn zu überzeugen, sich hier einen Job zu suchen?"

Natürlich würde ich mich freuen, wenn Dad wieder jeden Tag zu Hause wäre, um nicht weiterhin auf Grandma angewiesen zu sein. Ich wusste kaum etwas über Dads Job, nur, dass er stellvertretender Abteilungsleiter war, jedoch nicht, um welche Dinge sich die Abteilung beim FBI genau kümmerte. War mein Vater dort überhaupt entbehrlich? Vielleicht war er einer der besten auf dem Gebiet und machte Kriminellen das Leben schwer. Verhinderte er möglicherweise Verbrechen? Falls das so war, war die Hoffnung, er würde seinen Job mir zuliebe aufgeben, dann nicht ein wenig zu selbstsüchtig?

„Sollte das möglich sein, hätte er das bereits längst getan. Doch lass uns nicht über ungelegte Eier reden. Ich bin einfach nur froh, die nächsten Tage hier verbringen zu dürfen."

Kurze Zeit später rief uns Mrs. Newman zum Mittagessen. Nate saß mir gegenüber und verhielt sich wie immer. Er schaufelte das Essen in sich hinein und flachste mit seinem Dad, ohne auch nur einmal in meine Richtung zu sehen. Obwohl er nie gesagt hatte, dass es eine Chance auf ein Wir gab, verspürte ich trotzdem einen Stich. Ein Blick hätte mir genügt, aber er schaffte es wirklich, so zu tun, als ob ich nicht existieren würde. Das zarte Hoffnungspflänzchen, das heute Morgen aufgekeimt war, schien um mehrere Zentimeter zusammenzuschrumpfen. Ich wurde aus ihm nicht schlau. Erst passte es ihm nicht, wenn ich mit Corey sprach. Dann deutete er an, ihm sei mein bauchfreies Top zu sexy gewesen. Minuten darauf küsste er mich, um mich anschließend wie eine heiße Kartoffel fallen zu lassen. Möglicherweise war ich selbst schuld, indem ich mir schlichtweg zu große Hoffnungen gemacht hatte. Nate hing nun mit den Aufreißern ab, und die wechselten ihre Freundinnen im Wochentakt. Was konnte da ein Kuss bedeuten? Vermutlich bei weitem nicht so viel, wie ich mir erträumte.

Den Nachmittag verbrachte ich mit Nell auf ihrem Zimmer, wo wir über Gott und die Welt redeten, aber das bedrückende Thema ‚Edens Zukunft' ausließen. Nach dem Abendessen begann Nell, zu gähnen. Ihr fehlte offenbar einiges an Schlaf und in Anbetracht dessen, dass morgen wieder Schule war, sollte sie diesen rasch nachholen.

Ich hingegen war nicht müde.

Im Gegenteil: Ich fühlte mich seltsam aufgekratzt. Trotzdem wünschte ich den Newmans eine gute Nacht und folgte meiner Freundin. Als wir in ihr Zimmer kamen, brummte Nells Handy.

„Oh", war ihr Kommentar zu der Mitteilung und ein seltsames Gefühl machte sich in mir breit, als sie mich über das Display hinweg ansah.

„Was ist los?", wollte ich wissen.

„Hope schreibt eben, dass Cole gestern etwas mit Gillian hatte." Meine beste Freundin bedachte mich mit einem bedauernden Blick und mir fiel gerade noch rechtzeitig ein, dass ich offiziell auf ihn stand.

„Ach, das war nur eine harmlose Schwärmerei. Wenn man es genau nimmt, ist er doch sowieso nicht meine Liga." Um meiner Aussage mehr Glaubwürdigkeit zu verleihen machte ich eine wegwerfende Handbewegung.

„Wirklich? Das macht dir nichts aus?", versicherte sich Nell.

„Nein. Im Moment beschäftigen mich ohnehin andere Dinge", erwiderte ich, was nicht einmal gelogen war. Cole könnte mir im Moment nicht gleichgültiger sein. Schließlich hatte ich Nate geküsst.

„Okay. Aber wenn du reden willst …"

„Weiß ich, wo ich dich finde", vollendete ich den Satz.

Wir schlüpften in unsere Schlafanzüge und Nell kroch anschließend in ihr Bett, während ich es mir auf der Matratze bequem machte. Gähnend kuschelte sie sich in ihre Decke und bald war lediglich das Geräusch ihrer regelmäßigen Atemzüge zu hören. Ich hatte schon oft bei ihr übernachtet, daher wusste ich, wann sie schlief. Noch war alles ruhig, doch in etwa einer halben Stunde würde sie anfangen, sich herumzuwälzen.

Während ich an die Zimmerdecke starrte, wurde das Bedürfnis, irgendwem von Nates und meinem Kuss zu erzählen, immer drängender. Mein Tagebuch wäre die Lösung, aber das befand sich in einem Einschubfach meiner Schultasche. Zudem bräuchte ich zum Schreiben Licht, womit ich Nell vermutlich aufweckte. Dennoch verstärkte sich meine innere Unruhe. Als ich ihr leises Schnarchen hörte, hielt ich es keine Sekunde länger aus. Ich holte mein Tagebuch hervor, nahm einen Stift aus einer Schreibtischschublade und verließ das Zimmer. Von unten erklang das eingespielte, künstliche Lachen einer Sitcom, die Mr. und Mrs. Newman ansahen.

Nates Zimmertür war geschlossen, doch ich glaubte, von dort die Geräusche eines Actionfilms zu hören. Der Flur des Obergeschosses war nicht besonders groß, und da ich allein sein wollte, beschloss ich, mich ins Büro zu schleichen, das direkt neben dem Elternschlafzimmer lag.

Behutsam schloss ich die Tür hinter mir und knipste die Lampe an, die auf dem Schreibtisch stand. Weil dieser mit Papieren übersät war, setzte ich mich in die Ecke, zog die Knie an und begann, meine Gedanken in das Tagebuch fließen zu lassen.

Liebes Tagebuch,

ich habe eine Ewigkeit nichts mehr von mir hören lassen, aber mich beschäftigt etwas, das ich mit niemandem teilen kann. Gestern hat Nate mich nach Hause gefahren und mir meinen ersten Kuss gegeben. Ich bin schon so lange in ihn verliebt, dass ich zuerst dachte, ich träume. Doch er war echt. Ich wagte gar nicht, daran zu denken, ob und was dieser Kuss zwischen uns verändern würde, was auch gut so war. Nate machte mir schnell klar, dass ihm der Kuss bei Weitem nicht das bedeutete, wie es bei mir der Fall war.

Heute ließ er jedoch durchblicken, dass er Gefühle für mich haben könnte. Er verglich seinen Kopf mit einer Schneekugel, die man geschüttelt hatte.

Ist das zu fassen?

Ausgerechnet eine Schneekugel!

Mir geht es ähnlich. In den letzten vierundzwanzig Stunden ist so viel passiert, sodass ich den Eindruck habe, gar nicht mehr hinterherzukommen. Ernüchterung löste die Freude über den Kuss ab. Als ich allein in meinem Bett lag, war ich traurig, weil Nate mich abgewiesen hatte und kaum war ich aufgestanden, wurde ich mit Grandmas ungeheuerlichen Vorwürfen konfrontiert, die mich fassungslos und echt wütend machten.

Nun bin ich erleichtert, da Dad endlich über sie Bescheid weiß und ich vorübergehend bei den Newmans wohnen darf. Das alles hätte einen Monat schon ziemlich aufregend gestaltet, aber das geschah ungelogen innerhalb von zwölf Stunden!

Ich bin gespannt, was die nächste Woche bringt. Wie entscheidet sich Dad? Welche Lösung findet er und am wichtigsten: Was wird mit Nate und mir? Gibt es eine Chance? Ich wünsche es mir.

In meinem Leben kann nicht immer alles schiefgehen, oder? Irgendwann muss ich auch einmal Glück haben.

Als ich den Eintrag nochmal las, war ich versucht, meine Worte durchzustreichen. Doch das Durcheinander auf dem Papier spiegelte exakt wider, wie es in mir aussah.

In der Ruhe des Büros bemerkte ich, wie die Aufregung des Tages nun ihren Tribut forderte. Gähnend schloss ich mein Tagebuch, löschte das Licht und begab mich zurück in Nells Zimmer. Das tat ich allerdings nicht, ohne einen wehmütigen Blick in die Richtung von Nates Tür zu werfen. Uns trennten nur zwei bis drei Meter und eine weiß lackierte Holztür. Es wäre so leicht, einfach hinüberzugehen und die Klinke hinab zu drücken.

Jedoch hinderten mich mein fehlender Mut, die Tatsache, dass seine Eltern jeden Moment kommen konnten und die Ungewissheit, ob er etwas für mich empfand, daran, meinem Herzen zu folgen.

So wenige Meter und trotzdem war er viel zu weit entfernt, um meine Sehnsucht nach ihm zu stillen. Die Nähe machte es nur schlimmer. Es kam mir vor, als stünde ich vor einem Schaufenster, wo die schönsten Dinge lagen, die ich mir vorstellen konnte. Doch der Preis war zu hoch. Ich durfte weder meine Freundschaft zu Nell riskieren, noch, dass Nate mich endgültig von sich stieß, weil ich ihm die Luft zum Atmen oder die Energie zum Denken raubte.

Mit schwerem Herzen betrat ich Nells Zimmer. Ich verstaute mein Tagebuch wieder an seinem Platz und kuschelte mich anschließend in die weiche Decke. Möglicherweise bildete ich es mir nur ein, aber ich glaubte, eine Spur von Nates Geruch unter dem Duft des Waschmittels zu erkennen. Der Gedanke, ein Stück von ihm hier zu haben, spendete mir Trost, sodass ich rasch in den Schlaf sank.

KAPITEL 16

Hope und Arlene wussten bereits von meinem vorübergehenden Einzug bei den Newmans, was kaum verwunderlich war. Hayswood war zu klein, als dass sowas lange geheim blieb.

„Ich konnte deine Grandma noch nie leiden", meinte Lene, die mit einer Schulter an dem Schließfach neben meinem lehnte, während ich nach meinem Chemiebuch suchte. Ich grinste, denn ich freute mich über die Solidarität meiner Freundin. „Ernsthaft! Wenn ich die Wahl zwischen einem Dinner mit deiner Großmutter und einem Serienmörder hätte, würde ich mich für den Mörder entscheiden!", untermauerte sie ihre Abneigung, was mich zum Kichern brachte.

„Hör auf, abzulenken, Lene", meckerte Hope, die mit vor der Brust verschränkten Armen neben Arlene stand.

„Ich lenke überhaupt nicht ab!"

„Doch tust du! Du hast bisher mit keinem Wort erwähnt, was da mit Owen lief!"

Lene verdrehte die Augen und formte eine Kaugummiblase, die sie anschließend lautstark platzen ließ. „Ich werde weiter schweigen, bis du mir erzählst, was du mit Trevor gemacht hast!"

„Wow!", schaltete Nell sich dazwischen. „Wie wäre es, wenn ihr *beide* erzählt, was da jeweils gelaufen ist?"

Hope sah zu Boden, während Arlene nur breit grinste.

„Hope?", hakte Nell mit einem alarmierten Unterton in der Stimme nach.

Obwohl sie den Kopf gesenkt hielt, konnte ich erkennen, wie ihre Wangen einen tiefdunklen Rotton annahmen.

„Kann es sein, dass meine beste Freundin …“, setzte Lene an, wurde aber von einem euphorischen „Ja, wir sind zusammen!“, durch Hope unterbrochen, auf deren Zügen sich ein strahlendes Lächeln ausbreitete.

„Trevor ist echt süß“, warf Nell ein.

„Wenn man vom Teufel spricht“, murmelte Arlene, die über Nells Schulter hinwegsah.

Neugierig drehte ich mich um und erkannte Trevor, der auf uns zukam. Seine Aufmerksamkeit galt einzig und allein Hope und mit jedem Schritt, den er ihr näherkam, wurde sein Grinsen breiter. Ich tauschte einen Blick mit Nell, der die Überraschung hinsichtlich des wohl neuesten Paares der Hayswood High gut sichtbar ins Gesicht geschrieben stand. Entweder hatte Hope ihre Schwärmerei für Trevor immer gut vor uns verborgen oder die zwei hatten sich Hals über Kopf ineinander verknallt.

„Hey“, meinte Trevor, nickte uns kurz zu und beugte sich dann zu seiner Freundin, um ihr einen zaghaften Kuss auf die Wange zu geben.

Ich könnte schwören, dass zwischen ihnen Zuckerkristalle herabrieselten, so süß war das Ganze!

Ein Knoten bildete sich in meinem Magen. Was würde ich darum geben, um mit Nate dasselbe zu tun? Nate, der Nell und mich auf dem Weg zur Schule die gesamte Zeit ignoriert hatte. Falls er sich tatsächlich über seine Gefühle klar werden musste, verbarg er das ebenso gut, wie Hope ihr Schwärmen für Trevor. Das erste Läuten, das uns daran erinnerte, uns auf den Weg in die Klassenzimmer zu begeben, lieferte mir den perfekten Vorwand, um mich davonzumachen. Hastig wandte ich mich von den Frischverliebten ab, schlug die Schließfachtür zu und versuchte, dem Anflug Neid, der mich unvermittelt traf, nicht zu viel Beachtung zu schenken. Welches Mädchen wünschte sich keinen Freund, der sie liebevoll anlächelte und nicht vor einer öffentlichen Liebesbekundung zurückschreckte?

Ich sollte mich für meine Freundin freuen!

„Wir treffen uns in der Mittagspause", trällerte Hope fröhlich, während sie sich händchenhaltend mit ihrem Freund einen Weg durch den Schülerstrom in Richtung ihres nächsten Kurses bahnte.

„Und was war mit Owen?", löcherte Nell Lene.

„Wir haben nur ein bisschen herumgeknutscht. Ich bin nicht in ihn verliebt! Was ist schon ein Kuss?", verteidigte sich diese mit Nachdruck.

Nell entgegnete etwas, aber die Worte rauschten an mir vorbei. Stattdessen hallte Arlenes Antwort wie ein Echo in meinem Kopf.

War es möglich, dass ein Kuss so unbedeutend war, um ihn abzuhaken, wie einen Zahnarztbesuch? Das war eine intime Geste und kein Freizeitvergnügen! Mein Magen verknotete sich weiter, als mir bewusst wurde, dass das Wunschdenken war!

Ein Kuss war kein untrügliches Zeichen für Zuneigung. Es gab keine Studie, die besagte, Person A liebte Person B mit soundso viel Prozent seines Herzens, wenn ein Kuss soundso lange andauerte. Es gab keine Formel, die ich nachschlagen konnte und anhand der sich Nates Gefühle für mich berechnen ließen. Eine mathematische Gleichung für Liebe existierte nicht! Ich wünschte, dem wäre so, denn dann hätte ich etwas, an dem ich festhalten konnte.

Der Gedanke, dass Nate nicht das Gleiche für mich empfand, wie ich für ihn, ließ den Schultag einfach an mir vorbeiziehen. Nell bemerkte das natürlich, doch ich redete mich heraus, indem ich vorgab, über die Angelegenheit mit Grandma nachzudenken.

„Eden? Kommst du bitte kurz zu mir?", rief mir Mrs. Newman aus dem Wohnzimmer zu, als wir am Mittwoch nach Hause kamen. Auf der Stelle wanderte mein Blick zu meiner besten Freundin, die jedoch nur mit den Schultern zuckte.

„Bin sofort da“, quetschte ich an dem Kloß vorbei, der sich prompt in meinem Hals festgesetzt hatte. Mrs. Newman saß auf ihrem Lieblingssessel und hielt einen Stickring in der Hand. Das Motiv, an dem sie im Augenblick arbeitete, schien eine Schneeflocke zu werden, was mich an den bevorstehenden Winter erinnerte.

„Hallo Mrs. Newman. Was gibt es?“

„Hallo, Eden. Setz dich doch“, wies sie mich an und deutete auf das Sofa zu ihrer Rechten.

Obwohl ich rational gesehen nicht nervös zu sein brauchte, war ich es trotzdem. Ich wischte die feuchten Handflächen an der Jeans ab und nahm Platz.

„Dein Dad rief mich heute Vormittag an“, begann sie und allein die Erwähnung meines Vaters ließ mein Herz aufgeregt schlagen. „Er kann am Wochenende leider nicht kommen.“

Sieben Worte, die wie ein Faustschlag in meinen Eingeweiden landeten. Tränen schossen mir sofort in die Augen und ich atmete keuchend aus. Nells Mom bemerkte, wie sehr mir diese Neuigkeit zusetzte. Sie legte den Strickring hastig zur Seite, setzte sich neben mich und zog mich in ihre tröstenden Arme.

„Muss ich zurück?“, presste ich hervor, ehe mir die Angst, welche Konsequenzen mir nun drohten, die Luft abschnüren konnte.

„Nein! Eden, beruhige dich!“, murmelte sie in mein Haar. Ich erstarrte, weil ich glaubte, mich verhört zu haben.

„Wirklich?“, hakte ich nach.

„Nein. Jeff sprach mit deiner Großmutter, nachdem wir ihm versicherten, dass du bis auf weiteres bei uns wohnen kannst.“

„Ich darf hierbleiben?“, wiederholte ich.

Mrs. Newman löste die Umarmung, umfasste meine Schultern und sah mich mit einem warmherzigen Lächeln an.

„Natürlich! Liebes, denkst du tatsächlich, wir lassen dich wieder zu deiner Grandma? Wir würden auch Mae aufnehmen, aber diese bestand darauf, zuhause zu bleiben.“ Ich nickte. Maes und Grandmas Beziehung war eine völlig andere, als wir sie zueinander hatten.

„Ted räumt im Moment das Büro aus, damit du dein eigenes Reich hast“, erläuterte sie, woraufhin ich große Augen bekam.

„Was? Nein, das ist nicht nötig“, warf ich ein, weil mir unwohl dabei war, dass sich die Newmans meinetwegen solche Umstände machten. Mich bei sich aufzunehmen war schon enorm großzügig und ich wollte die Gastfreundschaft meiner vorübergehenden Familie keineswegs überstrapazieren.

Mrs. Newman senkte das Kinn und sah mich mit einem tadelnden Ausdruck im Gesicht an. „Eden, du sollst dich wohlfühlen und das Büro gleicht ohnehin seit Monaten einer Abstellkammer. Eine Aufräumaktion ist mehr als überfällig“, versicherte sie mir und zwinkerte mir verschwörerisch zu.

Was sollte ich darauf noch erwidern? Diese Familie war einfach zu gut, um wahr zu sein.

„Das ist sehr nett. Danke“, brachte ich hervor, ehe mir die erste Träne über die Wange lief.

Es war unglaublich, wie bedingungslos sie mich auffingen. Wortlos reichte mir Mrs. Newman ein Taschentuch und lächelte mich dabei an. Sie verstand offenbar, dass ich nicht aus Trauer weinte, sondern aus Erleichterung.

„Das ist selbstverständlich, Liebes. Wir lassen dich nie im Stich. Du darfst übrigens Grace zu mir sagen.“

Ich wischte meine Tränen weg und putzte mir die Nase, um mich einen Moment zu sammeln.

„Danke, Grace“, sagte ich, neugierig, wie es sich anfühlte, die Mutter meiner besten Freundin das erste Mal mit dem Vornamen anzureden.

„Das tun wir gerne, Eden“, versicherte sie mir, und als ich ihr Lächeln erwiderte, wurde ihres noch ein wenig breiter. „Ich kümmere mich dann mal um das Essen“, informierte sie mich und stand auf.

Ich machte mich auf den Weg hinauf, um Nell von meinem bevorstehenden Umzug zu erzählen. Falls ich wirklich weitere Wochen hier wohnte, war es für sie mit ein bisschen Privatsphäre bestimmt angenehmer.

KAPITEL 17

Mit Hilfe von Nate war die Entrümpelungsaktion im Büro einen Tag später abgeschlossen. Er und sein Vater hatten sich große Mühe gegeben, und wenngleich alles ein wenig chaotisch war und es nach aufgewirbeltem Staub roch, fühlte ich mich wohl. Es war nicht das Ritz, doch es war besser, als länger mit Grandma unter einem Dach zu leben.

Nell war aufgrund von Kopfschmerzen vor einer Stunde in ihrem Zimmer verschwunden und Nate war nach dem Essen mit dem Auto weggefahren. Da mir etwas unwohl dabei war, allein mit den Newmans im Wohnzimmer zu sitzen, hatte ich gesagt, ich müsse lernen. Eine Weile blätterte ich im Biologiebuch herum, allerdings machte es mein sich ununterbrochen drehendes Gedankenkarussell unmöglich, dass ich mir was merken konnte.

Nun lag ich seit etwa fünfzehn Minuten auf dem Bett und versuchte, in den Schlaf zu finden. Eigentlich war es dafür noch viel zu früh, denn als ich in mein Zimmer gegangen war, war es erst halb neun gewesen. Schlaf bedeutete für gewöhnlich Ruhe und Frieden, doch heute wollte mich seine tröstende Umarmung nicht empfangen. Verärgert über die endlosen Gedanken, die sich nicht abstellen ließen, packte ich mein Kopfkissen und klammerte mich daran fest, als wäre es eine Rettungsboje.

Ein seltsames Knistern erklang. Ich drückte das Kissen erneut und wieder hörte ich das Knistern. Es kam aus dem Inneren des Bezuges. Ich schob eine Hand hinein und entdeckte ein kleines Stück Papier. Mein Herz schlug schneller, als ich es herauszog. Ich erkannte vereinzelte Buchstaben, aber es war zu dunkel, um lesen zu können, was darauf stand. Mit ausgestreckten Armen tastete ich mich hinüber zu dem inzwischen leergeräumten Schreibtisch. Es dauerte einen Moment, bis ich den Lichtschalter der Leselampe fand, doch schließlich erhellte sanftes gelbes Licht mein neues Reich.

Badezimmer. Zehn Uhr. Sei leise.
N.

Mein Herzschlag beschleunigte sich augenblicklich. Die Nachricht konnte nur von Nate kommen. Er war derjenige gewesen, der das Bettzeug in das Zimmer geschafft hatte, während ich damit beschäftigt war, meine Sachen einzusammeln. Außerdem gab es keinen logischen Grund, weshalb Nell mich hätte ins Bad bestellen wollen. Aufgeregt suchte ich nach meiner Armbanduhr. Die Zeiger zeigten kurz nach neun an. Ich musste also noch beinahe eine Stunde aushalten! Warum wollte er sich mit mir treffen? Wieso ausgerechnet im Badezimmer? Sein Hinweis, dass ich leise sein sollte, verlieh dem Ganzen etwas unglaublich Verbotenes und je weiter die Uhrzeiger wanderten, umso heftiger schlug mein Puls. Fünf Minuten vor unserer vereinbarten Zeit hörte ich, wie eine Tür geöffnet und wieder geschlossen wurde. War das mein Zeichen?

Der Minutenzeiger kroch langsam auf die Zwölf zu und als er sein Ziel fast erreicht hatte, schlich ich auf Zehenspitzen zur Tür. Ich öffnete sie einen Spalt und spähte in den Gang, der sich ruhig und verlassen vor mir erstreckte. Die wenigen Meter bis zum Badezimmer erschienen mir wie die Fünfzigmeterstrecke auf dem Sportplatz der Schule, vielleicht sogar länger. Mein Herz hämmerte so sehr in meinem Brustkorb, dass ich befürchtete, die Schläge könnten bis ins Wohnzimmer zu hören sein. Es machte den Anschein, als wäre ich eben einen

Marathon gelaufen, statt einfach aus dem Bett aufzustehen. So leise wie möglich zog ich die Tür hinter mir zu und huschte über den beigefarbenen Teppich, bemüht, keinen Laut zu verursachen. Mein Puls lag im dreistelligen Bereich, als ich in das Bad schlüpfte. Nate lehnte mit überkreuzten Knöcheln am Waschtisch und sah auf, als ich eintrat. Er trug eine karierte Flanell-Schlafanzughose sowie ein weißes Shirt und trotzdem hatte er nie anziehender gewirkt. Froh, dass ich nicht Mr. oder Mrs. Newman im Badezimmer überraschte, entließ ich die angehaltene Luft aus der Lunge und schloss die Tür.

„Du hast den Zettel gefunden", flüsterte er.

Langsam nickte ich und trat einen Schritt näher. Am liebsten würde ich mich an seine Brust schmiegen, aber schließlich wusste ich nicht, warum er mich um ein Treffen gebeten hatte. Womöglich wollte er meinen Hoffnungen ein für alle Mal den Garaus machen, daher blieb ich einen Meter vor ihm stehen.

„Komm her", sagte er, griff nach meinen Handgelenken und holte mich zu sich. Mir stockte der Atem. Bedeutete das, er gab uns eine Chance?

Der Nate-Geruch stieg mir in die Nase, was mich augenblicklich daran erinnerte, wie unglaublich gut es sich am Sonntag angefühlt hatte, von ihm gehalten zu werden. Unsere Blicke begegneten sich, als ich aufsah und ich glaubte, Zuneigung in seinem erkennen zu können. Mein Herz vergaß einige Schläge, als er den letzten Abstand schmelzen ließ, indem er die Arme um mich legte und mich an sich zog. Ich schloss die Lider und konzentrierte mich auf ihn. Meine Welt schrumpfte auf seinen Duft, seine Berührung und seine Wärme zusammen. Noch ein wenig zurückhaltend erwiderte ich seine Umarmung.

„Mir brach es das Herz, dich so fertig am Küchentisch sitzen zu sehen. Am liebsten hätte ich dich in den Arm genommen, wodurch meine Eltern und Nell mir jedoch vermutlich ein Loch in den Bauch gefragt hätten, warum ich das plötzlich tue. Deswegen habe ich es gelassen", raunte er an meinem Scheitel.

„Zudem wollte ich sicher sein, dass da wirklich etwas ist und mein Herz nicht nur flattert, weil ich Mitleid mit dir habe."

„Oh Nate", murmelte ich, während ich mir jedes Detail dieses Moments einprägte. Zum Beispiel, wie perfekt mein Kopf unter sein Kinn passte oder wie sich sein Körper gegen meinen drückte, besonders, wenn er einatmete.

„Deine Grandma ist eine Psychopatin. Dieser Frau sollte man jeglichen Umgang mit Menschen untersagen", brummte er.

„Zu Mae ist sie ganz anders", merkte ich an, aber im gleichen Augenblick ärgerte ich mich über mich selbst. Wieso verteidigte ich sie? „Lass uns nicht darüber reden", wechselte ich das Thema, löste mich ein wenig von ihm und sah auf, wo sich unsere Blicke erneut begegneten.

Ein Funkeln lag in seinen karamellfarbenen Augen.

„Wir müssen ohnehin ultraleise sein", flüsterte er mir zu. „Mom und Dad sitzen noch vor dem Fernseher."

Das hatte ich bemerkt, als ich aus dem Zimmer geschlichen war. Dass seine Eltern es nicht gutheißen würden, sollten wir ausgerechnet jetzt, da ich bei ihnen eingezogen war, etwas miteinander anfangen, war ebenfalls klar. Wir spielten hier mit dem Feuer. Das musste ihm ebenso bewusst sein wie mir. Ein Knacken des Heizkörpers ließ mich vor Schreck zusammenzucken und ich wäre aus Angst, erwischt worden zu sein, fast bis zur Wand in meinem Rücken zurückgewichen.

Doch ich schaffte nur einen einzigen Schritt, denn Nates Arme waren sofort zur Stelle und verhinderten, dass ich mich allzu weit von ihm entfernte. Er grinste, legte einen Zeigefinger unter mein Kinn und zog mich zu sich. Erst, als er mit dem Abstand zwischen uns zufrieden war, gab er mich frei und wanderte mit der Hand unendlich zärtlich über meine Wange, während er mir tief in die Augen sah. Seine Fingerspitzen beschäftigten sich mit den feinen Härchen meines Haaransatzes, was eine Gänsehaut über meine Wirbelsäule rieseln ließ. Ohne mich aus den Augen zu lassen, neigte er den Kopf zur Seite und kam mir ein Stück entgegen. Bei unserem ersten Kuss hatte er sich selbstbewusst genommen, was er gewollt hatte. Aber nun erkannte ich eine stumme Frage in seinem Ausdruck. Ich lehnte mich zu ihm, nickte leicht und da er mich genauestens beobachtet hatte, genügte ihm dieses Nicken. Seine Lider schlossen sich und langsam näherte sich sein Mund. Im Vergleich zum ersten Mal war das hier die Zeitlupeneinstellung, die Super-Slow-Motion, denn es dauerte eine kleine Ewigkeit, bis er endlich nahe genug war.

Ich seufzte und mein Atem stieß gegen Nates Lippen, ehe sie sich auf meine senkten. Als hätten wir das schon eine Million Mal getan, legte er die Arme um meine Taille und noch in derselben Sekunde fanden meine Finger den Weg in sein dunkles Haar. Wir zogen uns an den jeweils anderen, als wäre der Körperkontakt die einzige Chance, wie wir am Leben bleiben konnten. Mein Mund öffnete sich für ihn und eine nie gekannte Wärme breitete sich in meinem Brustkorb aus, als er mich mit seiner Zungenspitze neckte.

Wie war es möglich, dass etwas Neues so vertraut wirkte?

Wir waren mehr oder weniger gemeinsam aufgewachsen und dennoch gab es so viel, das ich über ihn nicht wusste.

Der Nate, der mich küsste, der mich an sich zog, bis kein Blatt Papier mehr zwischen uns passte, war neu. Darunter steckte jedoch der Nate, den ich seit Jahren in- und auswendig kannte. Er aß am liebsten Zitroneneis, bevorzugte bei Eistee hingegen Pfirsichgeschmack. Sobald er sich stark konzentrierte, presste er die Lippen zu einem schmalen Strich zusammen. Sein Zimmer war blau gestrichen, obwohl grün seine Lieblingsfarbe war.

Ich wusste so vieles und gleichzeitig nichts.

Eines der Dinge, die ich allerdings mit absoluter Gewissheit sagen konnte, war, dass ich nie wieder aufhören wollte, Nate Newman zu küssen.

Auf ewig wollte ich mich in seiner Umarmung verlieren, seine Wärme fühlen, seinen Geruch einatmen, ihn berühren. Er vertiefte den Kuss und schloss die Arme so fest um mich, bis ich seinen Herzschlag an meiner Brust spürte. Oder war es mein eigener, der so raste? Es war nur ein Kuss, aber ich war nicht in der Lage, mir vorzustellen, einem Menschen jemals näher zu sein. Streichelnd wanderten seine Hände von meinem Rücken zu meiner Taille und meinem Körper genügte das, um in Flammen aufzugehen.

Enttäuschung flackerte in mir auf, als er meine Schultern umfasste und mich von sich wegdrückte. Nate öffnete die Augen und als ich aufsah, verpuffte das Gefühl. Seine Pupillen waren geweitet, die Lider halb gesenkt und er sah mir so tief in die Augen, dass ich glaubte, er könne bis in den letzten Winkel meiner Seele blicken. Er atmete durch und lehnte die Stirn gegen meine.

„Du machst mich verrückt", flüsterte er heiser, was mir ein Lächeln auf die Lippen zauberte. Lippen, die sich seltsam anfühlten. Sie prickelten regelrecht nach diesem intensiven Kuss.

Bevor ich etwas erwidern konnte, richtete Nate sich auf. Mit einer Geste gab er mir zu verstehen, leise zu sein. Angestrengt lauschten wir und ich erstarrte, als ich Schritte auf der Treppe hörte und gedämpfte Stimmen über den Flur zu uns getragen wurden. Entsetzt starrten wir uns an, als uns klar wurde, dass seine Eltern dabei waren, ins Bett zu gehen.

„Verdammt", formte sein Mund lautlos. Mein Gehirn arbeitete zwar auf Hochtouren, aber mir fiel kein Grund ein, der den Newmans plausibel erklärte, warum ihr Sohn und ich uns zusammen im Bad befanden! So wie wir uns in den letzten Monaten gemieden hatten, war es bereits ungewöhnlich, dass wir uns in einem Zimmer aufhielten. Und falls das nicht genügte, würden meine geröteten Lippen und Wangen ihr Übriges dazu beitragen.

Nate umfasste meine Schulter und schob mich kurzerhand in die Duschkabine. Das Sirren der Ringe, an denen der Duschvorhang befestigt war, erschien mir in der Stille wie das Kreischen einer Kreissäge. Mein Atem stockte, als nur einige Sekunden später die Tür des Badezimmers geöffnet wurde.

„Dad!“, rief Nate vorwurfsvoll.

„Sorry, ich …“

„Ich bin auf der Toilette, Dad. Raus!“, knurrte Nate.

„Schon gut“, murmelte Mr. Newman und einen Atemzug darauf schloss sich die Tür wieder.

„Das wird länger dauern, Dad!“, schrie er seinem Vater hinterher. „Ich hätte gestern besser auf das Chili bei Robbie verzichtet!“

Gedämpftes Gemurmel drang durch die Tür, das ich nicht genau verstehen konnte. Ein Teil von mir hatte riesige Angst, erwischt zu werden, der andere fand es urkomisch, dass er Verdauungsprobleme vorgab, um seine Eltern davon abzuhalten, ins Badezimmer zu kommen. Die Toilettenspülung rauschte und ich vernahm das Tapsen, das nackte Füße auf den Fliesen hinterließen. Ein Klappern folgte, ehe die Türklinke herab gedrückt wurde. Der Vorhang wölbte sich leicht unter dem Luftzug, der vom Gang hereinströmte und ich drückte mich tiefer in die Ecke, um unentdeckt zu bleiben.

„Wenn ihr eure Zähne putzen möchtet, ist es klüger, ihr erledigt das in der Küche. Ich fürchte, das Bad ist bis auf weiteres Sperrgebiet“, erklärte er.

„Soll ich dir eine Tablette holen, Schatz?“, fragte Grace besorgt.

„Nicht nötig, Mom. Sobald alles raus ist, geht es mir bestimmt besser“, versicherte Nate überzeugt.

„Okay, du kannst mich jederzeit wecken, das weißt du, Nathaniel.“

Bei ihrer aufrichtigen Sorge kamen mir fast die Tränen. Ihr Sohn war achtzehn und dennoch war seine Mutter bereit, sich die Nacht für ihn oder mit ihm um die Ohren zu schlagen, falls er Hilfe benötigte. Mrs. Newman hatte keine Ahnung, dass das nur ein Ablenkungsmanöver war. Mein schlechtes Gewissen meldete sich, doch ich hatte zu große Angst vor möglichen Konsequenzen, um Nates Notlüge nun auffliegen zu lassen.

„Danke, Mom. Sorry, ich glaube, ich muss schon wieder", hörte ich ihn sagen. Bevor sie etwas erwidern konnte, war die Tür erneut geschlossen. Sekunden später klappte der Toilettensitz geräuschvoll nach oben und Nate stöhnte gequält. Ich schlug mir die Hand vor den Mund, um das Kichern zu dämpfen, das in mir aufstieg. Er spielte den Kranken enorm überzeugend.

Sollten seine Eltern an der Tür gelauscht haben, so beseitigte er mit der oscarreifen Schauspieleinlage, die er im Moment ablieferte, jegliche Zweifel. Die Wasserleitung in meinem Rücken rauschte leise, als in der direkt unter mir liegenden Küche der Wasserhahn aufgedreht wurde. Der Duschvorhang raschelte und Nates Gesicht erschien.

„Mann, das war knapp", murmelte er und half mir aus der Duschkabine. Das wäre zwar nicht zwingend nötig gewesen, aber mir gefiel die liebevolle Geste.

„Verdauungsprobleme, um sich die Eltern vom Hals zu halten? Du steckst voller Überraschungen, Nathaniel Newman", flüsterte ich und schmiegte mich an ihn.

Er zog mich in eine feste Umarmung, gab mich jedoch bedauerlicherweise viel zu schnell frei.

„Sie kommen in spätestens einer Minute wieder nach oben. Du musst dich jetzt rausschleichen. Und kein Wort zu Nell."

Ich nickte. Es fiel mir schwer, mich von ihm zu trennen, doch wir mussten vermeiden, erwischt zu werden. Ich stellte mich auf die Zehenspitzen und hauchte ihm einen Kuss auf die geschlossenen Lippen. Mehr erlaubte ich mir nicht, denn es war fraglich, ob das Glück nochmal auf unserer Seite stand.

„Ich werde dich vermissen“, wisperte ich und schlich zur Tür.

„Schlaf gut, Eden“, sagte Nate und schenkte mir ein liebevolles Lächeln, das mir die Kraft gab, ihn zu verlassen.

So leise wie möglich stahl ich mich in mein Zimmer. Erst als ich auf der Matratze lag und die Decke um mich gezogen hatte, wurde mir bewusst, wie riskant das Treffen eben gewesen war. Hätten wir die Schritte auf der Treppe überhört, hätten uns Mr. und Mrs. Newman in flagranti überrascht!

Reue verspürte ich trotzdem keine. Dafür war der Kuss viel zu wunderbar gewesen. Ich hatte den Eindruck, dass meine Lippen noch immer prickelten und wenn ich mich konzentrierte, konnte ich mir Nates Berührung so lebendig ins Gedächtnis rufen, als wäre sie real.

Ich fühlte mich geliebt und geborgen.

Ein Gefühl, das ich zuhause schon eine sehr lange Zeit nicht mehr gehabt hatte.

KAPITEL 18

Am folgenden Tag begaben wir uns zu dritt auf den Weg zur Schule. Gestern im Badezimmer hatte ich bereits einen kleinen Vorgeschmack von Nates schauspielerischem Talent bekommen und heute gab er mir die nächste Kostprobe. Beim Frühstück sprach er mich nur einmal an, weil ich ihm die Milch reichen sollte, ansonsten ignorierte er mich, wie er es zuvor meist getan hatte. Selbst als wir in seinem Wagen saßen, starrte er stur aus der Frontscheibe, als könne er dort draußen Erklärungen für alle ungelösten Rätsel der Menschheit finden.

Ich befand mich auf der Rücksitzbank hinter ihm und sah aus dem Fenster. Nell saß auf dem Beifahrersitz und verzweifelte an einem Level bei Candy Crush. Wir redeten kaum, was jedoch nicht weiter ungewöhnlich war. Meine beste Freundin war ein Morgenmuffel und auch ich war ebenfalls niemand, der frühmorgens schon wie ein Wasserfall vor sich hinplapperte. Wie sie wohl reagierte, wenn sie erfuhr, dass ich auf diesem Platz gesessen hatte, als ihr Bruder mir den ersten Kuss meines Lebens gegeben hatte? Meine Wangen füllten sich mit Wärme, während ich daran dachte.

Der Moment war so kostbar gewesen!

Ob es ihm ähnlich erging? Da Nell so auf ihr Handy konzentriert war, erlaubte ich es mir, ihn zu mustern. Weil die Temperaturen merklich abgesunken waren, trug er einen schwarzen Kapuzensweater. Diese Nicht-Farbe stand Nate ausgezeichnet, denn er war einer der Menschen, die dadurch weder blass noch krank wirkten. Wenn ich den Kopf zur Seite legte, sah ich das sanfte Schlagen seines Pulses an seinem Hals, was den prompten Wunsch weckte, meine Lippen auf exakt diese Stelle zu legen. Es hatte sich so gut angefühlt, von ihm gehalten zu werden und die Ungewissheit, wann wir uns das nächste Mal küssen und berühren konnten, ließ meine Sehnsucht nach ihm ins Unermessliche steigen. Er war mir so nahe, dass ich nur die Hand ausstrecken musste, um ihm über die Wange zu streichen. Aber ich durfte nicht!

Nate steuerte den Wagen in eine Parklücke und stieg aus, ohne einen Ton zu sagen. Seine Maske der Gleichgültigkeit saß beängstigend gut. Beim Gedanken daran, dass das möglicherweise keine Schauspielerei war, breitete sich ein eisiger Knoten in meinem Magen aus. Was, wenn ihm das Risiko zu groß war?

Um meine Verwirrung vor Nell zu verbergen, konzentrierte ich mich auf meine Schultasche. Ich hielt den Blick weiter gesenkt, als ich ausstieg und prallte dabei gegen Nate, der stehengeblieben war, weil ein anderes Auto neben uns einparkte.

„Pass doch auf", zischte er und sah mich wütend an.

Neues Futter für meine Überzeugung, dass seine ablehnende Haltung nicht gespielt war.

„Sorry", murmelte ich und wich seinem durchdringenden Blick aus. Ich musste schleunigst hier weg. Über das Wagendach hinweg sah ich zu meiner besten Freundin, die auf ihrem Handy herumtippte.

Ich wollte einen entschlossenen Schritt an ihm vorbeimachen, als eine sanfte Berührung mich zum Innehalten zwang. Mein Herzschlag nahm augenblicklich Fahrt auf und ich sah hinab. Nates warme Finger lagen um mein Handgelenk, wobei sein Daumen auf meinem Puls ruhte. Dadurch spürte er höchstwahrscheinlich sehr gut, was seine Nähe mit mir anrichtete. Ich hatte keine Ahnung, wie er es schaffte, dieser Geste eine solch unbeschreibliche Intimität zu verleihen. Etwas Glattes presste sich gegen meine Handfläche und Nate formte um den Gegenstand herum meine Hand zu einer Faust. Ich sah auf, begegnete jedoch nur einer ausdruckslosen Miene, während er so tat, als würde er nach jemandem Ausschau halten.

„Sobald die Schule zu Ende ist, warte ich exakt fünf Minuten. Keine Sekunde länger, klar?", schärfte er uns ein und ließ seinen durchdringenden Blick von mir zu seiner Schwester wandern, die ein genervtes Seufzen ausstieß.

„Ich muss nach dem Unterricht zum Schwimmtraining, schon vergessen?", entgegnete sie und rollte mit den Augen. Nells übertriebenes Mienenspiel entlockte mir ein Lächeln.

„Wer sagt denn, dass ich mit dir spreche?", blaffte Nate unbeeindruckt. „Falls es dir bereits entfallen ist: Deine Freundin wohnt vorübergehend bei uns. Denkst du tatsächlich, ich wäre Arschloch genug, sie laufen zu lassen?"

Nell stemmte die Hände in die Hüften und zog eine Augenbraue in die Höhe.

„Wenn ich etwas aus dem Zusammenleben mit dir gelernt habe, Bruderherz, dann, dich besser nicht zu überschätzen", konterte sie und funkelte ihn zornig an.

Nate beugte sich ein Stück zu ihr. Sein Blick war so stechend, dass ich fürchtete, er würde sie gleich aufspießen.

„Die gefährlichsten Gegner sind die, die man unterschätzt, Schwesterherz", gab er in einem ruhigen Tonfall zu bedenken. Beängstigend ruhig, um genau zu sein.

Mit diesen Worten machte er kehrt und ging über den Parkplatz hinweg auf einen Nebeneingang zu. Ich erlaubte mir, ihm einen Moment hinterherzusehen, bis mir Nells wütendes Schnauben in Erinnerung rief, dass ich nicht allein war und es ein Geheimnis zu wahren galt. So fest ich konnte, umklammerte ich den Gegenstand, den mir Nate gegeben hatte.

„Er ist so ein Arsch!", ätzte Nell und schüttelte den Kopf, als könne sie nicht fassen, wirklich mit ihm verwandt zu sein. „Ich hoffe, ich habe bald meinen Führerschein in der Tasche, damit ich nicht weiterhin gezwungen bin, mit ihm zur Schule zu fahren."

„Ihr solltet euch den Wagen doch teilen, oder?“, sprach ich sie auf eine Bedingung an, die ich Mr. Newman hatte sagen hören, als er seinem Sohn die Wagenschlüssel zum sechzehnten Geburtstag überreichte.

„Oh, das werden wir! Nate beansprucht ihn bereits über zwei Jahre für sich, was heißt, dass er dann ebenso lange mir gehört.“

Ich kicherte in mich hinein, als ich mir vor Augen rief, wie sie ihren Bruder in ihren Plan diesbezüglich einweihte. Die Geschwister stritten sich schon darum, wer an der Reihe war, die Spülmaschine auszuräumen. Wie sollten sie sich da ohne Blutvergießen einen Wagen teilen? Wir schlenderten langsam in Richtung Haupteingang und ich bemerkte, wie Nell mich erwartungsvoll ansah.

„Das klingt eigentlich ziemlich fair“, stärkte ich ihr den Rücken und lächelte sie an.

Der Gegenstand in meiner Hand fühlte sich immer schwerer an, je näher wir dem Schulgebäude kamen. Auf unserem Stundenplan stand in den ersten beiden Stunden Biologie. Als beste Freundinnen saßen wir natürlich nebeneinander, was mir heute jedoch den Nachteil einspielte, dass ich nicht nachsehen konnte, was Nate mir zugesteckt hatte.

Wenn ich damit bis zur dritten Stunde, in der ich Englisch bei Mr. Green hatte, warten musste, kam ich vorher vor Neugier vermutlich um! Wenige Meter vor der Tür zum Biologiesaal blieb ich stehen.

„Ich muss mal kurz auf die Toilette“, behauptete ich und hoffte, Nell würde nicht auf dieselbe Idee kommen. Sie war neben mir stehengeblieben, grinste und streckte mir eine Hand entgegen. Instinktiv wich ich einen Schritt zurück, weil ich befürchtete, sie hätte gesehen, was ich in meiner Faust hielt.

„Na los, gib schon her“, forderte sie und machte eine dazu passende Geste. Meine Kehle fühlte sich mit einem Mal trocken an und ich schloss die Finger noch fester um das, was

Nate mir gegeben hatte. „Oder möchtest du mit deiner Schultasche aufs Klo?“

Es kostete mich alle Mühe, nicht vor Erleichterung laut aufzuatmen. „Äh, nein. Danke“, murmelte ich und reichte ihr meine Tasche.

„Bis gleich“, meinte Nell und betrat die Klasse, während ich mit hämmerndem Herzen im Flur stehen blieb und ihr hinterherblickte, bis die Tür zugefallen war. Von meiner Neugier zur Eile getrieben bahnte ich mir einen Weg zur naheliegendsten Toilette. Mit beiden Händen stieß ich die Tür auf und wurde von einer Geruchswolke aus chemischen Reinigungsmitteln sowie einem halben Dutzend verschiedener Parfüms empfangen - und dem überraschten Blick von Caroline Hawk. Sie stand gemeinsam mit zwei weiteren Mädchen, die im Gegensatz zu Caroline Cheerleaderuniformen trugen, vor den Spiegeln, um Make-up aufzulegen, mit dem sie ihre Mütter vermutlich nicht aus dem Haus lassen würden.

„Lancaster“, begann Gillian tonlos und verzog ihre blutrot geschminkten Lippen zu einer missbilligenden Schnute. „Manche Dinge ändern sich nie. Du benimmst dich nach wie vor wie ein Elefant im Porzellanladen.“

Gillian und die dritte Cheerleaderin, deren Namen ich nicht kannte, kicherten. Nur Caroline wandte sich ab und sah wieder hochkonzentriert in den Spiegel, während sie Lipgloss auftrug. Noch vor ein paar Wochen hätten mich Gillians gemeine Worte getroffen. Aber in den letzten Tagen hatte sich etwas verändert. Ich zuckte ungerührt mit den Schultern.

„Willst du etwa behaupten, du hättest schon einmal einen Porzellanladen von innen gesehen, Gilly?“, entgegnete ich.

Caroline ließ den Applikator, mit dem sie eben das Gloss aufgetragen hatte, fallen und begann, laut zu lachen. Gillians Unterkiefer klappte herab und sie sah verdutzt zwischen ihrer ehemaligen Kapitänin und mir hin und her. Ich schämte mich ein wenig, denn ich wusste, dass mein Konter unter der

Gürtellinie gewesen war. Gillian lebte mit ihrer alleinerziehenden Mutter in einer winzigen Zweizimmerwohnung über dem Diner und es war kein großes Geheimnis, dass die beiden jeden Cent dreimal umdrehen mussten. Doch schließlich hatte sie angefangen, Gift zu verspritzen.

„Eins zu Null für Lancaster, Gilly", sagte Caroline amüsiert, klaubte den Applikator aus dem Waschbecken und vollendete ungerührt ihr Werk. Ich warf Gillian einen, wie ich hoffte, entschuldigenden Blick zu, und verschwand, ohne eine weitere Erwiderung abzuwarten, in einer Kabine.

„Stehst du etwa auf ihrer Seite?", hörte ich Gillian sagen, woraufhin Caroline sie in einem tadelnden Tonfall zurechtwies: „Darling, ich bin auf *meiner* Seite und nun lass uns verschwinden. Ich möchte Lancaster nicht beim Pinkeln zuhören."

Die Tür klapperte und ich war allein in der Toilette. Meine Hand zitterte, als ich meine Faust löste. Der Gegenstand, den Nate mir gegeben hatte, war ein kleines silbernes Röhrchen, das an einer Seite einen Schraubverschluss besaß. Die senkrechten Rillen der Kappe zeichneten sich deutlich in meiner Handfläche ab. Kein Wunder, wenn man bedachte, dass ich das Röhrchen knapp zehn Minuten lang wie eine Rettungsboje umklammert hatte. Mit zitternden Fingern öffnete ich den Verschluss. Ein zusammengerollter Zettel kam zum Vorschein.

Neun Uhr im Musiksaal? Muss dich unbedingt küssen. N.

Mein Herz schlug augenblicklich schneller und meine Mundwinkel wanderten in die Höhe. Nate hatte es sich nicht anders überlegt, wie ich wegen seines abweisenden Verhaltens befürchtet hatte. Er wollte mich sehen. Er wollte mich küssen. Und mir ging es genauso.

Der erste Gong ertönte, der uns Schüler in die Klassenzimmer scheuchen sollte. Ich steckte den Zettel zurück in das

Röhrchen, vergrub es tief in meiner Hosentasche und eilte in den Biologiesaal. Obwohl ich mich um eine neutrale Miene bemühte, musterte Nell mich aufmerksam.

„Warum sind deine Wangen so rot? Wirst du etwa krank?“, fragte sie im Flüsterton und rückte ein Stück von mir ab.

„Nein, keine Sorge“, beruhigte ich sie. „Ich bin auf Caroline und zwei aus ihrem Gefolge getroffen.“

Mehr musste ich nicht sagen, denn Nell verstand. „Was haben diese blöden Weiber diesmal gesagt?“

Mr. Suarez klatschte synchron mit dem zweiten Gong sein Lehrbuch auf die Tischplatte. Der laute Knall, den er damit verursachte, ließ die gesamte Klasse zusammenzucken. Meine Antwort blieb mir förmlich im Hals stecken, doch ich warf Nell einen, wie ich hoffte, vielsagenden Blick zu, ehe ich meine Aufmerksamkeit auf unseren Biologielehrer richtete. Ich konnte ihr später davon erzählen. Mr. Suarez prüfte kurz die Anwesenheit, ehe er ohne Umschweife an exakt der Stelle im Stoff einstieg, an der wir vergangene Stunde stehengeblieben waren.

Obwohl ich Biologie und auch Mr. Suarez mochte, konnte ich ihm nur schwer folgen. Die Uhr, die sich links hinter ihm befand, war viel interessanter. In dreiundfünfzig Minuten würde ich meinen Lehrer darum bitten, zur Toilette gehen zu dürfen. Weil ich eben erst gewesen war, beschwor das gewiss eine Frage von Nell herauf, aber ich konnte einfach behaupten, ich hätte gedacht, meine Periode setzte ein. Damit nicht auffiel, dass mich die Uhrzeit mehr interessierte als das, was Mr. Suarez uns beizubringen versuchte, holte ich einen Block hervor und notierte mir einzelne Stichworte.

Siebenundvierzig Minuten.

Die Spitze des Kugelschreibers wanderte über das Papier. Statt Worte mitzuschreiben begann ich, den Rand des Blattes mit verschiedenen Kritzeleien zu verzieren.

Zweiunddreißig Minuten.

Aus der Blumenranke entstand ein spiegelglatter See, auf dem ein Segelboot dahin trieb.

Vierundzwanzig Minuten.

Über dem See bauschten sich Wolken.

Siebzehn Minuten.

Die Wolken wurden zu Herzen. Massenweise Herzen.

Elf Minuten.

„Eden!"

Ein Stoß gegen meinen Ellbogen ließ mich aufblicken. Die ganze Klasse und auch Mr. Suarez starrte mich an. Meine Mitschüler gelangweilt bis amüsiert, mein Lehrer eindeutig verärgert.

„Schön, dass du wieder bei uns bist. Du warst bestimmt nur so konzentriert, weil du dich, ebenso wie wir alle gefragt hast, was die Abkürzung ‚ANS' bedeutet."

Jemand aus der letzten Reihe kicherte, während Mr. Suarez den Gang entlang auf mich zukam.

Neun Minuten.

Mit einer, wie ich hoffte, unauffälligen Bewegung, versuchte ich, die Kritzeleien mit dem Arm zu bedecken. Ein Blick hinab verriet, dass das unmöglich war, da zwischenzeitlich das gesamte Blatt vollgekritzelt war! Nun konnte mich nur noch Wissen retten.

„Das ANS", begann ich und räusperte mich. Ich brauchte einen Moment, um meine Gedanken zu sortieren.

Mr. Suarez war inzwischen vor meinem Tisch stehengeblieben. Zwischen den Herzen, Blumenranken und Wolken stachen mir die Worte *‚auch viszeral oder autonom'* entgegen. Eine Synapse flackerte auf. Zum ersten Mal war ich froh um meinen langweiligen Sommer. Ansonsten hätte ich wohl kaum die Idee gehabt, die Schulbücher für das kommende Jahr durchzublättern, um die Zeit totzuschlagen.

Nachdem Mom an einem Hirntumor gestorben war, waren für mich die Abläufe im Gehirn und des Nervensystems besonders interessant gewesen. „ANS ist die Abkürzung für autonomes Nervensystem. Es wird ebenso als viszerales oder vegetatives Nervensystem bezeichnet. Der Begriff Autonomie, der in der Bezeichnung steckt, verrät, dass dieser Teil des Nervensystems auf Vorgänge in unserem Körper spezialisiert ist, die der Mensch nicht willentlich steuern kann. Im Gegensatz hierzu steht das somatische Nervensystem …"

Mein Lehrer hob die Hand. Mir blieben lediglich fünf Minuten, wie die Uhr hinter ihm verriet.

„Stopp, Eden! Du willst doch den Stoff nicht vorwegnehmen", warf mein Biolehrer ein. Offenbar zufrieden mit meiner Antwort, lief er langsam zurück zur Tafel. Er nahm ein Stück Kreide aus der Schale und schrieb in riesigen Lettern „ANS" auf die mattgrüne Oberfläche.

„Streberin", zischte Nell mir zu, entschärft mit einem Zwinkern.

Noch drei Minuten.

Der Musiksaal befand sich etwa zwanzig Meter den Flur hinab. Zögernd hob ich die Hand.

„Mr. Suarez", meldete ich mich und erkannte sofort, wie schrecklich dünn meine Stimme klang. Mein Lehrer legte die Kreide ab und strich sich den Staub von den Fingern, indem er seine Handflächen gegeneinander rieb.

„Ja, Eden?"

„Dürfte ich kurz zur Toilette?"

Mr. Suarez' Brauen wanderten aufeinander zu. Er war einer der Lehrer, der Schüler für gewöhnlich nicht aus dem Unterricht ließ, weil er der Meinung war, dass das Fassungsvermögen einer normalen menschlichen Blase ausreichend für zwei Stunden Biologieunterricht war. Anhand seines Zögerns fürchtete ich, er würde mir die Erlaubnis verweigern, und zog den Joker. „Ich glaube, ich habe eben meine Periode bekommen", verkündete ich vor der ganzen Klasse, woraufhin die meisten männlichen Mitschüler laut aufstöhnten.

Suarez‘ Augenbrauen entfernten sich wieder voneinander. Man konnte förmlich sehen, wie er mit sich rang. Schließlich deutete er mit einer Handbewegung zur Tür. „In fünf Minuten bist du zurück.“

Um kein Misstrauen zu schüren, nickte ich, holte einen Tampon aus der Schultasche und verließ das Klassenzimmer in Richtung Musiksaal.

Der Flur wirkte wie ausgestorben, trotzdem sah ich mich nervös um. Bisher war ich eine absolute Musterschülerin gewesen. Mich mit einer Lüge aus der Klasse zu mogeln, war etwas, von dem ich nie gedacht hätte, es je zu tun. Aber möglicherweise war es mir genau deswegen gelungen. Weil eben niemand damit rechnete, dass ich sowas tat.

Mein Herz schlug mir bis zum Hals als ich vor der Tür des Musiksaales stand. Ich lauschte über meinen hämmernden Puls hinweg, ob darin nicht doch Unterricht stattfand. Da ich allerdings keinen Mucks hörte, stieß ich schnell die Tür auf und ging hinein.

Der Raum war bis auf die herumstehenden Musikinstrumente und das Mobiliar leer. Nate war noch nicht da. Ich sah auf die Uhr. Es war dasselbe Modell, das auch in Mr. Suarez‘ Biologiesaal seitlich der Tafel hing. Ich war eine Minute zu früh. Vielleicht sollte ich die Zeit nutzen, um meine Atmung und das Zittern meiner Finger in den Griff zu bekommen. Zuletzt war ich bei Nates Eintreffen ohnmächtig, weil ich hyperventiliert hatte! Um nicht auf der Stelle entdeckt zu werden, falls doch jemand außer Nate hereinkam, stellte ich mich in die Ecke hinter der Tür.

Das stoische Ticken des Sekundenzeigers beruhigte mich ein wenig, aber als Schritte auf dem Flur zu hören waren, jagte mein Puls augenblicklich wieder in die Höhe. Ich hielt den Atem an, als ein Schatten unter dem Türspalt auftauchte. Als die Tür langsam geöffnet wurde, presste ich mich so fest an die Wand, dass ich Gefahr lief, gleich in die Damentoilette zu stürzen, die sich auf der anderen Seite befand. „Eden?“, erklang Nates Flüstern und sofort fiel ein großes Stück der Anspannung von mir ab.

„Hier hinten“, wisperte ich und entließ die Luft, die ich angehalten hatte, mit einem erleichterten Seufzen.

Ein Lächeln lag auf seinen Lippen, als er die Tür ins Schloss drückte und auf mich zukam. Ohne Zeit zu verlieren, legte er einen Arm um meine Taille und zog mich an sich. Seine freie Hand umfasste meinen Nacken, während er den Mund bis auf einen Millimeter an meinen brachte. Meine Handflächen lagen auf seiner Brust und ich spürte deutlich Nates kräftigen Herzschlag. Seine weichen Lippen streiften meine ganz leicht, als er sagte: „Ich kann nur daran denken, dich zu küssen, Eden. Was hast du nur mit mir gemacht?“

Schon seit zwei Jahren war ich ihm verfallen, doch in diesem Moment verfiel ich ihm noch mehr. Ich hatte keine Antwort auf die Frage, allerdings erwartete er die offenbar auch gar nicht. Begleitet von einem tiefen Raunen überwand Nate den letzten Abstand und küsste mich.

Er verlor keine Zeit und schlüpfte mit seiner Zunge in meine Mundhöhle, wo ich sie bereitwillig willkommen hieß. Ich hatte stets geglaubt, Zungenküsse seien eine eklige, speichellastige Angelegenheit, aber bei ihm bemerkte ich nichts davon. Sein Kuss war so süß und liebevoll, dass ich kurz davor war, zu schmelzen. Ich schlang die Arme um Nates Oberkörper und presste mich näher an ihn. Er fühlte sich warm an und mein weicher Körper schmiegte sich perfekt an seine harten Muskeln. Er war keiner der Typen, die dauernd Eiweißshakes in sich hinein schütteten und bei jeder Tages- und Nachtzeit Gewichte stemmten. Dennoch merkte man, dass er auf sich achtete.

Unser beider Atem beschleunigte sich während des innigen Kusses immer mehr. Mein Herzschlag polterte gegen meine Rippen und als ich spürte, wie Nates Hand meinen Rücken hinab wanderte, bis seine Fingerspitzen am Ansatz meines Pos zum Ruhen kamen, entwich mir ein Raunen. Das alles war neu für mich und ich konnte nur darauf hören, was mein Körper mir mitteilte. Dieser schrie förmlich, dass es sich fantastisch anfühlte, so nah bei ihm zu sein.

Seine Berührung zu spüren und dabei seinen Duft einzuatmen, weckte eine Sehnsucht in mir, die mir bislang fremd gewesen war. Ihn aus der Ferne anzuhimmeln und mich in Tagträumen darüber zu verlieren, wie es war, ihn zu küssen, war eine Sache. Es wirklich zu tun übertraf die Träume um ein Vielfaches. Wenn wir doch nur nicht alles geheim halten müssten! Aber Nell würde mir den Kopf abschlagen, sollte sie jetzt davon erfahren und das Risiko war mir im Augenblick schlichtweg zu groß.

Im Moment bewegten Nate und ich uns bereits auf extrem dünnem Eis, denn immerhin waren wir in der Schule und konnten rein theoretisch sekündlich erwischt werden.

Hastig atmend unterbrach Nate den Kuss und senkte seine Stirn gegen meine.

„Am liebsten würde ich ewig so weitermachen", flüsterte ich an seinem Mund, der mir verlockend nahe war. Er lächelte, öffnete langsam die Lider und ging ein Stück auf Abstand, um mir in die Augen zu sehen.

„Nicht nur du, Eden", versicherte er mir und atmete tief durch. Sein Blick wanderte über mich hinweg zu der Uhr, die sich irgendwo hinter mir befand. Er seufzte schwer und gab mir mit geschlossenen Lippen einen Kuss.

„Ich muss zurück, sonst sucht Mrs. Cornwall noch nach mir."

Der Widerwille, mit dem wir uns voneinander lösten, war deutlich zu spüren. Aber die Vernunft siegte. Nates Hand lag schon auf der Türklinke, während ich versuchte, die unübersehbaren Zeichen, die seine Finger in meinen Haaren hinterlassen hatten, verschwinden zu lassen.

„Wir treffen uns nach der Schule am Auto."

Ich nickte, doch da war er bereits verschwunden. Nachdem ich eine Minute abgewartet hatte, trat ich hinaus auf den Flur. Ich erstarrte mitten in der Bewegung, als ich Caroline bemerkte, die mit verschränkten Armen an den gegenüberliegenden Schließfächern lehnte.

„Ich fasse es nicht", murmelte sie und schüttelte den Kopf.

Panik erfasste mich, denn Caroline war keinesfalls dumm. Ich kam kurz nach Nate aus dem Musiksaal, obwohl wir beide eigentlich in unterschiedlichen Klassenzimmern sitzen mussten. Meine Haare mochte ich wieder in Ordnung gebracht haben, aber galt das auch für meinen Gesichtsausdruck? Was sollte ich jetzt tun? Das Offensichtliche leugnen oder sie gleich auf Knien anflehen, den Mund zu halten?

„Ich … ich", setzte ich an, allerdings wollte mir nicht einmal die lahmste Entschuldigung über die Lippen kommen.

Caroline stieß sich von den Spinden ab und kam langsam auf mich zu. Ihr Blick spießte mich förmlich auf. Wo war die Caroline, die während der Misswahlvorbereitungen neben mir geraucht hatte? Erst, als sich unsere Schuhspitzen beinahe berührten, blieb sie stehen. Sie war einige Zentimeter größer als ich, weshalb ich gezwungen war, den Kopf in den Nacken zu legen, sollte ich ihr weiter in die Augen sehen wollen. Ihre Miene verzog sich keinen Millimeter. Ihr Pokerface war beängstigend gut, wie ich ihr zugestehen musste. Es war eine undurchschaubare Maske und je länger sie mich niederstarrte, umso dicker wurde der Kloß in meinem Hals. Offenbar war der Moment bei der Misswahl, als ich sie auf die grobe Behandlung hingewiesen hatte, ein absoluter Ausrutscher gewesen.

„Newman und du?", fragte sie ungläubig. Die perfekt gezupften Brauen wanderten dabei in die Höhe.

„Newman und ich", bestätigte ich mutig, obwohl ich im Augenblick gar nicht so genau wusste, was das zwischen Nate und mir war.

Als Nichts ließ sich das, was uns verband, jedoch definitiv nicht bezeichnen. Warum sollte ich also lügen? Was tat ein Senior schon mit einem Sophomore im Musiksaal? Es lag auf der Hand, dass wir etwas miteinander hatten. Vermutlich konnte ich mich glücklich schätzen, dass es Caroline war, die uns ertappt hatte. Noch gab ihr verschlossener Gesichtsausdruck allerdings keine Entwarnung. Würde sie mich doch verpfeifen?

„Newman und du“, wiederholte sie. Eine Sekunde später zeichnete sich ein Lächeln auf ihren Zügen ab. „Glückwunsch. Ihr seid ein süßes Paar.“

„Danke“, stieß ich erleichtert hervor und saugte gierig Sauerstoff in die Lungen.

„Warst du deswegen an den letzten Wochenenden nicht dabei?“, erkundigte sie sich und ging endlich wieder auf Abstand. Ich schüttelte den Kopf und berichtete ihr von der Abmachung mit Großmutter anlässlich meines sechzehnten Geburtstags. Caroline war im Begriff, etwas zu erwidern, als die Tür des Biologiesaals am Ende des Flurs klapperte und kurz darauf Mr. Suarez mit hochrotem Kopf herauskam. Sofort heftete sich sein Blick auf mich, als er mit großen Schritten auf uns zukam.

„Eden! Deine fünf Minuten sind seit drei Minuten um!“, grollte mein Biologielehrer, der nun nur noch wenige Meter von uns entfernt war. Mein Mund öffnete sich, aber erneut wollte mir keine plausibel klingende Ausrede über die Lippen kommen.

„Das ist meine Schuld“, sprang Caroline für mich in die Bresche.

Ihre Stimme klang dünn, und als ich zu ihr sah, bemerkte ich, dass sie sich nach vorn gebeugt hatte und eine Hand auf den Unterbauch presste. „Ich habe schreckliche Bauchschmerzen und Eden war gerade dabei, mich zur Schulkrankenschwester zu begleiten.“

Mr. Suarez‘ Blick wanderte zwischen uns beiden hin und her. Vermutlich suchte er nach einem Hinweis auf eine Lüge, doch Carolines beängstigend gutes Pokerface ließ sie auch die Rolle der Kranken erschreckend perfekt spielen. Suarez‘ Zeigefinger zielte auf mich.

„Na schön. Fünf Minuten. Wenn du dich erneut verspätest, wirst du eine Woche nachsitzen. Bauchschmerzen hin oder her.“

„In Ordnung“, murmelte ich. Bis die Tür des Biologiesaals wieder hinter Mr. Suarez zugefallen war, behielt Caroline die gekrümmte Haltung bei. Dann richtete sie sich auf, strich ihre langen Haare über die Schulter und stemmte anschließend die Hände in die Taille.

„Du bist mir was schuldig, das weißt du“, legte sie fest und marschierte in Richtung des Krankenzimmers. Wie ein treudoofer Retriever trottete ich ihr hinterher.

„Du solltest in die Theater-AG gehen. Deine schauspielerischen Fähigkeiten sind beeindruckend“, erwiderte ich, woraufhin Caroline sich um die eigene Achse drehte und mich dabei angrinste. Allerdings erreichte ihr Lächeln diesmal ihre Augen nicht.

„Nein, ich verzichte. In meinem Leben waren bisher mehr als genug Kameras auf mich gerichtet.“

Auf diese Antwort hin runzelte ich skeptisch die Stirn. Sie war jahrelang bei den Misswahlen im Rampenlicht gestanden, aber so viele Kameras gab es dort nun auch wieder nicht. Ich hakte jedoch nicht weiter nach, denn nur, weil ich mir das schlecht vorstellen konnte, bedeutete das nicht, dass Caroline mich anlog. Schließlich liebte nicht jeder diese Auftritte, so wie es meine jüngere Schwester tat und dank der kleinen Einlage war mir Nachsitzen oder Schlimmeres erspart geblieben.

„Newman und du … habt ihr rumgemacht?“

Etwas in mir sträubte sich, vor ihr breitzutreten, was Nate und ich im Musiksaal getan hatten. Ein anderer Teil hingegen pochte darauf, ihr für ihre Hilfe ein wenig entgegenzukommen.

„Wir haben uns geküsst", stellte ich klar. Wo sich seine Hand – nämlich fast auf meinem Po – befunden hatte, verschwieg ich.

„Ist das nicht komisch, mit dem Bruder der besten Freundin rumzumachen?"

„Wir machen nicht rum", wiederholte ich.

„Warum zögerst du? Er ist süß."

Diese Worte aus ihrem Mund verursachten ein Brennen in meinem Magen. War es Eifersucht?

„Wir sind gar kein Paar. Das war … das waren nur … Küsse."

Großer Gott! Was redete ich denn da? Caroline hatte soeben deutlich gesagt, dass sie Nate süß fand und mit so einer Äußerung gab ich ihr indirekt grünes Licht!

„Küsse? Wie viele?", hakte sie nach.

Ich wand mich und knickte schließlich doch ein. „Wir haben uns Samstag nach der Party bei den Bellmans das erste Mal geküsst, dann gestern und eben im Musiksaal."

Auf Carolines Miene machte sich Genugtuung breit. „Also habt ihr schon dreimal miteinander rumgemacht. Jeder Idiot weiß, dass ihr dadurch so gut wie zusammen seid."

Meine Verärgerung darüber, durch die Blume als Idiotin bezeichnet worden zu sein, wurde von dem aufgeregten Flügelschlagen in meinem Magen überdeckt. Weder Nate noch ich hatten bisher von einer Beziehung gesprochen, aber war es wirklich das, was uns verband? Fand so ein Gespräch überhaupt statt, in dem man definierte, was man war? So ganz nach dem Motto: *Willst du mit mir gehen*? Wohl kaum. Das wusste selbst ich.

Ich war kurz davor, sie zu fragen, doch leider waren wir inzwischen vor dem Krankenzimmer angekommen. Auf der Wartebank saß ein Junge, der sich einen Eisbeutel gegen die Wange hielt. Ich schätzte ihn auf zwölf oder dreizehn Jahre. Auf jeden Fall war er alt genug, um meine Begleiterin mit großem Interesse zu mustern. Caroline bemerkte das natürlich und bedachte den armen Kerl mit einem scharfen Blick, der ihn zum Wegsehen zwang. Gut so. Wenn er sie weiter so angestarrt hätte, hätte er einen zusätzlichen Eisbeutel für seine Genitalien gebraucht.

„Wir wollen es langsam angehen lassen", erklärte ich knapp, was mir eine hochgezogene Augenbraue und ein anzügliches Grinsen einbrachte. Meine Unerfahrenheit belustigte sie und das ärgerte mich. Ich war sechzehn! War es wirklich so schlimm, noch keine Erfahrung mit Jungs gesammelt zu haben?

Entschlossen lief ich an ihr vorbei und klopfte an die Tür des Krankenzimmers, um die Inquisition zu beenden. Sie mochte mir geholfen haben, doch das bedeutete nicht, dass ich mein Privat- oder Seelenleben vor ihr ausbreiten musste. Ein gedämpftes „Einen Moment" erklang durch die Tür, woraufhin ich mich erneut an Caroline wandte.

„Ab hier kommst du ohne mich zurecht", meinte ich schnippisch, worauf ihre Miene sanfter wurde.

„Sorry, Eden. Ich will dich nur ein bisschen aufziehen. Newman und du gebt ein tolles Paar ab."

Ich erkannte die Aufrichtigkeit in ihren Worten und entspannte mich. „Danke", murmelte ich. „Ich mag ihn wirklich sehr. Wir wollen das jedoch nicht an die große Glocke hängen. Du verstehst?"

„Natürlich", versicherte sie mir, verschloss ihre Lippen mit einer Handbewegung und zwinkerte mir zu.

Mit einem weiteren „Danke" wollte ich an ihr vorbeigehen, doch ihre Finger, die sich um meinen Oberarm legten, hielten mich auf. Carolines Lächeln war verschwunden.

„Eine Sache noch: Ich weiß, dass er seit neuestem mit Cole abhängt. Halt dich von seinem Bruder fern, ja?", schärfte sie mir ein, woraufhin ich die Augenbrauen in die Höhe zog.

„Das Video?"

Sie nickte und ich bedankte mich, ehe ich, ohne nochmal zurückzusehen, in den Biologiesaal eilte, bevor Mr. Suarez mich wirklich zum Nachsitzen verdonnerte. Ich hatte mich nie zuvor aus dem Unterricht geschlichen, aber ich konnte kaum erwarten, es zu wiederholen. Offenbar fand ich langsam Gefallen an dem Kitzel, erwischt zu werden.

So unauffällig wie möglich ließ ich mich auf meinen Platz sinken und kämpfte gegen das verräterische Grinsen, das nicht zu einem Mädchen passte, das soeben ihre Periode bekommen hatte. Dieses Grinsen konnte man nämlich auch falsch deuten und ich hatte keine Lust, Mittelpunkt des neuesten Schulklatsches zu werden.

Mr. Suarez versuchte, uns das menschliche Nervensystem näherzubringen, aber ich dachte nur daran, wie lange es dauerte, bis ich wieder bei Nate sein konnte.

KAPITEL 19

Nell hatte jeden Montag und Freitag nach der Schule Schwimmtraining, also hetzte ich ohne sie durch die Gänge, um so schnell wie möglich zum Parkplatz zu gelangen. Nates Ankündigung, nicht zu warten, hallte mir in den Ohren und ich wusste nicht, ob er nur bluffte oder ob er seine Drohung ernst meinte.

Laubgeruch stieg mir in die Nase, als ich aus dem Schulgebäude trat und zum Parkplatz lief. Die Aussicht darauf, mit ihm allein zu sein, sorgte dafür, dass ich aufgeregt war. Als ich erkannte, dass er an der offenen Fahrzeugtür stand und in meine Richtung blickte, legte mein Puls noch einen Zahn zu.

„Hey“, keuchte ich, als ich das Auto erreichte.

Nate hatte die Brauen herabgezogen, weil die Sonne ihn blendete. Dennoch traf genug Licht auf seine Augen, um den Karamellton zum Leuchten zu bringen. „Hey“, begrüßte er mich und ließ ein Schmunzeln aufblitzen, das meinen Magen zu einem doppelten Salto veranlasste. Hätte er mich nur eine Sekunde länger angegrinst, wäre ich vor seinen Füßen zu einem Häufchen Wachs zusammengeschmolzen. „Schwing dich rüber“, forderte er mich auf und deutete mit einer Kopfbewegung zur Beifahrerseite. Erst da fiel mir auf, dass ich fälschlicherweise auf die Fahrerseite gelaufen war.

„Oh, ähm, klar“, stammelte ich.

Mein Gesicht fühlte sich wie ein Hochofen an, als ich das Auto halb umrundete und einstieg. Mit geübten Bewegungen lenkte Nate den Wagen vom Parkplatz. In Hayswood war nie so viel Verkehr wie nach Schulschluss, dementsprechend stockend kamen wir voran. Statt in die Westfield Road abzubiegen, fuhr er geradeaus über die Kreuzung.

„Was hast du vor?", fragte ich und sah der Einmündung hinterher, die wir hätten nehmen müssen, um zu ihm nach Hause zu kommen. Das erste Mal, seit ich mich neben ihn gesetzt hatte, wandte er sich zu mir und grinste mich spitzbübisch an.

„Vertraust du mir?"

Seine Stimme klang rau und ich schluckte.

„Ja", kam es mir über die Lippen, ohne dass ich groß darüber nachzudenken brauchte.

„Perfekt", antwortete er gelassen und legte eine Hand auf mein Knie. Ich hatte das Gefühl, vor lauter Glück jeden Moment zu platzen, während Nate den Wagen durch die Straßen lenkte. Als das bunte Schild von ‚Griffins' in Sicht kam, und er das Tempo drosselte, drehte ich mich auf dem Sitz, sodass ich meinen Chauffeur ansehen konnte.

„Du willst Süßigkeiten kaufen?" Mein Herz flatterte, denn ich konnte mich nicht daran erinnern, wann wir zuletzt gemeinsam hier gewesen waren.

„Nirgendwo gibt es bessere Zitronenbonbons." Er zwinkerte mir zu.

Wieder ein Salto. Wenn das so weiterging, wurde aus meinem Magen noch ein ernsthafter Kandidat für den Turnkader der nächsten Olympischen Spiele.

Einige Parkmöglichkeiten gab es zwar direkt vor dem Geschäft, aber die waren wie üblich besetzt. Deshalb bog Nate in eine kleine Seitengasse, die zu einem weiteren Parkplatz führte, der hinter dem Gebäude lag. Als er den Zündschlüssel abzog, drängte sich plötzlich die Frage in den Vordergrund, die mich seit meinem Aufeinandertreffen mit Caroline beschäftigte.

„Warte einen Moment", bat ich ihn, woraufhin er mir sein typisches Nate-Grinsen zuwarf und sich zu mir beugte.

Als hätte das nicht schon genügt, um meinen Atem stocken zu lassen, bemerkte ich, wie er meinen Mund anstarrte. Seine Lippen befanden sich verführerisch nahe, doch ich konnte die Ungewissheit keine Minute länger ertragen. Ich legte eine Hand an seine Wange, strich mit dem Daumen über seinen samtig weichen Mund und sah ihm fest in die Augen. Himmel! Es war irre schwer, ihm zu widerstehen, wenn er mich so liebevoll ansah.

„Ich muss wissen, was wir sind", wisperte ich so leise, dass ich die Worte selbst kaum verstand.

Statt sich zurückzulehnen und wieder diese abweisende Haltung einzunehmen wie nach dem ersten Kuss, blieb Nate, wo er war. Er bedeckte meine Hand mit seiner und drückte die Lippen gegen meine Daumenkuppe, was die Schmetterlinge in meinem Bauch zum Ausflippen brachte.

Er war wie eine Droge und mit jeder Sekunde, die ich in seiner Nähe verbrachte, wurde ich süchtiger. Sein Blick glitt mein Gesicht entlang, als wolle er sich jedes Detail genauestens einprägen. Mein Mund schien besonders interessant zu sein, denn dort verweilte er länger.

„Nach unserem ersten Kuss", begann er, woraufhin ich den Daumen zur Seite nahm, die Hand jedoch weiterhin an seiner Wange ließ. Nate räusperte sich und verflocht unsere Finger ineinander, ehe er weitersprach. „Da sagtest du, du erwartest nicht, dass ich deine Gefühle erwidere, richtig?"

Ich nickte. Schließlich konnte ich mich an jedes einzelne Wort erinnern, das wir an diesem Abend gewechselt hatten.

„Ich bin einer Antwort ausgewichen, aber was ist, wenn ich es tue, Eden?", fragte er leise.

Bedeutete das, dass er …? Ich traute mich kaum, es zu denken! Doch ich brauchte ein für alle Mal Gewissheit!

„Tust du es? Die Gefühle erwidern?", präzisierte ich mit bebender Stimme und sah hoffnungsvoll zu dem Menschen, an den ich seit zwei Jahren mein Herz verloren hatte. Exakt dieses Herz klopfte mir nun so heftig gegen den Brustkorb, als ob es herausspringen und zu ihm hüpfen wollte.

Statt einer Erklärung umfasste er mit der freien Hand sanft meinen Nacken und zog mich langsam zu sich. Alles in mir schrie Ja, und ich kam ihm mehr als willig entgegen. Nates Atem strich über mein Gesicht, als er die angehaltene Luft durch die Nase ausatmete, bis sich schließlich unsere Lippen trafen.

Währenddessen schob er unsere Hände, die nach wie vor an seiner Wange ruhten, hinab zu der Stelle, unter der sein Herz pochte. Ich fühlte, wie es schlug und mit jeder Sekunde, die wir uns küssten, schien es sich zu beschleunigen. Dass er so auf mich reagierte, verlieh mir den Mut, um den Mund für ihn zu öffnen.

Aus seiner Kehle löste sich ein Raunen, das jede Zelle in mir zum Vibrieren brachte. Nates Griff wurde fester und als unsere Zungen gegeneinanderstießen, seufzte ich in den Kuss und meine Finger glitten über den weichen Stoff seines Pullovers. Wir küssten uns mit geschlossenen Augen, und wenn neben uns ein Meteorit eingeschlagen hätte, hätte ich es vermutlich gar nicht bemerkt.

Nate verringerte die Intensität, bis sich unsere Lippen nur noch leicht berührten. Meine Brust hob sich ebenso schnell wie seine und wir teilten unseren Atem, bis er seine Stirn gegen meine lehnte. Ich genoss den innigen Augenblick, denn ich konnte schwören, dass ich in den vergangenen drei Jahren nie glücklicher gewesen war. Das hier war definitiv ein Schneekugelmoment und ich befand mich inmitten des Schneegestöbers.

„War das ein Ja?“, hakte ich lächelnd nach, ohne die Augen zu öffnen.

Ein Kuss traf meinen Mundwinkel und etwas in mir bebte, als mein Herz sich dabei ausdehnte. Nate erwiderte meine Gefühle!

„Fühlte sich das für dich wie ein Nein an?", erkundigte er sich mit rauer Stimme und ich musste nicht lange nachdenken, ehe ich den Kopf schüttelte. Seine Arme umschlangen mich fest, als er mich an sich zog und ich vergrub das Gesicht an seiner Halsbeuge. Trotzdem war meine Unsicherheit noch nicht vollkommen beseitigt.

„Bin ich nun also deine Freundin?", murmelte ich und spürte, wie mir Hitze in die Wangen schoß.

„Wenn du das willst und es dir nichts ausmacht, dass Nell uns umbringen wird", meinte er, begleitet von einem Lachen, aber ich erkannte den ernsten Unterton in seiner Stimme.

Der Name meiner besten Freundin katapultierte mich aus der rosaroten Schneekugel heraus, zurück in die Realität. Ich löste mich von Nate und öffnete die Lider. Mein Blick fiel auf die Backsteinwand, vor der wir parkten. Sie bildete die Rückseite des Gebäudes, in dessen Erdgeschoss ‚Griffins' lag. Nell von ihrem Bruder und mir zu berichten, stellte sich im Moment ähnlich unüberwindbar dar, wie diese Mauer. Es war schwer genug, ihr gegenüber zu verschweigen, dass ich für ihn schwärmte und wir uns geküsst hatten, daher war es vollkommen ausgeschlossen, ihr zu erzählen, dass wir ein Paar waren.

„Oh, verdammt", flüsterte ich, während meine Gedanken zu rasen begannen. Nur langsam wurde mir das ganze Ausmaß bewusst. Ich würde gezwungen sein, sie anzulügen, ihr etwas vorzuspielen! Und das nicht nur in der Schule, sondern so ziemlich vierundzwanzig Stunden des Tages! Was, falls mir ein falsches Wort herausrutschte? Was, sollte sie uns zusammen erwischen? Was, wenn sie mir den Vertrauensbruch so übelnahm und mir daraufhin die Freundschaft kündigte? Das Risiko, das wir eingingen, war immens.

Nates Finger, die meine Hand fester umschlangen, nahmen mir ein bisschen von der Panik, die mich zu übermannen drohte.

„Sie darf nichts davon erfahren", schärfte ich ihm ein.

Nate schnaubte frustriert oder genervt, löste sich von mir und sank zurück auf den Fahrersitz. Sofort kehrten die Selbstzweifel wieder und ich vermisste seine Nähe, obwohl er nur wenige Zentimeter von mir entfernt saß. Ich brauchte nur den Arm auszustrecken, um ihn zu berühren.

„Du bist ihre beste Freundin, Eden. Denkst du, sie hört deswegen auf, mit dir zu reden?", wollte Nate wissen, der deutlich gefasster wirkte, als ich es war.

Ich überlegte. Die Küsse ließen sich vermutlich irgendwie rechtfertigen. Selbst, wenn mir dabei das Herz brach, könnte ich sie als unbedeutend herunterspielen. Doch sollte es mehr zwischen ihm und mir geben, dann benötigte ich ihren Segen. Nell war meine beste Freundin! Sie hatte immer zu mir gehalten und sie zu hintergehen, gefiel mir überhaupt nicht. Im Moment blieb mir jedoch kaum eine Wahl. Ich war schon so lange in Nate verliebt und wünschte mir, mit ihm zusammen zu sein.

„Keine Ahnung. Definitiv wäre sie erstmal total sauer", murmelte ich und sah auf meine Hände.

„Ich bin mir sicher, wir sind das Risiko wert. Eden, ich mag dich. Ich finde dich bereits eine ganze Weile ziemlich süß."

„Aber du bist mir aus dem Weg gegangen", sprach ich das Erste aus, was mir in den Sinn kam und linste aus dem Augenwinkel zu ihm hinüber.

Er lachte. „Na ja, das war unvermeidlich. Zum einen nervte mich meine Schwester und zum anderen …" Er räusperte sich und ich wartete darauf, dass er weitersprach. Als er es nicht tat, wandte ich mich zu ihm, und versuchte, seinen Blick einzufangen, der meinem immer wieder auswich.

„Zum anderen?", bohrte ich weiter.

Sein Adamsapfel hüpfte und er rieb sich verlegen den Nacken. „Erinnerst du dich an die Poolparty, die Nell vorletzten Sommer gegeben hat?", fragte er, während er aus dem Seitenfenster blickte. Wie könnte ich diese Party vergessen? Wir hatten irre viel Spaß gehabt, uns gegenseitig untergetaucht und den halben Garten der Newmans geflutet. Schon damals schwärmte ich für Nate und hatte ihn ständig heimlich beobachtet. Sobald mich im Wasser zufällig sein Arm streifte, hatte mein Puls zu rasen begonnen, doch dann war er plötzlich gegangen. Er war mit der Behauptung, ihm wäre schlecht geworden, in seinem Zimmer verschwunden und nicht mehr zurückgekehrt.

„Äh, also, mir war nicht übel. Es war nur so, dass … ich dich schlagartig anders wahrgenommen habe, und … gewisse … Körperteile reagierten."

Täuschte ich mich, oder lief er gerade rot an?

„Gewisse Körperteile?", wiederholte ich flüsternd. Mit einem Mal verstand ich, was er meinte. Mein Blick wanderte in seinen Schritt.

„O mein Gott", stieß ich aus, nachdem mir so richtig klar wurde, was er mir gestanden hatte.

Nate hatte … eine … Himmel, ich konnte es kaum denken!

„Verflucht, Eden! Ja! Zwing mich nicht, es auszusprechen", brummte er, doch das Lächeln, das an seinen Mundwinkeln zupfte, entschärfte die Worte.

Ich schlug mir die Hand vor den Mund, um das plötzlich in mir aufsteigende Kichern zu unterdrücken. Es misslang mir gründlich.

„Was gibt es da zu lachen?" Er versuchte, eine ernste Miene aufzusetzen, was ihm ebenso wenig gelang, wie ich mein Kichern hatte unterdrücken können.

„Ich schwärme seit zwei Jahren für dich, Nate. Doch ich dachte, du hasst mich. Dabei war das gar nicht der Grund!"

„Wie hätte ich dich nicht süß finden können? Dein Lächeln hätte Eisberge zum Schmelzen gebracht. Du trugst einen rosafarbenen Bikini, auf den winzige Erdbeeren und Bananen gedruckt waren und jede zufällige Berührung, die mich früher kalt gelassen hatte, ging mir mit einem Mal bis ins Mark", erklärte er. „Ich bin verschwunden, weil das so unerwartet kam und ich mir nicht richtig erklären konnte, warum das so war. Seit ich denken kann, warst du sowas wie eine Schwester für mich, doch nach diesem Tag warst du das irgendwie nicht mehr."

Röte überzog seine Wangen und mein Herz quoll fast über vor lauter Gefühlen. Ich beugte mich zu ihm, nahm sein Gesicht zwischen die Hände und drückte ihm einen Kuss auf die Lippen. So selbstverständlich, als ob er das schon eintausend Mal gemacht hatte, schlang er mir die Arme um die Taille und zog mich zu sich, sodass ich rittlings auf seinem Schoß zum Sitzen kam. Das Lenkrad bohrte mir in den Rücken, aber in Nates Nähe störte es mich nicht. Wahrscheinlich hätte es Stacheln wie ein Kaktus haben können, ohne, dass ich es bemerkt hätte. Ich genoss einfach seinen Kuss.

„Warum hast du dir nie etwas anmerken lassen?", fragte ich nach einem Moment leise und sah ihm dabei fest in die Augen.

Ich hatte ihn, so gut es ging, ignoriert, weil ich fürchtete, mich lächerlich zu machen, da ich davon ausgegangen war, ohnehin einen Korb zu bekommen. Er atmete tief durch und schob mir eine Hand in den Nacken, wo er kleine Kreise mit seinem Daumen zeichnete. Wäre ich eine Katze gewesen, hätte ich vermutlich geschnurrt.

Er zuckte mit den Schultern. „Ich schätze, weil ich dachte, du würdest dich sowieso für meine Schwester entscheiden."

Nate wich meinem Blick aus, als wäre ihm seine Ehrlichkeit peinlich, doch ich verstand, was er mir sagen wollte.

„Am liebsten wäre mir, ich müsste mich gar nicht entscheiden", erwiderte ich, doch exakt an diesem Punkt stand ich jetzt.

Es mochte keine Entscheidung auf Leben und Tod sein, sondern vielmehr eine, auf wessen Seite ich stand, deswegen war sie allerdings nicht weniger wichtig. Im Augenblick war sie irgendwie durchaus mit Leben und Tod gleichzusetzen. Wenn mich seine Eltern zurück zu Grandma schickten, weil sie mit der Beziehung nicht einverstanden waren, käme das für mich einer Katastrophe gleich.

„Du weißt, dass ich in einer Zwickmühle sitze. Ich mag dich, Nate, aber deine Schwester bedeutet mir auch viel. Lass uns das Ganze noch ein bisschen geheim halten, ich werde es ihr beibringen. In Ordnung?“, bat ich ihn.

„Wir sollen das also vor allen geheimhalten?“, versicherte er sich und zeigte zwischen uns beiden hin und her.

„Darin sehe ich die einzige Möglichkeit, wenn ich Nell nicht vor den Kopf stoßen will.“

Er schloss die Lider, überlegte einen Moment, ehe er seufzte und abschließend nickte. Für ihn war das offenbar ebenso hart, wie für mich. Ich würde es ja selbst am liebsten in die Welt hinausschreien, aber ich wusste, wie angespannt das Verhältnis der Geschwister war. Es würde eine Menge Fingerspitzengefühl notwendig sein, damit meine beste Freundin nicht vollkommen ausflippte.

„Sei ein bisschen nett zu ihr, okay? Ich versuche in der Zwischenzeit, sie behutsam umzustimmen.“

Er öffnete die Lider und nickte erneut.

„Komm, wir sehen, was ‚Griffins‘ heute im Angebot hat“, schlug Nate vor und deutete mit einer Kopfbewegung in die Richtung des Ladens. Statt mich jedoch von sich zu schieben, legte er die Hände auf meine Knie und ließ sie langsam aufwärts wandern.

„Ich habe irgendwie riesige Lust auf diese Schaumgummibananen. Oder gibt es die auch als Erdbeeren?“, flüsterte ich und küsste *meinen Freund* auf einen Mundwinkel, der sich nach oben bewegt hatte, obwohl er krampfhaft versuchte, eine böse Miene aufzusetzen.

„Du kleines Biest“, murmelte er und zwickte mir in den Hintern. Sein Grinsen war so breit, um die Grübchen in seinen Wangen hervorzulocken, und ich tat etwas, das ich schon lange tun wollte. Ich legte meine Daumen darauf, ehe ich mir einen weiteren Kuss stahl.

„Kein Wort zu Nell, kein Wort zu deinen Eltern. Wir werden höllisch aufpassen müssen“, fasste ich unsere Lage ernst zusammen, nachdem ich mich wieder von ihm gelöst hatte.

Nate fuhr mir mit beiden Händen über die Oberarme und sah mir in die Augen. Seine Miene war nachdenklich. „Ich weiß, Eden, ich weiß“, seufzte er schwer. „Doch wir schaffen das. Davon bin ich überzeugt.“

Wir stiegen aus dem Auto und liefen bis zur Ecke Hand in Hand. Erst als die Gefahr bestand, dass uns jemand sah, lösten wir unsere ineinander verschränkten Finger und betraten den Laden in einem Abstand, der keinen Verdacht erweckte, dass zwischen uns mehr war. Die Versuchung, Schaumgummibananen zu kaufen, war groß, aber da ich das Zeug nicht sonderlich gerne mochte, entschied ich mich jedoch lieber für eine Tüte Sahnekaramellbonbons.

Als wir das Geschäft verließen, entdeckte ich einige Meter entfernt den Wagen von Caroline. Sie war gerade ausgestiegen und streifte sich dabei einen riesigen Kapuzenpulli über, mit dem ich sie nie zuvor gesehen hatte. Irritiert sah ich ihr hinterher, als sie die Straße überquerte. Der Pulli reichte ihr bis knapp über die Knie, was einen starken Gegensatz zu den eng geschnittenen Tops darstellte, die sie in der Schule immer trug. Möglicherweise gehörte er einem ihrer zahlreichen Verehrer, daher maß ich dem keine weitere Beachtung zu und folgte Nate zum Parkplatz.

Zurück im Auto küssten wir uns noch ungefähr ein dutzend Mal und machten uns dann auf den Weg nach Hause. Er hielt die gesamte Zeit meine Hand und ließ mich nicht einmal los, wenn er den Schalthebel bedienen musste.

Wir waren jetzt ein Paar. War das zu fassen? Mein Herz flatterte und als wir in die Auffahrt der Newmans bogen, zitterten meine Gesichtsmuskeln vor Erschöpfung, weil ich die ganze Fahrt gegrinst hatte. Diese Muskeln schienen total verkümmert zu sein, denn bei Grandma hatte ich schließlich kaum etwas zu lachen gehabt.

Mrs. Newman fiel unsere Verspätung natürlich auf.

„Wo wart ihr? Ich habe mir Sorgen gemacht!", begrüßte sie uns, wobei sie den leichten Vorwurf, der in ihrer Stimme lag, nicht völlig verbergen konnte.

Nate streifte seine Schuhe ab und kickte sie in die Ecke neben der Tür. „So ein Idiot hat die Ausfahrt des Schulparkplatzes blockiert. Es dauerte eine Ewigkeit, bis wir uns auf den Heimweg machen konnten. Und dann musste Eden dringend zu ‚Griffins'!", motzte er.

Ich stand hinter ihm und presste die Lippen fest zusammen, um uns durch mein breites Grinsen nicht zu verraten, denn er war verdammt überzeugend!

„Sorry, ich bin süchtig nach dem Zeug", warf ich ein und hielt die Tüte in meiner Hand hoch, sodass Grace sehen konnte, dass wir wirklich im Süßigkeitenladen gewesen waren.

„Ach, Liebes. Dafür brauchst du dein Taschengeld nicht auszugeben. Unsere Speisekammer steht stets offen und du kannst dir nehmen, was du möchtest."

Ihr Angebot rührte mich fast zu Tränen. „Danke, Grace", murmelte ich.

Es fühlte sich nach wie vor seltsam an, die Mutter meiner besten Freundin und meines Freundes – Himmel, das hörte sich ja noch seltsamer an – mit dem Vornamen anzusprechen.

Trotzdem war ich so glücklich, wie lange zuvor nicht mehr.

KAPITEL 20

EINE WOCHE SPÄTER

Während ich beobachtete, wie mein Freund von den Aufreißern per Handschlag begrüßt wurde, hörte ich Nell nur mit einem Ohr zu. Ich vernahm Wortfetzen über Arlene, die sich von Hope alleingelassen fühlte, weil diese nahezu ununterbrochen mit ihrem Freund Trevor abhing. Mit den Gedanken war ich woanders, aber damit sie das nicht merkte, gab ich ab und an ein ‚Mhm' oder ein einfaches ‚Hmmm' von mir.

Der Großteil meiner Aufmerksamkeit lag nämlich auf ihrem Bruder, der sich gerade mit Cole unterhielt und dabei dieses hinreißende Grinsen auf den Lippen hatte. Erleichtert stellte ich fest, dass der Vorfall auf der Party mit Corey und mir keinen Keil zwischen die beiden getrieben zu haben schien. Besonders genau musterte ich Nates Hals, den ich bei unserem erneuten Treffen im Badezimmer vor weniger als zwölf Stunden mit Küssen bedeckt hatte. Ein Kribbeln breitete sich in mir aus, als ich den Blick an seinen Armen entlanggleiten ließ und ich erinnerte mich sofort daran, wie er mich an sich gezogen und festgehalten hatte, während er mich küsste.

Mir war, als könnte ich nach wie vor spüren, wie seine dunkelbraunen Strähnen durch meine Finger geglitten waren und wenn ich die Augen schloss, hallte sein leises Seufzen noch als Echo in mir. Bereits als ich zurück in mein Zimmer geschlichen war, konnte ich kaum erwarten, ihn wieder berühren und küssen zu dürfen. Uns trennten nur ein paar Schritte und doch war es, als läge ein Minenfeld unmittelbar vor mir. Eine falsche Bewegung, ein verräterischer Blick und uns konnte alles um die Ohren fliegen. Ich sah zu Nell, registrierte aber dennoch, wie die Aufreißer langsam den Flur hinab liefen, bis sie um eine Ecke gebogen waren.

„Sollen wir Lene verkuppeln? Was denkst du?“, wollte Nell wissen, die nun endlich meine volle Aufmerksamkeit besaß.

„Möchte sie überhaupt eine Beziehung? Gibt es jemanden, auf den sie steht?“, hakte ich nach. Arlene war mir bisher nicht besonders bindungsfreudig vorgekommen. Nell biss sich auf die Unterlippe und sah auf ihre Schuhspitzen.

„Keine Ahnung. Vielleicht sollten wir uns mal vorsichtig vortasten. Apropos auf jemanden stehen“, murmelte sie, was meinen Puls augenblicklich in die Höhe jagte. Wusste sie von Nate und mir? Waren wir aufgeflogen? Nach nur einer Woche?!

„Kennst du Joel?“

Joel? Wie kam sie denn nun auf den? Meine Brauen schoben sich in Richtung Haaransatz. Joel war mit uns zusammen in Mathematik. Er hatte auf mich immer einen leicht nerdigen Eindruck gemacht, aber wer war ich schon, um jemandem so einen Stempel aufzudrücken?

„Der aus dem Mathematikkurs?“, hakte ich nach, obwohl ich mir sicher war, richtig zu liegen. Sie nickte.

„Er hat mich gefragt, ob ich mit ihm zum Homecoming-Ball gehe.“

Meine Schultern sanken herab. Der Homecoming-Ball. Wie hatte ich das anhand der unzähligen Plakate, die an Spinden, Wänden und Türen klebten und sogar von der Decke baumelten, vergessen können?

„Wirst du?“, bohrte ich weiter, während wir uns langsam zum Biologiesaal bewegten.

„Ich denke, ich werde zusagen“, meinte sie.

„Was ist aus Robbie geworden?“, erkundigte ich mich, ungeachtet dessen, dass ich genau wusste, wie schnell sie ihr Herz jemand anderem schenkte. Meine beste Freundin zog eine Grimasse.

„Er geht mit Valerie hin“, antwortete sie und mir fiel der enttäuschte Unterton in ihrer Stimme auf. „Bei Will war er total nett zu mir, aber ich weiß ehrlich gesagt nicht, warum ich hoffte, er würde mich fragen. Die Seniors bleiben lieber unter sich.“

Die Seniors. Nate war auch einer von ihnen. Bisher war ich gar nicht auf die Idee gekommen, mit ihm über den Homecoming-Ball zu sprechen, weil ich ohnehin nie vorgehabt hatte, hinzugehen. Als ich das letzte Mal ein Ballkleid angehabt hatte, war dieses Kleid zum Zeichen meiner Demütigung avanciert. Dennoch wünschte sich ein ganz tief in mir versteckter Teil plötzlich, Nate würde mich bitten, ihn zu begleiten.

„Wird dein Bruder hingehen?“, platzte es aus mir heraus, ehe ich nachdenken konnte. Ich war versucht, mir die Hand vor den Mund zu schlagen, um weitere unüberlegte Äußerungen einzusperren, die mich zu verraten drohten. Allerdings schien Nell nichts davon zu bemerken.

„Er muss da hin. Es ist sein letztes Homecoming. Aber ich habe keine Ahnung, wen er fragt oder ob er bereits jemanden gefragt hat.“

Diese Antwort ließ mich hoffen. Nell musste nach der Schule wieder zum Schwimmtraining und ich nahm mir vor, meinen Freund auf dem Nachhauseweg darauf anzusprechen.

„Also du und Joel?“, kam ich zum ursprünglichen Thema zurück.

„Er ist süß, doch …“

Sie ließ den Satz unvollendet und zuckte lediglich mit den Schultern. Nells Blick wanderte zur Seite, wo Will sich mit zwei seiner Kumpels unterhielt.

Ein zarter Rosaton färbte ihre Wangen, als er sie anlächelte. O mein Gott. Was war denn nur mit meiner Freundin los? War ich in den vergangenen Tagen so sehr auf Nate fixiert gewesen, dass ich gar nichts anderes mitbekam? Mein letzter Stand war, dass Urlaubsflirt Joseph Geschichte war und sie stattdessen Robbie ziemlich süß fand. Oder war das nur aus reiner Dankbarkeit entstanden, weil er sich um sie gekümmert hatte, als sie zu viel Cider getrunken hatte? Ich musste dringend mehr Zeit mit ihr verbringen!

Rasch zog ich Nell weiter und blieb erst vor der Tür des Biologiesaals stehen. „Will Brody also?"

Sie zuckte erneut mit den Schultern, biss sich auf die Unterlippe und sah mir endlich in die Augen. „Die meisten sehen in ihm nur den Partygeber und den Typen, der in den Pick-up gekotzt hat." Sie sprach es nicht aus, allerdings hörte ich deutlich, dass dem Satz noch ein ‚aber' fehlte. Fragend zog ich die Brauen nach oben und legte den Kopf schief, um sie zum Weiterreden zu bewegen.

„Hey", erklang eine tiefe Stimme hinter mir, woraufhin ich mich umdrehte und in Wills Gesicht blickte. Seine Aufmerksamkeit lag einzig auf Nell, deren Wangen sich prompt dunkler färbten.

„Hey", gab sie zurück. Ihr Blick wanderte nur für einen Sekundenbruchteil zu mir, doch ich verstand sofort. Ich störte.

„Bis gleich, ich gehe schon mal vor", verabschiedete ich mich lahm und ließ die beiden allein. Im Biologiesaal setzte ich mich auf unseren üblichen Platz. Aus reiner Gewohnheit langte ich in das Fach meiner Schultasche, in dem ich normalerweise mein Handy aufbewahrte, als ich jedoch ins Leere griff, fiel mir wieder ein, dass Grandma es mir weggenommen hatte. In den letzten Tagen hatte ich kaum mehr an sie gedacht. Warum auch? Bei den Newmans wurde ich wie ein – erwünschtes – Familienmitglied behandelt und nicht wie eine Aussätzige. Ich schlug eben die entsprechende Seite in meinem Biologiebuch auf, als Nell neben mich glitt.

„Und?", flüsterte ich in der Sekunde, als Mr. Suarez das Zimmer betrat.

„Ich begleite Will zum Ball", antwortete sie mit einem strahlenden Lächeln, das ich erwiderte.

„Gute Entscheidung. Er ist viel süßer als Joel."

„Nun brauchen wir noch ein Date für dich."

Mein Herz geriet ins Stolpern. „Nell, du weißt genau, dass ich keinen Schulball besuche", versuchte ich, ihren Plan im Keim zu ersticken. Doch in dem Moment, als ich es aussprach, kam mir in den Sinn, wie es wäre, falls ich mit Nate zum Ball gehen könnte. Sollte er mich fragen, würde ich definitiv Ja sagen.

„Darüber reden wir später", murmelte meine Freundin, ehe Mr. Suarez mit dem Unterricht begann.

Erneut hetzte ich durch die Gänge, um zum Parkplatz zu gelangen. Seit heute Morgen bekam ich das Thema Homecoming nicht mehr aus dem Kopf und ich musste einfach erfahren, was Nate vorhatte! Ging er überhaupt hin? Wenn ja, mit wem? Oder war er einer derjenigen, die allein dort auftauchten? Ich brannte so sehr darauf, mich nach seinen Plänen zu erkundigen, dass mir egal war, wie viele Leute ich auf dem Weg anrempelte.

Feiner Nieselregen empfing mich, als ich das Schulgebäude verließ. Rasch kniff ich die Lider zusammen und hielt Ausschau nach meinem Freund. Ich hatte keine Ahnung, wie er das anstellte, doch er wartete bereits am Auto auf mich. Wieder lehnte er in der geöffneten Fahrertür und sah zu mir herüber. Am liebsten würde ich losrennen, aber das wäre zu auffällig gewesen.

„Eden!", hörte ich jemanden rufen.

Wie angewurzelt blieb ich stehen, denn ich hatte diese Stimme schon zwei Wochen nicht mehr gehört. Langsam drehte ich mich um. Mae stand vor mir. Sie trug einen Stoffhut und einen farblich dazu passenden rosafarbenen Trenchcoat. Unter dem Saum des Mantels spitzelten Rüschen hervor und ihre Beine steckten in einer weißen Strumpfhose, die einen Kontrast zu den schwarzen Lackballerina bildete.

Sie sah zum Niederknien aus.

„Mae. Was machst du hier?"

Meine Schwester besuchte noch die Elementary School, die zwar auf demselben Gelände lag wie die Highschool, jedoch durch einen Zaun abgetrennt war. Für gewöhnlich liefen also keine Grundschüler zwischen uns herum. Das, sowie Maes makellose und zugleich niedliche Erscheinung, bescherte uns mehr Aufmerksamkeit, als mir recht war.

„Ich habe gesagt, dass ich wegen eines Termins früher gehen muss, damit ich hierherkommen kann, weil ich dich sehen und dir das geben wollte", verriet sie, fasste in ihre Manteltasche und hielt mir mein Handy entgegen.

Am liebsten hätte ich es sofort an mich gerissen, aber Grandma und sie waren in der Vergangenheit zu oft einer erschreckend ähnlichen Meinung gewesen, sodass ich der ganzen Sache nicht traute. Um der Versuchung zu widerstehen, bohrte ich die Hände tief in die Taschen meiner Jeans, ohne mein Smartphone entgegenzunehmen.

„Du hast gelogen, um hierherzukommen?", vergewisserte ich mich.

„Es war nicht schwer", gab sie freiheraus zu.

Klar. Mae würde den Einwohnern von Hayswood Versicherungen gegen Tsunamischäden verkaufen können, obwohl sowohl der Atlantik als auch der Pazifik über tausend Meilen entfernt lagen.

„Wie bist du an das Telefon gekommen?", erkundigte ich mich und blinzelte gegen die winzigen Wassertropfen an, die mir ins Gesicht wehten.

„Ich habe es in Grandmas Handschuhfach gefunden, als ich nach einem Taschentuch suchte." Mae hielt mir weiterhin das Handy entgegen. Immer mehr feine Tröpfchen legten sich auf die spiegelglatte Oberfläche des Displays.

„Und warum möchtest du es mir zurückgeben?", bohrte ich weiter, weil ich ihr nach wie vor nicht vollkommen vertraute.

Das könnte ebenso gut eine Falle sein. Vorsichtig sah ich mich um. Der Parkplatz sowie der Eingang der Elementary School lagen auf der gegenüberliegenden Seite des Schulgeländes der Highschool. Daher war es relativ unwahrscheinlich, von Grandma erwischt zu werden.

Maes Unterlippe zitterte, was in mir den Drang weckte, sie in den Arm zu nehmen. Sie blickte für einen Moment auf die Zehenspitzen und als sie aufsah, fixierte sie mich mit ihren klaren blauen Augen, um die ich sie schon so oft beneidet hatte. „Ich vermisse dich, Eden. Ich weiß, wir haben nie viel miteinander gemacht, aber wenn du nicht da bist, ist das Haus so schrecklich leer und leise."

Diese Worte und die stumme Träne, die über ihre Wange kullerte, sorgten dafür, dass mein Herz zerbrach. Ohne zu zögern, ließ ich mich auf die Knie sinken und zog sie an mich. Mae grub ihr Gesicht in meinen Pulli und es schien ihr gleichgültig zu sein, dass dabei ihr Hut hinabfiel. Ein Zittern erfasste ihren zierlichen Körper und kurz darauf wurde mein Pullover von ihren warmen Tränen getränkt. Auch meine Dämme brachen und so weinte ich im Regen gemeinsam mit meiner jüngeren Schwester um alles, was wir verloren hatten und was wir vermissten. Der kalte Nieselregen durchdrang meine Kleidung, doch Mae in den Armen zu halten, wärmte mich von innen heraus. Wir hatten uns nie besonders gut verstanden, aber Blut war schließlich dicker als Wasser, wie es so schön hieß und ich wäre ein Unmensch gewesen, sie in dieser Verfassung von mir zu stoßen. Vielleicht hatten wir die räumliche Distanz gebraucht, um zu bemerken, wie wichtig wir füreinander waren.

Ich hatte keine Ahnung, wie viel Zeit vergangen war, als Mae sich von mir löste und ein Taschentuch hervorholte. Sie putzte ihre Nase und wischte die Tränen von den Wangen. Großer Gott, sogar verheult sah sie niedlich aus! Ich konnte das von mir nicht behaupten.

„Können wir …“, begann Mae, unterbrach sich kurz mit einem Schniefen, ehe sie weitersprach. „Kann ich dich abends anrufen, wenn Grandma im Badezimmer ist?“

„Natürlich!“, stimmte ich zu. Dann strich ich ihr eine feuchte Haarsträhne aus dem Gesicht, las den Hut vom Boden auf und setzte ihn ihr auf, nachdem ich den Schmutz ein wenig abgewischt hatte. In Maes Augen standen noch immer Tränen, doch das Lächeln, das sich auf meine Zustimmung hin auf ihren Zügen ausbreitete, war so strahlend, dass ich es erwidern musste.

„Gut, ab sofort rufe ich dich jeden Tag an“, versprach Mae und hielt mir ein weiteres Mal mein Smartphone entgegen. Dieses Mal nahm ich es ohne zu zögern an. „Der Akku ist leer. Ich habe das Ladegerät nicht finden können.“

„Schon gut. Ich kann Nells benutzen. Sie hat das gleiche Handy“, versicherte ich ihr. „Hast du Dad angerufen?“

Mae runzelte die Stirn. „Nein. Sollte ich das?“

„Nun, ich dachte, ihn interessiert bestimmt ebenfalls, dass du dich einsam fühlst.“

„Dass Dad nicht da ist, bin ich gewohnt. Du hingegen warst immer da, Eden. Eigentlich ist dauernd etwas zu tun und das lenkt mich ab. Am Wochenende sind wir in St. Louis und ich muss mein Lied noch üben“, gab sie sich tapfer.

„Singst du ein anderes?“

Sie nickte, doch statt mir den Titel zu verraten, sagte sie: „Ich gehe nun besser. Grandma wartet gewiss längst auf mich.“ Trotzdem blieb meine Schwester stehen und sah mich an. „Geht es dir gut, Eden?“

Ihre Stimme war dünn und prompt ärgerte ich mich, dass mir nicht eingefallen war, sie nach ihrem Befinden zu fragen. Immerhin musste sie mit Cruella unter einem Dach leben.

„Ja, tut es.“ Ich war versucht, ihr von Nate zu erzählen, aber bisher wusste niemand davon und so musste es vorerst auch bleiben. „Und bei dir?“

Mae zuckte mit den schmalen Schultern. „Es ist wie immer. Grandma war ein paar Tage ein bisschen komisch, nachdem sie mit Daddy gesprochen hatte. Er hat am Telefon total laut geschrien. Ich habe es gehört, obwohl kein Lautsprecher an war. Grandma weiß das nicht. Sie hat mich auf mein Zimmer geschickt, doch ich habe im Flur gelauscht."

Ich lächelte, als ich das hörte und noch mehr freute ich mich, dass Dad ihr offenbar richtig die Meinung gesagt hatte. Maes Blick flog über das Schulgelände. Sie wirkte nervös.

„Wir sprechen uns später", verabschiedete ich mich, um das Glück nicht unnötig zu strapazieren. Dann umarmte ich sie noch einmal, ehe sich unsere Wege erneut auf unbestimmte Zeit trennten. Ich winkte Mae zu, ehe sie um die Ecke und somit aus meinem Sichtfeld verschwand.

Bis auf vereinzelte Autos, deren Fahrer vermutlich ebenfalls auf dem Weg zum Training waren, war der Parkplatz leer. Nur Nate stand ungeachtet des Nieselregens nach wie vor an seinem Wagen und ließ mich keine Sekunde aus den Augen, als ich auf ihn zuging.

„Was war das denn eben?" Er deutete mit einer Kopfbewegung auf die Stelle, an der Mae und ich zuvor gestanden hatten.

Ich zog mein Smartphone aus der Hosentasche und zeigte es ihm. „Sie hat mir das hier gegeben."

Er zog eine Braue in die Höhe. „Das Ding explodiert hoffentlich nicht, sobald wir losgefahren sind", murrte er und beäugte das Telefon in meiner Hand mit skeptischem Blick.

„Nein, keine Sorge." Maes Traurigkeit war echt gewesen, und selbst wenn Grandma ein Biest war – sowas traute ich ihr definitiv nicht zu. „Zumindest hoffe ich das!", fügte ich mit einem Zwinkern hinzu.

Nate grinste und kam auf mich zu. Einen halben Schritt entfernt blieb er stehen, sodass ich den Kopf in den Nacken legen musste, um ihm weiterhin in die Augen zu sehen. Er beugte sich zu mir hinab und ich hielt gespannt den Atem an, da ich davon ausging, er würde mich gleich küssen. Aber auf dem Schulparkplatz war das zu riskant!

„Wir spielen ohnehin mit dem Feuer, Eden. Da kommt es auf so was Lächerliches wie eine in einem Handy versteckte Bombe nicht an, oder?“, raunte er mir zu, während sein Grinsen immer breiter wurde.

„Richtig“, stimmte ich ihm zu. „Wir sollten besser aufpassen, sonst werden wir noch zu Bonnie und Clyde!“, scherzte ich.

Nate lachte auf, doch dann erlosch sein Lächeln langsam. „Nein. Ich habe dich lieber so, wie du bist.“

Mein Puls verdoppelte sich innerhalb eines Sekundenbruchteils, als ich das hörte. „Wirklich?“, brachte ich hervor, obwohl nach Komplimenten zu fischen gar nicht meine Art war.

Er sah mir tief in die Augen und das Lächeln kehrte zurück auf sein Gesicht. „Natürlich. Du bist süß, klug, hübsch, hast ein großes Herz. Mir fällt nichts ein, das ich an dir ändern würde.“

Meine Knie drohten nachzugeben. Am liebsten wäre ich ihm um den Hals gefallen und hätte ihn geküsst, bis uns beiden der Atem ausging. Doch da ich das nicht tun konnte, sagte ich leise: „Es gibt auch nichts, das ich an dir ändern würde, Nate.“

Wir berührten uns nicht, aber zwischen uns geschah im Augenblick etwas, für das mir spontan die Worte fehlten. Es schien, als knüpften wir hier im Nieselregen auf dem Schulparkplatz ein undurchtrennbares Band, das uns auf ewig miteinander verband.

„Los, beweg deinen niedlichen Hintern ins Auto. Wir müssen schleunigst einen Platz suchen, wo wir ungestört knutschen können“, raunte er mir zu.

Sein Blick wanderte zu meinen Lippen, die allein bei dem Gedanken daran, ihn gleich küssen zu dürfen, erwartungsvoll prickelten. Ich tat, was er verlangte und wenige Minuten später steuerten wir wieder in den Hinterhof von ‚Griffins‘.

Der Parkplatz dort hatte sich schon einmal als perfekter Ort für unsere heimlichen Zärtlichkeiten erwiesen. Darüber hinaus lag er deutlich näher als der Holzlagerplatz im Wald, der beliebt war, wenn man Dinge tun wollte, die man besser ohne Zuschauer tat.

Nate zögerte keine Sekunde. Er zog mich auf seinen Schoß, mein Gesicht zu sich herab und küsste mich stürmisch. Meine Finger gruben sich in seine dichten Haare und am liebsten wäre ich in ihn hineingekrochen. Ich hörte ihn leise stöhnen und bemerkte, wie sein Griff an meiner Hüfte stärker wurde. Wir küssten uns, als ob es kein Morgen gäbe und ich wünschte mir, ich hätte eine Möglichkeit, das Universum auf Stopp zu stellen. Diese begrenzte Zeit, in denen wir unsere Beziehung ausleben konnten, vermochte meine Sehnsucht nach ihm nicht zu stillen. Wir waren erst eine Woche zusammen, aber bereits jetzt kostete mich die Heimlichtuerei mehr Kraft, als mir lieb war.

„Denkst du, Nell ist bald soweit?“, flüsterte Nate, dessen Gedanken offenbar eine ähnliche Richtung eingeschlagen hatten, zwischen zwei Küssen.

„Es gab noch keine Gelegenheit, bei der ich mich hätte vortasten können“, schwindelte ich, denn in Wahrheit war ich schlichtweg zu feige gewesen, eines meiner Gespräche mit Nell auf ihren Bruder zu lenken.

„Verstehe“, meinte er und fuhr sich mit beiden Händen durch sein Haar. Sein Atem ging schwer und ich hörte, wie er etwas vor sich hin murmelte, ehe er seine Lippen erneut auf meine presste. Der Kuss schmeckte ein wenig nach Verzweiflung, aber ich genoss ihn dennoch. Nate zu küssen war innerhalb der vergangenen Woche zu meinem Tageshighlight geworden.

„Wir sollten uns auf den Heimweg machen, ehe meine Mom wieder misstrauisch wird.“ Ich nickte und zog mich auf den Beifahrersitz zurück. Mit Hilfe der kleinen Spiegel in den Sonnenschutzblenden ordneten wir unsere Haare und schnallten uns anschließend an. Ich wartete, bis er den Wagen aus der Parklücke gesteuert hatte, dann holte ich tief Luft.

„Gehst du zum Homecoming?“, fragte ich in einem bemüht beiläufigen Ton.

Nate räusperte sich. Ich sah, wie sich sein Adamsapfel auf- und abbewegte, als er schluckte. Meine Frage schien ihm unangenehm zu sein. „Es ist mein Abschlussjahr. Ich muss dahin“, antwortete er tonlos.

Das beantwortete zwar prinzipiell die Frage, die ich ihm gestellt hatte, allerdings nicht, was ich eigentlich wissen wollte.

„Also gehst du?“

Er nickte.

„Allein?“, bohrte ich weiter und schaffte es irgendwie, meine Stimme bei diesem einen Wort eine Oktave nach oben schnellen zu lassen.

Mein Freund rieb über seinen Unterkiefer, wo sich mittlerweile wieder ein Bartschatten abzeichnete. „Ich habe Bianca vor einigen Wochen gefragt. Hätte ich gewusst, dass wir am Homecoming zusammen sind, hätte ich das nicht getan. Das musst du mir glauben, Eden.“

Er wirkte zerknirscht, und obwohl es mir einen Stich verpasste, ihn mit einem anderen Mädchen zum Schulball gehen zu lassen, konnte ich ihm nicht böse sein. Selbst in den kühnsten Träumen hätte ich nie gedacht, dass wir uns überhaupt einmal küssen, geschweige denn, ein Paar sein würden.

Nate nahm vorsichtig meine Hand. „Soll ich ihr absagen?“

„Himmel, nein! Der Ball ist am kommenden Wochenende. Wenn du sie versetzt, findet sie womöglich keine Begleitung und sie ist immerhin ebenfalls im Abschlussjahrgang“, widersprach ich seinem Angebot vehement.

Er lachte auf. „Schon gut, Eden. Allerdings habe ich ohnehin bereits darüber nachgedacht. Ich meine, jetzt, wo wir zusammen sind, finde ich es komisch, nicht mit dir hinzugehen.“

Nate war offenbar ebenso hin und hergerissen, wie ich.

„Aber niemand außer uns weiß das", entgegnete ich und zeigte zwischen uns beiden hin und her.

Er seufzte schwer und ließ meine Hand los, als wir in die Einfahrt der Newmans bogen. „Ich hoffe, das ändert sich bald", murmelte er, doch bevor ich etwas darauf erwidern konnte, sprach er weiter. „Gehst du zum Ball?"

Ich wich seinem Blick aus und sah auf meinen Schoß. „Nein, ich mag Kleider nicht, zudem hat mich keiner gefragt und ..." Mir gingen die Argumente aus, deshalb zuckte ich mit den Schultern, als ob das eine Erklärung für mein Fernbleiben bei einem der wichtigsten sozialen Ereignisse im Leben eines Schülers der Hayswood High abgab.

„Du siehst bestimmt zauberhaft aus in einem Kleid", flüsterte Nate heiser, woraufhin ich aufsah. Ein Lächeln umspielte seine Lippen und der Drang, ihn zu küssen, wurde immer mächtiger. Warum sagte er solche Sachen? Ich war ihm ohnehin schon völlig verfallen!

„Glaubst du?"

Ich dachte an mein türkisfarbenes Ballkleid, das zuhause im Schrank hing. Als wir es gekauft hatten, war ich überglücklich gewesen und egal, was Grandma oder die anderen Mädchen auf der Misswahl gesagt hatten: Das Kleid war großartig!

Nates Fingerspitzen streiften meinen Hals, als er mir meine Haare über die Schulter strich. Er zog die Hand schnell zurück, sodass man es auch nur für eine nette Geste halten konnte. Aber die kurze Berührung hallte in mir wie ein Donnerschlag.

„Du wärst in absolut allem wunderschön, Eden. Falls du deine Meinung änderst und zum Ball gehst, tanzt du dann mit mir?"

„Das würde ich sehr gern, Nate", gab ich ehrlich zu. Er sah in einem Anzug bestimmt hinreißend aus. Möglicherweise sollte ich meine Ablehnung gegen Schulveranstaltungen im Allgemeinen und Bälle im Besonderen doch ablegen.

„Versprichst du mir, Bianca im Vorfeld darüber aufzuklären, dass du vergeben oder zumindest nicht mehr verfügbar bist?“

Bei den letzten vier Worten zeichnete ich mit den Zeigefingern Anführungszeichen in die Luft. Nates Blick war weich, als er mich ansah. „Alles, was du willst. Haben wir einen Deal?“

Nell hatte am Vormittag angekündigt, sie würde meine Absage nicht einfach so hinnehmen. Womöglich ließ sich das Date, das sie angesprochen hatte, umgehen, indem ich zusagte, dies allerdings an die Bedingung knüpfte, als normale Besucherin zu gehen. Ohne Date, ohne Handgelenkstrauß und farblich aufeinander abgestimmte Kleidung.

„Wir haben einen Deal“, bestätigte ich und Nates strahlendes Grinsen schürte die Vorfreude auf das kommende Wochenende in mir.

„Ich werde heute Abend eine Runde auf meiner Konsole im Keller spielen. Vielleicht musst du zufällig irgendein Kleidungsstück suchen, welches du in der Waschküche vermutest?“

Ich verstand seine Einladung auf ein weiteres heimliches Treffen, damit wir uns küssen konnten, auf Anhieb. „Woher weißt du nur, dass ich seit einigen Tagen meinen Lieblingspulli vermisse?“, ging ich auf sein Angebot ein.

Nate lachte. „Also bis später.“ Er stieg aus und ich rechnete im Kopf bereits die Minuten aus, bis ich ihm endlich wieder so nahe sein durfte, wie ich es mir wünschte.

KAPITEL 21

Obwohl ich ihm mein Einverständnis gegeben hatte, verspürte ich einen Stich Eifersucht, als ich meinen Freund dabei beobachtete, wie er den Sitz seiner Frisur überprüfte und die schmale Krawatte richtete. Er tat das schließlich nicht meinetwegen, sondern für Bianca.

„Nun geh endlich zur Seite", meckerte Nell, was nur bewirkte, dass ihr Bruder ein weiteres Mal seinen Schlips zurechtrückte. Im Spiegel erkannte ich, wie sich der Anflug eines Grinsens auf seine Züge legte. Als sich unsere Blicke kreuzten, schüttelte ich leicht mit dem Kopf, um ihn an sein Versprechen zu erinnern, nett zu seiner Schwester zu sein.

„Du brauchst an deinen Haaren nichts mehr machen, Schwesterchen. Du siehst gut aus", meinte Nate, trat zurück und überließ ihr den begehrten Platz.

Für einen Moment war ihr die Verwunderung über dieses Kompliment anzusehen, aber sie hatte sich rasch wieder im Griff. „Danke", rang sie sich hervor und kontrollierte zum wiederholten Male ihr Make-up, das ihrer Frisur in Sachen Perfektion in nichts nachstand.

„Wann kommt Will?", wollte Nate wissen, während er den Autoschlüssel aus der Schale nahm, die auf der Kommode im Flur stand und ihn sich in die Hosentasche schob.

„Jeden Augenblick", antwortete Nell knapp. Nachdem ich zugestimmt hatte, zum Ball zu gehen, legte meine Freundin kurzerhand fest, dass ich bei ihnen mitfuhr. Das war zwar nur logisch, weil wir denselben Weg hatten – trotzdem hielt sich meine Lust, das fünfte Rad am Wagen zu sein, in Grenzen.

Schulbälle waren Pärchenkram. Nell sollte allein mit Will fahren, denn ich kam mir vor, als wäre ich in die Rolle einer überbehütenden Gouvernante gesteckt worden! Fehlte nur noch die Spitzenhaube! Es war schon schräg genug, dass mein Freund mit einer anderen den Homecoming besuchte.

„Man sieht sich“, verabschiedete Nate sich und mein Herz klopfte, als sein Blick mich streifte. Dann verschwand er und als er die Haustür hinter sich zuzog, versuchte ich den Schmerz, den mir bereits der Gedanke an ihn und seine Begleitung verpasste, zu ignorieren. Rasch widmete ich mich wieder meiner Freundin.

„Du siehst super aus“, bestätigte ich ihr zum wiederholten Mal, damit sie endlich aufhörte, so schrecklich nervös zu sein. Langsam färbte das nämlich auf mich ab.

„Tatsächlich? Sind das auch nicht zu viele herausgezupfte Strähnen? Ich habe keine Lust, wie Mrs. Cornwall auszusehen, aber irgendwie …“

„Du siehst ganz gewiss nicht wie unsere Chemielehrerin aus“, fiel ich ihr mit Nachdruck ins Wort und umfasste ihre Handgelenke. „Eher wie Belle aus ‚Die Schöne und das Biest‘.“

Das meinte ich ernst. Mit ihrem dunklen Haar und dem buttergelben Kleid war Nell der Disney-Prinzessin verblüffend ähnlich. Sie lächelte und sah mich an.

„Und du? Du bist Cinderella, die sich Rapunzels Kleid ausgeliehen hat.“

„War Rapunzels Kleid nicht heller?“, hakte ich unsicher nach und sah an mir hinab.

Es war schwer gewesen, so kurz vor dem Ball noch etwas Hübsches zum Anziehen zu finden, doch das Internet machte es möglich. Auf den ersten Blick hatte ich mich in das satte Violett und den Schnitt des Kleides verliebt. Es war zwar aus dem vergangenen Jahr, allerdings gab es bei den Newmans keine Grandma, die herumnörgelte, weil mein Outfit keinem aktuellen Modemagazin entsprang. Grace hatte letzte Hand angelegt und die Korsage an der Taille ein wenig enger gemacht, sodass nun alles perfekt saß.

Im Gegensatz zu Nell trug ich die Haare offen. Die Locken, die meine Freundin mir mit Hilfe eines Lockenstabes verpasst hatte, verliehen mir eine verspielte, aber dennoch elegante Frisur. Ich umklammerte die kleine schwarze Handtasche, die Grace mir geliehen hatte, und begutachtete mich im Spiegel. Ich war niemand, der sich selbst mit Komplimenten überhäufte, doch ich sah schön aus!

Das Läuten der Türglocke jagte Nells Lampenfieber in die Höhe. „Das ist Will! O mein Gott! Wie sehe ich aus?", kiekste sie, während ihre Mom zur Tür ging.

Mr. Newman lehnte mit der Schulter an der Tür zur Küche und beobachtete uns mit einem amüsierten Schmunzeln. „Du bist wunderschön, Nell. Ich hoffe, du denkst an das, was wir besprochen haben", erinnerte er seine Tochter, die daraufhin die Augen verdrehte und genervt seufzte. Ich biss mir auf die Lippe, um ein Kichern zu unterdrücken.

Nell war vor zwei Tagen von ihren Eltern zu einem ernsten Gespräch gerufen worden. Fast eine Stunde dauerte der Vortrag über Verhütung und sexuell übertragbare Krankheiten, bis sie mit hochrotem Kopf in mein Zimmer gekommen war. Da dieser Kelch an mir vorübergegangen war, konnte ich darüber lachen. Sie fand es jedoch alles andere als witzig.

„Fang nicht schon wieder an, Dad!", jammerte sie, setzte allerdings sofort ein strahlendes Lächeln auf, als Will den Flur betrat.

Sein Blick glitt bewundernd über seine Begleiterin hinweg und ich musste zugeben, dass er fantastisch aussah in dem dunkelblauen Anzug. Er betonte seine breiten Schultern und bildete einen Kontrast zu seinen blonden Haaren, die heute ungewohnt ordentlich gekämmt waren. Unter Mr. Newmans Argusaugen befestigte der sichtlich nervöse Will den Handgelenkstrauß, den er für seine Begleitung mitgebracht hatte.

„Ihr seht wunderbar aus! Kommt mit. Ich muss unbedingt ein Foto von euch machen!“, ordnete Grace an, die deutlich weniger Probleme damit zu haben schien, ihre Tochter mit einem Vertreter des anderen Geschlechts auf einen Ball gehen zu lassen.

Das Pärchen in spe folgte Grace ins Wohnzimmer und ich nutzte den Moment, um auf mein Handy zu sehen. Eine Nachricht von Nate war eingetroffen.

Nate: *Du siehst unbeschreiblich aus! Ich kann kaum abwarten, meinen Tanz einzufordern.*
XO

Ich grinste und ließ meine Finger über die Tastatur fliegen.

Eden: *Der Anzug steht dir unglaublich gut. Ich wünschte, wir hätten zusammen zum Ball gehen können. XO*

Seine Antwort kam rasch.

Nate: *Noch stehe ich vor Biancas Haus …*

Die Versuchung, ihm zu sagen, er solle zurückkommen, um mich abzuholen, war riesig. Ich wusste, dass er es tun würde, wenn ich ihn darum bat. Doch was dann? Wie konnte ich seinen Eltern und Nell erklären, wieso ich mit ihm zum Homecoming ging?

Eden: *Es gibt nichts, das ich mir sehnlicher wünsche, aber das wäre Bianca gegenüber unfair.*

Es war das Richtige, sein unausgesprochenes Angebot abzulehnen, dennoch wurde mir schwer ums Herz. Nate schickte einen weinenden Emoji und wurde anschließend als offline angezeigt, sodass ich mein Handy in der Handtasche verstaute, ohne ihm noch einmal zurückzuschreiben.

„Eden? Kommst du bitte?“, rief Grace aus dem Wohnzimmer.

Ich zwang mich zu einem Lächeln und kam der Aufforderung nach. Bevor ich fragen konnte, was los war, erklärte Nells Mom: „Du kannst auf keinen Ball gehen, ohne dich vorher fotografieren zu lassen.“

„Oh, okay. Klar“, stammelte ich und sah mich um. Ich wusste nicht so recht, wo ich mich hinstellen sollte und entschied ich mich letztendlich für die große Doppeltür, die in den Garten führte.

„Heutzutage ist es normal, allein auf einen Schulball zu gehen, das weiß ich, aber würde es dir was ausmachen, dich zu Eden zu stellen und den Arm um sie zu legen?“, richtete Nells Mom ihre Bitte an Will, auf dessen Miene sich exakt die Überraschung abzeichnete, die ich bei ihren Worten verspürte.

Ich war im Begriff, zu widersprechen, doch Will war so schnell an meiner Seite, dass mein Widerspruch nur unfreundlich gewesen wäre. Die fremde Hand auf meiner Taille fühlte sich seltsam an, allerdings widerstand ich dem Drang, sie wegzuschieben. Es war schließlich bloß ein Foto. Ich ging nicht wirklich mit ihm zum Ball. Vielleicht wäre ich später froh darum, auch wenn ich mir das im Moment nur schwer vorstellen konnte.

Die Kamera klickte einige Male, bis Grace den Daumen in die Höhe reckte und Will mich augenblicklich losließ. Allem Anschein nach war ihm die Situation ebenso unangenehm wie mir.

„Nun lasst uns endlich verschwinden, sonst finden wir keinen Parkplatz mehr! Falls ich Blasen an den Füßen bekomme, dann bitte vom Tanzen und nicht, weil wir eine Meile laufen mussten“, nörgelte Nell und stöckelte, ohne eine Antwort abzuwarten, zur Haustür und öffnete diese.

„Denk an das, was ich dir gesagt habe!“, schaltete sich Mr. Newman nochmal dazwischen, ehe seine Tochter das Haus verlassen konnte.

„Dad!“, stöhnte sie genervt und zog eine Grimasse, die mir ein Kichern entlockte.

Nun sah Mr. Newman plötzlich mich an und mein Kichern blieb mir förmlich im Hals stecken. „Da du im Augenblick unter unserem Dach wohnst, gilt dasselbe auch für dich, Eden. Kein Alkohol, keine Ausflüge mit Jungs zu den üblichen Fummeltreffpunkten und schon gar kein ungeschützter Verkehr, verstanden? Ach, am besten ist, ihr denkt nicht mal an Sex!“

„Dad!“, schrie Nell, während ich am liebsten im Boden versunken wäre.

Mr. Newman stemmte die Hände in die Taille und sah uns drei reihum abwechselnd an. Wills Wangen liefen innerhalb einer Sekunde tiefrot an und nun fiel mir auf, dass er kaum etwas gesagt hatte, seit er angekommen war. Vermutlich lag das an Nells Dad, der ziemlich einschüchternd sein konnte. Das peinliche Thema tat sein Übriges. „Was Dad?!“, imitierte er den Tonfall seiner Tochter. „Ich hab keine Lust, Edens Vater über eine Schwangerschaft zu informieren!“

O Gott! Vor wenigen Augenblicken wollte ich im Boden versinken, doch das schien mir nun nicht mehr ausreichend. War es zu viel verlangt, wenn ich mir wünschte, mich in Luft aufzulösen?

„Eden hat weder einen Freund noch ist sie ein Mädchen für One-Night-Stands“, verteidigte mich meine Freundin.

An Mr. Newmans Schläfe begann eine Ader zu pochen. „One-Night-Stands? Möchte ich wissen, woher du weißt, was das ist?“, feuerte ihr Dad zurück.

„Ted, beruhige dich“, beschwichtigte Grace ihren Mann, legte ihm eine Hand auf die Schulter und sah uns an. „Die beiden sind vernünftig, richtig?“

Ich nickte. „Zudem bin ich ohne Begleitung dort“, warf ich ein, um die unangenehme Stille zu vertreiben, die sich zwischen uns ausbreitete.

„Und … und ich bin nicht so einer“, machte sich Will bemerkbar, dem bereits Schweißperlen auf die Stirn getreten waren. „Ich werde Ihre Tochter und Eden pünktlich um Mitternacht nach Hause bringen. Ehrenwort.“

„Siehst du, Dad! Du brauchst dir keine Sorgen zu machen“, startete Nell einen erneuten Versuch, die Wogen zu glätten.

„Und ich bat Nathaniel, ein Auge auf die Mädchen zu haben“, merkte Grace an und bedachte ihren Mann mit einem Blick, den ich nicht zu deuten wusste. War es eine stumme Bitte, endlich mit der Inquisition aufzuhören, damit wir gehen konnten?

„Gut, dann wünsche ich euch viel Spaß“, rang er sich begleitet von einem tiefen Seufzen ab, drehte sich um und verschwand in der Küche.

Grace deutete mit einer Kopfbewegung in Richtung des Vorgartens. Ein Zeichen, dass wir verschwinden sollten, ehe Mr. Newman es sich doch noch anders überlegte. Das ließen wir uns nicht zweimal sagen. Eilig verließen wir das Haus und kaum waren die Autotüren geschlossen, machte Nell ihrem Ärger Luft.

„Ich fasse nicht, dass er das gemacht hat!“, fauchte sie und gestikulierte wild mit den Armen.

„Er sorgt sich eben um dich“, warf unser Chauffeur ein, während er langsam losfuhr.

„Das kann er auch, ohne mich bis auf die Knochen zu blamieren, oder Eden?“, erhoffte sie sich Schützenhilfe von mir.

„Na ja, es war schon ein bisschen peinlich.“

Nell nickte zufrieden und wandte sich dann an ihren Begleiter. „Ich verstehe es absolut, falls du mich nie wieder zu einem Date ausführst, Will. Eltern sind sowas von ätzend!“

Ihre Gefühle hatten den Filter ihres Mundwerks ein wenig gelockert, aber sie so sprechen zu hören, verpasste mir einen Tiefschlag. Was würde ich darum geben, wenn zumindest mein Dad mich in diesem wunderschönen Kleid hätte sehen können. Ich würde ihm zwar spätestens morgen ein Foto schicken, doch den Moment, seine Tochter das erste Mal zu einem Ball zu verabschieden, ersetzte das nicht.

Während meine beste Freundin auf dem Beifahrersitz weiterschimpfte, sah ich aus der Seitenscheibe und versuchte, nicht zu heulen. Nach ein paar Minuten unterbrach Will ihre Tirade.

„Einige von meinen Freunden werden ebenfalls ohne Begleitung da sein, Eden. Falls du magst, stelle ich dir jemanden vor", bot er an und warf mir über den Rückspiegel einen Blick zu.

Das beruhigte mich ein wenig, weil ich mir so nicht wie eine totale Außenseiterin vorkam, dennoch musste ich sein gutgemeintes Angebot ablehnen. Mein erster und einziger Tanz war für Nate reserviert und ich hatte nicht vor, daran zu rütteln.

„Das ist nett, Will, aber ich denke, Mr. Newman würde das nicht so gut finden", wand ich mich heraus und stellte erfreut fest, dass ihn allein bei der Erwähnung von Nells Dad ein Schauder erfasste.

„Er war unmöglich, oder?", schaltete Nell sich vom Beifahrersitz aus wieder dazwischen und schimpfte munter weiter, bis wir den Schulparkplatz erreichten.

Als wir die Turnhalle betraten, die mit all der bunten Deko kaum wiederzuerkennen war, reckte ich den Hals, um nach meinem Freund Ausschau zu halten.

Statt Nate entdeckte ich Arlene, Hope und Trevor an einem Tisch. Hope saß auf dem Schoß ihres Freundes und ignorierte alles andere um sich herum. Lene sprang auf, winkte uns hektisch zu und ich ahnte, wie sehnsüchtig sie auf unser Eintreffen gewartet hatte. Ich spürte einen Anflug von Mitleid, denn Arlene und Hope waren stets die besten Freundinnen gewesen. So wie Nell und ich. Die zwei verband so viel und Hope nun so auf Trevor fixiert zu sehen, missfiel mir. Ich würde darauf achten, dass mir mit Nell nicht dasselbe passierte, sobald ich ihr von ihrem Bruder und mir erzählt hatte.

„Da drüben", schrie ich über die Musik hinweg zu Nell und zeigte in die entsprechende Richtung. Sie nickte und griff nach Wills Hand, was ich grinsend zur Kenntnis nahm. Die beiden waren wirklich süß. Hintereinander schlängelten wir uns durch die Anwesenden, wobei ich immer wieder versuchte, Nate zu entdecken. Die Halle war für gewöhnlich recht überschaubar, doch heute Abend schien sich so ziemlich jeder Schüler der Hayswood High samt Begleitung hier eingefunden zu haben. Wenn ich Pech hatte, fand ich ihn überhaupt nicht!

„Hey!", rief Arlene und zog zuerst Nell und dann mich in eine Umarmung. Nachdem wir uns gesetzt hatten, kamen zwei Jungs an den Tisch, die ich zwar vom Sehen, allerdings nicht namentlich kannte. Sie verwickelten Will sofort in ein Footballfachgespräch, bis ein paar Minuten später der Junge, der am weitesten von Will entfernt saß, ihn zu sich winkte. Vermutlich wurde es ihm zu anstrengend, eine Unterhaltung über knapp drei Meter Entfernung und laute Musik zu führen.

Während ich auf der Suche nach Nates vertrautem brünetten Schopf erneut den Blick durch die Menge schweifen ließ, wandte Nell sich Lene zu, der die Erleichterung über unser Auftauchen nach wie vor deutlich anzusehen war. Meine Laune hingegen begab sich langsam auf Talfahrt. Angesteckt durch die Euphorie meiner Freunde hatte ich mich auf den Ball gefreut, doch je länger ich hier saß, umso unwohler fühlte ich mich. Das Kleid war schön, aber ich war darin nicht ich selbst. Meine Schuhe drückten und ich hatte keine Ahnung, was ich tun sollte. Eine Weile hörte ich Arlene und Nell zu, die von der Serie ‚Riverdale' schwärmten. Da ich sie nicht kannte und daher nicht mitreden konnte, ob Archie oder Jughead der heißere der beiden Seriencharaktere war, wurde die Versuchung, zu verschwinden, um meinen Wissensrückstand, aufzuholen, was Riverdale betraf, immer größer.

„Ich besorge mir etwas zu trinken!“, rief ich Nell zu, die mit einem Nicken bestätigte, dass sie mich gehört hatte.

Als ich mich in die Schlange vor dem Getränkestand einreihte, sah ich mich erneut nach meinem Freund um. Ich war beinahe an der Reihe, als ich Robbie entdeckte. Sofort beschleunigte sich mein Puls, denn wo er war, war der Rest der ‚Aufreißer‘ meist nicht weit. Ich behielt Robbie im Auge, ließ mir eine Limonade geben und schlängelte dann betont ziellos durch die anwesenden Schüler. Doch mein Ziel war klar.

Neben Robbie sah ich Cole. Daneben wiederum befand sich Nate und mein Herz schlug einen Salto. Die Ernüchterung folgte jedoch rasch, als ich bemerkte, wie nah Bianca bei ihm stand. Für meinen Geschmack war das viel zu nah! Am liebsten wäre ich hinübergegangen, um sie von ihm zu stoßen. Aber ich stellte rechtzeitig fest, dass der Abstand zwischen den beiden im Vergleich zu Robbie, Chris und Cole sowie deren Begleitungen fast als riesig zu bezeichnen war. Die anderen Mädchen klebten förmlich an ihren Dates und Tom nutzte Pipers Unfähigkeit, zu irgendetwas Nein zu sagen, um ihr die Zunge in den Hals zu schieben. Langsam näherte ich mich der Gruppe. Cole gestikulierte wild, woraufhin die Umstehenden, deren Münder nicht gerade verhindert waren, in Gelächter ausbrachen. Nate lachte natürlich ebenfalls und ein kleiner Stachel Eifersucht machte sich bemerkbar.

Ich sollte neben ihm sein! Ich sollte das dunkelblaue Kleid tragen, das so hervorragend zu Nates Anzug passte. Er sollte den Arm um mich legen und mir Küsse aufs Haar drücken dürfen, damit jeder wusste, dass wir zusammen waren.

Mir war bewusst, dass ich ihn anstarrte und es sekündlich jemandem auffallen konnte. Doch meine Gedanken darüber wurden unterbrochen, als er aufhörte zu lachen und mir über die Entfernung von wenigen Metern direkt in die Augen sah. Selbst, als er an seinem Getränk nippte, hielt er den Blickkontakt aufrecht. Als wäre alles andere um ihn herum unwichtig geworden, stellte er den Becher zur Seite und kam schnurstracks auf mich zu. Mit jedem Schritt, den er sich näherte, klopfte mein Herz heftiger gegen meine Rippen und übertönte die Musik. Weiße Lichtpunkte, die von den von der Decke hängenden Discokugeln durch den Raum geworfen wurden, tanzten über Nates Gesicht und für einen Wimpernschlag war mir, als befänden wir uns beide mitten in einer Schneekugel.

Schneekugelmoment, schoss es mir in den Sinn und irgendwas in mir rief laut Ja. Diese Momente waren rar und das hier war definitiv einer.

Nate blieb erst stehen, als sich unsere Körper fast berührten. Während ich den Atem anhielt, hob und senkte sich seine Brust rasch unter seinen Atemzügen und ich sah, wie sein Kehlkopf hüpfte, als er schluckte. Am Kinn erkannte ich einen kleinen Schnitt, den er sich vermutlich beim Rasieren zugezogen hatte. Zu gerne hätte ich einen Finger daraufgelegt oder die Stelle geküsst und ihn gefragt, ob es noch wehtat. Nate lächelte auf mich herab und in seinen Augen lag ein seltsamer Glanz. Ich war schon lange in ihn verliebt, aber im Augenblick landeten die letzten Reste meines Herzens in seinen Händen und etwas dehnte sich in meinem Brustkorb aus.

„Du siehst wunderschön aus“, flüsterte er, ohne unsere ineinander verhakten Blicke voneinander zu lösen.

„Du auch“, erwiderte ich heiser. Es kostete mich immens viel Kraft, mich nicht auf die Zehenspitzen zu erheben und ihn zu küssen. Das Lächeln auf den Lippen, nach deren Berührung ich mich so sehr sehnte, wurde breiter. Ich ahnte, dass er ähnlich dachte, doch statt dem Verlangen nachzugeben, machte er einen Schritt zurück, hielt mir die Hand entgegen und deutete eine Verbeugung an.

„Würdest du mit mir tanzen, Eden?“

Mir war bewusst gewesen, dass er mich das fragen würde, dennoch erfasste mich eine Welle aus Glück. „Liebend gern", stimmte ich leicht kurzatmig zu.

Suchend sah ich mich nach einer Möglichkeit um, um meine Limonade abzustellen, von der ich noch keinen Schluck getrunken hatte. Nate nahm mir kurzerhand den Becher ab und stellte ihn auf einen Tisch, an dem mehrere Pärchen saßen. Er ignorierte ihre fragenden Blicke und zog mich auf die Tanzfläche.

Dort legte er mir eine Hand auf die Taille und verschränkte die Finger der anderen mit meinen. Im Moment lief ein munterer Popsong. Trotz des Tanzkurses, den ich letztes Jahr in der Schule belegt hatte, wusste ich nicht, was man darauf tanzte. Nate hingegen hatte viel weniger Probleme damit. Wie von unsichtbaren Fäden gezogen begann er, sich zu bewegen und ich ließ mich von ihm führen.

„Hast du mit Bianca gesprochen?", fragte ich einen Augenblick später.

Nate nickte.

„Wie hat sie es aufgefasst?", bohrte ich weiter.

Er zuckte mit den Schultern. „Sie versuchte, sich nichts anmerken zu lassen, ich fürchte jedoch, sie hatte bereits Hoffnungen in den heutigen Abend gesetzt."

Ich trat einen Schritt näher und brachte meine Lippen an sein Ohr. „Weiß sie, dass wir zusammen sind?", flüsterte ich.

Er seufzte schwer, ich wich ein wenig nach hinten, doch er zog mich bestimmend zurück in seine Arme.

„Eden, niemand weiß, dass wir zusammen sind", raunte er mir zu und ein leicht genervt wirkender Zug umspielte seine Mundwinkel.

„Auch ich würde das gerne ändern. Aber das Risiko ist zu groß. Ich brauche Nell."

Nate schwieg einen Moment und als er mir endlich wieder in die Augen sah, war die Härte aus seiner Miene verschwunden.

„Ich kann verstehen, dass du keine Lust auf Streit mit ihr hast. Meine Eltern würden dich allerdings nicht rauswerfen, falls du darauf anspielst."

Mir kam Mr. Newmans Reaktion in den Sinn, als Will aufgetaucht war, um uns abzuholen. Ob mein Freund wirklich richtig lag mit seiner Vermutung? Ich hatte da so meine Zweifel.

„Vielleicht sollte ich einen Videoabend mit ihr machen und es beiläufig ins Gespräch bringen, was denkst du?", schlug ich vor.

Er schürzte die Lippen und dachte einen Augenblick über meinen Vorschlag nach.

„Klingt gut", meinte er und die letzten Takte des Songs verklangen. Doch anstatt mich loszulassen, zog er mich enger an sich. Fragend blickte ich auf. „Ein Tanz, Eden. Das eben war nur ein halber. Du bist mir noch was schuldig", informierte mich Nate mit einem Augenzwinkern.

In meinem Magen flatterte etwas, als ich die ersten Akkorde von ‚Hey there Delilah' erkannte. Es war eine extrem langsame Version davon und somit definitiv kein Lied, zu dem zwei Personen zusammen tanzen sollten, die vorgaben, nicht mehr zu sein. Ich versteifte mich, aber sein Griff blieb fest.

„Wo willst du hin?", murmelte er. Seine Lippen streiften meine Schläfe, während er sprach und die Haut, die er dabei berührte, kribbelte. Mein Herz schrie mir zu, das Gesicht an seine Brust zu legen, die Lider zu schließen und seine Nähe zu genießen. Mein Kopf hingegen – der alte Klugscheißer – bestand darauf, dass es besser war, zurück an den Tisch zu gehen. Ohne Nate.

„Ich … ich", stammelte ich.

„Schau dich um, Eden. Niemand nimmt Notiz von uns. Sie sind alle mit sich selbst oder ihren Ballbegleitungen beschäftigt."

Vorsichtig sah ich mich um und musterte die anderen Paare. Nate hatte uns geschickt in die Mitte der Tanzfläche bugsiert, sodass wir nur zu sehen waren, wenn man ebenfalls tanzte. Und er hatte recht: Keiner achtete auf uns. Manche Mädchen schmiegten sich mit geschlossenen Augen an ihre Tanzpartner und ließen sich von ihnen hin und her wiegen. Also tat ich, was mein Herz schon so lange wollte. Ich schloss die Lider und barg mein Gesicht an Nates Brust. Die Bügelstärke, die Grace auf sein Hemd gegeben hatte, konnte seinen typischen Eigengeruch nicht überdecken. Ich war nach diesem Geruch ebenso süchtig, wie nach ihm, seiner Nähe, seiner Berührung.

Nate legte die Arme um mich und ich spürte, wie er sein Kinn behutsam auf meinen Scheitel bettete. Es war fast beängstigend, wie perfekt wir aneinanderpassten. Ich atmete tief ein und entspannte mich allmählich. Wir sprachen nicht miteinander. Alles, was kommunizierte, waren unsere aneinander geschmiegten Körper. Nachdem der Song zu Ende war, kamen mir beinahe die Tränen. Ich weigerte mich, ihn loszulassen, obwohl ich im Augenwinkel erkannte, wie die anderen Tanzpaare nun zu einem Popsong über die Tanzfläche wirbelten und nur wir uns noch in einer Umarmung befanden.

Während des Tanzes waren wir für einen kurzen Moment ein normales Paar gewesen und es tat mir in der Seele weh, das nun wieder aufgeben zu müssen. In den ersten Tagen gefielen mir die heimlichen Treffen im Badezimmer und die Küsse im Auto. Der Nervenkitzel schmeckte nach Freiheit, aber der Drang, der ganzen Welt mitzuteilen, dass wir zusammen waren, wurde immer stärker.

„Danke für den Tanz, Eden“, murmelte Nate und löste sich zögernd von mir. Ich sah auf. Unsere Blicke verhakten sich ineinander.

„Ich wünschte, wir könnten einfach weitertanzen“, gestand ich ehrlich.

„Das wünsche ich mir auch.“ Er lächelte, doch es erreichte seine Augen nicht. Das Funkeln, das sonst darin wahrzunehmen war, wenn ihn etwas amüsierte, fehlte.

„Ich werde mir was einfallen lassen wegen Nell", beschloss ich und blickte über die Schulter zu meiner besten Freundin hinüber, die in ein Gespräch mit Will vertieft war.

Mein Herzschlag geriet ins Stolpern, als ich mich wieder zu ihm wandte und mit der Nase fast gegen seine Brust stieß. In der Zeit, als ich zu seiner Schwester gesehen hatte, musste er den Abstand verringert haben. Nates Lippen berührten meine Wange nur ganz leicht, allerdings genügte es, um ein Prickeln über meine Nervenbahnen zu senden.

„Wir schaffen das, Eden."

Er drückte noch einmal meine Hand, ehe er sich durch die Paare, die inzwischen zu einem Song von Gwen Stefani tanzten, zurück zu seiner Clique begab. Meine Beine waren schwer wie Blei, als ich zu unserem Tisch ging, der in der genau entgegengesetzten Richtung lag. Mit jedem Schritt, den ich mich von Nate entfernte, schien mir gleichzeitig eine Nadel ins Herz zu stechen.

„Eden! Wo warst du?", rief Nell, sprang auf und kam auf mich zu.

Ertappt bemerkte ich, wie mein Gesicht heiß wurde, aber dank der bunten Scheinwerfer, fiel das hoffentlich nicht auf. Ich suchte in ihrer Miene nach einem Hinweis, ob sie uns auf der Tanzfläche gesehen hatte und deswegen böse auf mich war. Doch alles, was ich sah, war Verwunderung und einen Hauch Sorge.

„Ähm, ich war am Getränkestand und auf der Toilette."

„So lange?", hakte sie nach und blickte demonstrativ auf die Uhr.

„Nein, ich habe getanzt", gestand ich und merkte bereits, ehe ich den Satz zu Ende gesprochen hatte, wie sich eine kribbelnde Nervosität über meine Nervenbahnen zog.

Warum sollte ich lügen?

Zum einen, wollte ich sie langsam darauf vorbereiten, dass ihr Bruder und ich eine Beziehung führten und zum anderen waren wir garantiert von einigen Leute bemerkt worden. „Wirklich? Mit wem?“, bohrte meine beste Freundin weiter. Meine Handflächen wurden feucht und um meine Kehle schien sich eine unsichtbare Schlinge zu legen. Nells aufrichtiges und argloses Interesse an meinem Tanzpartner verwandelte sich gewiss gleich in einen ätzenden Kommentar, doch ich konnte nicht länger kneifen. Sie weiterhin anzulügen – was ich in der letzten Zeit ohnehin zu oft getan hatte – kam nicht infrage.

„Mit Nate“, presste ich hervor und hielt den Atem an.

Nells Brauen schossen in die Höhe und sie riss erschrocken die Augen auf. „Mit meinem *Bruder*?“

Aus ihrem Mund klang das Wort Bruder wie ein Schimpfwort und in mir erwachte der Drang, ihn zu verteidigen. „Mit deinem Bruder Nate, richtig“, bestätigte ich.

„Hat dir jemand was in dein Getränk gemischt?“ Nell zog eine abschätzige Grimasse.

„Nein. Er kam auf mich zu, bat mich um einen Tanz und ich habe Ja gesagt. Während ihr euch blendend unterhalten habt, saß ich wie eine Idiotin daneben. Ein Tanz schien mir da eine willkommene Abwechslung zu sein“, gab ich scharf zurück.

Schon vorher hatte ich kaum verstanden, warum sie ihn nicht ausstehen konnte, aber nachdem ich ihn nun besser kannte, war ich überhaupt nicht mehr in der Lage, ihre Einstellung nachzuvollziehen. Nell schnappte nach Luft, doch bevor sie mir weiter Vorwürfe machte, sprach ich weiter. „Wenn ich ehrlich bin, habe ich keine Ahnung, was du an ihm so schrecklich findest. Er fährt uns jeden Tag zur Schule, holt dich vom Training ab, wartet trotz seiner Drohungen, uns stehenzulassen auf dem Parkplatz, falls wir uns verspäten. Er ging dazwischen, als Corey mir zu nahekam und kürzlich nahm er wortlos den Umweg zu ‚Griffins‘ in Kauf, weil ich unbedingt dorthin wollte! Und dir hat er neulich einen Milchshake mitgebracht, als er dich vor der Schwimmhalle abgeholt hat, richtig?“

Ihre Augen waren während meines flammenden Plädoyers zugunsten ihres Bruders immer größer geworden und nun klappte sogar ihr Unterkiefer herab. „Wer bist du und was hast du mit meiner Freundin gemacht?“, konterte Nell und musterte mich von Kopf bis Fuß.

„Komm schon! Nate ist nicht der Unmensch, den du in ihm siehst.“ Sie war im Begriff, etwas zu erwidern, jedoch schnitt ich ihr erneut das Wort ab. „Er spuckt dir morgens weder ins Müsli noch legt er dir Kakerlaken unter die Bettdecke. Meine Grandma, das ist jemand, den man hassen kann. Aber Nate?“, endete ich und schüttelte dabei mit dem Kopf.

Ich konnte förmlich sehen, wie sich die Zahnräder hinter Nells Stirn in Bewegung setzten. Ihr Blick glitt hinüber zur Tanzfläche. „Hmm, ich schätze, völlig Unrecht hast du nicht“, murmelte sie nach einem Moment. Am liebsten hätte ich aufgrund dieses Zugeständnisses laut gejubelt. Der erste Schritt war gemacht, doch ich musste cool bleiben. „Er geht im Sommer sowieso aufs College. Spätestens dann habe ich meine Ruhe vor ihm“, schob sie hinterher und grinste mich schief an.

Statt in meinen Gehörgang zu dringen, landeten ihre Worte als dumpfer Schlag in meinem Magen. Und es war kein leichter Stoß, sondern die ausgewachsene Rechte eines Profiboxers. Nate war im Abschlussjahrgang, was bedeutete, dass er nach seinen Prüfungen von hier weggehen würde. Wie hatte ich das verdrängen können? Absolut jeder, den ich kannte, konnte kaum abwarten, Hayswood den Rücken zu kehren. Mein Freund bildete da gewiss keine Ausnahme. Wie konnte ich das vergessen? Ich kämpfte darum, mir nicht anmerken zu lassen, was diese Worte mit mir anrichteten.

„Hat er denn schon eine Zusage?“, presste ich an dem Kloß vorbei, der mir die Kehle zuschnürte.

„Nein, aber er schreibt Bewerbungen an sämtliche Unis an der Westküste. Er möchte unbedingt dort irgendwo ans Meer.“

Ich hatte das Gefühl, als trieb mir die Tatsache, dass Nate Hayswood in wenigen Monaten verließ, jegliche Farbe aus dem Gesicht.

„Hier steckst du!", rettete mich Will, der plötzlich hinter Nell auftauchte und ihr die Hände auf die Taille legte. „Bereit für unseren Tanz?"

Auf der Stelle strahlte meine Freundin vor Glück. Will schien es ihr wirklich angetan zu haben.

„Nur, wenn sie mir vorher verspricht, dass wir in den nächsten Tagen einen jungsfreien Filmabend einlegen", warf ich ein und bedachte Nell mit einem ernsten Blick.

„Nichts lieber als das!", stimmte sie zu und zog mich in eine feste Umarmung.

„Er ist unglaublich süß, oder?", flüsterte sie mir ins Ohr, ehe sie sich von mir löste. Ich nickte nur und sah den beiden hinterher, als sie sich händchenhaltend zur Tanzfläche begaben. Was hätte ich darum gegeben, das mit Nate ebenfalls tun zu können? Aber sollte alles so gut laufen, wie ich hoffte, dann war der erste Schritt in Richtung ‚Geschwisterversöhnung' getan.

KAPITEL 22

Der Skandal, der am Tag nach dem Schulball über Hayswood hereinbrach, ließ die Auseinandersetzung mit meiner Großmutter wie einen Streit zwischen zwei Kleinkindern aussehen.

Mrs. Newman hatte ein aschfahles Gesicht und Tränen in den Augen, als sie von dem Besuch beim Grab ihrer Eltern zurückkam und die Küche betrat. Nell, die mitgefahren war, stürzte sofort zur Toilette und sogar durch die geschlossene Tür hindurch waren Würgegeräusche zu hören.

Mr. Newman, der bisher hinter der Zeitung gesessen hatte, um seinem Wochenendritual, selbst den kleinsten Artikel zu lesen, nachzugehen, sprang auf. „Was ist passiert?"

Die Tasse, die ich gerade abwusch, rutschte mir aus den seifig-glitschigen Fingern und landete mit einem dumpfen Geräusch wieder im Spülbecken. Grace öffnete den Mund. Sie setzte zu einer Erklärung an, brachte jedoch nur einen wimmernden Laut hervor. Kopfschüttelnd stellte sie die Handtasche auf die Anrichte. Als diese auf die Seite kippte, fiel ein Lippenstift heraus und rollte über den Boden, aber außer mir nahm niemand Notiz davon.

Mr. Newman lotste seine Frau, die plötzlich beängstigend wankte, auf einen Stuhl. Ich ließ den Abwasch liegen, denn irgendetwas Furchtbares musste geschehen sein.

„Darling, um Himmels willen! Rede mit uns!", flehte er und und ich überlegte, was vorgefallen sein könnte. Hatte jemand gestern nach dem Ball einen Unfall gehabt? Ehe ich mir weiterhin den Kopf darüber zerbrach, gelang es Nells Mom, ihren tranceartigen Zustand zu beenden.

„Ich fasse es nicht", flüsterte sie mit dünner Stimme in die erwartungsvolle Stille, die sich in der Küche ausgebreitet hatte.

„Was kannst du nicht fassen?", hakte ihr Mann behutsam nach und sprach damit genau das aus, was mir auf der Zunge gelegen hatte.

„Er … er … es ist doch sein … eigenes … Kind!" Eine Träne rollte über Grace' Wange und landete auf ihrem Unterarm.

„Liebling, von wessen Kind sprichst du?"

Mrs. Newman blinzelte einige Male, schwieg jedoch. Die Spülung der Toilette rauschte und kurz darauf kam Nell zu uns. Auch ihr war jegliche Farbe aus dem Gesicht gewichen.

„Von dem Hawk-Mädchen", brachte Grace im Flüsterton hervor, ehe ihre Schultern zu beben begannen. Die Schluchzer, die sie ausstieß, bohrten sich wie Dolche in mein Herz.

In meinem Inneren verkrampfte sich etwas. Carolines Andeutung während unseres Gespräches bei den Mülltonnen kam mir in den Sinn. Fragend sah ich zu meiner Freundin, die sich neben ihre Mutter gesetzt hatte und hilflos die Arme um sie legte.

„Welches Hawk-Mädchen?", wollte Mr. Newman wissen.

Es dauerte einen Moment, bis Nells Mom aufhörte zu weinen und seinen Blick suchte. „Caroline", kam es über ihre blutleeren Lippen und in mir gefror alles. „Ihr Vater wurde heute Morgen verhaftet. Er hat sie jahrelang missbraucht."

Mein Frühstück bahnte sich einen Weg nach oben, als sich meine schlimmste Befürchtung bestätigte, aber aufgrund des Hinunterwürgens der grässlichen Smoothies gelang es mir, die sirupgetränkten Pancakes bei mir zu halten.

„Was?", rief Mr. Newman bestürzt und nun zeichnete sich auch in seiner Miene der Schock über diese Nachricht ab.

„Die ganze Stadt spricht darüber. Ausgerechnet er! Als Polizist sollte er derjenige sein, der die Schwächeren beschützt, statt sie für seine perversen Triebe auszunutzen." Nells Stuhl fiel polternd zu Boden, als sie aufsprang und ein weiteres Mal in Richtung Toilette rannte. Meine Knie fühlten sich weich an, als ich zum Tisch lief und mich setzte. Mr. Newman stand auf und reichte seiner Frau ein Taschentuch, ehe er wieder neben ihr Platz nahm und sie in die Arme zog. Liebevoll strich er über Grace' Rücken und murmelte beruhigende Worte, während sein Blick unruhig in der Küche hin und her wanderte. Mrs. Newman vergrub ihr Gesicht in seiner Halsbeuge und ließ sich trösten. Ich kam mir vor wie ein Störenfried in diesem innigen Moment des Ehepaars, das zurzeit die Elternrolle für mich übernahm. Deshalb erhob ich mich und ging langsam die Treppe nach oben.

Nates Zimmertür war geschlossen und obwohl an der glatten, weißen Holzoberfläche nichts Interessantes zu entdecken war, starrte ich solange darauf, bis ich Nells Schritte auf den Stufen hörte. Eilig wandte ich mich ab und verschwand in meinem vorübergehenden Zimmer. Mr. Newman war nicht davon abzubringen gewesen, es komplett zu räumen, damit ich nicht zwischen Aktenordnern und allerhand anderem Papierkram schlafen musste. Er hatte mir sogar ein Bett besorgt. Das war deutlich bequemer als die Matratze auf Nells Boden, dennoch schlief ich in den ersten Nächten nur sehr schlecht, weil mich mein Gewissen plagte. Es war schon genug, dass Mrs. Newman meine Wäsche wusch, ich ihr Badezimmer benutzte und mich an ihrem Kühlschrank bediente. Irgendwann würde ich mich dafür revanchieren.

Nell kam herein und ließ sich am Fußende des Bettes nieder. Einen Moment lang starrte sie auf die mit Gänseblümchen bedruckte Tapete. „Ich kann es nicht fassen."

„Das geht mir genauso", stimmte ich ihr zu. „Er ist ihr *Dad*!"

Nell verzog angewidert das Gesicht und ich befürchtete bereits, sie würde sich erneut übergeben, doch sie blieb sitzen und sah mich an. „Nenn ihn nicht Dad, Eden. Ein Mann, der seiner Tochter so etwas antut, ist kein Vater. Das ist ein Monster!"

Ich nickte zustimmend. „Wie ist das herausgekommen?“

„Mrs. Morgan erzählte es uns auf dem Friedhof“, informierte sie mich und vor meinem geistigen Auge sah ich sofort die stadtbekannten Tratschtanten die Köpfe zusammenstecken.

„Wie taktlos!“

Nell zuckte mit den Schultern. „Mrs. Morgan war ebenso entsetzt wie wir. Eventuell musste sie das Unglaubliche aussprechen, um es glauben zu können.“

Ich dachte über die Worte meiner besten Freundin nach und nickte langsam. Mrs. Morgan war zwar eine der Klatschtanten, die Skandale mit olympischem Eifer weitertrugen, doch das schloss nicht aus, dass ihr Carolines Schicksal zu schaffen machte. Vielleicht ging es ihr also wirklich nur darum, zu begreifen, was vorgefallen war.

„Meine Mom schickte mich zum Auto, damit ich nicht mitbekam, was Mrs. Morgan berichtete, aber ich habe dennoch so ziemlich alles gehört. Ein Ermittlerteam war Mr. Hawk offenbar seit längerem auf den Fersen, weil dieser Widerling Filme davon im Darknet zum Kauf anbot.“

Das erklärte Carolines deutliche Absage auf meinen Vorschlag, sie solle über einen Eintritt in die Theater-AG nachdenken und ihre Abneigung gegen Kameras! Als mir klar wurde, dass ich dadurch sozusagen Öl ins Feuer gegossen hatte, rebellierten die Pancakes erneut in meinem Magen. Ob mein Dad in den Fall involviert war? Wurde das FBI auch bei Kinderpornographie tätig? Ich hatte keine Ahnung.

„Heute Morgen um vier Uhr kam eine Sondereinheit und verhaftete ihn.“

Ein saurer Geschmack stieg in meiner Kehle nach oben, als ich das hörte. Angewidert schüttelte ich den Kopf. Allein vom Zuhören fühlte ich mich schmutzig und wäre am liebsten sofort unter die Dusche gerannt. Wie musste es Caroline also gehen?

„Wenn ich mir nur vorstelle, wie …“ Nell brach ab und presste sich eine Hand vor den Mund, während ihr erneut

Tränen in die Augen schossen. Ich nahm ihre andere und hielt sie fest. Ich hatte das Gefühl, dass wir beide ein wenig Halt vertragen konnten. „Was ich nicht verstehe …“, begann sie nach einer Weile und sah auf. „Man hat ihr das nie angemerkt. Sie ließ kaum eine Gelegenheit aus, jemanden anzubitchen.“

Mir kam unsere Begegnung auf dem Flur in den Sinn, nachdem ich mich mit Nate im Musiksaal zum Knutschen getroffen hatte. Wie überzeugend Caroline die Patientin gespielt und wie erschreckend leicht die Lüge mit den Bauchschmerzen über ihre Lippen gekommen war, war mir sofort aufgefallen.

War das auf das zurückzuführen, was jahrelang bei ihr zuhause hinter verschlossenen Türen geschehen war? Oder hatte sie bei den Wettbewerben gelernt, ihre Sorgen, Ängste und Probleme mit einem strahlenden Lächeln zu verdecken? Ich konnte mir nicht vorstellen, dass sie gelogen hatte, als sie davon sprach, wie sehr sie den Zirkus bei den Misswahlen verabscheute. Hatte sie aufgehört, bei den Wahlen aktiv teilzunehmen, um nicht weiter ein Vorführobjekt zu sein? War sie nur als Begleitung ihrer Schwester dabei gewesen, um dem Zugriff ihres Vaters zu entgehen?

Zu all dem passte Carolines Andeutung, die Welt sei nicht rosarot. Ich hatte mit dem Tod meiner Mutter gegengehalten, ohne zu wissen, dass ihr Geheimnis tausendmal schwärzer war.

Eine Träne floss über mein Gesicht, als sich die Zahnräder ineinanderfügten.

„Das ist einfach grässlich. Ich hoffe, dieses Schwein erlebt im Gefängnis die Hölle“, knurrte Nell und ballte die Hände zu Fäusten.

„Ich hörte, Cops wären dort extrem unbeliebt. Kinderschänder ebenfalls. Mr. Hawk hat also die denkbar schlechteste Kombi, die ihm hoffentlich jede Menge Ärger und schlaflose Nächte beschert.“ Ich sprach es nicht aus, doch tief in mir wünschte ich, dass ihm dasselbe angetan wurde.

Nell ließ sich auf den Rücken sinken und starrte an die Zimmerdecke. „Eigentlich hatte ich vor, heute einen Filmabend zu machen, aber ich habe überhaupt keinen Bock mehr darauf", meinte meine Freundin und seufzte schwer.

„Was wolltest du denn gucken?"

Nell setzte sich auf. „Ich dachte an ‚To all the boys I've loved before'. Allerdings ist mir irgendwie die Lust auf Liebe und Teeniedramen vergangen."

„Von was sprecht ihr?", erklang Nates Stimme und ich drehte mich so hastig um, dass ich fast vom Bett gefallen wäre.

Er trug einen Schlafanzug und wenn man genau hinsah, entdeckte man den Abdruck des Kissensaumes, der sich auf seiner rechten Wange abzeichnete. Zusammen mit dem verschlafenen Gesichtsausdruck, dem leichten Bartschatten und den verwuschelten Haaren war er absolut zum Niederknien. Zu gern wäre ich zu ihm gegangen und hätte die Arme um ihn geschlungen.

„Davon, dass Mr. Hawk seine Tochter Caroline ein wenig zu sehr liebt", informierte Nell ihn, woraufhin er verdutzt dreinblickte.

„Bitte was?", hakte er nach und kam in mein Zimmer. Unter dem Saum der viel zu langen Hose blitzten nackte Zehen hervor. Ich war kein besonders großer Fan von Füßen, aber an Nate war einfach alles toll. Mein Herz klopfte, als er sich neben mich auf die Bettkante setzte. Die knapp einen Meter breite Matratze senkte sich unter seinem Gewicht und wenn ich verhindern wollte, auf ihn zu fallen, musste ich ein Stück in Richtung Wand rutschen. Ich tat es, jedoch nur äußerst widerwillig.

„Du hast richtig gehört. Mr. Hawk wurde heute Morgen wegen Kindesmissbrauchs verhaftet", weihte meine Freundin ihn ohne den genervten Unterton ein, den sie sonst in ihre Stimme legte, sobald sie mit Nate sprach. Wir konnten zusehen, wie sich ein entsetzter Ausdruck auf seinen Zügen ausbreitete. „Wir reden von Mr. Hawk, dem Police-Officer?“, hakte er nach, woraufhin Nell und ich nickten.

„Dem Dorftratsch zufolge hat er Caroline über eine längere Zeit missbraucht. Das Schwein schreckte nicht mal davor zurück, Videos davon anzufertigen und im Darknet hochzuladen“, ergänzte Nell.

„O mein Gott“, murmelte mein Freund und fuhr sich dabei mit beiden Händen über das Gesicht, als ob sich damit die Wahrheit der Worte wegwischen ließ.

„Gott, falls es ihn gibt, war in dieser Angelegenheit offenbar nicht involviert“, warf ich ein.

Wir schwiegen einen Augenblick, bis Nell wieder das Wort ergriff. „Du bist mit Caroline zusammen in Mathematik. Hast du nichts bemerkt?“

Nate blickte auf. Die kleine senkrechte Falte zwischen seinen Brauen wurde immer tiefer, je länger er seine Schwester ansah. „Was sollte ich denn bemerkt haben?“, blaffte er sie an. „Wenn die ganze Sache jahrelang lief und aus ihrer Familie niemand etwas mitbekommen hat, was soll dann der Typ bemerken, der in Mathe drei Reihen hinter ihr sitzt?“

Nell hob die Hände. „Entschuldigung“, zischte sie, wobei sie anhand ihres Tonfalls eher das Gegenteil meinte. „Es könnte ja sein, dass sie mal geweint hat oder so“, rechtfertigte meine Freundin ihre Frage.

Nates Kiefermuskeln spannten sich an und Verärgerung blitzte in seinen Augen auf. „Bei den Weibern in meinem Jahrgang ist Heulen fast an der Tagesordnung!“, blaffte er. „Soll ich deswegen jedes Mal vom Schlimmsten ausgehen?“

Ich verstand beide und fühlte mich hin und hergerissen.

„Hört auf! Ihr kennt Caroline. Keiner aus der Schule hatte auch nur den Hauch einer Ahnung. Da bin ich mir sicher“, versuchte ich, die Streithähne zu beschwichtigen.

„Es war nur eine Idee“, gab Nell gewohnt zickig zurück, sobald es um ihren Bruder ging. Sie sank auf den Rücken, verschränkte die Arme und vergrub ihr Gesicht dahinter. Ich nutzte die Möglichkeit, um nach Nates Hand zu greifen. Wie von unsichtbaren Fäden gezogen schoben sich unsere Finger ineinander und ich bemerkte, wie ich ruhiger wurde, als ich seine Berührung und Wärme spürte. Es war schon über zwölf Stunden her, seit wir uns das letzte Mal geküsst und berührt hatten. Ihn in der Nähe zu wissen und meine Zuneigung zu verbergen, gestaltete sich zunehmend schwerer. Allerdings schienen sich die Geschwister keinen Millimeter aufeinander zuzubewegen.

„Wer weiß, mit was er sie zum Schweigen gebracht hat", merkte mein Freund an und schüttelte daraufhin sofort den Kopf. „Oh Mann! Ich will mir das gar nicht vorstellen!"

„Arme Caroline", murmelte Nell und als sie sich auf meiner Matratze weiter nach oben drückte, ließ ich Nate so schnell los, als hätte sich seine Hand schlagartig in eine heiße Herdplatte verwandelt. Der plötzliche Adrenalinausstoß, den die Angst, ertappt zu werden, auslöste, ließ mein Herz heftig gegen meine Rippen schlagen. Nell behielt ihr Gesicht jedoch hinter den Armen verborgen, sodass sich meine Befürchtung als unbegründet herausstellte.

Nate beobachtete mich indessen ungeniert. Als ich langsam ausatmete, schoben sich seine Mundwinkel zu einem hinreißenden Grinsen in die Höhe, das alles in mir zum Kribbeln brachte. Ein Gefühl, dass er nichts dagegen gehabt hätte, wenn seine Schwester uns erwischt hätte, machte sich in mir breit. Aber klar: Zwischen den beiden existierte keine Freundschaft, um die er sich Sorgen musste.

Zu gern hätte ich mich in seine Arme geworfen, denn ich sehnte mich nach einer innigen Umarmung, die mich wieder an das Gute glauben ließ. Nate musste irgendetwas in meiner Miene gelesen haben und mir stockte der Atem, als er unseren Abstand schmelzen ließ und mit seinen Lippen flüchtig über meine strich. Mein erster Impuls war, ihn zu küssen, doch die

Stimme der Vernunft, war dieses Mal bedeutend lauter. Mein Puls galoppierte davon und es kostete mich immens viel Kraft, wieder auf Abstand zu gehen.

„Was denkt ihr, was mit Britt, Caroline und ihrer Mom passiert?", fragte ich in die Runde, um mich selbst von dem Verlangen nach einer Umarmung oder einem Kuss von meinem Freund abzulenken.

„Ich würde wegziehen", antwortete Nell und setzte sich so schnell auf, dass ich froh war, Nates Hand bei dem Fehlalarm vor einigen Sekunden losgelassen zu haben.

„Ich auch", stimmte ich ihr zu.

„Ich würde mir eine Knarre kaufen und dem Mistkerl eine Kugel in den Kopf jagen", brummte mein Freund und schlug mit der Faust in seine Handfläche.

Nell rollte mit den Augen. „Sehr weit gedacht, Nathaniel James Newman", ätzte sie, wohl wissend, dass er es hasste, wenn man ihn mit seinem vollen Namen ansprach. „Dann wird diesem Widerling der Knast erspart, in dem du stattdessen landest!"

Nate bedachte seine Schwester mit einem genervt wirkenden Blick. „Es ging darum, was wir tun würden, richtig?"

„Nein. Es ging darum, was mit Britt, Caroline und ihrer Mom passiert", schoss sie zurück.

„Was du aber bei deiner Antwort auch ignoriert hast", konterte Nate und im Nu entbrannte ein hitziges Wortgefecht, bis Nell ihrem Bruder gegen die Schulter stieß. „Was machst du überhaupt in Edens Bett? Du verpestest alles mit deinem Mundgeruch!", fauchte sie ihn an.

Obwohl ich schwören konnte, dass nichts verpestet roch, musste ich kichern.

Nell sah zu mir. „Was ist daran so lustig? Dein Bettzeug ist nun Nate-verseucht!"

Mein Freund verdrehte die Augen, erhob sich und schlurfte in Richtung Tür.

„Na, endlich verschwindet er“, jubelte Nell, die keine Ahnung hatte, wie gern ich ihn bitten würde, zu bleiben.

„Vielleicht komme ich wieder, sobald du erwachsen geworden bist“, gab Nate mit einem Schulterblick zurück. „Aber Moment“, fuhr er fort, legte Daumen und Zeigefinger an sein Kinn und setzte eine grübelnde Miene auf. „Das kann ja ewig dauern. Immerhin brauchst du noch immer deine Stoffpuppe zum Einschlafen und machst das Licht an, wenn nachts ein Gewitter aufzieht. Weiß Will eigentlich davon?“

Nate machte Kussgeräusche, woraufhin ihn Nell böse anfunkelte.

„Wag es nicht!“, fauchte sie, schnappte mein Kopfkissen und warf es in Richtung Tür. Das Kissen war riesig und sie besaß zu wenig Kraft, um es auch nur in seine Nähe zu bringen.

Nate bedachte das am Boden liegenden Kissen mit einer hochgezogenen Augenbraue und verschwand durch die Tür, ehe seine Schwester weitere Munition fand.

„Gibt es da etwas, das du mir verschwiegen hast?“, fragte ich ratlos.

Die Röte, die sich sofort auf Nells Wangen zeigte, verriet mir, dass ich offenbar auf ihren Softspot getroffen war. Meine Freundin sah auf ihren Schoß und zupfte am Saum ihrer Hose herum.

„Ja“, antwortete sie kleinlaut. „Wir haben uns im Auto geküsst und natürlich musste kurz darauf Nate auftauchen.“

„Aber das ist doch super!“, freute ich mich für sie, weil ich die leise Ahnung hatte, es würde bei Will diesmal anders sein, als bei ihren bisherigen Schwärmereien, die kaum länger als drei Wochen gedauert hatten.

„Mehr war da nicht“, beteuerte sie und wirkte irgendwie ein wenig enttäuscht.

„Seid ihr nun ein Paar?“

Entgegen meiner Erwartung schüttelte Nell den Kopf. „Nein. Wir möchten es langsam angehen lassen.“

„Das ist prinzipiell gut, oder?“

Sie seufzte. „Ich weiß es nicht. Der Kuss war total süß und Will hat sich den ganzen Abend aufmerksam um mich gekümmert. Er war der perfekte Gentleman. Als er mich geküsst hat, habe ich mir ein bisschen mehr … Feuer gewünscht.“

Ich runzelte die Stirn. Begeisterung klang anders, aber eben war sie noch rot geworden, als Nate auf den Kuss angespielt hatte. Bevor ich nachfragen konnte, fuhr sie fort. „Bei Joseph zum Beispiel, dachte ich, ich höre Glocken läuten.“

„Die fehlten dieses Mal?“

Nell wand sich. „Jein. Es war schön, aber …“

Sie zuckte ratlos mit den Schultern. „Er ist süß und wenn er mir eine Nachricht schreibt, klopft mein Herz schneller, doch dieses Mal ist es anders als sonst.“

Ich überlegte einen Moment. „Vielleicht ist es gut, wenn es anders ist. Du verliebst dich meist im Rekordtempo. Diesmal beginnt es langsam. Das ist bestimmt ein gutes Zeichen. Gib ihm eine Chance“, riet ich ihr.

„Das tue ich auf jeden Fall“, versprach sie und zog mich in eine Umarmung. „Du bist die beste Freundin, die man sich wünschen kann“, murmelte sie mir ins Ohr und mein schlechtes Gewissen erschlug mich fast.

Nell war so offen zu mir gewesen und ich verschwieg ihr noch immer, dass ich mit ihrem Bruder zusammen war. Hoffentlich würde uns dieses Geheimnis nicht irgendwann wie eine Bombe um die Ohren fliegen.

KAPITEL 23

Wenn man es so wollte, brachte die Sache mit Caroline zwei positive Aspekte mit sich. Erstens: Es war vorbei, zweitens: Mein Dad war wieder in Hayswood. Ich war ein wenig aus den Wolken gefallen, als er mir mittags schrieb, dass er zum Ermittlerteam gehörte und mich nach der Schule abholen würde.

Den ganzen Schultag über gab es kein anders Thema als Mr. Hawks Verhaftung. Caroline war nicht zum Unterricht erschienen, was kaum verwunderlich war. Obwohl der Umstand, der meinen Dad nach Hause geführt hatte, beileibe kein schöner war, vermochte ich mein überglückliches Grinsen nicht zu unterdrücken, als ich auf den glänzenden schwarzen SUV zulief. Mein Vater stand davor und ich musterte seine hochgewachsene Gestalt. Er trug eine dunkle Baumwollhose und ein blassblaues Hemd. Mir war, als entdeckte ich in seinen Haaren, die dasselbe Blond aufwiesen wie meine, mehr graue Strähnen, als es bei unserem letzten Treffen der Fall gewesen war.

„Dad!“, murmelte ich und ließ mich in seine ausgebreiteten Arme sinken.

„Mein Herz. Himmel, es ist viel zu lange her“, erwiderte er, zog mich fester an sich und mir kamen beinahe die Tränen.

Ich löste mich nach einem Moment von ihm und sah ihm ins Gesicht. Sein Kinn war von einem Bartschatten überzogen und unter Dads warmen braunen Augen lagen tiefe Schatten, die auf einen Schlafmangel hindeuteten. Das Weiße um seine Iriden war gerötet, was vermutlich daran lag, dass er die vergangenen Tage mal wieder zu viel Zeit vor dem Bildschirm verbracht hatte.

„Ich wünschte, der Anlass wäre ein anderer, aber es ist schön, dich zu sehen, Eden." Liebevoll strich er mir eine Haarsträhne aus der Stirn. Er gab mir mit einer Kopfbewegung zu verstehen, dass ich auf dem Beifahrersitz Platz nehmen sollte und lief zur Fahrerseite.

Während ich seiner Bitte nachkam, überlegte ich, wie ich die Fragen, die mir unter den Nägeln brannten, am besten formulieren konnte.

„Wie geht es dir? Hast du mit Grandma seit deinem Auszug mal gesprochen?", kam er mir zuvor und startete den Motor.

Ich schnallte mich an und schluckte den galligen Geschmack hinunter, der sich automatisch in meiner Mundhöhle ausbreitete, sobald es um Cruella ging. „Nein. Ich telefoniere nur jeden Abend kurz mit Mae", erzählte ich. „Wie lange wirst du hierbleiben?"

Dad holte tief Luft, hielt sie für eine Sekunde an und atmete langsam wieder aus. Ich ahnte, was er mir gleich sagen würde. „Du hast von der Sache mit Mr. Hawk gehört?", erkundigte er sich und ich schnaubte.

„*Jeder* hat davon gehört, Dad", antwortete ich und entschärfte mein vorangegangenes Schnauben mit einem Lächeln.

Mein Vater rieb sich mit einer Hand über das Kinn, woraufhin ein kratzendes Geräusch zu hören war, als sich die Bartstoppeln gegen die Berührung stemmten. „Was ich dir nun erzähle, wird diesen Wagen nicht verlassen, verstanden?", begann er mit todernster Miene und blickte mich eindringlich an.

„Natürlich, Dad", versicherte ich, fuhr mir mit gegeneinandergepresstem Daumen und Zeigefinger über die Lippen, um meine Verschwiegenheit zu unterstreichen, und hob meine rechte Hand zum Schwur.

„Wir sind Hawk schon geraume Zeit auf den Fersen. Es gibt Hinweise, dass er Teil eines Ringes ist. Darauf deuten diverse

Daten hin, die wir im Vorfeld gesammelt haben. Zusammen mit dem neuen Material kratzen wir, was die Auswertung betrifft, allerdings noch an der Oberfläche."

Ich schluckte hart, was in der sich ausbreitenden Stille deutlich zu hören war.

„Das heißt, du musst bald zurück nach Quantico", schlussfolgerte ich und mein Dad nickte.

Am angespannten Ausdruck in seiner Miene erkannte ich, dass es ihm alles andere als leicht fiel, mich wieder zu verlassen, doch nie zuvor hatte ich besser verstanden, wie wichtig sein Job war. Ich fasste über die Mittelkonsole hinweg nach seiner Hand.

„Schon okay, Dad. Du musst deine Arbeit machen, um Mädchen wie Caroline zu helfen."

Mein Vater umschlang meine Finger und hielt sie fest, bis wir vor dem Diner stoppten. „Wie wäre es mit einem Burger und einer ordentlichen Portion Pommes?"

Ein Grinsen stahl sich auf mein Gesicht. „Da fragst du noch?!", rief ich und stieg aus dem Auto. Dad verriegelte den Wagen und folgte mir zu einem der hinteren Plätze des Diner, wo ich mir ein wenig Privatsphäre versprach.

„Was ist mit Mae? Hast du bereits mit ihr gesprochen?"

Ich studierte die Speisekarte, obwohl ich längst wusste, was ich essen würde.

„Ja. Heute Morgen. Meine Kollegen sind in dem Motel an der Eastfield Road untergebracht, aber ich konnte nicht widerstehen, in meinem eigenen Bett zu schlafen."

Ich spürte einen kleinen Stich, als ich hörte, dass er die Nacht Zuhause verbracht hatte, während ich weiter bei den Newmans gewesen war. „Du warst gestern schon hier?", hakte ich nach.

„Wir kamen im Morgengrauen an und waren bis tief in die Nacht damit beschäftigt, das Haus zu durchsuchen. Der Bastard hat Unmengen Material, das er …"

Bei diesen Worten bekam ich eine Gänsehaut und war froh, als mein Dad verstummte, weil die Kellnerin auf uns zukam. Ich bestellte einen Waldfruchteistee und den Burger mit Bacon und extra Käse. Mein Vater nahm dasselbe und wartete, bis wir wieder unter uns waren, ehe er weitersprach.

„Wir fanden unzählige Datenträger. Er versteckte sie sogar in den Wandpaneelen. Es wird Monate dauern, bis wir das alles gesichtet haben“, murmelte er so leise, dass ich ihn kaum verstand.

Mir wurde schlecht, als ich mir ausmalte, was in Mr. Hawks krankem Kopf wohl vor sich gegangen sein mochte. Trotzdem brannte mir eine Frage besonders unter den Nägeln.

„Weißt du, was er ihr angetan hat?“

„Brodelt die Gerüchteküche diesbezüglich nicht schon längst über?“, konterte mein Vater und runzelte dabei die Stirn.

„Natürlich tut sie das, aber ich würde es gern von dir hören.“

Mein Dad schwieg und starrte auf die zerkratzte Resopaltischplatte, die zwischen uns lag. Vermutlich wog er ab, ob und was er mir erzählen konnte, ohne mir Albträume zu bescheren oder den Job zu riskieren.

Selbst als die Kellnerin den Eistee brachte, überlegte er noch. Schließlich seufzte er und versicherte sich, dass wir keine unerwünschten Mithörer hatten, ehe er sich zu mir beugte.

„Er hat sie als Cam-Girl angeboten.“

Übelkeit stieg in mir hoch und ich presste mir die Hand gegen den Mund.

„Mein Gott …“, keuchte ich. „Was ist mit Brittany? Hat er sie auch …?“ Ich brach ab, denn ich war nicht in der Lage, die hässlichen Worte auszusprechen.

Erleichterung erfasste mich, als mein Dad meine unausgesprochene Frage verneinte. „Sie war sein Druckmittel und hatte keinen Schimmer davon. Sie verteidigte ihn, als man ihn verhaftete.“

„Druckmittel? Inwiefern?“, hakte ich nach.

Anstatt zu antworten, sah mein Dad mir einfach nur fest in die Augen und ließ mich zu meinen eigenen Schlussfolgerungen kommen.

„Er drohte Caroline, dasselbe mit ihrer jüngeren Schwester zu machen, sollte sie sich weigern?“, sprach ich das Unaussprechliche aus. Ich keuchte erschrocken auf, als mein Vater meinen Verdacht mit einem knappen Nicken bestätigte.

Wir starrten eine Weile schweigend aus dem Fenster und hingen jeweils unseren Gedanken nach. Als die Burger serviert wurden, kehrte der Appetit, den ich verloren geglaubt hatte, wieder zurück.

„Ich dachte immer, Derartiges passiert nur irgendwo weit weg. Nun hat es ein Mädchen getroffen, das mit mir zur Schule geht. Dadurch wird das Ganze viel entsetzlicher“, sprach ich meine Meinung offen aus, obwohl mir bewusst war, wie naiv diese war. Schlimmes geschah überall auf der Welt.

„Das ist das, was mir in meinem Job am meisten zusetzt. Ich sehe manchmal Dinge, von denen ich bis dahin annahm, ein Mensch wäre dazu gar nicht fähig.“ Nachdenklich nahm er sich eine der Kartoffelspalten, die er anstelle von Pommes bestellt hatte, und tauchte sie in die Sour Creme. „Und dann sind sie es doch“, schob er hinterher. Tränen schimmerten in seinen Augen, als ich aufblickte. „Ich hasse es, das auszusprechen, aber deine Schulfreundin ist noch glimpflich davon gekommen. Eden, ich habe Sachen gesehen …“, begann er, geriet jedoch ins Stocken. Mein Vater fuhr sich mit beiden Händen durch sein Haar und ich erkannte an dem Zittern seiner Finger, wie sehr ihm das alles zu schaffen machte. Blankes Entsetzen lag in Dads Ausdruck.

„Denkst du darüber nach, deinen Job an den Nagel zu hängen?“

Er seufzte schwer. „Manchmal tue ich das, ja. Momente wie die, als wir diesem Dreckskerl Handschellen umlegten und ihn abführten, sagen mir dann wieder, dass es richtig ist, was ich tue.“

Ich langte über den Tisch hinweg, an den unberührten Burgern vorbei und legte meine Hand auf Dads Unterarm. „Es ist richtig und wichtig. Deswegen werde ich nie von dir verlangen, deinen Job aufzugeben. Natürlich wäre es schön, wenn du jeden Tag bei uns sein könntest, damit Grandma nicht länger bei uns wohnen muss, aber du rettest Leben."

Dad lächelte zaghaft. „Nun, nicht direkt …", setzte er an.

„Dann eben indirekt", fiel ich ihm ins Wort und griff mir endlich meinen Burger.

Nachdem wir aufgegessen und ich mir noch einen Milchshake bestellt hatte, runzelte mein Vater nachdenklich die Stirn.

„Nach deinem Streit mit Grandma habe ich nachgedacht, Eden. Ich bin froh, dass die Newmans sich bereit erklärten, dich aufzunehmen, doch das ist kein Dauerzustand. Darüber sind wir beide uns hoffentlich im Klaren."

Die Furcht, wieder zurück zu Grandma zu müssen, sorgte dafür, dass sich etwas in mir zusammenzog. „Was hast du vor?"

Dad sank gegen die Rückenlehne und schüttelte langsam den Kopf. „Wenn ich das nur wüsste, mein Herz. Im Moment weiß ich nur, dass es nicht so bleiben kann."

Nein! Ich wollte nicht weg von den Newmans, denn das bedeutete zugleich, weg von Nell und Nate!

„Zuerst einmal verbot ich Grandma, Mae weiterhin auf Misswahlen zu schleppen. Diese Fleischbeschau werde ich keine Sekunde länger dulden. Kommende Woche habe ich einen Termin mit Curt, meinem Vorgesetzten. Wir wollen prüfen, ob es eine Möglichkeit für mich gibt, von Zuhause aus weiter für das FBI zu arbeiten."

„Und falls es diese Möglichkeit nicht gibt?", hakte ich nach und schluckte gegen den Kloß an, der sich in meiner Kehle ausbreitete. Dad zuckte mit den Schultern. Mein Milchshake wurde serviert und ich nahm einen großen Schluck.

„Es bringt nichts, sich den Kopf über ungelegte Eier zu zerbrechen. Auf meinem Stundenkonto befinden sich einige

Überstunden, die ich zu Weihnachten abbauen möchte. Danach sehen wir, wie es weitergeht."

Weihnachten. Bis dahin waren es noch etwas mehr als zwei Monate. „Bleibe ich so lange bei den Newmans? Wann reist dein Team ab?"

„Wir reisen ab, sobald alles sichergestellt ist. Das kann ein paar Tage dauern. Später treffe ich mich mit Grace und Ted, aber sie gaben mir bereits zu verstehen, dich weiterhin bei ihnen wohnen zu lassen, bis ich eine Lösung gefunden habe."

Ich bemühte mich, ihm meine Erleichterung nicht allzu deutlich zu zeigen, jedoch bemerkte Dad mein Aufatmen. Er grinste. Vermutlich nahm er an, ich wäre froh, nicht erneut mit Grandma unter einem Dach leben zu müssen, wenn er zurück in Quantico war. Dabei war ich hauptsächlich froh, noch eine Weile bei den Newmans wohnen zu dürfen. Meine abendlichen Dates mit Nate im Badezimmer waren inzwischen fester Bestandteil meines Tagesablaufes!

„Es wäre schön, wenn du bis zu meiner Abreise nach Hause kommen würdest", fügte er hinzu.

„Klar, Dad." Ich war gern bei den Newmans, aber die Zeit mit ihm war rar und ich musste die Gelegenheit einfach nutzen. Mein Dad war mein Held!

„In Ordnung. Was ist bei dir sonst so los? Wie liefen die ersten Partys?", wechselte er das Thema und betrachtete mich aufmerksam.

Er mochte oft unterwegs sein, doch das bedeutete nicht automatisch, dass ich kein Vertrauen zu meinem Vater besaß. „Um ehrlich zu sein, war ich bisher nur auf einer. Zwei, falls man den Schulball vorgestern dazuzählt."

Lächelnd zeichnete ich ein Herz in das Kondenswasser, das sich auf dem Glas des Milchshakes gebildet hatte.

„Schulball? Warum habe ich dann noch kein Foto von dir und deinem Begleiter gesehen?", hakte Dad nach und zog eine Braue in die Höhe, ohne dabei sein Lächeln zu verlieren.

„Es gab keinen Begleiter", gestand ich und zuckte entschuldigend mit den Schultern. „Grace hat ein Bild von mir und Will gemacht. Er war jedoch Nells Date", erklärte ich leicht verlegen.

„Hast du denn gar nicht getanzt?"

In meinem Magen kribbelte es, als ich daran dachte, wie ich mit Nate zu ‚Hey there, Delilah' getanzt hatte. Es war so schön gewesen, ihn zu berühren und von ihm gehalten zu werden.

„Doch", gab ich zu und spürte, wie Hitze in meine Wangen stieg.

„Mit wem?", bohrte Dad weiter. Es war kein Verhör. Es war eine ganz normale Frage, die vermutlich jeder Vater auf der Welt seiner sechzehnjährigen Tochter stellen würde. Trotzdem zögerte ich. Schließlich lebte ich im Augenblick mit meinem Tanzpartner unter einem Dach und von meinen Freundinnen wusste ich, dass Väter gern mal ein wenig paranoid reagierten, sobald es um ihre Töchter ging.

„Mit Nate", antwortete ich nach einem Moment, den ich gebraucht hatte, um Mut zu sammeln.

„Nate Newman?", vergewisserte sich mein Dad, obwohl eine Verwechslung ziemlich ausgeschlossen war. Ich kannte nur den einen Nate, und selbst wenn ich Hunderte Nates kennen würde, würde es für mich immer nur den einen geben.

„Ja", sagte ich leise und linste zu meinem Dad. Der Anflug einer senkrechten Falte hatte sich zwischen seine Augenbrauen geschlichen, doch in seinem Ausdruck lag nicht der mordlustige Blick, den ich insgeheim erwartet hatte.

„Magst du ihn?" Gott! Mögen! Das war viel zu wenig, um das zu beschreiben, was ich für Nate empfand, allerdings konnte ich das meinem Vater unmöglich sagen. Schlimmstenfalls ließ er mich nicht mehr zurück zu den Newmans, wenn er sich um das Herz seiner Tochter sorgte!

„Er ist nett, fährt mich zur Schule und macht mit mir spontane Abstecher zu ‚Griffins', falls ich ihn darum bitte", legte ich die Situation bewusst vage dar. Ein Funkeln zeigte sich in Dads Augen.

„Das ist zwar keine Antwort auf meine Frage, Eden, aber mir ist es Antwort genug", meinte mein Dad, deutete auf meine glühenden Wangen und zwinkerte mir zu. Um nicht weiter über mein Gefühlsleben sprechen zu müssen, zog ich den Rest des Shakes durch den Strohhalm. Dad verstand das Zeichen offenbar, da er der Kellnerin winkte und die Rechnung in der Zwischenzeit bezahlte. „Ich fahre dich zu den Newmans, denn ich muss wieder an die Arbeit. Am besten packst du ein, was du für die nächsten Tage brauchst und ich hole dich dann nach dem Essen mit Grace und Ted ab, in Ordnung?"

Ich nickte und nahm auf dem Beifahrersitz Platz. Obwohl ich mich freute, dass mein Dad noch ein bisschen hier war, war ein Teil von mir traurig, Nate vorübergehend vermutlich nicht so oft sehen zu können. Ich musste Nell unbedingt von meinen Gefühlen zu ihrem Bruder erzählen, aber das war schwerer, als es sich anhörte. Feige, wie ich war, zog ich mein Handy hervor und tippte rasch eine Nachricht an Nate, um ihm zu sagen, dass ich die kommenden Tage zuhause wohnen würde. Das war besser, als mir über Dinge den Kopf zu zerbrechen, über die ich lieber nicht nachdenken wollte.

KAPITEL 24

Nell saß auf der Bettkante und sah mir dabei zu, wie ich packte.

„Länger als eine Woche wird mein Dad bestimmt nicht da sein", mutmaßte ich und zog den Reißverschluss der Reisetasche zu. „Das heißt, ich werde euch in ein paar Tagen wieder auf den Wecker gehen."

„Du bist immer willkommen, Eden. Das weißt du", versicherte mir meine Freundin und ich überlegte, ob das der richtige Moment war, ihr von Nate und mir zu berichten. Es war zehn vor neun, was bedeutete, dass meine Zeit bei den Newmans in Kürze vorerst ablief. Krampfhaft versuchte ich, die passende Formulierung zu finden, um ihr mein Geheimnis zu verraten, aber es fühlte sich an, als verbarrikadierten die Worte sich in meinem Kopf. Ich konnte einfach nicht!

„Unser Filmabend steht trotzdem, oder?", fragte Nell und kam auf mich zu. Sie sah mich forschend an und die Angst, sie würde längst wissen, was ich ihr verschwieg, lähmte mich völlig. Mein Puls überschlug sich nahezu und ich schnappte nach Luft. Als ich weiterhin schwieg, zog sie fragend eine Braue in die Höhe. „Hey, so schlimm wird es schon nicht werden", meinte sie in sanftem Tonfall und legte mir die Hände auf die Schultern. „Sollte Cruella wieder herumbitchen, hilft dir dein Dad gewiss", tröstete sie mich und mir fiel bei diesen Worten eine ganze Wagenladung Steine vom Herzen.

Ich hasste mich dafür, diese Vorlage für meine Zwecke zu nutzen, aber ich konnte einfach nicht den Mut aufbringen, ihr die Wahrheit zu sagen. „Vielleicht ist sie zu einem Spontanurlaub aufgebrochen", mutmaßte ich und ließ die Stirn gegen

Nells Schlüsselbein sinken. Nur einen Wimpernschlag später spürte ich, wie ihre Hände über meinen Rücken strichen.

„Am liebsten wäre mir, wenn sie in der Zwischenzeit von einem Blitz getroffen wurde“, grummelte Nell und brachte mich damit sofort zum Lachen. Ich löste mich von ihr und sah ihr ins Gesicht.

Komm schon, sprach ich mir im Stillen Mut zu und öffnete den Mund, um sie endlich in mein Geheimnis einzuweihen. „Ich …“, setzte ich an, aber ehe ich weitersprechen konnte, erklang die Stimme meines Dads von unten.

„Eden? Bist du fertig?“

Ich rang mit mir, ob ich den Satz noch zu Ende sprechen sollte, jedoch war das, was ich zu sagen hatte, nichts, das man zwischen Tür und Angel mal eben so fallen ließ.

„Du kannst mich jederzeit anrufen“, versicherte mir meine beste Freundin, was ich ohnehin bereits wusste. Trotzdem zog ich sie in eine innige Umarmung und murmelte ein Danke, bevor ich mich auf den Weg ins Erdgeschoss machte. Dort bedankte ich mich bei Grace und Mr. Newman für ihre Gastfreundschaft und nur wenige Minuten später befand ich mich auf dem Weg zurück nach Hause. Es fühlte sich seltsam an, das zu denken, denn in den vergangenen Wochen, war mir das Heim der Newmans mehr als Zuhause erschienen, als es bei meinem richtigen in den letzten Jahren der Fall gewesen war.

„Grandma erwähnte vorhin etwas von einem Video“, meinte mein Dad in beiläufigem Tonfall, nachdem er losgefahren war und ich erstarrte.

Die Aufnahme hatte ich vollkommen vergessen! Mir hätte allerdings klar sein müssen, dass Cruella das erwähnen würde. Ich schloss die Lider, ließ mich tiefer in den Beifahrersitz sinken und seufzte schwer.

„Hat sie es dir bereits gezeigt?“, erkundigte ich mich, um abzutasten, wie schlimm es um mich stehen mochte. Vorsichtig linste ich zu Dad, der glücklicherweise den Kopf schüttelte.

„Sie war kurz davor, doch ich lehnte ab. Ich wollte dir zuerst die Chance geben, dich dazu zu äußern“, erklärte mein Vater ruhig. Ich sammelte mich und war froh, nicht eben schon allen Mut für das überfällige Geständnis bei Nell verbraucht zu haben.

„Als ich auf meiner ersten Party war, verlor ich meine Freundinnen aus den Augen. Ein Junge, den ich aus der Schule kenne, fuhr mich nach Hause. In seinem Auto küssten wir uns. Weiter ist nichts passiert. Ich schwöre es bei Moms Grab!“, rief ich und hob beschwichtigend die Hände.

Statt auszurasten, lachte mein Dad auf und warf mir einen liebevollen Blick zu. „Kleines, auch wenn ich es als dein verbliebener Elternteil nur ungern sehe, aber du bist sechzehn. Da beginnt man, Erfahrungen zu sammeln. Solange es nur Küsse sind, ist alles in Ordnung. Du musst mir nur versprechen, vorsichtig zu sein.“

Obwohl ich erleichtert war, dass er das so locker sah, verkrampfte ich mich ein wenig. „Jetzt kommt hoffentlich nicht die Geschichte mit den Bienchen und Blümchen“, murmelte ich mehr zu mir selbst, als zu ihm. Dad hörte es trotzdem und lachte daraufhin noch lauter.

„Brauchen wir die denn schon?“, wollte er einen Augenblick später wissen und sah mich von der Seite an, während er den Wagen in unsere Straße steuerte.

„Nein!“, beteuerte ich rasch, doch eine innere Stimme verriet mir, dass ich mit Nate durchaus weiter gehen würde. Bisher hatten wir uns nur geküsst, aber es hatte sich unglaublich gut angefühlt, als er mich beim Tanzen nah an sich gezogen und ich seinen Körper der ganzen Länge nach an meinem spüren konnte.

Dad stellte das Auto vor dem Garagentor ab, wandte sich auf seinem Sitz zu mir und sah mich liebevoll an. „Pass nur gut auf dein Herz auf, Eden“, bat er mich leise und legte mir eine Hand auf die Schulter.

„Versprochen, Dad“, erwiderte ich. „Lässt du dir das Video nun zeigen?“

Falls er das tat, würde er Nate sofort erkennen und ich musste wissen, ob ich ihm lieber gleich gestand, wer der Junge gewesen war.

„Nein. Ich sage ihr, sie soll es löschen, denn ich glaube dir, mein Herz. Und nun komm“, gab Dad zurück und ich folgte ihm erleichtert in mein Zuhause, das lange keines gewesen war. Kaum hatte er die Haustür aufgesperrt, hörte ich schnelle Trippelschritte, die auf uns zukamen.

„Daddy!“, rief Mae und warf sich in seine Arme. Meine Schwester vermisste ihn offenbar ebenso wie ich, und da ich ihn heute Nachmittag für mich gehabt hatte, wollte ich Mae dasselbe zugestehen.

„Ich bringe meine Sachen nach oben“, informierte ich die beiden und ging die Stufen hinauf, ehe mir jemand antworten konnte.

In meinem Zimmer war während meiner Abwesenheit nichts verändert worden und ich bemerkte plötzlich, wie sehr ich mich auf mein Bett freute. Ich stieß die Tür hinter mir zu, stellte die Tasche ab und ließ mich mit dem Gesicht voran in die weiche Matratze fallen. Eine Weile blieb ich so liegen und genoss den vertrauten Geruch unseres Waschmittels, von dem mir jetzt erst auffiel, dass er mir gefehlt hatte, bis mein Po vibrierte.

Ich drehte mich zur Seite, fischte mein Handy aus meiner Gesäßtasche und als ich den Absender sah, stahl sich augenblicklich ein Lächeln auf meine Lippen.

Nate: *Cartwright redet wieder wie ein Wasserfall. Ich vermisse dich schon.*

Für die Abschlussklassen fand heute eine Versammlung in der Schule statt, die sie auf die im Frühjahr anstehenden

Prüfungen vorbereiten sollte. Wer unseren Schulleiter Mr. Cartwright kannte, wusste, dass er alles bis ins Unendliche besprach. Daher hatte ich gar nicht damit gerechnet, Nate noch zu sehen, ehe mein Dad mich abholte. Genau so war es gekommen, und nun waren bereits mehr als zwölf Stunden seit unserem letzten Kuss vergangen. Prompt spürte ich ein Ziehen in meiner Herzgegend.

Eden: *Ich dich auch. Wer soll mir denn jetzt einen Gute-Nacht-Kuss geben?*

Unter Nates Namen wurde mir angezeigt, dass er online war und allein das genügte, um mir Herzklopfen zu bescheren. Vermutlich hatte er dieses hinreißende Lächeln auf den Lippen, während er auf denselben Chat blickte.

Nate: *Das ist mein Privileg. Versprich mir das, Eden.*

Mein beschleunigter Herzschlag geriet ins Stolpern, als mir bewusst wurde, was das bedeutete. Er wollte nicht, dass mich ein anderer küsste, weil ihm etwas an mir lag!

Eden: *Versprochen, Nate. Ich kann mir im Moment überhaupt nicht vorstellen, jemand außer dir zu küssen.*

Damit hatte ich mich weit vorgewagt, denn bisher hatten wir kaum über unsere Gefühle füreinander gesprochen.

Nate: *Nun kann ich beruhigt schlafen. Den Kuss holen wir nach. Träum was Schönes.*

Eden: *Du auch. Bis morgen.*

Aus einem spontanen Impuls heraus fügte ich ein Kuss-Emoji an und schickte die Nachricht ab, ehe mich der Mut wieder verließ. Mein Herz hämmerte gegen meine Rippen, als die Mitteilung als gelesen markiert wurde und drei tanzende Punkte im Chatfenster auftauchten. Sekunden später starrte ich auf denselben Emoji. Doch er hatte zudem noch ein rotes Herz angefügt.

Ich sank auf den Rücken und sah lächelnd an die Decke, während ich das Handy wie ein lieb gewonnenes Kuscheltier an meine Brust presste. Das mit uns fühlte sich so gut an! Der einzige Schatten, der sich auf unsere Beziehung warf, war, dass meine beste Freundin nichts davon wusste.

Das musste ich ändern. Unbedingt!

Ansonsten bestand die Gefahr, dass ich demnächst platzte, wenn ich nicht bald mit jemandem über all die unbekannten Dinge reden konnte, die ich mit Nate erlebte.

KAPITEL 25

Mit einer riesigen Schüssel Popcorn auf dem Schoß und einem größenmäßig angepasstem Becher Limonade saß ich auf der alten Couch im Keller der Newmans, während Nell an den Steckern herumhantierte.

„Frag doch einfach deinen Bruder. Es ist schließlich seine Konsole", schlug ich vor.

„Nein. Ich schaffe das sonst auch immer", beteuerte sie und steckte den Kopf tiefer unter den Tisch, auf dem der Fernseher stand. „Jetzt habe ich es!", rief sie nach einem Augenblick, plumpste neben mich und pustete sich eine Strähne aus der Stirn. „Okay. Also zuerst schauen wir ‚To all the boys I've loved before' und im Anschluss ‚Sierra Burgess is a loser'", legte sie fest und startete Netflix über die Playstation. „Noah Centineo ist sowas von heiß!", schwärmte sie, fischte ihr Handy hervor und hielt mir ein Bild des Schauspielers vor die Nase. Ganz süß, aber im Moment war niemand in der Lage, Nate das Wasser zu reichen. Während der Film lief, überlegte ich fieberhaft, wie ich einfädeln konnte, dass Nell ihren Bruder in einem besseren Licht sah. Die gesamte Woche hatte ich schon darüber nachgedacht. Die Lösung war mir allerdings nicht eingefallen. Irgendwann schob ich mir den Daumennagel zwischen die Lippen und knabberte nervös daran herum. Ehe ich mich versah, war der Film zu Ende und ich war mit meinem Vorhaben noch keinen Schritt weitergekommen.

„Ich muss mal aufs Klo. Soll ich nochmal Popcorn mitbringen?", wollte meine beste Freundin wissen und deutete zu der inzwischen leeren Schüssel, die vor mir stand.

„Oh. Gerne." Hoffentlich kam mir in den paar Minuten, in denen ich allein war, eine zündende Idee. Wieso war das so schwer?!

„Okay. Bis gleich", meinte Nell, sprang auf und verschwand nach oben. Grübelnd starrte ich auf das Startbild von ‚Sierra Burgess is a loser'.

„Na, wie läuft es?", erklang Nates Stimme plötzlich und ehe ich vor Schreck aufschreien konnte, war mein Freund bei mir und hatte meinen Mund mit einem Kuss versiegelt. Statt zu schreien, seufzte ich in ihn, ließ mich zur Seite sinken und zog ihn mit mir. Es fühlte sich gut an, ihn auf mir zu spüren, daher schlang ich die Arme um ihn und holte ihn so nah zu mir, wie es möglich war. Nate zu küssen war einfach das Beste und mit jedem Mal wurde ich süchtiger danach.

„Sorry", murmelte er und ging ein wenig auf Abstand, sodass wir uns in die Augen sehen konnten.

„Schon gut", versicherte ich ihm, umfasste seinen Hinterkopf und genoss das Gefühl, das sein glattes Haar in den Zwischenräumen meiner Finger verursachte. „Ich warte auf den passenden Moment, aber es ist so irre schwer. Was, wenn sie vollkommen ausflippt?"

Nate stupste mit der Nasenspitze gegen meine und die Versuchung, ihn wieder zu küssen, damit wir nicht mehr reden mussten, war riesig. Sein Atem glitt über meine Wange, als er antwortete. „Ich will mich nicht länger verstecken, Eden. Ich möchte deine Hand halten, während wir vom Parkplatz zur Schule laufen." Er machte eine Pause, atmete langsam ein und aus. „Bitte. Tu es für uns."

Sein Gesicht war so verführerisch nahe, dass mir keine andere Wahl blieb, als ihn erneut zu küssen. Seine Lippen fühlten sich so weich, warm und fest an und sie passten so unglaublich perfekt auf meine.

„Was zur Hölle!", erklang Nells schriller Schrei, gefolgt von dem Klirren, als die Popcornschüssel auf dem Fußboden zerschellte. Nate und ich fuhren auseinander und wie paralysiert beobachtete ich, wie sich das Popcorn zusammen mit den Scherben vor ihren Füßen verteilte, ehe ich es wagte, ihren Blick zu erwidern. Ihr Mund stand weit offen und ihre Mimik schwankte von überrascht zu wütend bis hin zu entsetzt und wieder zurück.

„Nell, ich … wir“, setzte ich an und erhob mich, um Abstand zwischen Nate und mir zu schaffen. Statt mich diesen Kampf allein ausfechten zu lassen, stellte er sich neben mich, schlang seine Finger um mein Handgelenk und verhinderte somit, dass ich mich von ihm entfernte. Panik erfasste mich, als ich Nells Miene sah.

„Ihr habt euch geküsst! Du … du hast meinen Bruder geküsst! Mit Zunge! Er hat auf dir gelegen. Auf dir … meiner besten Freundin!“

Der vorwurfsvolle Ton und ihr fassungsloser Gesichtsausdruck wirkten wie Messer, die in mein Herz gestochen wurden. Tränen stiegen mir in die Augen und ich schlug mir die Hand vor den Mund, um das Schluchzen zurückzudrängen, das aus meinem tiefsten Inneren nach oben kroch und mich zu zerreißen drohte. Offenbar wurde soeben meine schlimmste Befürchtung Realität.

„Krieg dich ein, Nell! Wir sind ein Paar!“, sprang Nate für mich in die Bresche.

„Ihr. Seid. Ein. Paar?!“, wiederholte seine Schwester, wobei ihre Stimme vor Entsetzen um eine Oktave in die Höhe schnellte.

„Schon seit einer Weile“, fügte er hinzu.

Meine Haut kribbelte, als er die Fingerkuppen über mein Handgelenk hinabwandern ließ, meine Handinnenfläche streifte und schließlich seine Finger mit meinen verschränkte.

Nell hatte die Bewegung verfolgt und ihre Lider weiteten sich, während sie auf unsere Hände starrte. Mir stockte der Atem, als sie aufsah und sich unsere Blicke ineinander verhakten. Die stumme, unausgesprochene Anklage, die in ihrer Miene abzulesen war, reichte mir bis ins Mark. Zitternd atmete ich aus und meine Sicht verschwamm.

„Eden! Ich bin deine beste Freundin! Warum hast du nie davon erzählt?“ Noch immer schwangen Enttäuschung und ein Hauch Vorwurf mit, aber zumindest war die Wut daraus verschwunden.

Die Scherben knackten und das Popcorn knisterte, als sie auf mich zukam.

„Ich hatte Angst“, gab ich ehrlich zu, wischte mir mit der freien Hand die Tränen aus den Augen und blickte zu Nate. Als ich den liebevollen Ausdruck auf seinen Zügen erkannte, flüsterte mir eine Stimme zu, dass es richtig gewesen war, dieses Risiko einzugehen.

Er lächelte zaghaft und ließ mich langsam los, damit ich zu seiner Schwester gehen konnte. Hilflos zuckte ich mit den Schultern, als Nell vor mir stand. Ich wünschte, sie würde mich in eine Umarmung ziehen, jedoch wusste ich auch, wie sehr ich sie mit meinem Schweigen verletzt hatte.

„Angst? Wovor?“

„Dass du wütend auf mich wirst und du nicht länger meine Freundin sein willst“, gestand ich und bemerkte dabei, wie heftig meine Stimme bebte.

„Oh, Eden!“, murmelte sie, überwand den Abstand, schlang ihre Arme um meinen Oberkörper und ich ließ mich gegen sie sinken.

„Du bist nicht böse auf mich?“, fragte ich überrascht.

Nell gab mich frei und machte einen Schritt zurück. Sie presste die Lippen fest aufeinander und musterte mich. Mit jeder Millisekunde, in der sie vermutlich das Für und Wider abwog, stieg meine Anspannung, bis ich kaum mehr atmen konnte. Ich hatte das Gefühl, als würde eine Tonne Steine von meinem Herz rutschen, als sie endlich den Kopf schüttelte.

„Enttäuscht trifft es eher“, meinte sie.

„Es tut mir leid", entschuldigte ich mich und geriet ins Stocken. Es gab so viel, was ich sagen wollte und ich wusste momentan einfach nicht, wo ich anfangen sollte! Die Gedanken überschlugen sich derart rasant, sodass ich nicht in der Lage war, einen vernünftigen Satz zu formulieren. Plötzlich legte sich Nates Arm um meine Schultern. Seine Nähe beruhigte mich sofort und ich konnte nicht widerstehen, mich ein wenig an ihn zu lehnen.

„Bin gleich wieder da", wisperte er, küsste mich auf den Scheitel und ging nach oben. Obwohl ich seine Nähe genossen hatte, war ich auch dankbar, dass er uns einen Moment unter vier Augen gönnte.

„Ich habe keine Ahnung, wo ich beginnen soll", setzte ich an und nahm auf dem Sofa Platz.

Nell kam langsam zu mir herüber, statt sich allerdings ebenfalls auf dem deutlich bequemeren Sitzmöbel niederzulassen, zog sie den Couchtisch vor, wodurch sie mir direkt gegenüber saß.

„Wie lange geht das schon?" Sie klang nun gefasster und jeglicher Vorwurf war aus ihrer Stimme verschwunden.

„Zusammen sind wir erst seit Kurzem. Ich wollte es dir sagen, aber ich konnte einfach nicht."

Nell biss sich auf die Unterlippe und die kleinen Fältchen entstanden an ihren Brauen, wie immer, wenn sie angestrengt nachdachte. „Und, ist das ernst? Er ist dein erster Freund."

Darüber brauchte ich nicht groß nachzudenken. „Ja, ist es", antwortete ich, ohne zu zögern. „Wir stehen noch am Anfang, doch ich bin mir sehr sicher."

Nell schwieg einen Moment, und obwohl mir der Mut fehlte, ihr in die Augen zu sehen, spürte ich, wie sie mich musterte. „Wieso hast du nie etwas gesagt? Sonst reden wir über alles!"

Nun, da sie es wusste und bei Weitem nicht so reagiert hatte wie befürchtet, fragte ich mich selbst, warum ich so lange ein Geheimnis darum gemacht hatte.

„Nell, ich habe nie etwas gesagt, da ich fürchtete, du wärst dann böse auf mich. Außerdem hätte ich darauf geschworen, dass Nate keinerlei Gefühle für mich hat.“

„Eden! Ich könnte niemals böse auf dich sein. Ich bin kein Fan von meinem großen Bruder und ich streite nicht ab, dass mir ein Anderer lieber gewesen wäre“, begann sie und endlich fand ich die Kraft, ihr in die Augen zu blicken. Ein Lächeln lag auf ihren Lippen, womit sie das genervte Augenrollen entschärfte, das ich schon so oft gesehen hatte, sobald es um Nate gegangen war. „Um ehrlich zu sein, hätte ich vermutlich jeden Kerl aus Hayswood besser gefunden als ihn, aber im Grunde genommen ist er kein schlechter Mensch.“

Langsam nickte ich. „Das stimmt. Er ist wirklich …“ Ich zögerte, weil ich unsicher war, ob es klug war, ausgerechnet der Schwester meines Freundes vorzuschwärmen, was ich so gerne an ihm mochte.

Nells Miene wurde wieder ernst. Sie strich mir verständnisvoll den Arm entlang und meinte dann: „Meinen Eltern mag es entgangen sein, ich hingegen sehe sehr wohl, wie er dich ansieht. Ich dachte bisher nur nicht, es könne tatsächlich mehr dahinter stecken.“

„Himmel, und wir glaubten, wir sind gut darin, alles zu verheimlichen“, flüsterte ich, bis mir plötzlich ein völlig anderer Gedanke kam, auf den sie mich erst gebracht hatte. „Wirst du es deinen Eltern sagen?“, brachte ich im Flüsterton hervor und merkte, wie mich dabei eine Gänsehaut erfasste. Nates Blicke waren von seiner Schwester bemerkt worden, daher war es nicht auszuschließen, dass es Grace oder ihrem Mann nicht aufgefallen war. Ich war so verliebt gewesen, um kaum über mein ‚Nell-Problem‘ hinauszudenken! „Vielleicht tun sie nur so, als hätten sie keine Ahnung. Wer weiß das schon genau? Und selbst wenn es wirklich so ist, wer sagt, dass sich das nicht bald ändert? Was glaubst du, wie sie reagieren werden?“, platzte es mit zunehmender Panik aus mir heraus.

Nell presste die Lippen aufeinander und nickte langsam. „Was sollen sie dagegen haben? Du bist sechzehn, Nate ist achtzehn und keiner von euch beiden nimmt Drogen oder ist in kriminellen Kram verwickelt. Meine Eltern mögen dich, Eden. Mein Dad nörgelt vermutlich erst mal ein bisschen herum, aber ich bin mir sicher, im Endeffekt sind sie froh, dass er dich als Freundin hat. Immerhin könnte er auch eins der Hohlbrote daten, die mit ihm im Abschlussjahrgang sind“, beruhigte sie mich.

Erneut war das Knacken der Scherben zu hören, das sich unter das Quietschen des Popcorns mischte, welches von Schuhsohlen zerdrückt wurde. Ich drehte mich um und mein Herz schmolz dahin, als ich Nate am Fuß der Treppe stehen sah. Eine Hand lag auf dem Geländer, mit der anderen strich er sich die Haare aus der Stirn, während sein Blick zwischen Nell und mir hin und her sprang. Es wirkte, als wartete er darauf, dass wir ihn wieder wegschickten, um unser Vier-Augen-Gespräch zu beenden. Das bewies, wie wichtig ihm seine Schwester und meine Beziehung zu ihr war. Wäre ihm das egal gewesen, hätte er einfach über alles hinweg trampeln können.

„Du kannst ruhig herkommen. Ich werde dir den Kopf nicht abreißen“, brach Nell die Stille und ich meinte zu sehen, wie Nate und ich synchron die angehaltene Luft ausstießen. Langsam näherte er sich, aber noch schien er sein Misstrauen nicht völlig abgelegt zu haben. „Das tue ich nur, wenn du Eden das Herz brichst. Hast du verstanden?“, hakte sie nach und unterstrich ihre Worte mit einem wütenden Funkeln.

Die Miene meines Freundes war entschlossen, als er seiner Schwester in die Augen sah und bis auf einen Meter an uns herantrat. „Ich habe nicht vor, das zu tun“, sagte er in einem derart ernsten Tonfall, der mir den Atem raubte.

Wir waren Teenager. Er war mein erster Freund und das, was er gesagt hatte, klang größer als alles, was ich mir bisher ausgemalt hatte.

Nell hielt Nates Blick stand und verschränkte die Arme vor der Brust. „Gut so. Du wirst mich brauchen, damit ich euch hin und wieder den Rücken freihalte."

„Du hältst uns den Rücken frei?", wiederholte er ungläubig und zog die Brauen überrascht in Richtung Haaransatz.

„Denkst du, Mom und Dad lassen euch ohne das berühmte Vier- Augen-Gespräch allein?", belehrte sie uns und wackelte mit den Augenbrauen.

Nate seufzte und ließ sich neben mich fallen. Wie selbstverständlich schlang er einen Arm um meine Taille und zog mich an sich. „Sie werden nichts erfahren. Wir passen doch ohnehin schon höllisch auf", konterte mein Freund, worauf Nell schnaubte.

„Dann solltest du aufhören, Eden am Frühstückstisch anzusehen, als wolltest du sie anstelle deiner Froot Loops verschlingen, sobald sie wieder bei uns wohnt."

„Was?! Das bildest du dir ein!", widersprach er.

„Von wegen", fauchte sie. „Aber das ist jetzt nebensächlich! Wir brauchen einen Plan, damit ihr nicht auffliegt. Ich sage nur: Vier-Augen-Gespräch! Mit Dad!"

Nate stöhnte genervt und ließ den Kopf nach hinten auf die Sofalehne sinken. Dadurch stand sein Adamsapfel weiter als gewöhnlich hervor und beim Gedanken daran, ihn dort zu küssen, prickelten meine Lippen.

„Verschone mich! Ich tue alles, was du willst!", beteuerte er, sah auf und zog eine Grimasse.

Ein Funkeln trat in Nells Augen. „Alles, was ich will? Hervorragend. In drei Wochen habe ich den Führerschein. Danach gehört das Auto bis zum Jahresende mir", forderte sie.

Mein Freund schnappte erschrocken nach Luft. „Das ist nicht dein Ernst!", protestierte er, während ich mich fragte, was aus ihrem Plan geworden war, den Wagen ebenso lange zu beanspruchen, wie Nate es seit über zwei Jahren tat. Ich wusste, wie sehr Nell sich auf ein Stück Unabhängigkeit freute, doch ich saß zwischen den Stühlen. Das Auto war ein fester Teil unserer bisherigen Beziehung gewesen und ich genoss unsere Knutschereien auf dem Parkplatz hinter ‚Griffins' jedes Mal.

„Alles, was ich will", wiederholte meine Freundin in einem säuselnden Tonfall und setzte eine entschlossene Miene auf. Nate verdrehte die Augen, blickte von mir zu seiner Schwester und seufzte anschließend schwer.

„Das sind nur ein paar Wochen! Du hattest den Wagen zwei Jahre für dich", erinnerte sie ihren Bruder. „Mom und Dad werden es dir vermutlich ohnehin aufzwängen, wenn du auf dem College bist. Dann gehört er wieder voll und ganz dir", fügte Nell hinzu.

Ich nickte und sah gespannt zu meinem Freund, der offenbar nach wie vor mit sich rang. Er schaute mir fest in die Augen, nahm meine Hand und verflocht unsere Finger ineinander.

„Du weißt, was das Auto für uns bedeutet", begann er, wurde jedoch von einem lauten „Ihhh" unterbrochen.

„Sagt mir bitte, dass ihr darin keinen Sex …"

„Nein!" Diesmal war ich diejenige, die jemanden unterbrach. „Bisher haben wir uns nur geküsst!"

Nell stieß erleichtert die Luft aus.

„Außerdem sind wir noch nicht so weit", schob ich hinterher, um meiner Aussage mehr Nachdruck zu verleihen. Dabei merkte ich, wie Hitze in meine Wangen stieg. Natürlich war Sex bei Nell und mir bereits ein Thema gewesen, allerdings war das nie in Anwesenheit von Nate geschehen. Er war mir wichtig und ich könnte ihn den ganzen Tag küssen, aber dieser Schritt lag bislang in der Ferne.

„Okay", schaltete mein Freund sich ein und drückte meine Hand etwas fester. „Du bekommst das Auto bis Ende Januar. Das ist ein kompletter Monat zusätzlich, doch dafür fahre ich wie gewohnt mit Eden nach Hause, wenn du Training hast. Du kannst nicht erwarten, dass deine beste Freundin läuft oder mit dem Bus fährt. Das ist eine Sache zwischen dir und mir."

Nell sah von ihrem Bruder zu mir und wieder zurück, wobei ihr Grinsen langsam breiter wurde.

„Eden hat damit sogar mehr zu tun, als du denkst“, meinte sie und kicherte.

„Klar, ohne mich hättest du nämlich gar kein Druckmittel“, warf ich ein.

„Cole hatte recht, als er behauptete, eine Freundin bringe nur Ärger“, merkte Nate an, woraufhin ich ihm einen erbosten Blick zuwarf, den er umgehend mit seinem hinreißenden Grinsen, das die Grübchen zum Vorschein brachte, weichkochte.

Er nahm mein Gesicht in beide Hände, küsste mich liebevoll und murmelte: „Das war nur Spaß. Ich mag es, dich als Freundin zu haben.“

„Schluss mit dem Geturtel“, forderte Nell unsere Aufmerksamkeit.

„Den Wagen, wann immer du ihn haben möchtest, gegen den Rücken freihalten. Aber was bedeutet das genau?“, hakte mein Freund nach.

„Ich kann zum Beispiel behaupten, dass wir zu dritt ins Kino gehen. Stattdessen gehe ich mit Arlene und ihr habt etwas Pärchenzeit.“ Sie wackelte vielsagend mit den Augenbrauen.

„Okay, das klingt gut“, stimmte ihr Bruder zu und streckte Nell seine geschlossene Faust entgegen, bis diese mit ihrer dagegenschlug und somit den Pakt besiegelte.

Endlich löste sich meine Anspannung und ich konnte noch gar nicht so richtig fassen, wie gut sie es aufgefasst hatte. Ich hatte mich wochenlang vollkommen umsonst so verrückt gemacht und davor gefürchtet, dass sie es erfuhr. Im Nachhinein könnte ich mich selbst dafür schütteln. Da Nate keine Anstalten machte, uns wieder alleinzulassen, sahen wir statt ‚Sierra Burgess is a loser‘ einen Actionfilm. Es fühlte sich komisch an, im Beisein seiner Schwester in seinen Armen zu liegen, aber ich war überzeugt, dass sich das mit der Zeit legen würde.

KAPITEL 26

Die Neuigkeit um Nate und mich, ging in dem Trouble um Caroline völlig unter. Selbst nachdem das FBI und damit auch mein Dad wieder abgezogen war, blieb die Verhaftung des Sheriffs *das* Thema.

Grandma hatte mich während der Woche, die ich zuhause gewesen war, geflissentlich ignoriert. Sie hielt sich den Großteil der Zeit in ihrem Anbau auf, weil sie meinem Dad das Verbot, Mae weiterhin an den Misswahlen teilnehmen zu lassen, ziemlich übel nahm. Er hatte somit ihren Lebensinhalt zerstört, aber aufgrund der Tatsache, wie Caroline von ihrem eigenen Dad wie eine Ware im Internet feilgeboten worden war, wunderte es mich wenig, dass Dad diese Fleischbeschau keinen Tag länger billigte. Meine Unterstützung hatte er, denn so konnte meine jüngere Schwester endlich soziale Kontakte außerhalb dieser Scheinwelt knüpfen.

Zusammen mit den Newmans einigten wir uns darauf, dass ich bis Weihnachten bei ihnen wohnen würde. Mein Vater hoffte, bis dahin gemeinsam mit seinem Vorgesetzten eine Möglichkeit zu finden, damit er von Zuhause aus arbeiten konnte und mit der Analyse des sichergestellten Materials fertig zu sein. Dazu brauchte man ihn allerdings vor Ort. Selbst ein Umzug nach Quantico war im Gespräch gewesen, doch wie Dad meinte, war das die letzte Option. Er mochte uns nicht aus dem gewohnten Umfeld reißen und er hing sehr an unserem Haus, in dem er mit Mom gelebt hatte.

Ich hörte, wie Grace neben mir tief ausatmete, wodurch sie mich aus meinen Gedanken riss. Nate hatte am Nachmittag einen Termin mit seinem Berater wegen einer Collegebewerbung und Nell war im Anschluss an den Unterricht direkt zum Schwimmtraining gegangen. Daher war ihre Mom heute mein Chauffeur. Es war ungewohnt sie am Steuer zu sehen, da dort für gewöhnlich mein Freund saß.

„Hast du es schon gehört?“, wollte sie einen Augenblick später wissen und warf mir einen kurzen Seitenblick zu.

Etwas in ihrem Ausdruck ließ mich aufhorchen. Prompt bekam ich eine Gänsehaut, obwohl ich mir sicher gewesen war, mich könne nach dem Skandal um Caroline so schnell nichts schocken.

„Was gehört?“, hakte ich vorsichtig nach und musterte Grace‘ feine Gesichtszüge, die sie eindeutig ihrem Sohn vererbt hatte. Wärme breitete sich in mir aus, als mir auffiel, wie gut ich mir Nates Gesicht inzwischen in Erinnerung rufen konnte.

„Das Haus der Hawks steht zum Verkauf.“

Ich zog die Brauen in die Höhe. Caroline, Brittany und deren Mom waren nach der Verhaftung zu einer Tante gefahren, die in Tennessee lebte, was für mich mehr als nachvollziehbar war. Allerdings war ich davon ausgegangen, sie würden vielleicht nur Abstand brauchen und irgendwann wiederkommen. Als ich genauer nachdachte, war mir klar, dass es besser für sie war, wenn sie Hayswood endgültig den Rücken zukehrten. Die Stadt war zu klein, um Derartiges zu vergessen, und vermutlich sah man in Caroline selbst in fünfzig Jahren noch das Missbrauchsopfer.

„Mr. Hawk ist geständig, so bleibt dem Mädchen eine Aussage erspart“, fuhr sie fort und ich erkannte, wie sie bei jedem Wort das Lenkrad fester umklammerte.

„Bei all den sichergestellten Beweisen wird er sich ohnehin nur schlecht herausreden können“, wandte ich ein, worauf Grace mit einem Nicken ihre Zustimmung bekundete.

Inzwischen wusste die gesamte Stadt, was vorgefallen war und als vom FBI das konfiszierte Material kistenweise aus dem

Haus getragen worden war, hatten in ganz Hayswood die Telefonleitungen geglüht.

„Für achtzigtausend Dollar. Das ist ein Spottpreis!“, meinte sie und lenkte den Wagen die Auffahrt hinauf.

„Ich würde es selbst geschenkt nicht haben wollen“, entgegnete ich, denn allein bei dem Gedanken, einen Fuß an einen Ort zu setzen, an dem solch grausame Dinge geschehen waren, erfasste mich ein Schauder. Dort zu schlafen lag jenseits meiner Vorstellungskraft.

„Niemand, der die Vorgeschichte des Hauses kennt, wird es kaufen, Eden. Wenn es jemand kauft, ist es jemand, der nicht aus Hayswood kommt“, mutmaßte sie und stellte den Motor ab.

Ehe ich etwas erwidern konnte, klingelte Grace‘ Handy. Um sie nicht zu belauschen, gab ich ihr mit einer Handbewegung zu verstehen, dass ich schon einmal hineingehen würde.

Stolz fischte ich den Schlüssel aus der Hosentasche, den mir die Newmans bei meinem Wiedereinzug überreicht hatten, sperrte auf und ging langsam nach oben in mein Zimmer. Ohne die Tür zu schließen, schlurfte ich zum Bett, aber bevor ich dort ankam, umschlangen mich zwei Arme von hinten und hielten mich fest. Meine Schulsachen fielen polternd auf den Teppichboden, als ich an einen warmen Körper gezogen wurde. Fast wäre ein Schrei aus meiner Kehle hervorgebrochen, doch die Hand, die sich mir auf den Mund legte, verhinderte das.

„Shhh, ich bin‘s“, erklang Nates Stimme. Seine Lippen streiften beim Sprechen meine Ohrmuschel, so nah war er mir. Augenblicklich entspannte ich mich und löste seine Finger von meinem Mund.

„Kannst du mich das nächste Mal bitte vorwarnen?“, brummte ich, ohne ihm ernsthaft böse wegen dieses Überfalls zu sein. „Was, wenn du nicht schnell genug gewesen wärst und ich deine Mom aufgeschreckt hätte?“, erinnerte ich ihn an die

Gefahr, mit der wir spielten. Mein Freund drehte mich zu sich. Sein jungenhaftes Grinsen war ansteckend.

„Zum Glück war ich es."

Ehe ich noch etwas sagen konnte, zog er mich an sich und küsste mich innig. Mein Ärger verflog rasch und ich ließ mich in seine Umarmung sinken, um den Kuss zu erwidern. Inzwischen wirkte alles so vertraut. Unsere Körper schmiegten sich perfekt aneinander und unsere Lippen und Zungen fanden sich. Nate vertiefte den Kuss und ich war kurz davor mich völlig in ihm zu verlieren, als er heftig atmend einen Schritt zurückmachte. Er fuhr sich mit beiden Händen über das Gesicht und sah zur Decke.

„Habe ich etwas falsch gemacht?", fragte ich unsicher durch sein verändertes Verhalten.

Er schüttelte sofort den Kopf und warf mir einen Blick zu, ehe er sich erneut der offenbar hochinteressanten Zimmerdecke zuwandte. Ich sah ihm zu, wie er zur Tür lief und befürchtete schon, er würde einfach in sein Zimmer gehen. Aber er schloss die Tür und kam zurück zu mir.

„Nein, keine Sorge. Ich … es fällt mir immer schwerer, es beim Küssen zu belassen", gestand er mir.

Ich lächelte. „Das geht mir auch so", gab ich ehrlich zu, streckte die Hand nach ihm aus und legte sie auf seine Brust, wo ich seinen Herzschlag spürte. Nate sah wieder zu mir.

„Ja?"

Ich nickte. Er verringerte den Abstand, strich zärtlich mit einem Daumen über meine Wange und sah mir dabei tief in die Augen.

„Ich glaubte nicht, dass es so sein wird, wenn man das erste Mal eine Beziehung hat."

Er wirkte verlegen, als er mir auf den Mund blickte und ihn so zu sehen, ließ mein Herz anschwellen. Jeden Moment würde es zu groß für meinen Brustkorb sein und ich dachte daran, wie es flatterte, sobald er mich mit dieser Zielstrebigkeit küsste, die meine Knie in Wackelpudding verwandelte. „Allerdings war ich nicht die, die du das erste Mal geküsst hast."

Diesmal schüttelte er den Kopf, wobei ich einen Stich verspürte. Der rationale Teil in mir wusste, wie dämlich das war, der irrationale Teil hingegen fühlte sich um dieses erste Mal betrogen.

„Wer war es?", fischte ich interessiert weiter nach Antworten, da ich unbedingt in Erfahrung bringen musste, wer das Mädchen war, von dem mein Freund kussentjungfert worden war.

Vor einigen Monaten erzählte Nell, dass er mit einer Abby oder Allyn auf ein Date gegangen war. Das zu hören, war mir heftig auf den Magen geschlagen.

„War es diese Abby? Oder Allyn?"

Nates Kopf schnellte nach oben. „Woher weißt du von Abby?"

Ich zuckte mit den Schultern.

„Nell", stellte er vollkommen richtig fest. Sein wunderschöner Mund verzog sich zu einem trägen Grinsen. „Irgendwie schmeichelt es mir, wenn ihr über mich redet."

„Also stimmt es?", überging ich seine Bemerkung.

Er seufzte. „Ja. Das war der schrecklichste erste Kuss der Menschheitsgeschichte."

„Wieso?", bohrte ich weiter und konnte das sanfte Aufflattern der Schmetterlinge dabei nicht ignorieren. Es war gewiss nicht der beste Charakterzug, wie sehr ich mich freute, dass aus den beiden nie mehr geworden war.

„Irgendjemand muss Abby eingeredet haben, man brauche nur genug Spucke, um einen Kuss gelingen zu lassen. Das hat die Sache zu einer ziemlich feuchten Angelegenheit gemacht, wie du dir bestimmt ausmalen kannst. Trotzdem wollte ich dem Ganzen eine Chance geben. Schließlich war das mein erster Kuss und ich bemühte mich wirklich. Als sie allerdings plötzlich Nasenbluten bekam, hakte ich es endgültig ab."

Mir das bildlich vorzustellen, war furchtbar, aber ich konnte das Kichern, welches in mir aufstieg, einfach nicht unterdrücken.

„Du lachst? Als meine Freundin solltest du Mitgefühl zeigen!", warf Nate mir scherzhaft vor, denn das Grinsen, das die herrlichen Grübchen auf seine Wangen zauberte, entzog seinem Vorwurf jegliche Ernsthaftigkeit.

„Sorry, das ist zu komisch", japste ich hinter vorgehaltener Hand und versuchte, die Bilder in meinem Kopfkino davon abzuhalten, allzu lebhaft zu werden.

„Schlimmer war nur …", setzte mein Freund an, doch ich fiel ihm mit einem „Es kam *noch* schlimmer? Unmöglich!", ins Wort. Ein Funkeln trat in seine Augen. „Ihr Dad war im Begriff die Polizei zu rufen, als ich Abby mit blutverschmierten Klamotten und einer improvisierten Tamponade in der Nase nach Hause brachte."

Erschrocken sah ich ihn an. „Solltest du mich nicht auf den Arm nehmen, war das nicht nur der schlimmste erste Kuss aller Zeiten, sondern auch das schlimmste erste Date!"

„Wenn ich es dir sage", versicherte er mir und brach dabei in lautes Gelächter aus.

„Pssst! Deine Mom erwischt uns, falls du so weitermachst!", erinnerte ich ihn. Wir hatten zuerst mit dem Gedanken gespielt, seinen Eltern von unserer Beziehung zu berichten, uns letztendlich aber dagegen entschieden.

„Was? Wir reden schließlich nur", wandte er ein, schlang die Arme um mich und zog mich an sich.

„Wir stehen uns allein, bei verschlossener Tür, viel zu nahe, um das noch als platonisch zu deklarieren", merkte ich an, tat jedoch nichts, um ihn wieder auf Abstand zu bringen. Ich genoss jede Sekunde, die ich bei ihm sein konnte, wie sollte ich ihn da von mir schieben?

„Quatsch. Sie wird sie sich freuen, wie gut wir uns verstehen", meinte er, beugte sich herab und küsste mich erneut.

Dieses Mal war der Kuss sanfter, doch egal wie er mich küsste – ich wurde niemals müde, seinen Mund auf meinem zu spüren, dessen war ich mir sicher. Nach einem Augenblick legte er die Hände an meine Hüfte und vertiefte den Kuss. Mein Herz klopfte und mein Körper schien förmlich zu beben. Sämtliche Zellen in mir vibrierten und ich schlang meine Finger um Nates Nacken, um ihn bei mir zu halten. Bald prickelten meine Lippen, sodass ich mich fragte, ob er heimlich Brausepulver auf seine gegeben hatte. Die Wirkung, die er auf mich ausübte, war wirklich faszinierend. Sobald ich bei ihm war, vergaß ich nahezu alles. Selbst die Sorge um meine Zukunft, sollte mein Dad keine andere Lösung finden, rückte in die Ferne.

„Eden?!", rief Grace plötzlich von unten und wir fuhren erschrocken auseinander.

Hektisch strich ich mir die Haare zurück und trat auf den Gang, damit sie davon absah, nach oben zu kommen, wo sie sich vermutlich wundern würde, was ihr Sohn in meinem Zimmer tat. So überzeugt wie er, seine Mutter würde in uns nur Freunde sehen, war ich nämlich nicht.

„Ja?", antwortete ich und hoffte, sie merkte mir nicht an, wie aufgewühlt ich wegen des intensiven Kusses eben war.

„Ich muss ein paar Lebensmittel einkaufen und anschließend hole ich Nell ab. Möchtest du mich begleiten?"

„Ähm, das würde ich gerne. Leider liegt ein Berg Hausaufgaben auf meinem Tisch", log ich, denn in Wahrheit hatte ich alles bereits in einer Freistunde abgearbeitet.

Grace' Lächeln verrutschte keinen Millimeter. Offenbar war ich besser im Lügen, als ich angenommen hatte. „In Ordnung, Liebes. Nathaniel müsste demnächst von dem Beratungstermin zurück sein, und ehe Ted nach Hause kommt, bin ich längst wieder da. Falls doch etwas sein sollte – ich habe mein Handy dabei", briefte sie mich und winkte mir zu, bevor sie durch die Tür verschwand.

Nur eine Sekunde später trat Nate hinter mich. „Deine Mom denkt, du wärst noch bei deinem Beratungstermin?"

„Mhm. Ich überredete Robbie, mit mir zu tauschen", flüsterte er und sein warmer Atem, der über meine Halsbeuge strich und seinem Mund vorausging, bescherte mir einen Wonneschauer.

Mit geschlossenen Augen genoss ich die Liebkosung und das Kribbeln kehrte zurück, das ich bei unserem Kuss in meinem Zimmer bereits gespürt hatte.

„Ich hoffte nämlich exakt auf das", murmelte er so nahe an meiner Haut, dass ich das Vibrieren seiner Stimme spüren konnte.

„Was hofftest du?", fragte ich nach einem Moment leise. Meine Sinne waren von seinen Zärtlichkeiten viel zu vernebelt, um ihm folgen zu können.

Vorsichtig drehte er mich zu sich herum. Sein Blick senkte sich in meinen und mir stockte der Atem, als er mein Gesicht in beide Hände nahm und unsere Lippen bis auf einen Millimeter aneinander brachte.

„Mit dir allein zu sein, Eden. Ich würde mich so gerne einmal neben dich legen und dich in meine Arme ziehen, ohne Angst haben zu müssen, es könnte jemand hereinplatzen", verriet er.

Mit Nell als Rückendeckung waren wir in der letzten Zeit öfter im Keller verschwunden, um Filme anzusehen. Nate lag dabei immer hinter mir und obwohl es sich irre gut anfühlte, wenn sich sein Bauch beim Einatmen fester an meinen Rücken drückte, war mein Körper permanent in Alarmbereitschaft. Beim kleinsten Geräusch zuckte ich zusammen, und war bereit, aufzuspringen, damit uns die Newmans nicht erwischten. Zudem saß meine beste Freundin stets lediglich einen Meter von uns entfernt auf dem Sessel und es war mir unangenehm, in ihrem Beisein mit ihrem Bruder herumzuknutschen. Dass wir ein Paar waren, hatte sie zwar besser aufgefasst als erwartet, aber ich wollte nichts provozieren.

Ich wünschte mir dieses mehr an Nähe ebenso wie er, also nahm ich Nates Hand und war im Begriff, ihn in mein Zimmer zu führen. Mein Freund hatte allerdings andere Pläne. Er zog mich heran, strich mir mit dem Handrücken über die Wange und flüsterte: „Komm mit."

Mit jedem Schritt, den wir zurücklegten, schlug mein Herz schneller und härter und als wir schließlich vor seinem Bett standen, das nahezu doppelt so breit war wie meines, war ich mir sicher, gleich in Ohnmacht zu fallen.

Vor Nervosität waren meine Handflächen schweißfeucht, wohingegen meine Finger eine Gastrolle als Eiszapfen gaben. Nate bemerkte das natürlich. Er zog mich in eine feste Umarmung und wisperte an meinem Scheitel: „Ich will dich nur halten, Eden."

Er ließ mich los, und um die Ernsthaftigkeit seiner Aussage zu unterstreichen, nahm er die Fernbedienung vom Nachttisch und schaltete den Fernseher ein. Während er durch die Kanäle zappte, fühlte ich mich genötigt, etwas zu tun. Langsam ging ich zu ihm, schlang meine Arme unter seinen hindurch, schmiegte mich an seinen Rücken und vergrub die Nase in seinem Sweatshirt.

„Das ist alles neu für mich. Du bist mein erster Freund und ich … ich habe keinerlei Erfahrung, was das betrifft. Ich weiß nicht, was du von mir erwartest und was richtig ist", gestand ich ehrlich meine Sorge.

Mich fröstelte, als er sich von mir löste und auf der Bettkante Platz nahm. Als ich aufsah, stellte ich fest, dass er ebenfalls ein wenig nervös wirkte.

„Ich erwarte gar nichts, Eden. Wir sehen einfach ein bisschen fern und ich halte dich dabei im Arm, in Ordnung?", erwiderte er, zog mich an sich heran und verflocht unsere Finger ineinander.

Lächelnd sah ich auf unsere Hände, die sich wieder in dieser beinahe erschreckenden Perfektion ineinandergeschoben hatten.

Mir schien, als handele es sich um zwei Puzzleteile, die zueinandergehörten, da ansonsten das gesamte Bild falsch wirken würde.

„Dann lass uns mal fernsehen“, sagte ich und kletterte auf sein Bett. Mein Herz flatterte vor Aufregung, als er sich hinter mich legte und in seine Arme zog.

„Was möchtest du schauen?“, wollte Nate wissen und richtete die Fernbedienung auf den Bildschirm, wo im Moment ein Werbespot lief.

„Egal“, antwortete ich wahrheitsgemäß, denn solange er mir so nah war, konnte ich mich ohnehin auf kein Programm konzentrieren. Er brummte etwas Unverständliches und schaltete auf den Discovery Channel, wo es um die Zukunft der Raumfahrt ging.

„Wie lange haben wir?“, erkundigte ich mich nach einer Weile, in der wir aneinandergekuschelt dem Sprecher gelauscht hatten.

Nate bewegte sich neben mir. „Etwa eine Stunde. Wenn Mom einkaufen geht, dauert das immer eine Ewigkeit und Nell hat bis sechs Training“, murmelte er.

Ich nickte und drückte mich fester an ihn, da mir bewusst war, wie rar diese Zweisamkeit sein würde. Obwohl ich mich wohl in seinen Armen fühlte, gelang es mir nicht, mich richtig zu entspannen. Sein Daumen, der kleine Kreise auf meinen Bauch malte, schraubte meine Anspannung sogar in die Höhe.

„Es ist alles gut, Eden“, versuchte Nate, mir meine Nervosität zu nehmen. „Ich höre es, sobald die Haustür aufgeschlossen wird. Dann hast du noch genug Zeit, mein Zimmer wieder zu verlassen.“

„Das ist es nicht, Nate“, gab ich zu und drehte mich in seinem Arm zu ihm herum, damit ich ihn ansehen konnte. Vorsichtig zeichnete ich mit den Fingerspitzen seine Kieferlinie nach, ehe ich das Gleiche mit seinen Lippen tat, die sich unter meiner Berührung kräuselten.

„Es ist alles so neu“, wisperte ich, aber ich wusste, was zu tun war, um meine flatternden Nerven zu beruhigen.

Ich lehnte mich zu ihm und küsste ihn. Es mochte neu sein, dass wir dabei auf einem Bett lagen, doch wenn ich seine Lippen auf meinen fühlte, konnte ich mich fallen lassen. Wie erwartet klappte das auch jetzt und mit jedem Herzschlag wurde ich mutiger. Meine Hand wanderte von seiner Schulter, über die Brust bis hinab zum Bauch. Als ich gegen den Bund von Nates Jeans stieß, bemerkte ich, wie seine Muskeln zuckten. Ich wollte die Hand schon zurückziehen, jedoch verriet mir das tiefe Raunen aus Nates Kehle augenblicklich, dass ich nichts falsch gemacht hatte. Im Gegenteil. Ich registrierte, wie er sich meiner Berührung entgegen schob und fand bald den Mut, meine Hand unter sein Sweatshirt zu schieben, wo ich auf weiche und warme Haut traf. Himmel! Das war unglaublich. Spätestens als er es mir gleichtat und ich seine Fingerspitzen ohne Stoffbarriere auf mir spürte, war das Fernsehprogramm vergessen. Wir ließen uns Zeit damit, den Körper des jeweils anderen zu erkunden und bald schien es, als vibrierte jede Zelle in mir. Es fühlte sich so gut, so richtig an, sodass ich bald mehr wollte.

„Kannst du das ausziehen?“, wisperte ich an seinem Mund und zupfte an Nates Sweater, den ich in den vergangenen Minuten immer mehr als Störfaktor empfunden hatte.

„Alles, was du willst“, antwortete er und einen Wimpernschlag später war das Kleidungsstück verschwunden. Hitze stieg in meine Wangen, als ich seinen nun nackten Oberkörper musterte. Ich hatte ihn bereits in Badeshorts gesehen, wodurch das alles nicht mehr vollkommen neu war, aber nie zuvor hatte ich ihn berühren dürfen. Nate seufzte, als ich mich nach vorn lehnte und die Wölbung seines Schlüsselbeins mit meinem Mund nachzeichnete. Seine Hand schob sich in mein Haar, als ich meinen Weg fortsetzte, bis ich an der Stelle angekommen war, unter der sein Herz schlug. Nates Atmung hatte sich merklich beschleunigt und mit einem Mal wuchs in mir der dringende Wunsch, seine Haut ohne störenden Stoff auf meiner zu spüren. Ehe sich mein neu gefundener Mut in Luft auflöste, zog ich mir mein Shirt über den Kopf und warf es achtlos zur Seite.

Statt meinen Körper ebenso zu mustern, wie ich es bei ihm getan hatte, sah Nate mir unbeirrt in die Augen. Unsere Blicke schienen sich ineinander verhakt zu haben, dennoch erkannte ich seinen Kehlkopf hüpfen, während er vorsichtig die Hand nach mir ausstreckte. Ich war mir nicht sicher, ob er mich wortlos um Erlaubnis bat, aber ich nickte trotzdem. Eine Gänsehaut erfasste mich, als Nate seine Fingerspitzen über meine Taille nach oben wandern ließ und sein Daumen dabei die Wölbung meiner Brust streifte. Meine Nippel verhärteten sich bei seiner zärtlichen Berührung und ich hatte den Eindruck, als wäre mein Herz für einen Moment stehengeblieben, als Nate an mir hinabsah. So hatte mich noch nie ein Junge angeschaut, geschweige denn angefasst.

„Du bist so wunderschön", kam es flüsternd über seine Lippen, ehe er sich über mich beugte und mich leidenschaftlich küsste. Überwältigt von dem mir bisher unbekanntem Verlangen, das in mir tobte, umfasste ich seine Schultern und zog ihn auf mich. Als ich Nates Gewicht auf mir spürte, wusste ich, dass es keinen Platz auf der Welt gab, an dem ich nun lieber gewesen wäre.

Ich verlor die Zeit vollkommen aus den Augen, bis Nate sich von mir löste. Sein Atem ging heftig und grinsend stellte ich fest, wie rot seine Lippen vom vielen Küssen waren.

„Mir ist nie etwas schwerer gefallen, als das, aber wir müssen aufhören", sagte er und sank neben mich auf die Matratze. Als ich die Anzeige des Digitalweckers auf dem Nachttisch sah, erkannte ich, dass die Stunde fast vorbei war.

„Das war schön", flüsterte ich, beugte mich zu ihm und gab ihm einen Kuss auf die Kuhle unterhalb seines Kehlkopfes.

Nate hielt mich bei sich, indem er mit den Fingern in meine Haare fuhr und sie auf meinem Hinterkopf ruhen ließ. Mir schien, als wollte er das genauso wenig beenden, wie ich.

Doch vielleicht war es besser, das Bett nun zu verlassen, denn zum ersten Mal konnte ich mir vorstellen, weiterzugehen. Möglicherweise sogar bis zum Schluss. Wenn jemand dafür infrage kam, dann er. „Es war wunderschön", stimmte er mir zu und ich spürte, wie er mir einen Kuss auf den Scheitel gab.

„Hast du sowas schon einmal gemacht?", platzte die Neugier aus mir heraus, ehe ich groß darüber nachgedacht hatte.

„Du meinst, ob ich Erfahrung habe?"

Ich biss mir auf die Unterlippe und nickte zögernd. Nate seufzte.

„Ein bisschen", gab er offen zu. Zwar verpasste es mir einen Stich, an ihn mit einem anderen Mädchen zu denken, aber irgendwie war ich froh, dass wir beide nicht gleichermaßen unerfahren waren.

„Bist du … hast du …", stotterte ich, weil mir die Frage, die ich eigentlich stellen wollte, plötzlich viel zu peinlich war.

„Du möchtest wissen, ob ich bereits Sex hatte?" Er klang amüsiert. Ich presste die Lippen aufeinander und schwieg. „Ja, hatte ich. Doch das erwarte ich nicht beim nächsten Mal von dir, Eden." Das Amüsierte war gänzlich aus seiner Stimme verschwunden, und ich wagte es endlich, ihm in die Augen zu sehen. „Auch heute hätte es mir gereicht, wenn wir nur ferngesehen hätten. Mir ging es darum, dich bei mir zu haben."

„Verstehe", erwiderte ich im Flüsterton und setzte mich aus einem Impuls heraus auf seinen Schoß. Damit hatte Nate offenbar nicht gerechnet, denn er wirkte überrascht und sah mich mit großen Augen an.

„Ist das so okay?", fragte ich, beugte mich über ihn und fuhr ihm mit gespreizten Fingern durchs Haar.

Seine Hände legten sich auf meine Oberschenkel und ich sah seinen Kehlkopf hüpfen, als er schluckte. „Das ist sogar mehr als okay", meinte er, zog mich zu sich herab und fing meine Lippen ein. Noch erregt von unserem ersten Petting, stöhnte ich leise auf und war im Begriff, den Kuss zu erwidern, als er wieder auf Abstand ging.

„Stopp, Eden. So gern ich weitermachen würde. Wir müssen aufhören."

Dieses Mal klang er endgültig, sodass ich nicht diskutierte und aus dem Bett kletterte – wenn auch widerwillig.

Mithilfe der Spiegelung in der Fensterscheibe versuchte ich, meine Frisur in Ordnung zu bringen, doch ich ahnte, dass dieser Versuch vergebens war. Schließlich hatte ich aufregende neue Erfahrungen gemacht und meine Wangen glühten förmlich, was man mir garantiert sofort ansah. In der Scheibe erkannte ich, wie Nate hinter mich trat. Er reichte mir mein Shirt und zupfte es liebevoll zurecht, nachdem ich hineingeschlüpft war. Da ich mich nicht von ihm trennen mochte, lehnte ich mich gegen ihn. Seufzend vergrub er seine Nase in meinen Haaren und legte mir die Hände auf die Hüften.

Mein Blick fiel auf einen Stapel Unterlagen, der auf dem Schreibtisch lag. Beim genaueren Hinsehen stellte ich fest, um was es sich dabei handelte. Collegebewerbungen. Daneben lag eine Broschüre der ‚University of California' und es erschreckte mich, wie abgegriffen sie aussah. Nate hatte sie dem Anschein nach bereits sehr oft in der Hand gehabt.

Ich wusste, wie gern er nach Kalifornien wollte, um zu studieren, aber diese Broschüren und Bewerbungen machten alles schrecklich real. Tief in mir hatte ich möglicherweise gehofft, dass er es sich anders überlegte. Allerdings zog niemand, der klar im Kopf war, Hayswood der Westküste vor. Rasch verwarf ich den Gedanken, ihn darauf anzusprechen und so starrten wir gemeinsam schweigend hinaus in die Dunkelheit, bis sie von Autoscheinwerfern zerschnitten wurde.

„Das war es mit unserer Zweisamkeit", brummte Nate und ließ seine Arme sinken, um mich freizugeben.

„Leider“, ergänzte ich, doch die Angst, erwischt zu werden, wirkte sich wie ein Verstärker auf die Stimme der Vernunft aus.

Also drehte ich mich zu ihm, stellte mich auf die Zehenspitzen und küsste ihn nochmal auf die Wange, bevor ich in mein Zimmer huschte und so tat, als brütete ich schon eine kleine Ewigkeit über meinen Hausaufgaben.

In Wahrheit war ich nicht in der Lage, mich auf etwas zu konzentrieren. Nates Zärtlichkeiten hatten mein Blut derart in Wallung gebracht, dass ich kaum an etwas anderes denken konnte. Obwohl ich keine Ahnung hatte, wann wir wieder die Möglichkeit dazu bekamen, freute ich mich bereits jetzt darauf, diese Erfahrung ein weiteres Mal zu machen oder sie sogar auszubauen.

Irgendwann würde ich mit ihm den letzten Schritt gehen, denn tief in mir wusste ich längst, dass er der Richtige dafür war.

KAPITEL 27

Der Spottpreis des Hawk-Hauses lockte allerhand Käufer von außerhalb an. Zwar stammten auch Interessenten aus Hayswood, aber Nell und ich nahmen an, dass ein Teil nur Kaufinteresse heuchelte, um den Ort in Augenschein nehmen zu können, an dem Caroline in einem Albtraum gelebt hatte.

Knapp einen Monat nach der Ausschreibung erhielt schließlich eine Familie aus dem Süden des Bundesstaates den Zuschlag. Das Ehepaar Conley hatte insgesamt vier Kinder, von denen allerdings nur drei nach Hayswood kamen, weil der älteste Sohn bereits sein zweites Semester auf dem College absolvierte.

Arlene, die offenbar eine Ersatzfreundin in Shannon Conley sah, brachte diese direkt an ihrem ersten Schultag mit zu uns an den Tisch. Hopes Platz blieb seit Längerem frei, da sie in den Pausen lieber mit Trevor im Treppenhaus knutschte. Ich verurteilte das nicht, denn ich verzichtete hin und wieder ebenfalls auf das Essen, um mich mit Nate zu treffen.

Anfangs war Shannon schüchtern, taute jedoch immer mehr auf. „Nach Silvester besuchen meine Eltern mit meinen jüngeren Geschwistern eine Tante. Habt ihr Lust auf eine Pyjama-Party bei mir?“, fragte sie in die Runde und ich hörte augenblicklich auf, im Kartoffelpüree herumzustochern, das ich nur anhand der aushängenden Speisekarte als solches hatte identifizieren können. Wäre es nach dem Geschmack und der Konsistenz gegangen, konnte es sich ebenso gut um Tapetenkleister handeln.

Über den Tisch wechselte ich einen Blick mit Nell, die klug genug gewesen war, ein Sandwich aus dem Automaten zu ziehen. Ich wusste, dass sie ebenfalls nicht gerade scharf darauf war, im Hawk-Haus zu schlafen.

„Das klingt fabelhaft!“, begeisterte sich Arlene auf der Stelle für den Vorschlag und sah uns hoffnungsvoll an.

„Da muss ich erst meine Eltern fragen, aber ich denke, sie haben nichts dagegen“, meinte meine beste Freundin, was mich total überraschte.

Ehe ich jedoch etwas erwidern konnte, bekam ich unter dem Tisch einen Tritt und einen vieldeutigen Blick von Nell zugeworfen.

„Ja, ich glaube auch, dass mein Dad einverstanden sein wird“, stimmte ich zu und schob mir rasch eine weitere Portion Tapetenkleisterkartoffelbrei in den Mund, um nichts mehr sagen zu müssen.

Arlene und Shannon war das offenbar Zusage genug, denn sie begannen sofort damit, Pläne zu schmieden. Da es bei den Conleys noch kein Internet gab, berieten die beiden, welche Filme sie besorgen wollten und ich nutzte die Möglichkeit, um mich mit Nell zu verabschieden.

„Was sollte das?“, hakte ich nach, als die Tür der Cafeteria hinter uns zuklappte.

„Mensch, Eden! Dafür, dass du so schlau bist, stehst du im Moment tierisch auf dem Schlauch“, moserte meine Freundin, verschränkte die Arme vor der Brust und lehnte sich an das nächstbeste Schließfach.

„Du willst im Hawk-Haus schlafen? Ich werde dort kein Auge zumachen! Das ist dir hoffentlich klar? Außerdem muss ich erst meinen Dad fragen.“

Nell nahm mich am Arm und zog mich näher zu sich heran. „Natürlich erinnere ich mich. Dein Vater wird jedoch wohl kaum etwas gegen eine harmlose Pyjama-Party einzuwenden haben, oder?“

Ich zuckte mit den Schultern. „Sie findet im Hawk-Haus statt“, erinnerte ich meine Freundin und presste die Lippen fest aufeinander. Keine von uns glaubte an Übersinnliches. Allerdings brachen wir bei der Vorstellung, dort zu schlafen, nicht gerade in Euphorie aus.

Sie merkte mir mein Unbehagen sofort an und ihr Blick wurde weich. „Ich bin ebenfalls nicht scharf darauf, aber denk doch mal nach. Sie hat sturmfreie Bude und uns beide eingeladen.“ Ich sah sie fragend an, weil ich beim besten Willen nicht wusste, auf was sie hinauswollte. „Herrje, Eden! Shannon hat gewiss keine Einwände, wenn Nate auch kommt.“

Jetzt fiel endlich der Groschen. Nell wollte mir und ihrem Bruder Zeit zu zweit verschaffen! Das erste Mal war bislang zugleich das letzte Mal gewesen. Inzwischen war ich überzeugt, dass uns die Newmans auf die Schliche gekommen waren, denn in den vergangenen Wochen, war stets einer von ihnen zuhause gewesen. „Oh“, war alles, was mir dazu einfiel.

„Ja, oh. Vielleicht gibt es dort ein Gästezimmer, in das ihr euch für eine Weile zurückziehen könnt“, fuhr sie fort. „Hauptsache ich werde so schnell nicht Tante“, fügte sie hinzu und versuchte sich an einem Lächeln, das ihr gründlich misslang.

„So weit sind wir noch nicht!“, widersprach ich vehement, woraufhin ein wissender Ausdruck auf ihre Miene trat.

„*Noch nicht*! Obwohl ich mich weigere, mir vorzustellen, wie mein Bruder Sex hat“, meinte sie und zog eine Grimasse.

„Dann lass es! Immerhin reden wir von meinem Freund“, erinnerte ich sie.

„Wenn man vom Teufel spricht“, brummte sie und ich folgte ihrem Blick den Gang hinab. Nate kam mit Robbie und Chris auf uns zu und mit jedem Schritt, den er sich näherte, klopfte mein Herz schneller. Da fiel mir etwas ein.

„Was ist eigentlich aus dir und Will geworden?“, fragte ich, ehe die drei Jungs in Hörweite waren. In den letzten Wochen war so viel vorgefallen, dass ich ganz vergessen hatte, mich nach ihm zu erkundigen. „Kommt er ebenfalls auf die Pyjama-Party?“

Nell biss sich auf die Unterlippe und sah zur Seite. Trotzdem erkannte ich, wie sie errötete. „Ich werde ihn fragen“, antwortete sie und ich nahm mir vor, sie am Abend weiter auszuhorchen. Ihre Schwärmerei für einen bestimmten Jungen war bisher wie ein Schmetterling gewesen, der hin und her flatterte. Seit dem Homecoming allerdings hatte ich weder etwas von einem neuen Kandidaten noch von Will gehört.

„Hey“, begrüßte mich Nate, beugte sich zu mir und küsste mich auf den Mund.

„Hey“, erwiderte ich ein wenig atemlos, denn jedes Mal, wenn ich ihn sah, schien ich mich ein Stückchen mehr in ihn zu verlieben.

„Hast du nach Silvester was vor? Shannon hat …“, begann ich, doch Nells Ellbogen, der in meine Rippen traf, unterbrach mich. „Au!“, schimpfte ich, rieb mir die schmerzende Stelle und warf ihr einen fragend-empörten Blick zu.

„Wir sollten erst abwarten, ob es auch dabei bleibt“, meinte sie. „Na los! Tauscht schon euren Speichel aus“, wechselte sie rasch das Thema und wedelte zwischen ihrem Bruder und mir hin und her. Erneut konnte ich meiner Freundin nicht so recht folgen, aber ich würde niemals müde werden, Nate zu küssen.

„Das muss man mir nicht zweimal sagen“, entgegnete ich, umfasste seine Jackenaufschläge und zog ihn zu mir herab.

Robbies genervtes Stöhnen erklang hinter uns, und im Augenwinkel erkannte ich, wie Nate ihn mit einer eindeutigen Geste in Form eines ausgestreckten Mittelfingers zum Schweigen brachte. Dann schlang er die Arme um meine Taille und küsste mich mitten auf dem Schulflur so leidenschaftlich, dass ich mir sicher war, man würde uns zu einem Gespräch beim Schulleiter verdonnern, sollte nun ein Lehrer um die Ecke kommen.

Doch das war mir egal. Ich konnte Nate küssen. Wer dachte da schon an schulische Konsequenzen? Es brauchte nur Sekunden, bis mein gesamter Körper zu summen schien.

Dad musste mir unbedingt grünes Licht für die Pyjama-Party geben, denn ich konnte kaum abwarten, endlich wieder allein mit ihm zu sein.

KAPITEL 28

Weihnachten und Silvester kam Dad nach Hause, was Grandma nutzte, um zu einem Wellnessurlaub zu verschwinden. Außer Mae schien niemand traurig zu sein, dass sie die Feiertage nicht mit uns verbrachte, aber auch meine Schwester fing sich rasch.

Ich bekam von Dad eine Smartwatch und Mae einen Gutschein für einen Tanzkurs. Tanzen war ihr neues Hobby geworden, was ich definitiv besser fand, als diese entsetzlichen Misswahlen. Unser Vater hatte zwar wie immer nichts gewollt, doch Mae und ich bastelten zusammen einen Bilderrahmen, in den wir ein aktuelles Bild von uns einfügten. Nate schenkte mir ein silbernes Armband mit einem kleinen Herzen als Anhänger, das ich sofort angelegt hatte und seitdem ununterbrochen trug. Ich vermisste ihn schrecklich, denn er war mit seinen Eltern und Nell über die Feiertage bei seiner Granny und kam erst in drei Tagen wieder zurück.

Mein Geschenk an ihn war eine Schneekugel, die als Hintergrund ein Foto von uns beiden hatte. Es mochte ein wenig kitschig sein, aber auf dem Selfie, das er mir am Morgen des fünfundzwanzigsten geschickt hatte, war sein Lächeln so strahlend gewesen, dass mir Freudentränen gekommen waren. Vielleicht fand ich irgendwann den Mut, ihm von meinen Schneekugelerinnerungen zu erzählen, die ich insgeheim sammelte.

Wir waren gerade dabei, das Geschirr des Silvester-Festmahls abzuwaschen, als Dad exakt das Thema anschnitt, vor dem ich mich seit seinem letzten Besuch fürchtete. „Ich habe mit meinem Boss gesprochen", begann er und mir stockte der Atem. Sein Tonfall verhieß nichts Gutes. Die Stille, die sich über uns senkte, war so schwer, sodass man sogar die Seifenblasen des Abwaschwassers knacken hörte, als sie zerplatzten. „Ab Februar kann ich bis zum Ende eures Schuljahres von zuhause aus arbeiten“, sprach er nach einem Moment endlich weiter.

Für gewöhnlich wäre das ein Grund zum Aufatmen, allerdings war das unausgesprochene ‚aber‘ kaum zu überhören gewesen. Mein Herz schlug mir bis zum Hals, als ich mich langsam zu ihm drehte.

„Und danach?“

Dad presste die Lippen aufeinander. Ein untrügliches Zeichen, dass mir das, was er mir gleich verriet, nicht gefallen würde.

„Danach muss ich zurück.“

Mein Brustkorb schien sich auf einen Schlag verkleinert zu haben, denn ich hatte das Gefühl, keine Luft mehr zu bekommen. Unzählige Gedanken und Ängste prasselten auf mich ein. Musste ich mich wieder mit Grandmas Tyrannei abfinden? Spielte sich dann die Zeit, in der ich gezwungen gewesen war, sie zu ertragen, wie eine Endlosschleife ab, bis ich alt genug war, um aufs College zu gehen? Ich machte mir nicht die Illusion, dauerhaft bei den Newmans wohnen zu dürfen.

„Und was wird aus Mae und mir?“

Mein Dad kam auf mich zu und legte mir die Hände auf die Schultern. So angsterfüllt, wie meine Stimme eben geklungen hatte, dachte er gewiss, ich stünde kurz vor einer Panikattacke. Vollkommen im Unrecht war er mit dieser Annahme nicht.

„Das sehen wir, sobald es so weit ist, mein Herz“, beruhigte er mich. „Während ich da bin, werde ich Augen und Ohren offen halten. Eventuell ergibt sich ja etwas.“

Ich schmiegte mich an seine Brust und atmete seinen vertrauten Geruch ein.

„Was, wenn nicht?“, flüsterte ich. „Ziehen wir weg?“, sprach ich meine größte Sorge aus.

Hayswood war ein Kaff, das ich oft genug verfluchte, aber es war mein Zuhause. In meinen Zukunftsträumen war ich zwar nach der Highschool weggegangen, um zu studieren, doch mein Zuhause würde immer hier sein.

„Das ist die allerletzte Option", murmelte Dad und ich erkannte, wie schwer ihm dieser Schritt fiel, sollten wir gezwungen sein, ihn zu gehen. Würde es ihm leicht fallen, hätte er sich bereits nach Moms Tod für einen Umzug entschieden, anstatt das Arrangement mit Cruella einzugehen.

„Was ist bis dahin? Wird Grandma wieder auf mich aufpassen?"

„Obwohl ich Grace' und Teds Hilfsbereitschaft nicht unnötig strapazieren wollte, nahm ich ihr Angebot, dich den Januar über bei ihnen aufzunehmen, dankend an."

Mir rutschte ein Stein vom Herzen, als ich das hörte, selbst wenn ich diesen einen Monat gewiss überstanden hätte.

Später standen wir im Garten hinter dem Haus und sahen den Raketen zu, die im Nachthimmel explodierten. Ich stellte mir vor, dass Mom sie mit uns ansah, nur eben aus einer anderen Perspektive. Es tat weh, ein neues Jahr ohne sie zu beginnen, noch dazu, da so viele Veränderungen und so viel Ungewissheit in der Luft lag.

Womöglich führte mich mein Weg an die Ostküste, während Nate nach seinem Abschluss Hayswood mit bislang unbekanntem Ziel verlassen würde. Mein Freund hatte immer von Kalifornien geträumt und wurde dieses Horrorszenario Realität, lag künftig ein ganzer Kontinent zwischen uns! Bereits beim Gedanken daran zog sich mein Herz schmerzhaft zusammen. Ich hoffte inständig, dass Dad eine Möglichkeit oder einen Job fand, der es ihm erlaubte, hier zu blieben.

Dad hatte nichts dagegen, dass ich zu Shannons Pyjama-Party ging. Er nutzte die Gelegenheit, um mit Mae einen Disney-Filmmarathon einzulegen. Es war ungewohnt, Nell, die kurz vor den Winterferien endlich den Führerschein bekommen hatte, auf dem Fahrersitz zu sehen, auf dem bisher zum Großteil immer Nate gesessen hatte. Ich schwang mich auf den Beifahrersitz und nahm den Rucksack, in dem ich meine Übernachtungssachen verstaut hatte, auf meinen Schoß.

„Hey“, begrüßte ich meine Freundin und sie umarmte mich, ehe sie vorsichtig losfuhr.

„Es fühlt sich bestimmt komisch an, im Hawk-Haus zu schlafen“, mutmaßte ich, während ich mich anschnallte.

„Das geht mir genauso. Es ist irgendwie …“, begann Nell und wiegte den Kopf hin und her, als sie nach der passenden Bezeichnung suchte.

„Gruselig?“, schlug ich vor.

„Ja! Ich komme mir vor, als würde ich in der Geisterbahn übernachten!“

„So schlimm wird es schon nicht werden“, beruhigte ich sie. „Was ist mit Will? Kommt er?“, erkundigte ich mich, da sie ihn bisher mit keinem Wort erwähnt hatte.

„Er versucht es. Bei ihm sind irgendwelche Erbtanten zu Besuch und er weiß nicht, ob er sich davonschleichen kann.“

„Was ist das mit euch beiden? Du magst ihn doch, oder?“

Nell nickte.

„Wo liegt das Problem? Ihr habt euch geküsst und dann?“

Nell schwieg, bis wir vor Shannons Haus hielten. „Er meinte, er würde noch an seiner Ex hängen und dass er erst sicher sein will, keine Gefühle mehr für sie zu haben, ehe er sich auf etwas Neues einlässt“, antwortete sie leise.

„Oh“, war alles, was mir dazu einfiel.

„Ja, oh“, meinte Nell. „Niemand kann mir erzählen, dass er diese möglichen Gefühle für seine Ex am Abend des Homecoming einfach so abstellen konnte. Da hat es ihm nichts ausgemacht, mich zu küssen!“

Sie klang ein wenig bitter, doch ich verstand ihre Enttäuschung. Ihr lag etwas an ihm, sonst hätte sie ihn nach diesem Hin und Her längst ersetzt.

„Es ist doof, dass er möglicherweise noch was für ein anderes Mädchen empfindet, aber ich finde Wills Ehrlichkeit gut. Viel schlimmer wäre, wenn er eine Beziehung mit dir eingeht und ihm das erst dann einfällt, oder?“

Nells Kopf ruckte zu mir herum und sie sah mich aus großen Augen heraus an. Eine steile Falte tauchte zwischen ihren Brauen auf, ehe sich ein Lächeln auf ihren Zügen bemerkbar machte. „Dafür, dass du vor Nate nie einen Freund hattest, bist du eine ziemlich gute Ratgeberin“, sagte sie und zog mich über die Mittelkonsole hinweg in eine feste Umarmung. „Ich möchte wirklich nicht nur der Notnagel oder eine Ablenkung für ihn sein.“

„Das solltest du für niemanden sein“, schärfte ich ihr ein.

Wir fuhren erschrocken auseinander, als plötzlich jemand an die Seitenscheibe klopfte. Ich drehte mich um und blickte in Nates Gesicht.

„Wenn ihr weiterfrieren wollt, okay, aber ich gehe nun da rein“, rief er uns durch die Scheibe zu und deutete auf das Hawk-Haus, das hinter ihm zu sehen war. Erst jetzt bemerkte ich, wie sehr die Januarkälte in den Innenraum des Wagens gekrochen war.

„Lass uns reingehen“, schlug ich vor, schnappte meinen Rucksack und stieg aus.

Nate begrüßte mich mit einem Kuss. Dann nahm er meine Hand und führte mich auf die Haustür zu. Der Kies knirschte unter unseren Schritten und verriet mir zugleich, dass Nell uns folgte. Mein Freund drückte auf die Klingel und kurz darauf tanzte ein Schatten durch das Licht, das im Flur brannte.

Ich stutzte, als die Tür geöffnet wurde und ein Typ in einem Sweater der ‚University of California‘ vor uns stand.

„Hey! Ich bin Brad, Shannons großer Bruder. Kommt rein“, meinte er und winkte uns mit einer Armbewegung heran.

„Ich bin Nate und das sind Eden und meine Schwester Nell“, stellte mein Freund uns vor und ich lächelte in mich hinein, als er mir in einer besitzergreifenden Geste den Arm um die Schulter legte. Ein Muskel in Brads Wange zuckte, als er offenbar verstand, was Nate ihm mit dieser Geste klarmachen wollte, doch bereits einen Wimpernschlag später grinste er breit. „Folgt mir ins Wohnzimmer. Offiziell bin ich euer Aufpasser, aber solange ihr die Bude nicht abfackelt, ist mir alles egal." Brad lachte.

Rasch streiften wir die Schuhe ab und entledigten uns unserer Jacken, ehe wir durch den Flur in das Wohnzimmer gingen. Shannon und Arlene trugen bereits Pyjamas und lieferten sich ein erbittertes Duell auf der Regenbogenstrecke von Mario Kart.

„Da seid ihr ja endlich!", rief Lene, als sie uns entdeckte, was Shannon sofort ausnutzte, um ihre Gegnerin mit einem Schildkrötenpanzer ins Aus zu schicken.

„Na warte! Das zahle ich dir zurück!", drohte Arlene und konzentrierte sich wieder auf das Geschehen auf dem Bildschirm.

Brad, der sich auf einen Sessel gelümmelt hatte und währenddessen auf seinem Smartphone herumtippte, seufzte genervt und sah zu uns. „Meine Schwester ist eine lausige Gastgeberin. Getränke stehen dort drüben und am Knabberkram bedient ihr euch einfach", erklärte er und zeigte auf den hölzernen Tisch, der Wohnzimmer und die Küche voneinander abgrenzte. Ich folgte seinem Fingerzeig. Dabei kam mir der Gedanke, ob die Conleys etwas an der Ausstattung des Hauses verändert hatten oder ob die mintgrüne Wandfarbe noch von den Hawks stammte. Da ich jedoch nie bei Caroline zuhause gewesen war, konnte ich nur hoffen, dass von den Conleys eine umfassende Renovierung vorgenommen worden war.

„Später vielleicht, danke", meinte Nate, setzte sich auf das Sofa und wandte sich an Brad. Er deutete auf dessen Sweater. „Du gehst auf die UC?", sprach mein Freund das Offensichtliche an, woraufhin Brad erneut grinste.

„Richtig!“

„Da habe ich mich auch beworben. Was studierst du?“

„Electrical Engineering im Hauptfach“, antwortete Shannons Bruder mit deutlichem Stolz in der Stimme.

Ich konnte ihn verstehen, denn immerhin war er einer der Glücklichen, die in den Genuss des besten staatlichen Bildungssystems der USA kamen.

„Ich hörte, es soll fantastisch dort sein? Wo genau studierst du?“, bohrte Nate weiter und schien meine Anwesenheit völlig vergessen zu haben.

„In Riverside“, gab der Angesprochene bereitwillig Auskunft. „Falls du ebenfalls dorthin kommst, kann ich dir gleich zeigen, wo die phänomenalsten Beer-Pong-Partys steigen“, bot er an und sein Grinsen wurde noch breiter. Bis jetzt hatte ich ihn sehr sympathisch gefunden, allerdings kostete ihn sein direktes Angebot, meinen Freund mit auf eine Sauftour über den Campus zu nehmen, einige Punkte.

Nate lachte verlegen. „Nun, eigentlich möchte ich da zum Studieren hin“, gab er zu, woraufhin Brad mit einer hochgezogenen Braue reagierte. Hilfesuchend sah ich zu Nell, die jedoch den Blick auf das Display ihres Handys gesenkt hatte. Möglicherweise schrieb sie Will, daher wollte ich sie nicht stören.

„Klar kann man auch studieren, aber die Partys sind legendär! Ich dachte nie, dass es so cool sein würde auf dem College. Die Leute sind total locker, was am sagenhaften Wetter liegt. Doch den größten Vorteil, den die Dauersonne in Kalifornien hat, sind definitiv die Babes dort“, schwärmte Brad und wedelte in der Luft umher, als ob er sich die Finger verbrannt hätte. Vermutlich sollte uns das verdeutlichen, wie heiß die Frauen in Riverside waren. Alles, was er hingegen bei mir damit bezweckte, war, dass er die verbliebenen Plus-Punkte einbüßte.

Ich sah zu Nate, um seine Reaktion auf Brads Beschreibung abzuwarten. Er grinste und sah auf seine Hände. „Na ja, mal sehen. Im Moment warte ich auf eine Zusage“, wich er aus, was mir nicht eindeutig genug war. Er sollte Brad sagen, wie wenig ihn diese bikinitragenden Beachbabes interessierten, weil er in einer Beziehung war!

„Ich drück dir die Daumen! Wenn du magst, kann ich dir meine Handynummer geben“, bot Shannons Bruder an.

„Das wäre super“, gab mein Freund zur Antwort, während ich versuchte, mich auf das Spiel auf dem Bildschirm zu konzentrieren. Nate stellte einige Fragen zu den Unterkünften, den Dozenten und Fächern. Obwohl ich den Blick stur nach vorn gerichtet hielt und mich bemühte, nicht zuzuhören, bemerkte ich, wie Brad immer wieder darauf zurückkam, wie heiß die Frauen auf der UC waren. Nate schien so fasziniert von seinen Erzählungen, dass er mir bald den Rücken zuwandte.

„Will wartet draußen auf mich“, flüsterte Nell mir plötzlich zu und sprang auf, ehe ich antworten konnte.

Am liebsten hätte ich mich an sie geklammert oder wäre ihr gefolgt, aber ich wollte ihr und ihrem Glück nicht im Weg stehen. Um etwas zu tun zu haben, stand ich auf und holte mir eine Limo und eine Schale mit gesalzenen Erdnüssen. Mein Freund unterhielt sich so angeregt mit Brad, dass ich kurzerhand neben Arlene im Schneidersitz Platz nahm.

„Kann ich es auch mal versuchen?“, fragte ich und deutete auf den Controller.

„Klar!“, rief Shannon sofort, ohne den Blick vom Bildschirm zu lösen.

Bei ihr wirkte das total leicht, doch da ich keine Ahnung von Konsolen-Spielen hatte, bezweifelte ich, dass das bei mir ebenso aussehen würde.

„Wir stellen dir vorher eine andere Strecke ein“, meinte Lene und jagte ihr Kart, an dessen Steuer eine übellaunig dreinblickende Schildkröte saß, über die Ziellinie.

Shannon stöhnte auf, war jedoch fair genug, um Arlene zu ihrem Sieg zu beglückwünschen, ehe sie mir den Controller reichte. Die beiden erklärten mir, was zu tun war und schon bald drehte ich die ersten Runden. Am Anfang hatte ich wirklich zu tun, aber schnell waren die von Brad erwähnten Beachbabes unwichtig und ich begann endlich, den Abend zu genießen.

Mein Freund hatte sich mit seinem neuen Kumpel offenbar so viel zu erzählen, dass er mich dabei vergaß. Erst kurz vor Mitternacht – Nell war ohne Will zurückgekommen – trat Nate hinter mich und gab mir einen Kuss auf die Wange.

„Ich muss los. Kommst du noch mit zur Tür?", flüsterte er mir zu und für einen Sekundenbruchteil überlegte ich tatsächlich, ihn abblitzen zu lassen.

Es hatte mich verletzt, dass er ununterbrochen an Brads Lippen gehangen hatte, doch ich verstand auch, dass ihn interessierte, wie es auf dem College ablief. Da ich nicht die zickige, eifersüchtige, herrische Freundin sein wollte, nickte ich und ging mit ihm zur Vordertür, nachdem er sich von allen verabschiedet hatte.

Kaum waren wir aus ihrem Sichtfeld verschwunden, zog er mich an sich und pinnte mich mit seinem ganzen Körper gegen die Wand im Flur, der nur durch das aus dem Wohnzimmer hereinfallende Licht erhellt wurde.

„Nate", keuchte ich, denn zum einen überrumpelte er mich förmlich und zum anderen schmolz ich wie immer dahin, sobald er mich berührte.

„Es ist total sexy, wenn du eifersüchtig bist", raunte er und ließ mir keine Möglichkeit, zu antworten, indem er meinen Mund mit seinem verschloss.

Ich stöhnte leise auf, schob die Finger in sein weiches Haar und erwiderte den Kuss. Er wölbte seine Hüfte gegen mein Becken und belebte damit die Erinnerung an das Petting wieder. Das Verlangen, genau das zu wiederholen, wuchs mit jedem Streichen seiner Zunge. Doch die Dinge, nach denen ich mich sehnte, konnte man nicht im Flur eines fremden Hauses tun, den jederzeit jemand betreten konnte.

Schwer atmend löste Nate sich von mir und auch mein eigener Herzschlag raste. „Du machst mich verrückt", keuchte er und barg sein Gesicht an meiner Halsbeuge.

Verzögert bemerkte ich, dass seine Hand unter mein Shirt gefunden hatte, wo sein Daumen kleine Kreise auf meine nackte Haut zeichnete. Ein Kribbeln ging von dieser Stelle aus und überzog meinen gesamten Körper, der nach mehr schrie.

„Es tut mir leid, Eden", murmelte er, die Lippen auf meinem Puls. „Aber ich wollte die Chance nutzen, Insiderinformationen zu bekommen."

„Schon okay", gab ich zurück, denn das war es wirklich. Wie könnte ich ihm jemals einen Vorwurf daraus machen, weil er sich Gedanken um die Zukunft machte? Die Wahl des passenden Colleges war eine der entscheidendsten unseres Lebens! Sie stellte die Weichen. Mit sanftem Druck meiner Fingerspitzen gab ich Nate zu verstehen, dass er mich ansehen sollte. „Versprichst du mir, die Finger von den Beachbabes zu lassen?", flüsterte ich und sah ihm tief in die Augen.

Ein träges Grinsen schlich sich auf seine Züge und meine Lippen prickelten, als er sie mit seinem Blick fixierte. „Das hat dir gar nicht gefallen, richtig?", legte er den Finger in meine Wunde, anstatt mir das Versprechen zu geben, nach dem ich verlangte.

„Nein, denn ich möchte dich nicht teilen."

Nate seufzte, legte den Kopf schief und verringerte den Abstand zwischen uns. Er wollte mich küssen, doch ich weigerte mich, auf diese Ablenkungstaktik hereinzufallen.

„Nate", mahnte ich und wich seinem verführerischen Mund aus. Seine Brust presste sich gegen meinen Oberkörper, als er tief einatmete und die Luft anschließend langsam ausstieß.

„Natürlich lasse ich die Finger von den Beachbabes. Die sind ohnehin uninteressant. Ich habe dich", versprach er.

Sein Tonfall klang aufrichtig, aber so richtig beruhigt fühlte ich mich nicht. Schließlich war ich realistisch genug, um die ganze Sache objektiv zu betrachten. Sollte mein Freund auf die UC gehen, würden wir eine Fernbeziehung führen und uns unter Umständen wochen- oder gar monatelang nicht sehen. Brad schwärmte so sehr von den freizügig gekleideten Frauen und den ausgelassenen Partys in Kalifornien, dass ich mir vorstellen konnte, wie groß die Versuchung dort sein würde. Nate war immerhin auch nur ein Mensch und wir waren bisher nur einmal übers Küssen hinausgegangen.

„Außerdem habe ich bislang keine Zusage. Möglicherweise muss ich also hier bleiben und du hast mich die nächsten zwei Jahre an der Backe, bis du aufs College gehst", merkte er an und diesmal wich ich seinem Mund nicht mehr aus, als er sich erneut auf mich senkte.

Er hatte recht. Ich zerbrach mir den Kopf über Dinge, die in ferner Zukunft lagen. Die kommenden Monate gehörten uns und ich hoffte, dass sich unsere Beziehung noch vertiefen würde, damit wir die Distanz zwischen Hayswood und Kalifornien überstanden.

KAPITEL 29

Der Januar verging viel zu schnell und ehe ich mich versah, stand ich vor dem Schrank in meinem Übergangszuhause und packte meine Tasche. Nell saß auf dem Bett und sah mir dabei zu. Mein schlechtes Gewissen fraß mich nahezu auf, denn eigentlich sollte ich mich freuen, da mein Dad endlich länger als nur ein paar Tage zuhause sein würde. Stattdessen stopfte ich mit zitternden Fingern ein Kleidungsstück nach dem anderen in meine Reisetasche und kämpfte gegen die Tränen.

„Mach dir keine Sorgen, Eden", meinte meine Freundin mit ruhiger Stimme. „Du bist jederzeit willkommen."

Das wusste ich, aber es änderte nichts daran, dass ich nur ungern von den Newmans wegging. Hier war ich bei Nate und unsere Küsse an allen möglichen Orten des Hauses fehlten mir bereits jetzt.

„Ich bin die mieseste Tochter der Welt", schniefte ich und wischte mir mit dem Ärmel meines Pullovers über die Wangen.

„Rede keinen Blödsinn", widersprach Nell und wenige Sekunden darauf schlangen sich ihre Arme um meine Taille. Ich legte meine Hand auf ihre und schloss die Augen.

„Ihr habt mich echt gerettet. Ohne euch hätte ich nach dem Streit mit Grandma völlig im Regen gestanden", sprach ich das aus, was sie ohnehin wusste.

„Apropos Cruella. Was ist mit ihr? Solange dein Dad da ist, wird ihr doch gewiss furchtbar langweilig sein, weil sie ihre Diktatur dann nicht ausleben kann."

Letzte Woche hatte ich mich mit Mae im Diner getroffen. Sie verdrückte einen Milchshake und einen Käsekuchen, was sie während der Misswahl-Zeit niemals getan hatte. Dabei war unsere Grandma natürlich auch ein Thema gewesen.

„Meine Schwester erzählte, dass sie eine dreiwöchige Kreuzfahrt gebucht hat. Offenbar investiert sie das Geld, das sonst in Maes Verschönerung und die Wettbewerbe floss, nun in Urlaubsreisen. Mir soll es nur recht sein."

Nell löste sich von mir, verschränkte die Arme vor der Brust und lehnte sich mit einer Schulter gegen die geschlossene Tür des Kleiderschrankes. „Mit ein wenig Glück lernt sie dort jemanden kennen und wir werden sie los", mutmaßte meine beste Freundin und ich musste grinsen, als ich das wölfische Lächeln in ihrem Gesicht sah.

„Du meinst einen Lover, der uns von ihr befreit?", hakte ich nach und merkte, wie ein Kichern in mir aufstieg, als ich mir Grandma beim Flirten vorstellte.

„Lover!", rief Nell und zeigte auf mich. „Das ist es. Vielleicht fehlt ihr etwas", spekulierte sie, wackelte mit den Augenbrauen und lachte lauf auf.

Ich ahnte, auf was sie anspielte. „Bah! Ich weigere mich, mir das vorzustellen!", gab ich zurück und machte ein würgendes Geräusch.

„Was denkst du, wie es mir geht, sobald ich mich frage, ob du und mein Bruder bereits … du weißt schon", meinte sie und rollte mit den Augen.

„Nell!", kreischte ich und schlug mir die Hände vors Gesicht.

Ich wollte meine Verlegenheit verbergen, aber ich spürte, wie meine Ohren heiß anliefen, daher war es bestimmt offensichtlich, wie unangenehm mir das Thema war.

„Es interessiert mich eben! Nicht wegen Nate, sondern wegen dir!", erklärte sie und beugte sich zu mir. „Doch du würdest es mir sagen, wenn ihr miteinander geschlafen hättet, richtig?"

Die Wärme aus meinen Ohren nahm nun auch meine Wangen in Besitz und kroch langsam in Richtung Hals. „Wir haben noch nicht miteinander geschlafen", murmelte ich und blickte stur auf den Boden.

Ich hatte keine Ahnung, warum ich mir so sehr wünschte, er würde sich auftun, um mich zu verschlingen. Schließlich redete ich hier mit meiner besten Freundin! Aber mein Freund war nun mal ihr Bruder und er wollte ganz gewiss nicht, dass ausgerechnet seine Schwester über unser Intimleben Bescheid wusste.

„Noch nicht", wiederholte sie. „Das heißt, du hast es vor?"

Ich seufzte und spielte auf Zeit, indem ich den Reißverschluss der Tasche verschloss. „Falls ich es mir mit jemandem vorstellen kann, dann mit ihm. Ich bin schon so lange in ihn verliebt und bisher ist er wirklich der beste Freund, den man sich wünschen kann. Er ist so süß! Sobald er mich anlächelt, bildet sich dieses warme Gefühl in meinem Bauch und wenn er mich küsst ..."

Ich brach ab und verkniff mir den Zusatz, dass ich mir wünschte, ich könnte einen dieser Küsse in einer Schneekugel konservieren, als ich Nells Grimasse sah.

„Danke, das genügt mir!", witzelte sie und fuchtelte mit den Händen zwischen uns herum, als wollte sie die Worte vertreiben, die ich eben ausgesprochen hatte.

„Du hast gefragt!", erinnerte ich sie.

„Ich weiß, ich weiß!", gab sie lachend zu und zog mich in eine Umarmung. „Ihr beide seid ein tolles Paar", begann sie nun ernst. „Das ist jetzt nicht rein auf das Körperliche bezogen, aber versprich mir, nicht zuzulassen, dass er dir wehtut, okay?"

Ihre Sorge rührte mich zutiefst. „Versprochen", murmelte ich, denn wer war schon scharf darauf, sich das Herz brechen zu lassen?

Um das Thema nicht weiter zu vertiefen, kontrollierte ich, ob ich auch alles eingepackt hatte, ehe wir nach unten gingen. Nate wartete bereits, denn er ließ es sich nicht nehmen, mich heimzufahren. Ehe er in meine Straße einbog, lenkte er den

Wagen an den Straßenrand und stellte den Motor ab. „Denkst du, ich kann dich besuchen kommen?“, wollte er wissen und drückte meine Hand, die er, seit wir von ihm losgefahren waren, ununterbrochen hielt.

Ich schürzte die Lippen und überlegte. Als mein Dad nach dem Vorfall mit Caroline mit mir ins Diner gegangen war, hatte er nicht den Eindruck gemacht, als würde er seine Schrotflinte vom Dachboden holen, falls Nate unser Haus betrat. Aber bei diesem Gespräch hatte er noch keine Ahnung gehabt, dass wir zusammen waren und zwischen uns bereits mehr vorgefallen war, als Küsse.

„Ich werde mich vorsichtig vortasten. Vermutlich verdonnert er uns dazu, im Wohnzimmer zu bleiben, oder ich muss meine Zimmertür offenlassen. Das nehme ich jedoch alles in Kauf.“

Nate löste unsere Finger und umfasste meinen Nacken. Es wäre unnötig gewesen, mich zu sich heranzuziehen, denn als er sich zu mir beugte, bewegte ich mich automatisch zu ihm hin. Ich verhielt mich wie ein Stück Metall, welches von ihm, meinem Magneten, angezogen wurde.

„Geht mir auch so. Hauptsache, ich kann bei dir sein“, flüsterte er mir zu. Zärtlich legte er die andere Hand an meine Wange und küsste mich liebevoll.

Mit geschlossenen Lidern genoss ich das Gefühl, das seine seidenweichen Lippen verursachten. Als Nates Zunge sanft gegen meine stupste, seufzte ich in seinen Mund, worauf er mit einem rauen Stöhnen reagierte.

Vielleicht hatte das Gespräch mit Nell den Anstoß gegeben, aber in diesem Augenblick war ich mir ganz sicher, dass ich mein erstes Mal mit niemand anderem haben wollen würde, als mit ihm.

„Ich möchte mir dir schlafen“, wisperte ich, ohne mich wirklich von ihm zu lösen, und bemerkte, wie er sofort erstarrte.

„Jetzt?“, war seine verwunderte Antwort und ich konnte die Fragezeichen, die ihm durch den Kopf gingen förmlich sehen, als ich die Augen aufschlug und ihm ins Gesicht sah. Meine Wangen glühten, doch das war Nate und das, was ich gesagt hatte, war die Wahrheit.

„Nein, nicht jetzt", antwortete ich und schob meine Hand in seine geöffnete Jacke, wo mich seine Körperwärme empfing. „Aber irgendwann. Sobald wir mal ungestört sind." Ich erreichte die Stelle, unter der sein Herz schlug.

„Okay", entgegnete er nach einem Augenblick. Er klang heiser. „Damit habe ich nicht gerechnet, um ehrlich zu sein. Wenn du das möchtest, versuche ich, ein Zimmer …"

„Himmel! Nein!", fiel ich ihm ins Wort. „Alles, nur kein Motelzimmer", bat ich ihn. Nate nickte, sank zurück auf den Fahrersitz und sah zum Dach. Möglicherweise überlegte er, welcher Ort geeignet sein könnte.

„Wir brauchen nichts überstürzen. Du solltest nur wissen, dass ich bereit dazu bin."

Er warf mir einen kurzen Blick zu und nickte erneut. „Ich werde mir was einfallen lassen, versprochen", sagte er leise und wandte sich wieder zu mir. „Es ist dein erstes Mal. Das muss etwas Besonderes sein."

„Das ist es schon, weil es mit dir sein wird", gestand ich ehrlich, beugte mich zu ihm und küsste ihn, bis die Scheiben des Wagens von innen beschlagen waren.

„Ich sollte dich nun nach Hause bringen, ehe noch jemand der Anwohner gegen die Karosserie hämmert", murmelte Nate an meinem Mund und ich konnte fühlen, dass er dabei lächelte.

Ich nickte, leckte über meine wundgeküssten und überempfindlichen Lippen und rutschte zurück auf meinen Sitz. Mein Freund startete den Motor und fuhr mich die letzten Meter zu meinem Zuhause.

KAPITEL 30

Es fühlte sich seltsam an, wieder daheim zu sein, aber als ich Dad in der Küche mit einem Berg Hackfleisch herumhantieren sah, war das ein wunderbarer Anblick. Erwartete er etwa Besuch? Mit der Unmenge Fleisch, die auf der Anrichte lag, ließe sich problemlos eine Kompanie versorgen!

„Hey, Dad!“, begrüßte ich ihn, trat von hinten an ihn heran und schlang die Arme um ihn.

„Hey, mein Herz“, erwiderte er und lachte, als ich den Kopf gegen seinen Rücken drückte.

„Hallo, Mr. Lancaster“, meldete sich Nate, der darauf bestanden hatte, meine Tasche ins Haus zu tragen. Gewiss konnte ich das auch sehr gut selbst, aber ich hielt es für eine gute Möglichkeit, um vorzufühlen, wie Dad auf meinen Freund reagierte. Verwundert drehte mein Vater sich um. Offensichtlich hatte er nicht damit gerechnet, dass ich jemanden mitbrachte.

„Hey, Nate! Schön, dich zu sehen“, meinte mein Dad und schenkte ihm ein Lächeln, das breiter wurde, als er zu mir sah. Ein wissendes Funkeln tauchte in seinen Augen auf und mein Magen zog sich zusammen.

„Du warst Eden mit ihrem Gepäck behilflich“, stellte er fest. „Das ist nett von dir. Wie du siehst, bin ich gerade verhindert“, ergänzte er schmunzelnd und deutete mit einer Kopfbewegung auf seine Hände, an denen Hackfleisch klebte.

„Das versteht sich doch von selbst“, versicherte Nate, dem die Situation allem Anschein nach ebenfalls ein wenig suspekt war. Warum war mein Vater so gut gelaunt?

„Ich dachte, ich mache Burger zur Feier des Tages. Wenn du möchtest, kannst du mitessen“, bot Dad ihm an.

„Seine Burger sind hervorragend“, ermutigte ich ihn und sah meinen Freund an, bis sich die Andeutung eines Lächelns auf seinen Zügen zeigte.

„Sehr gerne, Mr. Lancaster.“

Mein Vater sah zwischen uns beiden hin und her und mein Bauchgefühl verriet mir, dass er etwas ahnte. Aber was hatte ich auch erwartet? Er arbeitete seit Jahren beim FBI, da entwickelte man vermutlich eine Art siebten Sinn.

„Bitte nenn mich Jeff“, forderte mein Dad und mir fiel fast die Kinnlade auf die Brust. Nun bestand kein Zweifel mehr – er wusste, dass Nate nicht einfach nur der Junge war, der mich nach Hause fuhr.

Jedoch überraschte mich, wie entspannt er reagierte. Statt zu drohen, ihn unter Schusswaffeneinsatz von unserem Grundstück zu jagen, begegnete er meinem Freund recht gelassen. Immerhin war ich die Erstgeborene und konnte in keine vorgeformten Fußstapfen einer älteren Schwester treten, die sich gewisse Freiheiten in endlosen Diskussionen erkämpft hatte. Hier war ich diejenige, die diese Kämpfe ausfechten musste, oder besser gesagt: Ich hatte damit gerechnet, das tun zu müssen, doch Dad schien immer wieder für eine Überraschung gut zu sein.

„Wärt ihr beide so lieb, den Tisch zu decken?“, bat mich mein Vater, was wir auch taten. Über die Teller und Servietten hinweg warfen Nate und ich uns fragende Blicke zu. Ich ahnte, dass er eine Erklärung für das unerwartete Verhalten meines Dads wollte, aber ich hatte selbst keine darauf.

Kurze Zeit später kam Mae vom Tanztraining nach Hause. Ihre lebhafte Erzählung von den anderen Mädchen aus dem Kurs und was sie gelernt hatte, füllte den Raum. In diesem Zimmer war schon lang nicht mehr so viel Leben gewesen. Meinen Dad die kommenden Monate zuhause zu haben, der

Grandma Einhalt gebot, tat uns allen gut. Zudem zeigte Mae einen beachtlichen Appetit, wie ich erleichtert feststellte. Vor einigen Wochen hätte sie das fettige Fleisch und die kohlehydratgeladenen Burgerbrötchen verschmäht, doch das schien endgültig der Vergangenheit anzugehören.

Nach dem Essen verabschiedete sich Nate und ich brachte ihn zur Haustür.

„Es tut mir leid, dass er dich so überfallen hat", murmelte ich und trat einen Schritt näher an ihn heran, nachdem ich mich versichert hatte, dass uns niemand beobachtete. Ein Lächeln schlich sich auf Nates Züge, als er den Abstand zwischen uns bis auf wenige Zentimeter schmelzen ließ.

„Quatsch. Es war nett von ihm", widersprach er, legte einen Finger unter mein Kinn und hob mein Gesicht an.

Ich konnte nicht anders, als gegen ihn zu sinken, seinen Mund zu empfangen und mich in ihm zu verlieren. Am liebsten würde ich Arme und Beine um ihn schlingen, um mit ihm zu verschmelzen, aber ein Klappern aus der Küche erinnerte mich daran, wo wir uns befanden.

„Wir sollten die Geduld deines Dads nicht überstrapazieren", rief mein Freund mir ins Bewusstsein und trat einen Schritt zurück. Ich war noch nicht bereit, ihn gehenzulassen und streckte eine Hand nach ihm aus. Statt sich wieder zu mir ziehen zu lassen, nahm er sie, führte sie an seine Lippen und küsste meine Handinnenfläche. „Bis morgen", flüsterte er, machte kehrt und ich sah ihm hinterher, bis die roten Rücklichter des Wagens verschwunden waren.

Langsam ging ich in die Küche und hoffte, man würde mir nicht zu deutlich ansehen, wie unglaublich verknallt ich war. Mein Dad stand vor der Spülmaschine, wo er die benutzten Teller einsortierte. Im Wohnzimmer lief der Fernseher, woraus ich schloss, dass Mae sich dorthin zurückgezogen hatte.

„Kann ich dir etwas helfen?", wollte ich von meinem Vater wissen, der sich daraufhin aufrichtete, ein Geschirrtuch nahm und die Anrichte abwischte, obwohl sie bereits blankpoliert wirkte.

„Danke, mein Herz, aber ich bin schon durch. Du hast unseren Gast offenbar sehr gründlich verabschiedet“, meinte er und ich merkte, wie mir augenblicklich die Hitze in die Wangen stieg. Ich öffnete den Mund, um zu einer Erklärung anzusetzen, doch mein Dad kam mir zuvor. Er stellte sich vor mich, legte mir die Hände auf die Schultern und sah mir fest in die Augen. „Keine Sorge, ich reiße weder dir noch ihm den Kopf ab“, versicherte er.

„Wo … woher, weißt du …?“, stammelte ich, woraufhin mein Vater leise lachte.

„Liebes, wir mögen vielleicht schon ein bisschen grau sein, aber blind sind wir nicht“, wandte er ein und lächelte mich liebevoll an.

„Wir?“, hakte ich nach und mein Dad nickte.

„Grace und Ted hatten ebenfalls bereits den Verdacht, dass sich zwischen Nate und dir etwas entwickelt hat.“

Als ich das hörte, sank mein Herz gleich um mehrere Etagen in die Tiefe. Diese ganze Heimlichtuerei, von der wir dachten, gut darin zu sein, war völlig umsonst gewesen?

„Wie ihr euch anseht … das entgeht dem aufmerksamen Betrachter nicht und Aufmerksamkeit ist mein zweiter Vorname, wie du weißt.“ Er wackelte mit den Augenbrauen und vertrieb damit, das klamme Gefühl des Ertapptseins.

„Dein zweiter Vorname ist Leonard, Dad“, gab ich zurück und entspannte mich dabei langsam.

„Okay, dann ist es eben mein Dritter“, scherzte er und wurde plötzlich wieder ernst. „Du bist sechzehn, Eden. Da entwickeln sich gewisse Dinge und man möchte Neues austesten. Da gehört auch ein Freund dazu.“ Ich ahnte, was nun folgte und hätte mich am liebsten irgendwo versteckt.

„Dad! Ich habe ein A+ in Biologie! Wir müssen nicht darüber reden!“, versuchte ich, dem berühmten Gespräch zu entgehen.

„Doch. Das müssen und das werden wir", widersprach mein Dad mit einer Stimme, die keinen Widerspruch duldete. „Allerdings hoffe ich, dass ihr noch nicht soweit seid."

„Sind wir nicht!", platzte es aus mir heraus. Das war die Wahrheit, denn schließlich hatten Nate und ich vor knapp zwei Stunden das erste Mal darüber gesprochen. Das bedeutete längst nicht, dass das in den nächsten Tagen geschah.

„Ich war auch einmal jung, mein Herz. Jeder muss seinen Weg gehen und ich bete förmlich, ihr begeht diesen *nicht* ohne Schutz."

„Dad!", rief ich und schlug die Hände vors Gesicht. Meine Wangen glühten, sodass ein Tropfen Wasser darauf vermutlich mit einem Zischen verdampfen würde.

„Das wollte ich nur gesagt haben, Eden. Du bist intelligent. Da sollte verantwortungsvolle Verhütung selbstverständlich sein."

Ich seufzte. Betrachtete man es genau, war es ein Traum, wie mein Dad reagierte. Dennoch war das Gespräch mit ihm unangenehm, obwohl ich bezweifelte, es wäre anders gewesen, falls Mom an seiner Stelle gestanden hätte. Welcher Teenager sprach schon gern mit seinen Eltern über Verhütung und sein Sexualleben? Zum Glück blieb mir ein solcher Vortrag, wie Nell ihn über sich hatte ergehen lassen müssen, erspart.

„Mach dir keine Gedanken, Dad. Nate und ich … wir … das hat noch Zeit."

Er nickte und drückte meine Schulter. „Wenn es so weit ist, will ich, dass du vorbereitet bist. Versprich mir, dass du nichts tust, das du nichts möchtest, okay?"

Die ehrliche Sorge, die er um mich hatte, rührte mich zutiefst.

„Versprochen", gab ich zurück und hielt dabei seinen Blick fest.

„In Ordnung", brummte er nach einem Moment, ging hinüber zum Spülbecken, womit das Gespräch für ihn offenbar beendet war.

Ich wartete einen Augenblick, ob er vielleicht doch noch etwas ergänzen würde, aber als Dad weiterhin schwieg, ging ich hinauf in mein Zimmer.

KAPITEL 31

Zwei Wochen später quoll die Hayswood High nur so über vor rosaroten Herzen. Sie klebten auf den Türen, hingen von der Decke und schwebten mir in Luftballonform vor der Nase herum. An allen Ecken standen Leute des Veranstaltungskomitees und verkauften Rosen. Mädchen kreischten und wetteiferten auf den Fluren, wer die bisherige Spitzenreiterin in Sachen Blumengeschenken war.

Bisher war der Valentinstag stets eines der Events gewesen, an denen ich den Kopf eingezogen und so getan hatte, als ließe mich der ganze Zirkus kalt. Schließlich war ich, bis auf die Rose von Simon Whitmore, mit dem ich volle drei Tage Händchen gehalten hatte, immer leer ausgegangen.

Heute allerdings keimte die Hoffnung in mir auf, meine traurige Bestmarke von ‚Eins', brechen zu können. Als ich auf meinen Spind zuging, fiel mir auf, wie mir seltsame Blicke zugeworfen wurden. Verunsichert sah ich an mir herab, um zu prüfen, ob an meiner Kleidung etwas nicht stimmte, aber dort schien alles in Ordnung zu sein. Ich war kurz davor, zu den Toiletten abzubiegen, um nachzusehen, ob mir möglicherweise noch Zahnpasta im Mundwinkel klebte, als mir der Menschenauflauf in unmittelbarer Nähe zu meinem Schließfach auffiel.

Mein Puls beschleunigte sich, während ich mir einen Weg durch meine Mitschüler bahnte. Als ich sah, was deren Aufmerksamkeit erregt hatte, schlug ich mir eine Hand vor den Mund und eine Träne der Rührung kullerte über meine Wange.

Mit Teelichtern geschrieben stand auf dem Boden vor meinem Fach mein Name, welcher eingefasst von einem Herzen war. Das Herz war aus so vielen roten Rosen geformt, dass ich sie auf Anhieb gar nicht zählen konnte. Suchend sah ich mich nach dem einzigen Menschen um, der dafür infrage kam. Hunderte Schmetterlinge flatterten in meinem Magen umher, als ich ihn entdeckte. Er lächelte und kam langsam auf mich zu.

„O mein Gott", hauchte ich heiser und warf mich in Nates Arme, mit denen er mich sofort umfing und an sich zog.

Die Lehrer missbilligten es, wenn auf dem Schulgelände herumgeknutscht wurde, doch das war mir im Augenblick gleichgültig. Ich umfasste sein Gesicht mit beiden Händen, zog es zu mir herab und küsste ihn innig. Ich hörte sein leises Stöhnen, als er meiner Zunge Einlass gewährte, was mich dazu ermutigte, den Kuss zu vertiefen. Nur am Rande nahm ich die anzüglichen Kommentare wahr, die vereinzelt zu hören waren, denn alles, was zählte, war Nate.

„Das ist wunderschön", murmelte ich zwischen zwei Küssen an seinen Lippen und erneut stiegen mir die Tränen in die Augen.

„Es gefällt dir?"

„Natürlich tut es das", versicherte ich ihm. „Wie könnte mir das nicht gefallen?"

„Ach! Du! Schande!", erklang unvermittelt Nells Stimme hinter mir, woraufhin ich mich von meinem Freund löste und umdrehte.

Damit ich mich nicht zu weit von ihm entfernte, schlang er einen Arm um meine Taille und hielt mich so bei sich. Lächelnd schmiegte ich mich mit dem Rücken an ihn, während meine beste Freundin mit offenem Mund auf meinen Namen und das Herz drumherum zeigte. Dann musterte sie ihren Bruder.

„Ich wäre glatt eifersüchtig, wenn wir nicht dieselben Eltern hätten", scherzte sie, zog ihr Handy hervor und machte zuerst ein Foto von uns und anschließend von meinem Valentinsgeschenk. Das erste Läuten sorgte dafür, dass sich die Menschenmasse um uns langsam auflöste.

„Das ist auch gut so, denn schließlich habe ich den phänomenalsten Freund der Welt und den teile ich mit niemandem!"

Mit einem Ruck wirbelte Nate mich herum und zog mich fest an sich. „Sowas tut ein Freund nun mal, richtig?"

Ehe ich antworten konnte, küsste er mich ein weiteres Mal.

„Ich nehme ihn dir gewiss nicht weg!", warf Nell ein, woraufhin ich lachen musste.

Nate zog eine Grimasse. „Bah! Du bist meine Schwester!", rief er und schüttelte sich, um seine Abneigung gegenüber dieser Vorstellung zu unterstreichen.

Der Flur wurde immer leerer und obwohl es mir nahezu körperliche Schmerzen zufügte, deutete ich auf das Herz und sagte: „Na los, lasst uns die Sachen in Sicherheit bringen, ehe sie jemand klaut."

Damit ich mich auf ewig daran erinnern konnte, knipste ich drei Dutzend Bilder aus sämtlichen möglichen Perspektiven, ehe ich die Teelichter auspustete, sie kurz abkühlen ließ und sie zusammen mit den Rosen in meinem Schließfach verstaute.

„Ich habe noch eine Überraschung für dich", flüsterte Nate mir ins Ohr und küsste mich auf die Wange.

„Welche Art von Überraschung?", bohrte ich, aber mein Freund zwinkerte mir nur zu und begab sich, ohne mir zu antworten, auf den Weg in sein Klassenzimmer.

„Was für eine Überraschung?", platzte Nell heraus, als ihr Bruder außer Hörweite war.

„Keine Ahnung", erwiderte ich, doch als ich die Worte aussprach, kam mir ein Verdacht, der meinen Puls in die Höhe trieb.

Würden wir heute miteinander schlafen? Ich war überzeugt, dass Nate der Richtige war, allerdings machte mir der Gedanke daran, es könnte in wenigen Stunden soweit sein, ein bisschen

Angst. Aber vermutlich war das normal. Schließlich war es ein großer Schritt, seine Jungfräulichkeit zu verlieren.

Nach dieser Ankündigung war ich kaum in der Lage, dem Unterricht zu folgen. Meine Überlegungen kreisten einzig und allein darum, welche Überraschung er für mich hatte. Immer wieder fischte ich mein Handy hervor, rief unseren Chat auf und überlegte, wie sich ihm seine Pläne entlocken ließen.

Die Worte *‚wird es heute passieren?'*, warteten volle drei Schulstunden darauf, dass ich sie abschickte. Im Englischunterricht fand ich endlich den Mut dazu. Nates Antwort kam rasch. Womöglich hatte er auf diese Frage gewartet.

Nate: *Heute wird einiges passieren, aber das bestimmt nicht. Ich hole dich um sieben ab. XO*

Weil er sich beharrlich weigerte, mir zu verraten, was er vorhatte, fiel meine Kleiderwahl auf eine Jeans und das Top, das ich von meinem Dad zum Geburtstag bekommen hatte. Da es zu luftig für die um den Gefrierpunkt liegenden Temperaturen war, zog ich noch eine Sweatjacke darüber. Zudem legte ich ein wenig Wimperntusche auf und benutzte etwas von dem Lipgloss, das Nate vor unserem ersten Kuss so verrückt gemacht hatte. Womöglich wollte er wieder höchstpersönlich dafür sorgen, dass es von meinen Lippen verschwand.

Zuletzt schickte ich Nell ein Selfie von mir, die mein Outfit mit einem nach oben gerichteten Daumen absegnete. Je näher der Stundenzeiger auf die Sieben zukroch, umso nervöser wurde ich. Fünfzehn Minuten vorher erwischte ich mich dabei, wie ich immer wieder zum Fenster blickte, um nachzusehen, ob Nates Wagen schon in der Einfahrt stand.

Als es an der Tür läutete, schnellte mein Puls augenblicklich in die Höhe.

„Ich gehe!", rief Mae und ehe ich es verhindern konnte, war sie bereits an der Tür.

„Hallo Nate“, begrüßte sie meinen Freund, dessen Blick sich sofort auf mich richtete.

„Hallo Mae“, erwiderte er freundlich, ohne mich aus den Augen zu lassen. Der bewundernde Ausdruck und das Lächeln, das auf seiner Miene auftauchte, verrieten mir, dass es sich gelohnt hatte, sich ein wenig in Schale zu werfen. Nate sah ebenfalls toll aus. Er trug einen Pullover, der neu zu sein schien, eine Jeans und eine Wollmütze, die sein dunkles Haar versteckte.

„Hey“, raunte er mir zu, legte mir eine Hand auf die Taille, beugte sich hinab und hauchte mir einen Kuss auf die Wange. Ich schloss die Lider und atmete tief ein. Er roch immer so unfassbar gut und ich konnte kaum genug davon bekommen.

„Hey“, gab ich leicht außer Atem zurück und lächelte ihn an, nachdem er sich wieder von mir gelöst hatte.

„Guten Abend, Nate“, erklang Dads Stimme und ich erkannte, wie sich mein Freund automatisch ein bisschen aufrechter hinstellte.

„Hallo, Mr. Lancaster … ähm … Jeff“, stammelte er und reichte meinem Vater die Hand.

Obwohl mein Dad sich relaxt gab, spürte ich, dass er ein wenig angespannt war. Verständlich. Schließlich war es das erste Mal, dass seine Tochter von ihrem Freund zu einem Date abgeholt wurde. Und das am Valentinstag, dem Tag der Verliebten.

„Was habt ihr vor?“, erkundigte er sich und blickte mich an, doch ich konnte nur ahnungslos mit den Schultern zucken.

„Ich habe eine Überraschung vorbereitet“, antwortete Nate ausweichend, woraufhin Dad sich zu ihm wandte.

„Welche Art Überraschung?“, hakte er misstrauisch nach und musterte ihn von Kopf bis Fuß.

Mein Freund räusperte sich und wirkte sichtlich verlegen. „Wenn ich das jetzt verrate, ist es keine Überraschung mehr“, gab er zurück und bedachte meinen Vater mit einem flehenden

Blick. Ich bemerkte, wie mein Dad die Kiefer aufeinanderpresste und sah förmlich, wie er darüber nachdachte, was Nate geplant haben könnte und ob es wirklich klug war, mich mit ihm gehen zu lassen.

„Es endet hoffentlich nicht mit durch die Gegend fliegenden Klamotten", brummte er und machte einen Schritt auf meinen Freund zu, der sofort die Hände hob und zurückwich. Mein Dad war zwar kein muskelbepackter Koloss, aber er verströmte Autorität, auf die er genau jetzt noch eine Schippe drauflegte.

„Nein!", versicherte Nate ihm endlich, nachdem er den ersten Schrecken überwunden hatte und sah hilfesuchend zu mir. Ich trat rasch an seine Seite und hakte mich unter seinen Arm.

„Das Thema hatten wir bereits, Dad", erinnerte ich meinen Vater in einem strengen Tonfall und gab Nate einen leichten Stoß mit dem Ellbogen, damit er aus seiner Starre erwachte.

„Wir werden nichts in dieser Richtung unternehmen. Das schwöre ich! Um ehrlich zu sein, behalten wir die ganze Zeit sogar unsere Jacken an."

Mein Dad musterte uns und die Sekunden, bis er schließlich seufzte und wir uns synchron entspannten, wirkten unendlich lange.

„Um elf bist du wieder zurück", meinte er und deutete zur Tür. Statt jedoch zu gehen, stellte ich mich vor meinen Vater, ging auf die Zehenspitzen und umarmte ihn. „Bis später, Daddy", flüsterte ich ihm entgegen und lächelte mit einer Mischung aus Dankbarkeit und Zuversicht zu ihm hinauf. Dann schnappte ich mir meine Winterjacke sowie mein Handy und verließ mit Nate das Haus, ehe Dad es sich noch anders überlegte.

„Was hast du vor?", wollte ich wissen, als ich mich anschnallte und mein Freund rückwärts aus unserer Einfahrt fuhr.

„Lass dich überraschen", wich er meiner Frage aus und zwinkerte mir zu.

Ich warf einen Blick auf die leere Rücksitzbank, wo sich somit auch kein Hinweis darauf befand, was er vorhatte. „Gib mir zumindest einen Tipp", forderte ich und verschränkte die Arme vor der Brust.

Nate schürzte die Lippen, was total süß aussah. Er wiegte den Kopf hin und her, während er offenbar darüber nachdachte, ob und was er mir verraten konnte.

„Nur einen kleinen", setzte ich nach, da er für meinen Geschmack bereits viel zu lange überlegte.

Er grinste mir zu. „Es hat mit dem Auto zu tun", meinte er, wobei sein Grinsen etwas breiter wurde. Im Augenwinkel registrierte ich, wie wir Hayswood verließen.

„Ach?", neckte ich ihn, denn der Hinweis war eigentlich gar keiner. „Darauf wäre ich niemals gekommen!"

Nate lachte auf und der Klang seines Lachens löste erneut dieses gänsehautverursachende Kribbeln in mir aus.

„Warte doch erstmal ab. Warum müsst ihr Frauen so schrecklich neugierig sein?", gab er zurück und ich erkannte im schwach schimmernden Licht der Armaturenbeleuchtung, dass er noch immer lächelte.

„Das liegt in der Natur", verteidigte ich meine Geschlechtsgenossinnen und mich. Nate schwieg daraufhin und fuhr weiter über die dunkle Landstraße. „Wir fahren aber nicht in ein Motel, oder?", vergewisserte ich mich nach einem Moment und merkte, wie fragil und unsicher sich meine Stimme anhörte.

„Nein. Es war mein Ernst, als ich sagte, dass wir unsere Jacken anbehalten werden."

Ein Anflug von Bedauern erfasste mich, denn es gefiel mir, die Hand unter Nates Shirts zu schieben, um seine weiche, warme Haut zu streicheln. Manchmal erschrak er, weil meine Finger so kalt waren. Die Bewegung seiner Bauchmuskeln dabei fand ich faszinierend und ab und zu war mir der Gedanke bekommen, wie diese Muskeln aussehen mochten, wenn er sich auf oder in mir bewegte. Das Prickeln, das sich allein durch meine Fantasie in meinem Schoß bemerkbar machte, wurde intensiver, je länger ich darüber nachdachte. Ich musste für eine Sekunde meine Augen schließen, um mich wieder in den Griff zu bekommen.

„Wir lassen also sämtliche Klamotten an und es hat mit dem Auto zu tun?", fasste ich die wenigen Hinweise, die ich hatte, zu einer Frage zusammen.

„Wir sind gleich da. Fünf Minuten Geduld wirst du wohl noch aufbringen können", gab er entspannt zurück, langte über die Mittelkonsole und drückte sanft mein Knie.

„Fünf Minuten können irre lange sein", widersprach ich, doch er ließ sich nicht beirren. Wir entfernten uns immer weiter von Hayswood und bald umgab den Wagen nichts als Finsternis, die lediglich von den beiden Autoscheinwerfern zerschnitten wurde.

Nach einigen Meilen holperte das Auto einen unbefestigten Weg entlang, bis er in einer Sackgasse endete. Neben uns ragten kahle Bäume auf und die Gegend wirkte alles andere als einladend.

„Sind wir hier richtig?", fragte ich unsicher und unterdrückte den Impuls, die Tür zu verriegeln. Nate stellte den Motor ab und wandte sich zu mir.

„Vertraust du mir?", wollte er wissen, legte eine Hand an meine Wange und ließ seine Fingerspitzen an meinem Haaransatz kreisen.

„Natürlich", war meine sofortige Antwort, denn ich würde ihm mein Leben anvertrauen, sollte er mich je darum bitten.

„Dann lass dich von mir überraschen", erwiderte er leise, fischte eine kleine Taschenlampe aus der Jackentasche und stieg aus. Ich löste den Anschnallgurt und folgte ihm zum Kofferraum, wo er eine riesige Steppdecke hervorholte. Damit ging er zur Vorderseite des Autos und breitete sie über der Frontscheibe und einem Teil der Motorhaube aus. Anschließend holte er eine weitere Decke, ehe er auf den Wagen kletterte und mir half, zu ihm zu kommen. Ich ahnte, dass er mich im Arm halten wollte, aber warum wir das ausgerechnet hier im Nirgendwo tun mussten, erschloss sich mir nicht. Trotzdem schmiegte ich mich in seinen Arm und als ich die richtige Position hatte, knipste Nate die Taschenlampe aus. Es raschelte kurz, als er sie einsteckte, doch bald war nur Stille um uns. Wenn ich genau hin hörte, konnte ich vielleicht sein Herz schlagen hören.

„Und jetzt?“, flüsterte ich und mir kam selbst meine gedämpfte Stimme viel zu laut vor.

Er lachte leise, was ich als leichtes Beben spürte. „Ich glaube, du bist die unromantischste Frau, die ich kenne“, merkte er an und ich bemerkte einen Augenblick danach, wie er mir einen Kuss auf den Scheitel gab. Sein warmer Atem verfing sich in meinen Haaren und es dauerte einen Moment, ehe er davongetragen und von der Kälte der Nacht verschlungen wurde.

„Sieh nach oben, Eden“, murmelte er und obwohl ich meine bequeme Lage nur ungern aufgab, drehte ich mich herum und tat, was Nate gesagt hatte.

„O mein Gott“, wisperte ich ehrfürchtig und riss die Augen auf, um all die Schönheit zu erfassen, die sich mir offenbarte.

Hier draußen war es gar nicht so finster und schrecklich, wie ich vor wenigen Minuten angenommen hatte, denn über uns leuchteten Millionen oder sogar Milliarden Sterne. Die Nacht war eisig, aber auch klar und ich konnte schwören, dass ich noch nie einen beeindruckenderen Sternenhimmel gesehen hatte. Sie waren unterschiedlich groß, manche schienen zu funkeln und als ich am Rande meines Sichtfeldes eine Sternschnuppe bemerkte, klopfte mein Herz vor Aufregung schneller.

„Hast du das gesehen?“, quiekte ich, setzte mich auf und deutete in die Richtung, wo natürlich längst nichts mehr zu sehen war.

Nate zog mich in seine Arme, drückte mich fester an seine Brust und meinte: „Du solltest dir etwas wünschen."

„Wünschst du dir auch was?" Ich sah zu ihm und sog die silbern leuchtenden Konturen seines Gesichts in mir auf. Es war zu dunkel, damit wir uns in die Augen blicken konnten, aber ich spürte, dass er mich ansah.

„Ich habe alles, was ich mir wünsche", raunte er und küsste mich unter den Sternen, bis unsere Lippen sich taub anfühlten und wir nach Atem rangen. Ich legte mich zurück und sah erneut zum Himmel.

„Das sieht so wunderschön aus", murmelte ich ehrfürchtig und wandte mich zu Nate. „Danke, dass du mich hierhergebracht hast." Er nahm meine Hand und verschränkte unsere Finger ineinander.

„Das ist unser erster gemeinsamer Valentinstag. Er sollte etwas Besonderes sein. Wer weiß schon, was in zwölf Monaten sein wird." Mit seinen Worten, in denen vermutlich kein Hintergedanke steckte, setzte er eine Kettenreaktion in meinem Kopf in Gang.

In zwölf Monaten.

Waren wir dann noch zusammen?

Oder stellte sein zweifellos im Sommer bevorstehender Weggang aus Hayswood das Ende unserer Beziehung dar? Saß ich nächstes Jahr allein an derselben Stelle und zermarterte mir das Hirn darüber, was mein Freund gerade auf dem Campus machte?

Plötzlich piepte ein Handy. Nate stieß ein genervt klingendes Seufzen aus, griff in die Jackentasche und holte sein Smartphone hervor.

„Hier gibt es tatsächlich Empfang", merkte ich erstaunt an, während er das Gerät entsperrte und die Nachrichten-App öffnete. Es schien ihm nichts auszumachen, dass ich die Mitteilungen mitlesen konnte, was ich als Vertrauensbeweis erachtete. Als ich allerdings die Bilder sah, die auf dem Display auftauchten, war es, als hätte jemand einen Eimer Eiswasser über mir ausgekippt.

Sie zeigten Brad inmitten einer Party. Glitter klebte ihm im Gesicht und eine Frau mit einem sehr großzügigen Ausschnitt war dabei, ihm die Wange abzulecken. Nate wischte über den Bildschirm. Weitere Fotos tauchten auf. Brad mit zwei Frauen im Arm, die Playboy-Bunny Kostüme trugen. Seine Hände befanden sich gefährlich nah an deren Brüsten, was den beiden dem Anschein nach nichts ausmachte. Brad, der die Hüfte einer Frau umfasst hielt, die lediglich einen String zu tragen schien. Sie streckte ihm einen wohlgeformten Po entgegen, während er – vermutlich war es Salz – von ihrer Haut leckte, um den Tequila zu trinken, den ich am Bildrand erkannte. Bild um Bild trudelte ein und je mehr ich sah, umso größer wurde der Knoten in meinem Magen. Im Hintergrund jedes Fotos war eine wild feiernde Meute zu erkennen. Die meisten völlig enthemmt, leicht bekleidet und entweder kurz davor, Körperflüssigkeiten mit einem anderen Partygast auszutauschen oder bereits mittendrin. Eine Sprachnachricht beendete die Bilderflut und mir stockte der Atem, als ich Brads Stimme hörte, der gegen die ohrenbetäubende Musik anbrüllte.

„Hey, Alter! Nächstes Jahr bist du dabei! So feiert man Valentinstag! Wohoo!“

Nervös sah ich zu Nate und mein Herz krampfte sich zusammen, als ich das selige Lächeln auf seinen Zügen im Licht des Handydisplays erkannte. Ihm gefiel offenbar die Aussicht, auf eine solche Party zu gehen, statt mit mir hier in der Einöde zu versauern. Gewiss waren die Sterne wunderbar, aber welcher Kerl konnte bei einem Überangebot an weiblichen Reizen und Möglichkeiten schon dauerhaft widerstehen?

„Der hat doch einen Knall“, platzte es aus mir heraus, woraufhin Nate das Handy sinken ließ, zu mir herübersah und die Brauen fragend in Richtung Haaransatz zog. „Er schickt dir diese Bilder nur, um damit anzugeben, was er für ein tolles

Leben hat. Man sieht auf den ersten Blick, dass in Hayswood tote Hose herrscht und er gibt hier den Obermacker, indem er dir solchen Kram vor die Nase hält!", schimpfte ich weiter und wedelte zum Telefon.

„Quatsch! Er möchte mir zeigen, wie es auf dem College ist", verteidigte mein Freund seinen neuen Kumpel, wodurch die Wut in mir noch höher kochte.

Brad war nicht einmal anwesend und trotzdem hatte er es mit Hilfe der Fotos geschafft, uns den Valentinstag zu vermiesen!

„Und warum sind das dann keine Aufnahmen von den Hörsälen, dem Campus oder dem Mensa-Essen? Auf jedem Bild waren Brüste zu sehen! Das hat nichts mit der UC zu tun. Das muss dir doch auffallen!"

Nate steckte sein Handy wieder ein und setzte sich auf. „Beruhige dich, Eden. Er meint es nur gut", versuchte er, mich zu besänftigen.

„Von wegen", brummte ich und entzog ihm meine Hand, die er unter der Decke die ganze Zeit gehalten hatte.

Mein Freund atmete tief durch. Ich wusste, dass ich mich zickig verhielt, allerdings war ich davon ausgegangen, ihn für mich zu haben! Stattdessen drängte Brad sich mit seinen dämlichen Proll-Fotos zwischen uns. Schätzungsweise war er zu betrunken, um zu erahnen, was er dadurch angerichtet hatte, aber sollte er uns hier so sehen, lachte er sich gewiss scheckig! Mir war seine Reaktion schließlich nicht entgangen, als er uns bei der Pyjama-Party die Tür geöffnet hatte. Offenbar hegte Brad eine Abneigung gegen glückliche Paare.

„Du kennst ihn gar nicht", widersprach er.

„Du doch auch nicht! Du hast ihn ein Mal getroffen und zufällig habe ich dabei daneben gesessen!", konterte ich.

„Wir telefonieren ab und zu. Außerdem hat er …"

Ein kratzendes Geräusch erklang, als Nate sich mit der Hand über das Gesicht rieb. Ungeduldig wartete ich, ob er sich nur unterbrochen hatte, um die richtigen Worte zu finden, als er jedoch nach einer gefühlten Ewigkeit noch immer schwieg, hielt ich es keine Sekunde länger aus.

„Was hat er?", bohrte ich weiter und schwor mir, mit der Fragerei weiterzumachen, bis ich wusste, was los war.

„Müssen wir wirklich jetzt darüber reden?", versuchte mein Freund, sich herauszuwinden, doch so leicht ließ ich mich nicht ablenken. Der Abend war ohnehin schon ruiniert.

„Ja, müssen wir", beharrte ich.

Sein Zögern war deutlich zu spüren, aber schließlich antwortete er: „Wir haben neulich telefoniert und dabei hat er gefragt, ob ich ihn besuchen möchte."

Ich schnappte nach Luft, ehe ich allerdings ein Wort sagen konnte, sprach Nate weiter. „Das macht natürlich nur Sinn, falls ich an der UC genommen werde. Warum soll ich mir einen Campus ansehen, wenn ich dann an eine andere Uni gehe?"

Erleichtert atmete ich aus und fühlte mich beruhigt. Mein Freund besaß doch noch Vernunft!

„Solltest du eine Zusage bekommen, besuchst du Shannons Bruder in Kalifornien?", versicherte ich mich, ihn richtig verstanden zu haben.

Stoff raschelte, als er sich neben mir bewegte. „Ja, werde ich. Es ist ein nettes Angebot von ihm. Wer gibt sich sonst schon freiwillig mit einem Erstsemester ab?"

Ich war hin und hergerissen. Einerseits wollte ich nicht, dass Brad ihn mit auf eine dieser zügellosen Partys schleppte und ihn all den Brüsten aussetzte, die auf den Bildern zu sehen gewesen waren. Andererseits konnte ich Nates Drang verstehen, Hayswood zu verlassen. Wäre es nur nicht ausgerechnet Brad, den mein Freund vorhatte zu besuchen!

„Wir sind seit vier Monaten zusammen, Eden. Du kannst mir vertrauen", meinte Nate leise und ich hörte deutlich, wie verletzt er klang. Mein schlechtes Gewissen traf mich mit voller Wucht. Er hatte recht. Ich sollte ihm vertrauen, doch die

Fotos hatten sich in meine Netzhaut eingebrannt. Dummerweise ersetzte meine blühende, von Furcht getriebene Fantasie Brads Gesicht mit dem meines Freundes. Was, wenn er am nächsten Valentinstag inmitten von playboybunnykostümtragenden Sexbomben war?

Gott, soweit durfte ich gar nicht denken!

„Es tut mir leid", begann ich flüsternd. „Manchmal habe ich regelrecht Panik vor dem Moment, an dem du Hayswood verlässt. Denn das wird geschehen und ich frage mich pausenlos, was dann mit uns passiert", gab ich ehrlich zu.

Ich wusste, ich konnte ihm vertrauen, aber weil er mir so wichtig war, war auch die Angst, ihn zu verlieren immens. Ich hatte bereits einen Menschen verloren und die Wunden dieses Verlustes waren längst nicht verheilt.

„Es ist nur ein Wochenende", besänftigte er mich und nahm meine Hand wieder in seine. „Außerdem warte ich noch auf die Zusage und falls es dich beruhigt: Diese Frauen interessieren mich kein bisschen. Schließlich habe ich die süßeste Freundin der Welt."

Wie sollte ich bei diesen Worten nicht dahinschmelzen? Der Ärger war im Nu vergessen und plötzlich kamen mir meine Einwände gegen den Kontakt zu Shannons Bruder kindisch und überzogen vor. Vielleicht schleppte Brad meinen Freund gar nicht mit. Erstsemester blieben doch gewöhnlich unter sich und wurden von den älteren Studenten mit einem müden Lächeln bedacht, wenn sie ihnen überhaupt Beachtung schenkten.

Meine Hand in Nates genügte mir nicht, also nahm ich allen Mut zusammen und setzte mich rittlings auf ihn. Offenbar überrascht keuchte er auf.

„Ich versprach deinem Vater, anständig zu sein", murmelte er, legte allerdings entgegen seiner Worte die Hände auf meine Oberschenkel und ließ sie langsam nach oben gleiten, bis sie auf meinen Hüften ruhten.

„Richtig." Ich beugte mich zu ihm, bis ich seine Körperwärme nahe meines Mundes spürte. „Es hat niemand etwas davon gesagt, dass das auch auf mich zutrifft", fügte ich hinzu und saugte an seiner Unterlippe, was er mit einem leisen Seufzen quittierte.

„Eden", hörte ich ihn raunen, ehe er meinen Hinterkopf umfasste und mich zu sich holte. Die Decke schütze uns vor der Kälte, doch daran verschwendete ich ohnehin bald keinen Gedanken mehr. Nates Lippen, seine Zunge, die über meine glitt, seine Hände auf und sein Körper unter mir sorgten dafür, dass ich nur noch fühlte.

Jedoch war es sein heiseres Stöhnen, sein immer heftiger schlagender Puls und seine sich beschleunigende Atmung, die mich tiefer berührten. Wir betraten neues Terrain, indem ich mein Becken rhythmisch hob und senkte und als ich seine Reaktion darauf deutlich in meinem Schritt spürte, fasste ich allen Mut zusammen und schob die Hand in seine Jeans.

„Himmel", keuchte Nate als ich ihn umfasste und das tiefe Stöhnen, das diesem einen Wort folgte, verriet mir, dass ihm meine Berührung gefiel. Ich war fasziniert davon, dass er sich gleichzeitig samtig und hart anfühlte und meine Finger wanderten neugierig auf und ab. Nate ließ mich eine Weile gewähren, ehe er die Hose öffnete, seine Hand auf meine legte und mir zeigte, wie er berührt werden wollte. Ich lernte offenbar schnell, denn bald gab er mich frei. Es erregte mich selbst, ihm Lust zu verschaffen und so war es nicht nur sein keuchender Atem, der in der Stille der Nacht zu hören war.

„Ich … bin gleich … soweit", kam es gepresst über Nates Lippen, doch statt mich zurückzuziehen, verstärkte ich meinen Griff. Ich wollte diese neue Erfahrung, aber als er plötzlich zuckte und mir etwas Warmes über die Finger floss, erschrak ich dennoch. Doch dann verstand ich und konnte nichts gegen das Grinsen unternehmen, das sich auf meine Züge legte. Nate nahm sich nur eine kurze Verschnaufpause, ehe er mir ein

Taschentuch reichte und mir half, meine Hand zu säubern. Mein Körper summte noch immer, als er mich mit sanftem Druck neben sich dirigierte und mich voller Verlangen küsste. Nun fand seine Hand in meine Hose und ich hielt den Atem an, als ich seine Finger am Bund meines Slips spürte. Um Nate zu verstehen zu geben, dass es in Ordnung war, dass er mich dort berührte, wölbte ich ihm mein Becken entgegen und intensivierte den Kuss.

Seine Finger fühlten sich kühl an, als er meine intimste Stelle erreichte, was jedoch an dem Feuer liegen konnte, das seine Zärtlichkeiten entfacht hatten. Mein Körper schien zu beben und ich stöhnte leise auf, als ich ihn in mir spürte. Wir verschmolzen, so weit es ging, miteinander, ohne den letzten Schritt zu machen.

Ich würde Dad wohl heute nicht in die Augen sehen können, wenn ich nach Hause kam, aber als Nates Berührungen dazu führten, dass ich selbst hinter meinen geschlossenen Augenlidern Sterne explodieren sah, wusste ich, dass es das wert war.

KAPITEL 32

Dad zeigte sich erstaunlich tolerant, was Nate und mich betraf und so fanden wir in den folgenden drei Wochen immer wieder Möglichkeiten, Zeit für uns zu haben.

Grandma verließ ihren Anbau kaum noch und falls sie das tat, dann um für einige Tage irgendwohin zur Erholung zu fahren. Ich genoss den Frieden zuhause, doch ab und zu schlich sich trotz all der Schmetterlinge, die ich im Bauch hatte, auch der Gedanke ein, was passieren würde, sobald mein Dad zurück nach Quantico musste. Die Ungewissheit nagte an mir, allerdings lernte ich, das Damoklesschwert, das über mir schwebte, zu verdrängen.

Ich konzentrierte mich auf die Schule sowie auf Nate und freute mich für Nell, weil es zwischen ihr und Will heftig knisterte. Dieser war endlich sicher, keine Gefühle mehr für seine Ex zu haben. Um Nells Herz zu erobern, ließ er sich Zeit und machte meiner besten Freundin regelrecht den Hof. Er trug ihre Schultasche, brachte ihr Tablett nach dem Mittagessen weg und schickte ihr süße Nachrichten. Nell aalte sich förmlich in seiner Aufmerksamkeit und vermutlich war der Weg, den Will gewählt hatte, exakt der richtige, um ihr Herz zu gewinnen. Dieses Mal zeigte sie jedenfalls nicht dieselbe Flatterhaftigkeit, wie es bei Joseph, Robbie und all den anderen zuvor gewesen war. Hope besaß inzwischen nur noch Augen für Trevor, während Arlene sich blendend mit Shannon verstand, die seit der Pyjama-Party täglich bei uns am Tisch saß. Es freute mich, dass Lene eine neue Freundin gefunden hatte, doch ich war auch traurig um die gute Freundschaft, die dabei kaputt gegangen war. Zweifellos war meine Welt in Bewegung und ich genoss mein Leben in vollen Zügen.

Dad war da, Cruella fort. Mein Freund war fabelhaft und meine beste Freundin war sich nicht zu schade, mir ein Alibi zu verschaffen.

Mein Herz klopfte bis zum Hals, als ich auf den Wagen zulief, der in unserer Einfahrt parkte. „Hey“, begrüßte ich Nell und zog sie in eine kurze Umarmung.

„Na du. Bist du bereit?“, erkundigte sie sich, woraufhin ich tief Luft holte. Der bloße Gedanke daran, was bald geschah, beschleunigte meinen Puls. Trotzdem nickte ich.

„Himmel, es ist kaum zu glauben, dass das wirklich passiert“, seufzte sie, startete den Motor und fuhr rückwärts aus der Ausfahrt. Mir fehlten die Worte, denn gleich würde ich Nate meine Jungfräulichkeit schenken.

„Hat dein Vater dir geglaubt?“, fragte sie, nachdem sie abgebogen war.

Ich nickte nur, weil ich gar nicht fassen konnte, wie einfach alles abgelaufen war. Mein Dad war zwar prinzipiell mit Nate einverstanden, aber er bestand darauf, immer sehr genau zu wissen, wo ich hinging und mit wem ich mich traf. Am liebsten war ihm, wenn Nell mit dabei war. Daher hatte ich meinem Dad auf ihren Vorschlag hin gesagt, wir wollten einen Mädelsabend im Kino verbringen. Um unsere kleine Schwindelei möglichst wasserdicht zu halten, sah Nell sich den Film mit Will an und schickte mir im Anschluss einen ausführlichen Bericht über die Handlung. Dad fand es gut, dass ich meine Freundin trotz meiner Beziehung nicht vergaß, was mir prompt ein schlechtes Gewissen beschert hatte. Kurz bevor wir an dem Treffpunkt angelangten, den wir mit Nate vereinbart hatten, reichte mir Nell eine rosafarbene Schlafmaske.

„Was ist damit?“ Verwirrt nahm ich sie entgegen.

„Ich hoffe, mein Bruder plant nichts Perverses, aber er bat mich, dafür zu sorgen, dass du die aufsetzt.“

Ich lächelte, als sie dabei eine Grimasse schnitt. Ohne groß nachzudenken, zog ich die Maske auf.

„Ich vertraue ihm. Mach dir keinen Kopf", versuchte ich, sie zu beruhigen, war jedoch unsicher, ob ich die Worte nicht auch zu einem Teil an mich selbst gerichtet hatte.

„Habt ihr an Kondome gedacht?", hakte sie nach.

„Wir haben an alles gedacht", versicherte ich ihr und hörte kurz darauf, wie der Kies unter den Rädern knirschte. Statt sofort auszusteigen, nachdem der Wagen zum Stehen gekommen war, umarmte Nell mich erneut.

„Pass gut auf dich auf, ja?"

Ihre Sorge rührte mich, aber es war ja nicht so, dass ich zu einer Hinrichtung ging.

„Das werde ich. Er ist der Richtige", beruhigte ich sie und drückte sie ein letztes Mal fest an mich, ehe ich mich zum Aussteigen bereitmachte. Mittlerweile hatte ich so oft in diesem Auto gesessen, dass ich das Gurtschloss und den Türöffner auch blind fand. Kaum stand ich aufrecht, empfingen mich zwei mir inzwischen bestens vertraute Arme. Ich schmiegte mich an Nate, atmete seinen Geruch ein und hob das Gesicht, um stumm nach einem Kuss zu verlangen. Die Finger an meinen Wangen fühlten sich kühl an, doch seine warmen Lippen verhinderten, dass ich dem allzu viel Bedeutung schenkte.

„Bis später!", verabschiedete sich Nell und ließ mich wie vereinbart allein mit ihrem Bruder zurück.

„Bis dann!", rief er ihr zu und half mir kurz darauf auf den Beifahrersitz.

Prüfend glitten meine Fingerspitzen über den ledernen Sitzbezug. „Wessen Auto ist das?" Im Inneren des Wagens roch es fremd.

„Ich wollte meinen Dad nicht nach seinem Wagen fragen, daher ließ ich mir etwas anderes einfallen. Morgen muss ich es wieder zurückbringen. Wir haben also keine Eile." Nachdem er mir beim Anlegen des Sicherheitsgurtes geholfen hatte, fuhr er los. Anfangs versuchte ich, anhand der leichten Fliehkräfte herauszufinden, in welche Richtung er abbog, aber ich verlor rasch die Orientierung.

„Bist du nervös?"

„Natürlich", erwiderte er, ohne zu zögern, woraufhin ich schmunzeln musste. „Es ist dein erstes Mal. Das will ich nicht vermasseln."

„Das wirst du nicht. Davon bin ich überzeugt."

Mit ihm war bisher alles wunderschön gewesen. Der erste Kuss, die ersten Erfahrungen, wie sich der Körper des anderen anfühlte. Er war mein erster Freund und es konnte meiner Meinung nach nicht besser sein.

Etwa zehn Minuten später bemerkte ich, wie sich das Auto verlangsamte, bis Nate den Motor ausstellte.

„Warte, ich helfe dir", murmelte er und hörte, wie er ausstieg. Kurz darauf wurde meine Tür geöffnet und der kalte Luftzug, der sich ins Wageninnere ergoss, bescherte mir eine Gänsehaut. Meine Sinne waren aufgrund der fehlenden Sehkraft und meines ohnehin bereits hohen Pegels an Nervosität überempfindlich.

Vorsichtig schwang ich die Beine aus dem Wagen und ließ mich von meinem Freund führen. Unsere ‚Reise' endete schon nach wenigen Schritten. Ein Klicken erklang und ich bemerkte, wie Nate hinter mich trat. Behutsam befreite er mich von der Schlafmaske. Das erste, das ich sah, war die umgeklappte Rückbank des Fahrzeugs und dass die so entstandene Fläche mit weichen Decken ausgelegt worden war. Um uns vor neugierigen Blicken zu schützen, hingen dunkle Tücher vor den Fenstern und hinter den Vordersitzen. Einige batteriebetriebene Lichterketten verwandelten das sonst vermutlich eher funktional-karge Innere in einen einladenden Ort.

„Zu viel?", fragte Nate und ich vernahm deutlich das Beben in seiner Stimme. „Ich wollte es so schön wie möglich machen und dachte, Lichterketten wären eine gute Idee. Nell meinte, das sei ziemlich romantisch, doch vielleicht bin ich übers Ziel hinausgeschossen."

„Nein, bist du nicht!", warf ich schnell ein, um ihn zu beruhigen. Ich fand es irre süß, dass er sich solche Gedanken gemacht hatte.

„Wirklich? Du kannst es mir ruhig sagen, wenn es dir zu viel ist, ich könnte …"

„Es ist wunderschön, Nate", fiel ich ihm ins Wort, denn das war es tatsächlich. Man erkannte auf den ersten Blick, welche Mühe er sich gegeben hatte. Das warme Licht der Ketten tauchte seine Züge in einen goldenen Schein und mein Herz schlug einen Salto, als er auf mich hinablächelte. Am liebsten würde ich mein Handy zücken, um ein Bild von ihm zu knipsen. Stattdessen sperrte ich dieses Lächeln und diesen Anblick ganz tief in mein Herz zu den anderen Schneekugelerinnerungen. Falls wir irgendwann getrennt sein sollten, sei es nur räumlich, weil er aufs College ging oder wir unsere Beziehung beendet hatten, wollte ich ihn genau so in Erinnerung behalten.

„Das Beste hast du noch gar nicht gesehen", meinte er und kroch auf allen vieren vor mir in den Wagen. „Komm rein", forderte er mich auf und ich kam seiner Bitte nur zu gerne nach. Ich zitterte, denn Anfang März war es definitiv zu kalt, um sich längere Zeit draußen aufzuhalten. Möglicherweise war aber auch meine Aufregung mit daran schuld.

Nate schloss die Klappe hinter mir und begann, die Lichterketten auszuknipsen.

„Was hast du vor?", erkundigte ich mich, während es um uns herum immer dunkler wurde.

„Das wirst du gleich sehen", antwortete er. „Leg dich hin und sieh nach oben."

Ich tat, was er mir gesagt hatte und als die letzte Kette erlosch, war es für einen Moment stockfinster, ehe sich meine Augen langsam an die Dunkelheit gewöhnten.

„Wow“, kam es mir im Flüsterton über die Lippen, als ich durch das Panoramaglasdach auf den beeindruckendsten Sternenhimmel blickte, den ich je gesehen hatte.

„Das ist der Wahnsinn, oder?“, erklang Nates Stimme ganz nah an meinem Ohr und als ich mich zu ihm wandte, streifte meine Nase seine Wange.

Mir fehlten die richtigen Worte, daher überwand ich den verbliebenen Abstand und zeigte ihm, wie überwältigt ich war, indem ich ihn küsste. Nach seinem Versprechen, er würde sich etwas einfallen lassen, hatte ich mit vielem gerechnet, aber niemals damit. Dass er sogar einen Wagen mit Panoramadach geliehen hatte, der das hier erst möglich machte, überstieg definitiv meine Erwartungen. Obwohl während der Fahrt die Heizung eingeschaltet gewesen war, fröstelte es mich plötzlich.

„Sekunde“, flüsterte er und ich bemerkte, wie er etwas suchte. Einen Augenblick später breitete er eine Decke über uns aus. Lächelnd rückte ich an ihn heran, ließ ihn seinen Arm unter meinen Kopf schieben und kuschelte mich in seine Armbeuge.

Schweigend lagen wir da und teilten die Faszination für den Anblick über uns. Dazu bedurfte es keiner Worte. Es schienen Milliarden Sterne zu sein, zu denen wir hinaufblickten und die uns mit ihrem Licht zeigten, wie wunderbar das Universum war. Der Moment war so überwältigend, dass mir Tränen in die Augen stiegen.

„Das ist so unfassbar romantisch. Wie ist dir das nur eingefallen?“

Nate lachte leise und zog mich näher zu sich. „Möglicherweise hatte ich Hilfe“, gab er zu und ich konnte hören, dass er dieses unglaubliche Grinsen auf den Lippen hatte, welches die Grübchen auf seinen Wangen zum Vorschein brachte.

„Hast du etwa gegoogelt?“

„Klar. Ich gab einfach ein: *‚Wie bringe ich meine Freundin dazu, dahinzuschmelzen*?‘“ Ich drehte mich auf die Seite und konzentrierte mich auf Nates Silhouette, die immer deutlicher wurde, je länger ich zu ihm hinübersah. Die Decke raschelte, als er sich bewegte und der warme Atem, der mein Gesicht streifte, verriet mir, dass wir uns direkt gegenüber lagen.

„Es ist fantastisch, was du gezaubert hast, doch du bringst mich auch ohne Lichterketten und Sternenhimmel dazu, dahinzuschmelzen."

Mit einem Finger begann ich, seine Lippen nachzuzeichnen, aber seine Hand stoppte mich rasch.

„Du bist eiskalt. Sollen wir wieder nach Hause fahren? Wir müssen das nicht hier und heute tun", versicherte er mir und ich wusste, dass er das genau so meinte.

„Nein. Ich möchte es." Es war der richtige Moment mit dem richtigen Menschen. Dessen war ich mir vollkommen sicher, selbst wenn ich schrecklich nervös war.

Die Küsse oder Berührungen genügten mir nicht länger. Da war mehr und ich wollte endlich erfahren, wie sich dieses mehr anfühlte.

„Ich bin nur wahnsinnig aufgeregt", sprach ich weiter, und wanderte mit dem Finger hinunter, über den Bogen seines Kinns, den Hals entlang, wo ich unter den Fingerspitzen fühlte, dass Nates Puls ebenso schnell schlug wie mein eigener. Ich versuchte, mir die Erhebungen seines Schlüsselbeins und der Brustmuskeln genau einzuprägen, und registrierte zufrieden, wie er den Atem anhielt, als ich seinen Bauch hinab strich.

„Ich muss dich küssen", raunte er mir zu, beugte sich über mich und eroberte meinen Mund. Vor wenigen Minuten hatte ich noch gefroren, doch Nates Körper vertrieb die Kälte. Mutig schob ich meine Hand unter seine Kleidung, erkundete ihn, so wie er es bei mir tat. Wir kommunizierten, ohne eine Silbe zu sprechen, denn uns genügte die Körpersprache des jeweils anderen. Ein Luftanhalten, ein Erschauern, die Gänsehaut, die sich auf meinen Armen ausbreitete oder das leise Seufzen aus Nates Kehle verriet tausend Mal mehr, als es Worte jemals vermochten. Wir schälten uns gegenseitig aus unseren Klamotten und ich war von der ersten Sekunde an süchtig, als ich seine nackte Haut auf meiner spürte. Das war ein völlig neues Level an Verbundenheit, was mein Herz zum Flattern und mein Blut zum Kochen brachte. Ich wusste nicht, wie viel Zeit vergangen war, als er sich von mir löste. Mein Körper summte und meine Lippen fühlten sich vom intensiven Küssen überempfindlich an. Ich bemerkte Nates Blick auf mir und nickte in die Dunkelheit.

„Ja", hauchte ich kaum hörbar, aber er hatte mich dennoch verstanden.

Das Knistern der Folienpackung klang in der Stille, die uns umgab, gewiss lauter, als ich es über mein hämmerndes Herzklopfen hinweg wahrnahm. Der Moment war jedoch nur von kurzer Dauer.

Als Nate sich auf mir positionierte, hielt ich die Luft an und sah zu ihm empor. Über uns spannte das Universum sein beeindruckendes Firmament auf, doch meine Welt war hier unten.

„Bist du dir sicher?", fragte er und küsste sich an meiner Kieferlinie entlang, bis hin zu meinem Ohr und jeder Millimeter, den er mit seinen Lippen oder seinem warmen Atem berührte, schien augenblicklich in Flammen aufzugehen.

„Ja", wiederholte ich und legte die Hände an seine Hüften, die sich langsam gegen mein Becken senkten. Das Gefühl, ihn unmittelbar dort zu spüren, war neu, aber ich brannte drauf, endlich diese Erfahrung zu machen.

Es war ein großer, wichtiger Schritt für mich und ich wusste nicht, ob Nate erahnte, dass er dadurch für immer einen besonderen Stellenwert in meinem Leben einnehmen würde. Doch den hatte er ohnehin.

Er war der Erste, der nur mit einem Lächeln dafür gesorgt hatte, dass sich mein Puls beschleunigte. Er war der Erste, an den ich mein Herz verloren hatte und es gehörte ihm bis heute. Er war der erste Junge, den ich geküsst hatte und auch der erste, mit dem ich weiter gegangen war. Er war in so vielen Dingen der Erste und es gab niemanden, mit dem ich diesen letzten Schritt lieber gehen würde.

Nate eroberte sich einen Zentimeter und ich wartete auf den Schmerz, aber er hielt inne. „Ich … Eden, du musst wissen, dass ich dich …“

Mein Puls schlug im Akkord, denn ich wusste, was er im Begriff war zu sagen. Aus einem Impuls heraus legte ich ihm den Zeigefinger senkrecht auf die Lippen und hinderte ihn daran, weiterzusprechen. Für manche war das gewiss der richtige Zeitpunkt, um die magischen drei Worte zu hören. Ich hingegen wollte nicht, dass er sie aussprach, nur weil wir gleich Sex haben würden. Sagte er sie mir, wenn ich ihm nach dem Schulsport, ohne Make-up, verschwitzt und mit hochrotem Gesicht gegenüberstand, hatte das viel mehr Gewicht als in diesem Moment, in dem ich nackt und mit geöffneten Schenkeln unter ihm lag.

„Ich weiß, Nate. Ich dich auch“, flüsterte ich und verstärkte den Griff an seiner Hüfte.

„Eden, ich … ich wollte … du solltest das wissen“, murmelte er nach einem Augenblick, woraufhin ich meinen Finger von seinem Mund nahm und ihm sanft über den Rücken strich. Ich spürte, den leichten Schweißfilm, der auf seiner Haut lag und registrierte das Beben der Muskeln darunter.

„Das tue ich“, entgegnete ich und hielt den Atem an, als ich ihn in mir fühlte. Mit dem Schmerz hatte ich gerechnet, aber das Brennen, das sich nur langsam legte, kam überraschend. Ich verkrampfte mich unter ihm, ohne etwas dagegen unternehmen zu können, und Nate erstarrte förmlich auf mir.

„Gott, es tut mir leid“, wisperte er und ich ahnte, dass er dabei war, sich zurückzuziehen, doch ich stoppte ihn.

„Bleib bei mir“, bat ich ihn. Ansonsten würde ich mich ewig an das einzig Unschöne erinnern und ich wollte diese Erfahrung mit ihm machen. Mit Nate konnte das einfach nichts

Schlechtes werden. Unmöglich. Das durfte ich nicht zulassen.

Er blieb und der Schmerz veränderte sich zu einem Pulsieren, das sich bald in etwas Gutes wandelte.

„Es ist okay“, flüsterte ich, woraufhin er noch einen Augenblick wartete, ehe er begann, sich langsam zu bewegen.

Schnell war der anfängliche Schmerz vergessen und ich genoss das Gefühl, ihn so nahe bei mir zu spüren. Nates Atem kam stoßweise und seine Lippen waren leicht geöffnet, als er auf mich herabblickte. Mehr war nicht zu erkennen, doch es genügte, ihn zu fühlen, zu riechen, zu schmecken und zu hören. Ich fühlte mich geborgen unter seinem Körper, der sich über mir bewegte und suchte immer aufs Neue seinen Mund, um ihn zu küssen. Behutsam beschleunigte er den Rhythmus und das unbekannte, aber so unbeschreiblich gute Gefühl tief in mir nahm mit jedem Vorstoß seines Beckens mehr von mir in Besitz. Wir küssten uns, streichelten uns und hielten uns aneinander fest, bis Nate mit einem Raunen auf mir erstarrte. Er war bereits in meiner Hand gekommen, doch ihn in mir zu haben, als es geschah, löste erneut diese Explosion aus, die mich in einen Schwebezustand versetzte. Ich stöhnte, rang nach Atem und ließ mich davontragen, bis Nate mich wieder ins Hier und Jetzt holte. Auf seine Arme gestemmt, die mein Gesicht umrahmten, sank er auf mich, und ich klammerte mich förmlich an ihn, bis sich mein Puls beruhigt hatte.

Schweigend drehte er sich auf den Rücken, zog mich an sich und wir beobachteten für einen Moment die Sterne über uns, bis sein Handy uns aus unserer Blase riss. Nate nahm es zur Hand und die Beleuchtung des Displays stach in meinen Augen, weshalb ich rasch die Lider zusammenkniff. Mir war allerdings nicht entgangen, dass eine Nachricht von Brad eingegangen war. Nate hielt nach wie vor Kontakt zu ihm, was mich störte. Allein wegen der geschmacklosen Bilder, die er am Valentinstag geschickt hatte, würde ich ihn am liebsten erwürgen!

Zufrieden stellte ich jedoch fest, wie mein Freund nur einen Blick auf den Bildschirm warf und dann das Smartphone zur Seite legte, ohne die Nachricht zu lesen oder zurückzuschreiben.

„Wir sollten langsam zurück, ehe sich jemand um uns sorgt“, meinte er nach einem Moment und ich stimmte mit einem lahmen „Okay“ zu. Das Erlebnis eben hatte mich völlig überwältigt und vermutlich wurde mir erst morgen richtig bewusst, dass ich nun keine Jungfrau mehr war.

„War es wirklich schön für dich?“, erkundigte sich Nate, während er eine der Lichterketten anschaltete, damit wir in der Lage waren, unsere Kleidung zu finden, die überall im Wagen verstreut lag.

Ich sah auf und erkannte deutlich die Sorge in seinem Gesicht. Seit er sich aus mir zurückgezogen hatte, war ich sehr wortkarg gewesen und konnte nur ahnen, dass Nate das möglicherweise missinterpretierte. Nur in BH und Slip krabbelte ich in der Enge des Fonds zu ihm hinüber, legte eine Hand an seine Wange und sah ihm in die Augen.

„Es war perfekt“, versicherte ich ihm.

Sein Blick flackerte zwischen meinen Augen hin und her. Das war etwas, das ich total gern an ihm mochte. Er fixierte nie nur das Blaue oder das Braune. Er schenkte beiden das gleiche Maß an Aufmerksamkeit. Langsam machte sich ein Lächeln auf Nates Zügen bemerkbar, doch noch schien er nicht völlig überzeugt. Ich rutschte ein Stück näher zu ihm, küsste ihn auf die Wange und arbeitete mich bis zu seinem Ohr vor.

Mutig geworden nahm ich kurz das weiche Läppchen zwischen die Zähne und flüsterte ihm dann zu: „Vielleicht können wir das bald wiederholen?“

Blitzschnell schlang er daraufhin die Arme um mich, zog mich an seine Brust und ich vergrub mein Gesicht an seiner Halsbeuge. „Ich hatte Angst, es total versaut zu haben“, gab er zu und lachte trocken auf. „Vermutlich hatte ich sogar mehr Schiss als du. Es war dein erstes Mal und ich kann mir vorstellen, wie wichtig das für dich war."

„Es war wichtig und ich bin froh, dass ich mit dir diesen Schritt gegangen bin", beruhigte ich ihn und genoss noch einen Moment in seinen Armen, ehe wir in unsere Klamotten schlüpften. Ich half ihm dabei, die Lichterketten und die Tücher abzunehmen und die Rücksitzbank wieder hochzuklappen. Bald deutete nichts mehr darauf hin, was hier vor einer halben Stunde geschehen war und wir machten uns auf den Heimweg.

Wie so oft, wenn wir gemeinsam im Auto waren, hielt er meine Hand. Ich mochte Nates sicheren und überlegten Fahrstil. Er war keiner dieser Kerle, die etwas beweisen wollten, indem sie mit quietschenden Reifen davonjagten oder den Motor aufheulen ließen. Unterwegs erhielt ich die von Nell versprochene Nachricht mit der Zusammenfassung des Handlungsverlaufs.

„Heute Morgen bekam ich Post", begann er, als wir Hayswood erreichten.

„Von wem? Von einer Uni?" Ich wusste, dass Nate seit Wochen täglich zum Briefkasten hetzte, um die Tagespost nach einer Zusage zu durchforsten. Die Universtiy of California stand noch immer ganz oben auf der Liste.

„Von der UC", bestätigte er, was ich ohnehin angenommen hatte und mir stockte der Atem. Ich sah zu ihm hinüber. Während ich in seinem Gesicht nach einem Anflug von Enttäuschung suchte, hielt er den Blick fest auf die Fahrbahn gerichtet. Auf die Straße, die wir vermutlich eintausend Mal – oder sogar mehr – entlanggefahren waren. Zwar nicht gemeinsam, aber ich war mir sicher, dass Nate ebenso wie ich jedes Schlagloch kannte.

„Sie nehmen dich?"

Er schwieg und ich erkannte, wie er immer wieder zur Uhr schielte, die kurz vor Mitternacht anzeigte.

„Du hast eine Zusage bekommen, richtig?“, bohrte ich weiter, weil mich sein Schweigen nahezu wahnsinnig machte.

Ein Piepen erklang, als die Anzeige auf null Uhr sprang. Offenbar hatte er gewartet, bis der neue Tag anbrach, damit er den Tag, an dem ich ihm meine Unschuld geschenkt hatte, nicht mit einer Hiobsbotschaft beendete.

„Ja“, bestätigte er leise und ich hatte das Gefühl, dass in diesem Moment mein Herz gefror. Nates Mundwinkel zuckten und ich ahnte, wie sehr er sich beherrschen musste, um das strahlende Lächeln im Zaum zu halten. Er wusste, dass mir vor dem Tag graute, an dem er zum College aufbrechen würde und mich zurückließ.

„Und du wirst annehmen?“, brachte ich mit dünner Stimme hervor. Der Kloß in meiner Kehle wurde immer größer, denn ich kannte seine Antwort. Es war sein Traum und ich befahl mir, mich zusammenzureißen. Es waren nur eintausendfünfhundert Meilen und nicht das Ende der Welt!

Es war nicht das Ende dieser Welt, womöglich aber von meiner.

Nate war im Begriff, auf der Straße zu halten, statt wie sonst in die Einfahrt abzubiegen.

„Du kannst auch vors Haus fahren. Dad wird sowieso Fragen stellen, wenn er bemerkt, dass du mich anstelle von Nell heimbringst.“

Nate nickte und ließ das Auto langsam in die Einfahrt rollen.

„Du erinnerst dich an Brads Angebot, mir den Campus zu zeigen?“, begann er und ich spürte, dass mir das, was er mir gleich verriet, nicht gefallen würde. „Mir bleibt kaum Zeit, um mich zu entscheiden, daher werde ich übernächstes Wochenende nach Kalifornien fahren und mir alles ansehen.“

„Du fährst wirklich an einem Wochenende dahin? Was möchte er dir dort zeigen? Die Hörsäle und die meisten Universitätsgebäude haben bestimmt geschlossen, wenn kein Unterricht stattfindet!“

Nate ließ meine Hand los und rieb sich über das Kinn. „Die Hörsäle sehen aus wie überall auch. Mir geht es eher um die Umgebung, den Campus, die Unterkünfte und so weiter“, verteidigte er sein Vorhaben, was das ungute Gefühl, das sich in meinem Magen ausbreitete, nicht einzudämmen vermochte.

„Brad will dich garantiert nur auf die Partys schleppen, von denen er dir neulich so vorgeschwärmt hat“, spielte ich auf die Fotos an, die er am Valentinstag geschickt hatte.

„Und wenn schon, Eden. So kann ich vorab ein paar Leute kennenlernen“, verteidigte er sein Vorhaben.

Gott, ich verhielt mich furchtbar zickig. Nate hatte sich so viel Mühe gegeben, mein erstes Mal so schön wie möglich zu gestalten. Er verdiente es nicht, von mir so angeblafft zu werden. *Reiß dich zusammen*, schalt ich mich im Stillen selbst. Ich wollte von ihm verstanden werden und nicht, dass er mich für eine übertrieben eifersüchtige Ziege hielt. Daher musste ich ihm offen sagen, was mir Bauchschmerzen bereitete.

„Ich habe keine Einwände, wenn du versuchst, neue Leute kennenzulernen. Allerdings fürchte ich …“ Ich brach ab, da ich es nicht aussprechen konnte! Nate mit einem anderen Mädchen, kurz nachdem wir das erste Mal miteinander geschlafen hatten! Was zur Hölle stimmte denn nicht mit mir? „Ich bin einfach froh, sobald du wieder hier bist“, ruderte ich zurück und sah auf meine Hände, auf denen ich seit einer Weile nervös herumknetete.

„Eden, ich werde zurückkommen. Es sind nur zwei Tage und ja, vermutlich gehe ich mit Brad auf eine Party. Das ist kein Grund, eifersüchtig zu sein“, versuchte er, mich zu beruhigen. Trotzdem blieb eine Restangst, dass ihn das College verändern und letztendlich von mir wegbringen würde.

„Ich will dich nicht verlieren“, gab ich leise zu und riskierte einen Blick zu ihm hinüber.

„Das wirst du nicht“, versprach er sanft, legte mir eine Hand in den Nacken und zog mit seinem Daumen winzige Kreise an meinem Haaransatz. Ich mochte es, wenn er das tat. „Es ist nur ein Wochenende und ich komme als der Nate wieder, als der ich gegangen bin."

Es war fast schon beängstigend, wie zielgenau er meinen wunden Punkt erkannt hatte.

„Versprochen?", hakte ich nach.

„Versprochen", antwortete er, ohne zu zögern, gab mir einen Kuss, deutete dann zu unserem Haus und ich folgte seinem Fingerzeig mit meinem Blick. Am Küchenfenster sah ich Dads Silhouette, der vermutlich zu uns hinübersah. Ich spürte, wie Wärme in meine Wangen stieg, als mir klar wurde, dass er uns eben beim Knutschen gesehen hatte. Aber da er nicht herausgestürmt war, um mich aus dem Auto zu ziehen, schien er damit einverstanden zu sein.

„Ich sollte reingehen", meinte ich, woraufhin Nate ausstieg. Ehe ich meinem Vater gegenübertreten konnte, klappte ich die Sonnenblende herab und musterte mein Gesicht. Ich sah nicht anders aus als vorher. Höchstens meinen Lippen war anzusehen, dass ich den Großteil des Abends mit Küssen verbracht hatte. Falls es Dad auffiel, schob ich es einfach auf die extra scharfen Nachos.

Kalte Luft strömte herein, als Nate die Tür öffnete und mir eine Hand entgegenhielt, um mir beim Aussteigen zu helfen. Wie ein echter Gentleman begleitete er mich bis auf die Veranda, wo er mich noch einmal küsste.

„Bis morgen", verabschiedete er sich und schenkte mir ein letztes Lächeln, bevor er zu dem Mietwagen lief.

Meine Finger zitterten ein wenig, als ich die Tür aufschloss. „Hey, mein Herz", begrüßte mich mein Dad sofort, ehe ich Zeit gefunden hatte, meine Jacke abzulegen. „Wie war es im Kino?"

„Super. Jedenfalls bis es Nell kurz vor dem Ende wegen der scharfen Nachos total schlecht wurde. Ich habe sie nach Hause begleitet und Nate war so nett mich herzubringen.

Der Film könnte übrigens sogar dir gefallen", schwindelte ich und beschäftigte mich lieber damit, meine Schuhe ordentlich nebeneinanderzustellen, um meinem Vater nichts ins Gesicht lügen zu müssen.

Ich konnte ihm jedoch unmöglich erzählen, dass ich mit Nate an einen abgelegenen Ort gefahren war, um ihm im Kofferraum eines Autos meine Jungfräulichkeit zu schenken.

„Denkst du? Wenn du Lust hast, können wir ihn uns zusammen nochmal ansehen", bot er an und ich war mir unsicher, ob er gerade versuchte, mich in eine Falle zu locken.

„Ich habe ihn doch bereits gesehen, Dad."

Mein Vater grinste, als ich zu ihm hinübersah.

„Schläft Mae schon?", wollte ich wissen, um von mir abzulenken.

„Ja, sie ist mal wieder auf dem Sofa eingeschlafen und ich musste sie in ihr Bett tragen", erzählte er und ich erinnerte mich sofort daran, wie Mom das früher immer mit mir getan hatte.

„Ich bin auch hundemüde. Nacht, Daddy", murmelte ich und gab ihm einen Kuss auf die Wange.

„Schlaf gut, mein Herz."

Nachdem ich geduscht und mich ins Bett gekuschelt hatte, lag ich noch eine kleine Ewigkeit wach. Nates geplanter Besuch bei Brad sorgte dafür, dass sich die verschiedensten Horrorszenarien in meinem Kopf abspielten. Es gefiel mir nicht, aber ich musste ihm vertrauen, sonst stand unsere Beziehung vor dem Untergang, sobald er nicht nur für ein Wochenende, sondern für ein ganzes Semester nach Kalifornien ging.

KAPITEL 33

Hopes Gesicht war aufgedunsen, die Augen gerötet und sie hatte die Schultern eingezogen, um in der Masse der Schüler der Hayswood High unterzugehen. Trotzdem verbreitete sich das Gerücht, dass sie und Trevor sich nach einem hässlichen Streit getrennt hatten, wie ein Lauffeuer. Unschlüssig blieb sie mit dem Tablett in der Hand, auf dem lediglich eine Birne lag, vor unserem Tisch stehen.

„Kann … kann ich mich zu euch setzen?", flehte sie uns förmlich an und ich erkannte, wie ihre Unterlippe bebte, als Arlene ihrem Blick auswich und den Kopf mit Shannon zusammensteckte. Die beiden tuschelten etwas, das ich nicht verstehen konnte, aber anhand des verkniffenen Ausdrucks in Lenes Miene vermutete ich, dass sie im Moment keine Lobesarie sang.

„Natürlich", antwortete Nell nachdrücklich, bedachte uns reihum mit einer hochgezogenen Augenbraue und Hope huschte schnell auf den freien Platz neben mir. „Stimmt es, was erzählt wird?", erkundigte sich Nell freiheraus nach einem Augenblick, woraufhin Hope sofort zu heulen anfing.

„Ich werte das als Ja", meinte Arlene schnippisch, was neue Tränen bei unserer offensichtlich an Liebeskummer leidenden Freundin heraufbeschwor.

„Lene! Ich habe mich schrecklich verhalten und es tut mir unendlich leid!", begann Hope, doch eine erneute Heulattacke hinderte sie am Weitersprechen.

Arlene verschränkte indes die Arme vor der Brust und gab sich ungerührt, aber ich glaubte, dass die abweisende Fassade mit jeder Träne, die über die Wangen ihrer ehemals besten Freundin rollte, bröckelte. „Du hast überhaupt keine Zeit mehr für mich gehabt“, merkte Lene völlig richtig an und rief mir in Erinnerung, wie niedergeschlagen sie gewesen war, als Hope nur noch an Trevor gedacht hatte.

„Bitte, verzeih mir“, schluchzte Hope, woraufhin Arlene schnaubte und sich erhob. Shannon tat es ihr gleich.

„Falls du glaubst, das genügt, um den Riss zwischen uns zu kitten, muss ich dich enttäuschen“, zischte sie, schnappte ihr Tablett und ging davon.

Ehe Hope vollkommen zusammenbrach, was uns endgültig zur Hauptattraktion der Cafeteria machen würde, legte ich meine Hand auf den Rücken meiner Sitznachbarin und rieb in langsamen Kreisen darüber. Meine Mom hatte das getan, als ich wegen der Niederlage bei der Misswahl am Boden zerstört gewesen war und ihre liebevolle Geste hatte mich tatsächlich beruhigt. Auch bei Hope schien die Methode zu wirken, denn nach einigen Minuten versiegten die Tränen und sie konnte endlich aufsehen.

„Magst du uns erzählen, was passiert ist?“, fragte Nell einfühlsam.

Die Angesprochene holte zitternd Luft.

„Man erzählt, es gab Streit“, versuchte ich, ihr zu helfen, einen Anfang zu finden, woraufhin sie nickte.

„Wir verstanden uns super, bis Trevor plötzlich anfing, an allem herumzunörgeln. Zuerst dachte ich, es wäre einfach ein schlechter Tag – den hat schließlich jeder einmal – aber es wurde immer schlimmer, bis er mir am Wochenende vorwarf, ich sei ein frigider Klotz“, quälte sie sich mit erstickter Stimme hervor.

„Frigider Klotz?“, wiederholte meine beste Freundin und bekam dabei große Augen.

„Er wollte mit mir schlafen, doch mir ging das zu schnell“, gestand sie im Flüsterton. „Am Samstag waren wir auf dem

Weg ins Kino. Nachdem er seinen Wagen auf dem Parkplatz abgestellt hatte, bedrängte er mich, bis ich ihm eine scheuerte."

Als mir die Parallelen ‚Auto' und ‚Kino' auffielen, sah ich erschrocken zu Nell. Offiziell waren wir beide an diesem Tag ebenfalls dort gewesen. Während ich jedoch mein erstes Mal auf die wohl romantischste Art erleben durfte, wäre Hope fast das komplette Gegenteil zugestoßen.

Nell erwiderte meinen Blick und sie schien dieselben Gedanken wie ich zu haben. Selbstverständlich wusste sie, dass ich am Wochenende meine Jungfräulichkeit an ihren Bruder verloren hatte.

„Daraufhin beschimpfte er mich und meinte, er hätte mich im Sommer sowieso verlassen. Schließlich geht jeder als Single aufs College, um die Highschool-Zeit endgültig zu beenden", fügte sie leise hinzu und ich bemerkte, wie der Kloß in meiner Kehle größer wurde. Hoffentlich teilte Nate diese Meinung nicht.

„Ich war nur ein Zeitvertreib für ihn", schluchzte sie und ich spürte, wie sie unter meiner Handfläche immer heftiger zitterte. Was hatte dieser Scheißkerl ihr nur angetan?!

„Du solltest zur Polizei gehen", riet ich ihr nach einem Moment, denn mein Magen verknotete sich, als ich mir vorstellte, Trevor könnte damit davonkommen.

„Nein", widersprach sie sofort. „Ich habe keine Beweise. Mein Wort steht gegen seines. Zudem kam er nicht weit und … Gott, ich will das einfach alles vergessen."

Sie schlug die Hände vors Gesicht und ich öffnete den Mund, um all meine Argumente loszuwerden, die sie hoffentlich zu einer Anzeige bewegten, aber Nell schüttelte den Kopf. Hopes Heulattacke war diesmal deutlich kürzer als die vorherigen, denn sie straffte die Schultern, putzte ihre Nase und sah erst Nell, dann mir fest in die Augen.

„Wenn er nur aufs College geht, um zu vögeln, ist es ohnehin besser, dass wir ab sofort getrennte Wege gehen." Sie klang entschlossen und versetzte mir damit ungeahnt erneut einen Stich.

Obwohl ich Nate vertraute und er versprochen hatte, treu zu sein, wuchs meine Angst vor seinem gemeinsamen Wochenende mit Shannons Bruder immer weiter. Auf den Bildern der Valentinstagsparty war der Alkohol offenbar in Strömen geflossen. Was, falls Brad meinen Freund mit Schnaps und Bier abfüllte, bis dieser nicht mehr wusste, was er tat und schwach wurde? Der Gedanke daran, Nate in den Armen einer anderen Frau zu sehen, war grässlich.

„Genau! Sei froh, ihn vorher losgeworden zu sein! Anscheinend wollte er nur in dein Höschen“, stärkte Nell Hope den Rücken, was diese mit dem zaghaften Anflug eines Lächelns beantwortete.

„Zum Glück habe ich nicht mit ihm geschlafen“, murmelte sie, ehe uns die erste Glocke zurück in die Unterrichtsräume schickte.

Die Angst davor, was auf dem College passieren könnte, ließ mich nicht mehr los. Ich redete mit Nate darüber, woraufhin er erneut versprach, mir treu zu bleiben. Trotzdem blieb die Sorge, er würde erkennen, wie viel besser das Collegeleben war und seine Verbindungen nach Hayswood kappen, um alles ohne den ständigen Gedanken an seine Freundin zu genießen. Zwar feierten wir hier auch Partys, aber diese waren gewiss nicht in der Lage, mit einer Collegeparty zu konkurrieren, wo der Alkohol in Strömen floss und Frauen ihre perfekten Körper als Medium anboten, um Bodyshots zu trinken.

Bevor Nate in den Flieger nach Kalifornien stieg, schliefen wir weitere zwei Mal miteinander, wobei er genauso liebevoll und zärtlich war wie beim ersten Mal. Ich wusste, dass ich ihm viel bedeutete, doch die Zweifel, ob unsere Beziehung gefestigt genug war, um nach dem Sommer über die Ferne zu bestehen, ließen sich nicht abstellen. Er war achtzehn, ich sechzehn. War das, was wir hatten, bereit für eine derartige Prüfung? Weder mein Dad noch seine Eltern waren finanziell in der Lage, uns regelmäßig Flugtickets zu kaufen, sobald Nates Semester angefangen hatte. Das Internet erleichterte es, in Kontakt zu bleiben, aber genügte das? Was passierte, wenn wir uns wochenlang nicht küssen und berühren konnten? Nate war attraktiv und charmant. Das blieb seinen Kommilitoninnen gewiss nicht lange verborgen.

Während ich also in Hayswood darauf wartete, dass mein Freund wiederkam, verabredete ich mich mit Nell. Zusammen mit Hope gingen wir ins Kino, um uns den Film anzusehen, der mir vor zwei Wochen als Alibi gedient hatte. Da ich den Handlungsverlauf jedoch schon kannte, fesselte mich der Streifen kaum. Ich dachte die ganze Zeit darüber nach, was Nate wohl im Moment tat. Alle paar Minuten sah ich auf meine Nachrichten-App, um herauszufinden, wann er zuletzt online gewesen war und auf Facebook kontrollierte ich regelmäßig Brads Status. Vor drei Stunden hatte er ein Bild von einer Reihe geöffneter Bierflaschen, die auf einem Campingtisch standen, hochgeladen, was genügte, um meine Abfüll-These zu untermauern.

Wäre es ab August immer so? Drehte sich dann jede Sekunde des Tages darum, was Nate gerade machte? Ich musste das in den Griff bekommen, doch im Augenblick hatte ich nicht das Gefühl, diese Angst so leicht loszuwerden, wie ich mir das erhoffte. Mein Vertrauen in ihn war groß genug, um mit ihm zu schlafen! Warum fiel es mir nur so schwer, daran zu glauben, dass wir auch die räumliche Trennung überstanden?

Ich gab eine miserable Freundin ab, aber Nell zeigte Verständnis für mich und brachte mich nach dem Kino heim, ohne in meiner Wunde herumzustochern. Sie wusste, dass ich mir schon seit Wochen den Kopf darüber zerbrach, wie es mit ihrem Bruder und mir werden würde, sobald er in Kalifornien war.

Als ich nach Hause kam, lief mein Dad in der Küche auf und ab und telefonierte. Er sprach sehr leise, sodass ich nicht hören konnte, um was es ging. Ich winkte ihm kurz zu und begab mich in mein Zimmer. Nachdem ich unter die Dusche gesprungen war, schlüpfte ich in einen Pyjama und verkroch mich im Bett. So früh lag ich sonst nie in den Federn, daher war an Schlaf noch nicht zu denken. Zudem wollte Nate sich melden, worauf ich bisher vergebens wartete. Zum vermutlich einhundertsten Mal holte ich mein Handy hervor, prüfte Ladezustand, Empfang und ob mir möglicherweise eine Mitteilung durchgerutscht war. Der Akku zeigte einundsechzig Prozent, ich hatte vollen Empfang, aber trotzdem kein Lebenszeichen von meinem Freund. Ich rief unseren letzten Chat auf, um ihm zu schreiben, stockte jedoch, als ich erkannte, dass er vor knapp zwanzig Minuten online gewesen war. Wollte mich das Display etwa verhöhnen?

Wieso hatte ich keine Nachricht von ihm? Wie sollte ich ihm über die Distanz vertrauen, wenn er unsere Abmachungen ignorierte?! Bitterkeit stieg in mir hoch und ich versuchte, mich zu beruhigen. Eventuell war er gerade dabei gewesen, sich zu melden und war unterbrochen worden. Vielleicht war sein Akku leer oder sie waren in einen Tunnel gefahren, wo der Empfang abgebrochen war.

Ich tippte rasch eine Mitteilung, in der ich mich erkundigte, ob alles in Ordnung sei. Damit ich nicht weiter stalkte und nach mikroskopisch kleinen Hinweisen suchte, was er wohl im Augenblick machte, legte ich mein Smartphone auf meinen Nachttisch und holte mein Tagebuch aus dem Versteck.

Nach Moms Tod hatte es mich getröstet, meine Gefühle auf das Papier fließen zu lassen. Möglicherweise war das nun genau die Ablenkung, die ich brauchte. Ich setzte mich auf, fischte einen Stift aus der Schublade und schlug eine leere Seite auf.

Liebes Tagebuch,

Nate ist in Kalifornien und obwohl er bereits morgen wieder kommt, zergehe ich beinahe vor Sehnsucht nach ihm. Es ist, als fehle ein Teil von mir und ich habe keine Ahnung, wie ich das wochen- oder monatelang aushalten …

Die Tür wurde geöffnet und ich fuhr erschrocken herum. Ich rechnete mit Dad oder Mae, aber ganz bestimmt nicht mit der Person, die dort stand.

„Grandma", sagte ich verblüfft und klappte rasch das Buch zu.

„Darf ich hereinkommen?", fragte sie und mir fiel fast der Unterkiefer auf die Brust. Cruella hatte nie gefragt, ob sie mein Zimmer betreten durfte und der Umstand, dass sie das nun tat, verschlug mir für einen Moment die Sprache.

„Klar", meinte ich nach einem Augenblick.

„Eden, ich möchte mich für mein Verhalten entschuldigen", begann sie, nachdem sie sich auf die Kante meines Bettes gesetzt hatte und ich blinzelte verdutzt. War auf den Tagebuchseiten irgendeine Substanz gewesen, die Halluzinationen verursachte? „Ich dachte, was du nach dem Tod deiner Mutter brauchst, ist jemand, der dir Stärke vorlebt. Offenbar lag ich hierbei jedoch falsch."

Ich fiel aus allen Wolken. Ihre Eiseskälte, dieses völlige Fehlen von Empathie, sollte mir helfen, den Verlust meiner Mutter besser zu verarbeiten?

„Grandma … ich war zwölf!", entgegnete ich fassungslos.

Meine Großmutter presste die Lippen aufeinander, wich meinem Blick aus und sah auf ihre ineinandergefalteten Hände, die in ihrem Schoß lagen. „Inzwischen weiß ich, dass ich es hätte anders machen müssen, aber als ich hier einzog, erkannte ich viel von mir selbst in dir."

Mein Magen schrumpfte innerhalb eines Wimpernschlages auf Erbsengröße und ich stand kurz davor, die Limonade und das Popcorn wieder von mir zu geben. Ich wollte nicht mit Cruella verglichen werden! Ich wollte ihr nicht ähnlich sein! Ich wollte kein herzloses Miststück sein!

„In deinem Alter musste ich ebenfalls einen Schicksalsschlag verkraften. Ich war genauso verloren wie du, doch das strenge Regime meines Vaters zeigte mir den Weg zurück in die richtige Spur. Und es hat hervorragend funktioniert. Ich baute ein erfolgreiches Geschäft auf, von dem ich noch heute gut lebe."

Unverkennbarer Stolz schwang in den Worten mit und es lag mir fern, ihr das streitig zu machen. Schließlich hatte sie eine Menge Geld mit ihrer Boutiquen-Kette und deren Verkauf verdient. „Dasselbe wollte ich für dich. Du solltest nicht von dieser lähmenden Trauer erschlagen werden, aber offenbar war mein Weg der Falsche. Das hätte ich viel früher bemerken müssen. Zudem war mein Vorwurf, dass du die Karriere deiner Mutter zerstört hast …", setzte sie an, hob in einer hilflos wirkenden Geste die Arme und ließ sie wieder fallen. „Das war falsch und hätte niemals über meine Lippen kommen dürfen. Ich hoffe, du verzeihst mir das irgendwann."

Ich glaubte, Endgültigkeit in ihrer Stimme zu erkennen, und dieser Eindruck verstärkte sich, als sie ihren Rock glattstrich und aufstand. Sie seufzte und betrachtete mein Zimmer, als würde sie es das letzte Mal sehen. Unser Verhältnis war nie besonders gut gewesen, doch ich musste anerkennen, dass es einer gewissen Größe bedurfte, seine Fehler einzugestehen und sich aufrichtig dafür zu entschuldigen.

„Grandma, was hast du vor?", fragte ich, stieg aus dem Bett und stellte mich vor sie.

„Ich werde ausziehen. Das ist das Beste für uns alle", eröffnete sie mir, aber ehe ich darauf reagieren konnte, fügte sie hinzu: „Dein Vater möchte dich sprechen. Lass ihn nicht zu lange warten."

Sie drückte kurz meine Schulter und verließ dann mit schnellen Schritten mein Zimmer. Völlig verblüfft blieb ich zurück. In den vergangenen Jahren hatte es kaum einen Tag gegeben, an dem ich mir nicht gewünscht hatte, sie würde exakt das sagen. Doch nun, da die Worte ausgesprochen waren, konnte ich sie weder glauben, noch mich deswegen freuen. Möglicherweise musste ich erst eine Nacht darüber schlafen, damit die Neuigkeit sacken konnte.

Neugierig, was mein Vater mit mir besprechen wollte, ging ich nach unten. Vielleicht hatte er eine Erklärung für ihren unerwarteten Sinneswandel.

Dad saß, die Stirn in eine Handfläche gestützt, auf dem Sofa im Wohnzimmer, und scrollte durch eine Liste auf seinem Handy.

„Was gibt es?", erkundigte ich mich betont unbeschwert und ließ mich auf den Sessel plumpsen. Dad atmete tief ein, ehe er aufblickte und ich erschrak, als ich die Sorgenfalten auf seinen Zügen sah. „Was ist passiert?", fragte ich und war kurz davor wieder aufzuspringen.

Ein Zittern durchlief den Körper meines Vaters und ich merkte, wie sehr er sich beherrschen musste. „Curt, mein Vorgesetzter, erlitt gestern einen Herzinfarkt." Bei den letzten Worten bebte seine Stimme, sodass ich ihn kaum verstand.

„O Gott! Wie geht es ihm?"

Schließlich bedeutete ein Herzinfarkt nicht automatisch den Tod, aber als mein Vater den Kopf schüttelte und zu Boden blickte, ahnte ich, dass es in diesem Fall kein gutes Ende genommen hatte. Ich stand auf, setzte mich zu meinem Dad und legte eine Hand auf seine breiten Schultern, auf denen bereits so viele Sorgen lasteten.

„Er war nur vier Jahre älter als ich. Kurz vor Weihnachten saß ich noch mit ihm und seiner Familie an einem Tisch!", erklärte er fassungslos. Da ich keine Ahnung hatte, was ich sagen sollte – ich kannte Curt ja nur durch gelegentliche Erzählungen –

tat ich das Einzige, das mir angemessen erschien. Es hatte mir geholfen, es hatte Hope geholfen und es half gewiss auch Dad. Also schwieg ich und rieb stattdessen in beruhigenden Kreisen über seinen Rücken.

Etwa eine Minute später sah Dad auf und lächelte mich an.

„Du bist die beste Tochter, die ich man sich wünschen kann, Eden." Er legte eine Hand an meine Wange. Mein Herz quoll nahezu über bei seinen lieben Worten und dieser Geste. „Daher hoffe ich, du verstehst, zu was ich nun gezwungen bin."

Sein Tonfall war sehr ernst, aber das war anhand der Situation kaum verwunderlich.

„Du fliegst bestimmt nach Quantico zur Beerdigung, oder?", tastete ich mich vor.

Dad nickte, doch in der Art, wie sein Lächeln schwand und er mich ansah, erkannte ich, dass das längst nicht alles war. Ein Schauder erfasste mich und ich kämpfte gegen die Panik, die mich zu erfassen drohte, an.

„Curt war mein Vorgesetzter. Ich bin sein Stellvertreter", fing Dad an und machte eine Pause. Vermutlich hoffte er, ich würde von selbst drauf kommen, aber auch wenn ich ahnte, was er mir zu sagen versuchte, weigerte ich mich, es auszusprechen.

„Das heißt?", hakte ich nach, während mein Puls zu einem Galopp ansetzte.

Mein Vater seufzte und stand auf. „Rein theoretisch ist es möglich, dass jemand Externes Curts Position einnimmt, doch sie haben mir den Job angeboten."

„Was bedeutet das für uns?" Ich betete, dass meine Rippen noch eine Weile in der Lage waren, mein immer heftiger schlagendes Herz zu bändigen. Langsam erfasste mich nun doch die Panik und zu meinem hämmernden Herzschlag musste mein Brustkorb auch noch mit den sich beständig fester zuziehenden Ketten fertigwerden, die mir die Luft abzuschnüren drohten.

„Die Sache hat einen kleinen Haken. Ich bekomme Curts Job nur, wenn ich im Notfall innerhalb einer Stunde im Büro sein kann“, fuhr er fort und sah mich mit einem Blick an, in dem ich die stumme Aufforderung erkannte, selbst eins und eins zusammenzuzählen.

Äußerlich gab ich mich ahnungslos, aber vor meinem geistigen Auge fielen die Puzzleteile in Zeitlupe an ihren Platz. Dad war Maes und mein letzter verbliebener Elternteil. Grandma sollte nicht länger auf uns aufpassen, was sich ohnehin erledigt hatte, da sie mir eben von ihrem bevorstehenden Auszug erzählt hatte. In Quantico gab es eine Stelle, für die mein Dad wie gemacht war, doch dafür musste er in der Nähe sein.

Der Schmerz, der mich zusammen mit der Erkenntnis erfasste, fühlte sich an, als hätte mein Herz soeben den Durchbruch geschafft. Mit einem Mal spürte ich eine solch verschlingende Leere in mir, dass ich an mir hinabsah, um nachzusehen, ob vor mir auf dem Boden möglicherweise etwas lag, das dort nicht liegen sollte. Aber ich sah nur meine Füße, die in bunten Socken steckten – kleine Bananen und Erdbeeren auf einem rosafarbenen Hintergrund. Ein Geschenk von Nate.

„Nein“, stieß ich hervor und presste mir die Hände gegen den Brustkorb. „Nein, das …“

Ich brach ab, denn ich konnte das nicht aussprechen!

Ich *weigerte* mich, es auszusprechen!

„Eden, würde ich eine andere Möglichkeit sehen, hätte ich sie längst ergriffen! Alternativ könnte ich nur meinen Job an den Nagel hängen, aber was wird in dem Fall aus Mädchen wie Caroline? Wer deckt dann diese Verbrechen auf und entlarvt die Täter? Niemand gibt mir die Garantie, dass mein Nachfolger das mit der gleichen Vehemenz macht, wie ich das tue“, gab mir mein Vater zu verstehen. „Ich habe bereits zugesagt“, fügte er nach einem Moment hinzu.

In dem Augenblick, als ich die Ausweglosigkeit der Lage erkannte, zerbrach irgendetwas in mir. Wir verließen Hayswood.

Nell und ich redeten oft darüber, wie froh wir sein würden, wenn wir aus Kansas rauskamen. Aber in unserer Vorstellung von der Zukunft gingen wir aufs College. Unsere Familien, zu denen wir in den Ferien mit einem Gepäck voller Neuigkeiten und Erlebnissen zurückkehrten, waren immer hiergeblieben.

„Wir ziehen nach Quantico?", sprach ich es nun doch endlich aus.

Das darauf folgende Nicken meines Dads sorgte dafür, dass sich meine Eingeweide zusammenzogen. Das musste ein Albtraum sein! Ein schlechter Scherz! Wo blieb der Moderator, der gleich hinter dem Sofa hervorsprang, um mir zu eröffnen, ich sei eben Teil einer Show geworden? Wo blieb das Zeichen, das mir sagte, dass das nicht real war?!

Mein Sichtfeld verschwamm, als mir klar wurde, dass das ebenso wenig ein Traum war, wie es bei Moms Tod der Fall gewesen war.

„Wann?", krächzte ich den Tränen nahe, denn jedes weitere Wort mehr hätte den Damm, der sie zurückhielt, wie ein Kartenhaus einstürzen lassen.

„Die Abteilung ist momentan ohne Leitung. Ich muss, so schnell es geht, zurück. Man gab mir maximal zwei Wochen."

Ich sprang auf. „Zwei Wochen! Dad! Das darf nicht dein Ernst sein! Zwei Wochen sind ein Witz!", brüllte ich ihn an.

Mein Vater zeigte sich ungerührt von meinem Ausbruch. Vermutlich hatte er damit gerechnet. „Das ist das Maximum. Mehr ist nicht möglich. Glaub nicht, ich hätte es nicht versucht, Eden."

Das Einfühlsame aus seiner Stimme, das ich so liebte, war verschwunden, deswegen verstärkte jedes Wort, das aus seinem Mund kam, meine Gänsehaut.

„Ich stecke mitten im Schuljahr!", protestierte ich weiter.

„Du kannst die Schule auch in Quantico beenden. Mein Entschluss steht fest." Dads Ausdruck war hart und abweisend, daher wusste ich, dass ein Einspruch zwecklos war.

„Dad, ich habe all meine Freunde in Hayswood. Mein gesamtes bisheriges Leben spielte sich hier ab. Unser Haus ist hier. Moms Grab ist hier. Wir können das unmöglich alles aufgeben!“, startete ich trotz der ausweglosen Lage einen erneuten verzweifelten Versuch. Da Schreien nicht geholfen hatte, wirkte vielleicht Flehen.

Dads Miene wurde weicher und Zuversicht keimte in mir auf, als er mir die Hände auf die Schultern legte. „Das ist mir klar, Eden. Ich werde das Haus ebenfalls vermissen. Eure Mom wird umgebettet und du wirst bestimmt neue Freunde finden. Wichtig ist doch, dass wir als Familie wieder zusammen sind. Die lange Trennung hat uns nicht gutgetan. Das wurde mir in den letzten Wochen erst so richtig bewusst. Ich bin euer Vater, aber ich weiß so wenig von euch, weil ich nie da bin“, erklärte er und meine Hoffnung war dahin.

Rational gesehen sprach alles für einen Umzug nach Quantico. Mein Herz weigerte sich jedoch, das ebenfalls so zu sehen, denn Herzen arbeiteten emotional. Wäre dem nicht so, wäre ich nur ein Roboter.

Mein Knie drohten einzuknicken, als ich an Nate dachte. Ich hatte schon Angst, die Distanz von Kalifornien nach Hayswood könnte zu viel für unsere Beziehung sein. Aber Quantico lag in Virginia!

Der gesamte Kontinent trennte uns bald!

Das funktionierte doch niemals!

Der Worst Case war eingetreten und Übelkeit stieg in mir auf, als mir bewusst wurde, dass dieser Umzug, nicht nur das Ende meines Lebens in Hayswood bedeutete, sondern auch das meiner Beziehung.

KAPITEL 34

In der Nacht schlief ich kaum. Nachdem ich auf mein Zimmer gegangen war, rief ich sofort Nell an, um ihr unter Tränen zu erzählen, was mein Dad mir eröffnet hatte. Sie bot natürlich an, zu kommen, doch ich hatte abgelehnt. Ich ahnte, dass mein Vater seine Meinung bezüglich des Umzugs nicht ändern würde und vielleicht war es besser, wenn ich mich schon einmal auf Situationen einstellte, in denen mich keine tröstende Umarmung meiner besten Freundin rettete. Es mochte selbstzerstörerisch sein, aber im Augenblick war es gar nicht möglich, dass ich noch mehr Schmerz empfand.

Weit nach Mitternacht legten wir auf und ich kam nun dazu, die Nachricht zu lesen, die vor ungefähr einer halben Stunde eingetroffen war. Sie war von Nate und allein zu sehen, dass er der Absender der Mitteilung war, öffnete meine Schleusen erneut.

Nate: *Es ist phänomenal in Kalifornien. Ich wünschte, du könntest hier sein. X*

Ich wischte mir die Tränen aus den Augen und tippte rasch eine Antwort, ehe meine Sicht wieder verschwamm.

Eden: *Es gibt nichts, das ich mir mehr wünsche, als bei dir zu sein.*

Mein Daumen schwebte über dem „Ich“, das mir von der Nachrichten-App vorgeschlagen wurde, doch ich zögerte.

Wir hatten uns bisher nie gesagt, dass wir uns liebten, obwohl ich mir sicher war, nur diese drei Worte beschrieben unsere Gefühle füreinander perfekt. Bevor wir das erste Mal miteinander geschlafen hatten, war es Nate gewesen, der es beinahe ausgesprochen hätte, aber ich hatte ihn aufgehalten, da mir der Augenblick nicht richtig erschienen war. Ich erkannte, dass das auch jetzt nicht der Fall war. Eine Mitteilung war der falsche Weg und ihn anzurufen, kam nicht in Frage. Er würde hören, dass etwas nicht stimmte. Zudem wollte ich ihm das nicht sagen, während Spuren der Verzweiflung an meinen Wangen klebten und mein Herz so sehr schmerzte, weil ich wusste, dass unser Countdown lief. Wenn ich ihm sagte, was ich für ihn empfand, wollte ich ihm gegenüberstehen, seine Hände halten und ihm in die Augen blicken.

Er kam morgen Abend zurück. Vielleicht konnten wir uns noch sehen, ansonsten musste ich unbedingt am Montag mit ihm reden.

Nates Flug hatte Verspätung, sodass ich gezwungen war, es bis Montag auszuhalten. Bis dahin spielte ich in meinem Kopf tausende Szenarien durch, doch in keinem gab es für uns ein Happy End. Mir blieb nur, auf ein Wunder zu hoffen, aber wer als Kind seine Mutter verloren hatte, hörte auf, an Übersinnliches zu glauben. Nell verbrachte den ganzen Sonntag bei mir und auch ihr fiel keine andere Möglichkeit ein, als zu versuchen, unsere Beziehung mit Videoanrufen und Unmengen Nachrichten aufrechtzuerhalten. Ich wagte nicht, es auszusprechen, aber inzwischen hatte ich sogar Zweifel, ob unsere Freundschaft die Distanz überstand.

Leider war sie heute nicht in der Schule, weil sie mit dem Schwimmteam auf dem Weg zu einem Wettbewerb war. Daher litten meine Fingernägel noch mehr unter meinem emotional angeschlagenen Zustand, als ich vor Nates Schließfach auf ihn wartete. Arlene und Shannon waren mir aber, seit ich das

Schulgelände betreten hatte, nicht eine Sekunde von der Seite gewichen.

„Unfassbar, dass dein Dad mitten im Schuljahr umziehen will", meinte Arlene. Shannon, die ich inzwischen insgeheim Schatten nannte, teilte Lenes Meinung, was sie mit einem Nicken zeigte.

„Das geht mir genauso", brummte ich und atmete tief ein, um die aufsteigenden Tränen zurückzuhalten.

Gestern hatte ich nochmal versucht, mit Dad zu reden, aber sein Entschluss stand fest. Wir würden Hayswood spätestens Ende nächster Woche verlassen. Möglicherweise auch schon eher. Mein Vater hatte sogar bereits ein Umzugsunternehmen gefunden und war heute Morgen gleich losgefahren, um Umzugskartons zu besorgen.

Meiner Schwester schien der bevorstehende Ortswechsel kaum etwas auszumachen, was vermutlich daran lag, dass sie aufgrund der Misswahlteilnahmen hier nie wirklich einen Freundeskreis gehabt hatte. Ich hingegen hatte einen! Einen, der mir sehr wichtig war und hier lebte zudem mein Freund, den ich liebte!

Endlich tauchte sein dunkler Schopf in Sichtweite auf und ich nickte Arlene und Shannon dankbar zu, die daraufhin in Richtung Toilette verschwanden. Mit jedem Schritt, den Nate auf mich zuging, wurde sein Lächeln breiter und mein Herz klopfte automatisch schneller. Wie sollte ich nur überleben, ohne dieses Lächeln täglich zu sehen? Das war unmöglich! Bisher war es mir gelungen, einigermaßen die Fassung zu wahren, doch bei Nates Anblick brach alles in sich zusammen und ich spürte, wie mir die Tränen in die Augen schossen.

„Hey, Babe", raunte er mir zu und wischte mir mit dem Daumen über die Wange. „Warum weinst du?", setzte er einfühlsam nach und aufgrund seiner aufrichtigen Sorge misslang es mir gründlich, die Tränen zu stoppen. Sie liefen wie ein Sturzbach über mein Gesicht und da ich nicht in der Lage war, zu antworten, tat mein Freund das einzig Richtige: Er zog mich in seine Arme und brachte mich in einen Treppenaufgang, wo wir vor neugierigen Musterungen geschützt waren. Wortlos reichte er mir ein Taschentuch und nach einem Moment fand ich endlich die Kraft, ihm in die Augen zu blicken.

Augen, in die ich bald nur noch mittels eines Displays, getrennt durch zweieinhalbtausend Meilen, sehen konnte. Ich wusste, dass das Display niemals genug sein würde, und bei jedem Videoanruf würde mein Herz immer wieder aufs Neue brechen, weil ich nicht bei ihm sein konnte.

„Was ist denn los?“, fragte Nate und nahm mein Gesicht in beide Hände.

Ich sah sicher fürchterlich aus. Ungeschminkt, geschwollene Augenlider und rotfleckige Haut.

„Hat Nell dir nichts erzählt?“, erkundigte ich mich, woraufhin eine steile Falte zwischen seinen Brauen auftauchte und er anschließend den Kopf schüttelte. „Sie hat eine Andeutung gemacht, aber sie meinte, es wäre besser, wenn ich selbst mit dir rede“, meinte er. Gerade, als ich anfangen wollte, ihm zu erklären, was mir, was uns bevorstand, läutete es zum ersten Mal.

„Mist!“, schimpfte er und warf einen Blick zur Tür, die zum Flur führte.

Ich war im Begriff, ihm vorzuschlagen, dass wir uns in der Mittagspause erneut hier trafen, als er meine Hand ergriff und mich zielstrebig in Richtung Hinterausgang zog.

„Was hast du vor?“, wollte ich wissen, während wir zum Parkplatz eilten. Ohne meine Frage zu beantworten, entriegelte Nate mittels der Fernbedienung den Wagen und stieg ein. Ich nahm auf der Beifahrerseite Platz, schleuderte meine Schultasche zu seiner auf die Rücksitzbank und sah zu ihm hinüber.

„Irgendetwas muss passiert sein. Solange ich keine Ahnung habe, was Sache ist, kann ich mich sowieso nicht auf den

Unterricht konzentrieren", erklärte mein Freund und fuhr vom Parkplatz.

Verblüfft sah ich ihn an. „Wir schwänzen die Schule?", versicherte ich mich, ihn richtig verstanden zu haben und drehte mich um, um nachzusehen, ob uns ein Lehrer hinterhergerannt kam. Doch da ich niemanden entdeckte, war unser Verschwinden offenbar unbemerkt geblieben.

„Du siehst auch nicht gerade so aus, als wärst du in der Lage, dem Unterricht zu folgen", meinte Nate und drückte kurz mein Knie, was wie Balsam auf meine Seele wirkte.

„Stimmt", gab ich zu und legte meine Hand auf seine. Ich musste ihn einfach berühren, solange ich das noch konnte, ohne vorher einen mehrstündigen Inlandsflug hinter mich gebracht zu haben.

„Sag meiner Schwester Bescheid, damit sie dich entschuldigt. Es gab einen familiären Notfall", schlug er vor, zog die Hand zurück und holte stattdessen sein Handy aus der Hosentasche.

Sein Daumen flog über das Display und ich nahm an, dass er Cole oder Robbie um etwas Ähnliches bat. Rasch verfasste ich eine Mitteilung an Nell und als ich wieder aufsah, hatten wir Hayswood bereits verlassen.

„Wo fahren wir hin?" Neugierig musterte ich Nate, der mir daraufhin ein Lächeln schenkte.

„Da waren wir schon zweimal", meinte er nur, doch ich wusste sofort, dass er von dem abgeschiedenen Platz sprach, wo wir unseren Valentinstag verbracht und unser gemeinsames erstes Mal erlebt hatten.

Ich fand die Idee süß, allerdings war ich mir nicht sicher, ob das die geeignete Stelle für so ein Gespräch war. Vielleicht täuschte ich mich auch und es war genau der richtige Ort dafür. Möglicherweise lag dort eine Magie, die uns eine Lösung aufzeigte, wie wir eine Beziehung aufrechterhalten konnten, wenn das ganze Land zwischen uns lag. Er an der Westküste, ich an der Ostküste.

Es hätte kaum schlimmer kommen können.

Als Nate den Wagen abstellte, sah ich mich um. Der Frühling war im Anflug, aber noch trugen die Bäume keine Blätter und ohne die kaschierende Dunkelheit und den faszinierenden Sternenhimmel war es einfach nur eine Wiese, umringt von einem kargen Baumbewuchs. Keine Spur von Magie und meine Hoffnung schwand.

„Nachts sah es besser aus“, murmelte ich vor mich hin und wandte mich an Nate.

„Hier wird uns jedoch niemand stören“, begründete er seine Entscheidung und legte mir eine Hand in den Nacken. „Warum die Tränen, Eden?“

Ich holte tief Luft und erzählte ihm von dem Gespräch mit meinem Vater. Je länger ich sprach, umso versteinerter wurde seine Miene und als ich geendet hatte, schwieg er unerträgliche drei Minuten und starrte in die Ferne.

„Sag was“, bat ich ihn, als ich es nicht mehr aushielt.

Er seufzte, öffnete den Mund, schüttelte dann aber den Kopf, ohne einen Ton hervorzubringen. Offensichtlich fehlten ihm die Worte, denn er zuckte nur ratlos mit den Schultern. Enttäuschung machte sich in mir breit. Mein letzter Strohhalm, er könnte die zündende Idee haben, verschwand. Im Augenblick hatte Nate dem Anschein nach nicht einmal einen Trost für mich übrig. Kein ‚Vertrau mir, mir fällt was ein‘ oder ein ‚Das bekommen wir schon irgendwie hin‘.

„Wie soll das funktionieren, Nate?“, flüsterte ich und plötzlich brachen sämtliche Ängste aus mir hervor. Jeder Gedanke, der mir seit Samstagabend gekommen war, floss aus mir heraus und meine Worte schienen sich in Ziegelsteine zu verwandeln, die eine Mauer zwischen uns bildeten. „Du gehst bald auf die California University. Zweitausendzweihundert Meilen werden uns dann trennen. Und das ist nur die Luftlinie. Möchte ich mit dem Auto zu dir fahren, bin ich eineinhalb Tage unterwegs, aber nur, wenn ich keinen Halt mache. Wobei eine Fahrt mit dem Auto wegen der astronomischen Spritkosten so gut wie unmöglich ist. Flüge sind sogar noch teurer", führte ich aus, was ich in meiner Verzweiflung alles recherchiert hatte.

Nate blieb nach wie vor stumm und das verunsicherte mich noch mehr, als ich es ohnehin schon war.

„Dein Traum ist Kalifornien. Du hast bereits eine Zusage und anhand deiner Mitteilung vom Samstag weiß ich, wie begeistert du bist, dorthinzugehen. Und das wirst du, Nate, denn es wäre egoistisch, dich um etwas anderes zu bitten. Du wirst dir dort ein neues Leben aufbauen, neue Freunde finden, Partys feiern. Am Anfang denkst du vielleicht täglich an mich, schickst mir Nachrichten oder rufst mich vor dem Schlafengehen an, wobei wir immer die Zeitverschiebung von drei Stunden berücksichtigen müssen. Nach jedem dieser Anrufe blutet dann mein Herz, da ich mir nichts sehnlicher wünsche, als bei dir zu sein. Aber irgendwann wird das Mädchen, das zwei weitere Jahre auf die Highschool geht und das du ohnehin viel zu selten siehst, kaum noch Platz in deinen Gedanken finden." Ich hielt inne und presste mir den Handrücken gegen die Lippen, um das Schluchzen zurückzudrängen, das aus mir herausbrechen wollte. „Ich kann deinen Traum nicht zerstören, ohne mich dabei selbst zu hassen, Nate."

Die Tränen waren zurück und ich versuchte gar nicht erst, sie aufzuhalten. Der Sitz knarrte, als er sich zu mir drehte und sogar durch den Tränenschleier hindurch erkannte ich, wie wütend er mich ansah.

„Sag sowas nicht, Eden! Hör auf damit!", fauchte er mich an.

Ich befahl mir, seinen harschen Tonfall zu ignorieren, und wischte mir die Tränen von den Wangen, was sinnlos war, weil sofort neue nachrückten.

„Hör auf", wiederholte er nun leiser, was seinen Worten mehr Nachdruck verlieh. „Du kannst jetzt nicht mit mir Schluss machen." Der flehende Unterton in seiner Stimme wirkte wie ein Dolchhieb mitten ins Herz. Jedoch war die

Abgrenzung, die meine schlimmsten Ängste bisher zurückgehalten hatte, niedergerissen worden und es gelang mir nicht, meine Worte aufzuhalten. Sie mussten raus, denn wenn ich sie bei mir behielt, würden sie mich zerfressen und von innen heraus vergiften. Es tat höllisch weh, aber ich wusste, was zu tun war. Mir kam Trevors Aussage in den Sinn, als er mit Hope Schluss gemacht hatte. Jeder geht als Single aufs College, um einen Schlussstrich unter seine Highschool-Zeit zu ziehen.

„Doch, Nate. Einer von uns muss es tun. Wir werden monatelang getrennt sein und irgendwann fragst du dich, warum zum Teufel du mir so lange treu geblieben bist. Sieh dich an. Du bist attraktiv, charmant. Allein deine Grübchen, die auftauchen, sobald du lächelst, werden dafür sorgen, dass dir die Herzen nur so zufliegen. Eine Zeitlang wirst du dich vermutlich den Flirts widersetzen, bis du schließlich nicht mehr Nein sagst. Ich will kein Klotz am Bein sein."

Nates Hände legten sich um meine Oberarme. „Hör auf, Eden. Du könntest niemals ein Klotz am Bein sein", versicherte er mir, doch ich schüttelte den Kopf „Du weißt, was du mir bedeutest!", zischte er und gab mich so rasch frei, als hätte er sich verbrannt. Er schlug auf das Lenkrad, drehte die Zündung und scheuchte den Wagen über die Wiese, wo die Reifen tiefe Spuren in dem angetauten Boden hinterließen.

„Denkst du, du bedeutest mir nichts?", erwiderte ich ungeachtet seines Zorns. „Du bedeutest mir alles und ich tue das nur, um zu verhindern, dass du mich irgendwann hasst."

„Hassen? Bisher dachte ich, dass wir eher das Gegenteil füreinander empfinden!" Ich wusste genau, auf was er anspielte. An dem Abend, an dem wir das erste Mal miteinander geschlafen hatten, war er dabei gewesen, es auszusprechen, war jedoch von mir aufgehalten worden.

„Du bist achtzehn, ich bin sechzehn. Glaubst du wirklich, wir beide haben eine Ahnung davon, was Liebe ist? Wir sind viel zu jung, um das zu wissen!"

„Liebe?! Hör auf, von Liebe zu reden, Eden! Wenn man eine Beziehung so leichtfertig aufgibt, dann ist das nämlich bestimmt keine! Liebe wirft man nicht einfach weg, so wie du es im Augenblick tust!“, schleuderte er mir an den Kopf. Seine Worte wirkten wie eine Ohrfeige, die ich vermutlich mehr als verdient hatte.

Kies flog auf, als wir wieder den Weg erreichten und er das Gaspedal durchdrückte, wie ich es noch nie zuvor bei ihm erlebt hatte. Nates Kiefer waren aufeinandergepresst und erst, nachdem etwa fünf Meilen hinter uns lagen, brach er sein eisernes Schweigen.

„Das ist doch keine Sache des Alters!“, widersprach er und umklammerte das Lenkrad so fest, bis sich seine Fingerknöchel hell unter der Haut abzeichneten.

„Vielleicht, vielleicht auch nicht“, antwortete ich entmutigt.

Seit Dad die Bombe mit dem Umzug hatte platzen lassen, überlegte ich ununterbrochen, wie sich eine Beziehung führen ließ, die nur durch Textnachrichten und Videochats am Leben gehalten wurde. Mit etwas Glück sahen wir uns zweimal im Jahr und mir war klar geworden, dass ich Nate diese Art von Beziehung unmöglich zumuten konnte. Eventuell dankte er es mir irgendwann.

„Was wissen wir schon über Liebe? Du bist mein erster Freund, ich deine erste Freundin. Unser Horizont reicht kaum über Hayswood hinaus. Du wirst deinen bald erweitern, aber ich? Bevor meine Mom starb, glaubte ich, der letzte Platz bei der Misswahl stellt das Ende der Welt dar. Ich dachte, das wäre mein größtes Problem, weil es keine größeren gab, verstehst du? Es gibt tausend Dinge, die ich nicht weiß. Wie soll ich da etwas Subjektives wie Liebe begreifen?“

Er schüttelte den Kopf und ich war überrascht, wie schnell wir den Schulparkplatz wieder erreicht hatten.

„Ich muss hier raus“, knurrte er und stürzte förmlich aus dem Wagen. Er knallte die Tür zu und mir wurde ganz seltsam zumute, als ich meine Tasche vom Rücksitz nahm und ebenfalls ausstieg.

Nate hatte sich bereits einige Meter entfernt, doch als er hörte, wie ich die Tür zufallen ließ, blieb er stehen und wandte sich zu mir. Verzweiflung stand auf seinem Gesicht, als ich zu ihm ging. Ich legte mir zurecht, was ich gleich sagen würde und das allein genügte, um mir das Gefühl zu geben, in tausend Teile zu zerbrechen. Wie schlimm wurde es dann erst, sobald ich es aussprach?

Das Verlangen, ihn ein letztes Mal zu umarmen war übermächtig, daher ließ ich meine Schultasche achtlos fallen, schlang die Arme um ihn und drückte meinen Kopf an seine Brust. Sein Herz schlug schnell und heftig und ich versuchte, mir das Geräusch gut einzuprägen, sodass ich es mir bis an mein Lebensende in Erinnerung rufen konnte.

Dum-dum, dum-dum, dum-dum.

Ich wollte es nicht in einer Schneekugel, ich wollte es in mir drin und zwar so tief, dass mein eigener Herzschlag seinen Rhythmus annahm und ich dadurch auf ewig etwas besaß, das uns verband.

Mein Brustkorb schnürte sich immer weiter zu, als Nate meine Umarmung unerwidert ließ. Ich genoss die letzten Momente und nahm dann all meine Kraft zusammen. Langsam löste mich von ihm, doch kurz, bevor unser Körperkontakt abbrach, riss er mich in die Arme.

„Hass mich bitte nicht“, schluchzte ich und obwohl ich mir geschworen hatte, nicht egoistisch zu sein, stellte ich mich auf die Zehenspitzen und drückte meinen Mund auf seinen.

Nate erwiderte meinen Kuss, ohne zu zögern, und mit jeder Sekunde, die sich unsere Lippen berührten, schmeckte ich mehr Verzweiflung. Mein Entschluss geriet ins Wanken, aber ich wollte unbedingt vermeiden, für ihn in einigen Monaten lediglich ein lästiges Anhängsel zu sein. Ich wollte, dass er mich als seine erste Freundin in Erinnerung behielt, die weitsichtig genug gewesen war, es zu beenden, bevor es hässlich oder gar bedeutungslos wurde. Noch einmal legte ich alles, was ich für ihn empfand, in den Kuss und löste mich dann langsam von ihm. Nates Griff lockerte sich, ehe er einen Schritt zurücktrat. Schniefend wischte ich mir über die Augen, rang um Fassung und sah, wie er sich sein braunes Haar raufte.

„Warum gibst du uns keine Chance, Eden?"

Sein flehender Blick reichte mir bis ins Mark. Fast wäre aus mir herausgeplatzt, dass ich uns keine Chance geben konnte, weil ich keine sah. Stattdessen sagte ich leise: „Ich will nicht der Grund dafür sein, dass du etwas versäumst. Falls wir uns je wieder treffen, sollst du mich ansehen und denken, ich sei das verdammt fabelhafteste Mädchen, da ich rechtzeitig erkannte, was uns zerstört hätte. Ich weiß, dass das jetzt weh tut. Sobald wir jedoch irgendwann anfangen, uns zu hassen, wird es tausendmal schlimmer sein."

Tränen schwammen in seinen Augen, aber er wischte sie rasch weg und starrte auf einen Punkt irgendwo hinter mir. Ich sah, wie sein Kiefermuskel zuckte und die Ader an seiner Schläfe anschwoll, während er über meine Worte nachdachte.

„Du darfst mich nicht hassen, Nate", fügte ich mit tränenrauer Stimme hinzu.

„Eden, du weißt genau, was uns verbindet", schleuderte er mir erbost entgegen, doch ich weigerte mich, mich von seiner Wut verletzen zu lassen. Ich verstand sie sogar, denn an seiner Stelle hätte ich genauso reagiert. Auch wenn uns das nun das Herz brach, so wollte ich nicht im Streit auseinandergehen.

Ich zuckte unbestimmt mit den Schultern und zwang mich, ruhig zu bleiben. „Was erwartest du von mir? Liebe ist so groß. Sie ist so groß, dass sie zwei Menschen bis an ihr Lebensende zusammenschweißt. Ich weiß nicht einmal wie der Ozean aussieht, Nate. Das ist etwas, das man nur anzusehen braucht. Woher soll ich dann wissen, was Liebe ist?" Nate presste die Lippen aufeinander, bis sie lediglich ein schmaler Strich waren.

Sein Blick flackerte unruhig über mein Gesicht und je länger er mich ansah, umso mehr schien seine Hoffnung zu schwinden.

„Liebe? Wieso kann ich die mit achtzehn nicht empfinden?! Zur Hölle, Eden! Das ist absoluter Bullshit! Glaubst du, ich bin nur mit dir zusammen, weil mir langweilig ist?" Fassungslosigkeit stand in seiner Miene, als er einen weiteren Schritt zurückmachte. „Aber es ist gut, dass wir darüber sprechen! Nun weiß ich, was ich von dir zu halten habe. Falls du zur Besinnung kommst – du weißt, wo du mich findest", zischte er wütend, machte kehrt und lief zu seinem Wagen, ohne sich nochmal zu mir umzudrehen.

Der Anblick seines sich entfernenden Rückens brannte sich in mein Gedächtnis und ich wusste, dass eine Schneekugelerinnerung zu meiner Sammlung hinzugekommen war. Aber dieses Mal war es eine, die ich nicht wollte.

Mein Brustkorb fühlte sich an, als stünde ein voll beladener Lastzug darauf, so schwer fiel es mir, Luft zu holen. Ich sah, wie Nate ins Auto stieg, ehe die Welt hinter einem Schleier aus Tränen verschwamm.

Etwas in mir schrie, ich solle ihm hinterherlaufen und um Verzeihung bitten. Der Gedanke an mehr als zweitausend Meilen Trennung sorgte jedoch dafür, dass meine Beine mit den rissigen Betonplatten unter meinen Sohlen verwuchsen. Meine Stimmbänder kratzten, als mir ein schmerzvoller Laut entwich, doch das Geräusch wurde von dem Knacken übertönt, als mein Herz zerbrach.

Die Welt um mich herum wurde dumpf, als ich hörte, wie Nate den Motor aufheulen ließ und mit quietschenden Reifen vom Parkplatz jagte. Jeder Meter, den er sich von mir entfernte, zerriss mich nahezu. Alles fiel in sich zusammen und ich konnte schwören, seit dem Tod meiner Mutter keinen derartigen Schmerz verspürt zu haben.

Aber es war nur das Luftholen, denn als mich der richtige Schmerz erfasste, schickte er mich zu Boden. Ich sank auf die

Knie und japste nach Luft, die mein zu eng gewordener Brustkorb sich aufzunehmen weigerte.

Die Kälte des Asphalts kroch in meine Glieder, doch mir fehlte die Kraft, um aufzustehen, und mich in den Unterricht zu setzen, war unvorstellbar. Also blieb ich einfach hier auf dem Schulparkplatz und weinte um meine erste Liebe, die ich von mir gestoßen hatte, um dafür zu sorgen, dass wir keins dieser Paare wurden, die sich nach der Trennung hassten. Aber anhand Nates Reaktion war das wohl Wunschdenken gewesen.

Mir blieb nur der Trost, dass ein glatter Bruch besser verheilte, als eine Trümmerfraktur.

„Es war richtig", murmelte ich, „Es war richtig. Es war richtig. Es war richtig", wiederholte ich mein Mantra und versuchte, mich damit selbst zu überzeugen.

Doch wenn es so richtig war, warum fühlte es sich dann so falsch an?

KAPITEL 35

ZEHN MONATE SPÄTER

Ich saß auf dem Sessel, auf dem ich im Sommer vergangenen Jahres vor Langeweile kopfüber gelegen hatte. Ich erinnerte mich gut daran, wie ich aufgestanden und mir daraufhin schwindelig geworden war. Dank dieses Umstandes war ich auf mein lange vermisstes Tagebuch gestoßen.

Der Sessel war derselbe, mein Zimmer jedoch ein anderes. Dad hatte das Haus in Hayswood verkauft, um mit dem Geld eines in der Nähe von Quantico zu kaufen. Es war okay, aber es fühlte sich nicht wie zuhause an. In der Schule war es mir bislang kaum gelungen, Kontakte zu knüpfen, da ich noch immer wie gelähmt war. Gelähmt vor Schmerz, den Menschen aus meinem Leben verbannt zu haben, der mir alles bedeutete.

Zum wiederholten Mal strich ich über die leere Seite, auf deren oberem Ende ich schon ein dutzend Mal einen Stift hatte ansetzen wollen. Die Worte saßen in meinem Kopf, überschwemmten meine Gedanken, zogen mein Herz hinab in eine Tiefe, an der eine Dunkelheit herrschte, die ich nicht zu vertreiben wusste. Mein Dad sah vermutlich nur davon ab, mich zu einem Psychologen zu schicken, weil ich jeden Tag aufstand, mir das Frühstück hinunterzwang, was dank Cruellas langem Training eine Leichtigkeit darstellte und zur Schule aufbrach. Sobald ich am Nachmittag nach Hause kam, erledigte ich meine Schularbeiten, verkroch mich in meinem Zimmer und hasste mich selbst.

Kein Tag verging, an dem ich mich nicht fragte, was Nate im Moment machte. Kein Tag, ohne, dass ich versuchte, mir vorzustellen, wie es gewesen wäre, wenn wir uns nicht getrennt hätten. Wäre es tatsächlich so gekommen, wie von mir befürchtet? Wären wir an der Distanz zerbrochen? Wäre unsere Beziehung nun wirklich ein Scherbenhaufen, der von keinem Spezialisten der Welt je wieder zu einem Ganzen zusammengefügt werden konnte?

Vor zehn Monaten dachte ich, ein glatter Bruch würde besser heilen als eine Trümmerfraktur. Das war ein Irrtum, denn kein Bruch heilte, solange das Gegenstück fehlte. Nate hatte schon immer einen Teil meines Herzens besessen und daran hatte sich bis heute nichts geändert.

Nachdem ich darauf verzichtet hatte, ihn aufzusuchen, um meine Entscheidung rückgängig zu machen, warf er mich in den sozialen Medien aus der Liste seiner Freunde und blockierte meine Nummer. Alles, was mir blieb, waren sein Hemd, das er mir damals umgelegt hatte, als er mich von der Party nach Hause fuhr und welches bedauerlicherweise längst nicht mehr nach ihm roch und die Fotos auf meinem Smartphone. Letztere zog ich vorsorglich auf einen USB-Stick und eine externe Festplatte, denn ich konnte, wollte und durfte sie nicht verlieren! Es trieb mir jedes Mal einen Pflock ins Herz, sobald ich unsere Bilder ansah. Trotzdem konnte ich nicht damit aufhören.

Zehn Monate lag unser Wegzug aus Hayswood nun zurück und dennoch ließ der Schmerz kein bisschen nach. Alles kreiste ständig um das was-wäre-wenn. Zu meinem siebzehnten Geburtstag besuchte mich Nell. Es war ein Lichtblick gewesen und ich konnte nicht anders, als sie nach Nate zu fragen. Sie weigerte sich jedoch, mir von ihm zu erzählen, da ihr Bruder sie auf das Leben ihres ersten Kindes hatte schwören lassen, kein Wort über ihn zu verlieren. Trotzdem ahnte ich, dass sie mir etwas verschwieg.

Ich wurde aus meinen Gedanken gerissen, als der Wind einen Zahn zulegte und die Schneeflocken gegen mein Fenster jagte, wo sie knisternd zerplatzten. In einer Schneekugel passierte das nie. Dort blieb alles wie immer.

Nichts ging kaputt.

Niemand starb.

Niemand trennte sich.

Aber brachte uns nicht jeder Tag, der seine Spuren an uns hinterließ, einem anderen, klügeren Ich näher? Wenn ich in mich hineinhorchte, war da zuerst eine riesige Leere. Doch fragte ich mich, ob ich die sechzehnjährige Eden sein wollte, die dumm genug gewesen war, sich selbst das Herz zu brechen, oder die dreizehnjährige Eden, die nie die Erfahrungen der ersten Liebe gemacht hatte, würde ich mich immer für Erstere entscheiden.

Es war besser, eine Erinnerung zu haben, die schmerzte, als eine, die man nie gemacht hatte. Schließlich war dem Schmerz etwas Wunderbares vorausgegangen. Es gab Tage, an denen ich meine Erinnerungen hasste, weil sie mir vor Augen hielten, was ich verloren, was ich zerstört hatte. Aber dann gab es wieder welche, an denen ich froh um sie war.

In meinen Gedanken schüttele ich die Schneekugel und als ich hineinsah, war alles, was sich bewegte, der Schnee, der genau genommen keiner war, da er aus kleinen Plastikstücken bestand.

Der Rest war zum ewigen Stillstand verdammt.

Stillstand herrschte auch in mir, seit ich mit Nate auf dem Schulparkplatz Schluss gemacht hatte, obwohl sich in meinem Leben so unendlich viel bewegt hatte, dass kein Stein mehr auf dem anderen zu sein schien.

Der Schmerz wollte einfach nicht vergehen. Es hieß, die Zeit heilte alle Wunden, doch jeder Tag, den ich mit diesem entsetzlichen Fehler leben musste, fühlte sich grässlicher an, als der davor, denn die Erinnerung an Nate verblasste.

Es gelang mir immer seltener, mir sein Lächeln, seinen Geruch, das Gefühl, in seinen Armen zu liegen, ins Gedächtnis zu rufen. Noch war ich dazu in der Lage und mir graute heute schon vor dem Tag, an dem ich das nicht mehr schaffte.

Was wir beide gewesen waren, entfernte sich täglich weiter von mir. Mit jeder Sekunde, die dafür sorgte, dass er in meinen Gedanken weniger greifbar wurde, verlor ich. Mein Tagebuch konnte die Rettung sein, aber was Nate und ich gehabt hatten, war so groß gewesen, dass es mir unmöglich erschien, es in Worte zu fassen.

Ich hatte es kaputt gemacht und wenn ich eines aus Moms Tod gelernt hatte, dann, dass das Leben keine Rückspultaste besaß.

Machten wir Fehler, mussten wir sie ausbügeln oder eben damit klarkommen.

KAPITEL 36

5 JAHRE SPÄTER

Mein Herz galoppierte in meiner Brust, als ich aufschreckte. Statt mich unter dem Kissen zu vergraben und auf Frieden zu hoffen, wie ich es sonst tat, wenn ich früh am Morgen aufwachte, schwang ich die Beine über die Bettkante und rang nach Atem. Ich könnte mir einreden, dass der Schweiß, durch den mein Nachthemd an meiner Haut klebte, von der Hitze herrührte, aber damit log ich mir nur selbst in die Tasche. Es war der kommende Tag, der mir Angst machte.

Ich strich mir die Haare aus der Stirn, las meinen Morgenmantel auf, den ich achtlos auf den Boden fallen gelassen hatte, und ging hinüber zur Minibar. Die Flaschen mit dem braunen Inhalt lockten mich mit dem Versprechen, mein Gedankenkarussell zu stoppen, doch ich langte daran vorbei und wählte stattdessen das Mineralwasser.

Ich nahm einen Schluck und stellte mich an das große Doppelfenster meines Hotelzimmers, das mir eine grandiose Aussicht auf Kansas City bot. Nell wohnte inzwischen hier, während ich nach meiner Ausbildung zur Krankenschwester nach Washington D.C. gezogen war. Ursprünglich wollte ich Ärztin werden, aber nach dem Umzug nach Quantico waren meine Noten nicht mehr so gut gewesen. Mir fehlte der Elan, um auf die erforderlichen Aufnahmeprüfungen und Empfehlungsschreiben hinzuarbeiten, sodass ich das Vorhaben verworfen hatte.

Im Osten kündigte sich bereits der neue Morgen an. In etwa sechzehn Stunden würden Feuerwerke die Skyline erhellen.

Heute war der vierte Juli. Der Tag, an dem ganz Amerika seine Unabhängigkeit feierte.

Vor fünf Jahren und knapp vier Monaten hatte ich mit Nate Schluss gemacht. Ich erinnerte mich gut an den Schmerz, weil er nie aufgehört hatte. Manchmal schreckte ich nachts auf, da ich mich im Schlaf erneut auf dem Schulparkplatz befunden und unter einem Tränenschleier seinem Wagen hinterhergeblickt hatte. Hin und wieder war der Traum besonders real, sodass ich sogar dasselbe Engegefühl wie damals in der Brust verspürte.

Selbst ein Jahr nach unserer Trennung war es mir nicht gelungen, über ihn hinwegzukommen. In einem Anfall von Selbstzerstörung hatte ich ein Fake-Profil auf Facebook erstellt. Mein echter Account war von Nate geblockt worden, daher konnte ich nur so in den sozialen Medien nach ihm suchen. Das, was von meinem Herzen noch vorhanden gewesen war, löste sich in dem Moment, als ich seinen Beziehungsstatus sah, in Rauch auf. Jennifer war nun die Frau an seiner Seite und es traf mich mit der Wucht einer Abrissbirne, zu sehen, wie glücklich sie sich auf seinem Profilbild anlächelten.

Sie war die ‚danach'.

Nach mir.

Nach uns.

Zu dem Zeitpunkt war ich ohnehin völlig am Boden, deswegen änderte sich im Grunde genommen nichts. Die Wunden, die ich mir damals auf dem Schulparkplatz selbst zugefügt hatte, machten auch ein Jahr später keine Anstalten, zu heilen.

Mit sechzehn hielt ich es für richtig, die Beziehung zu beenden, ehe sie ein unschönes Ende nehmen konnte.

Heute wusste ich, dass es falsch gewesen war.

Ich hatte viele Fehler gemacht.

Ich hätte ihm mehr vertrauen und nicht so verdammt pessimistisch sein sollen.

Ich hätte uns eine Chance geben und um uns kämpfen sollen.

Nate hatte sich nach unserem Gespräch vor fünf Jahren – zu Recht – von mir abgewandt und war aus meinem Leben verschwunden.

Doch einen Fehler hatten wir beide begangen.

Wir hatten das, was wir gehabt hatten, nie als das bezeichnet, was es gewesen war.

Wir hatten dem nie den richtigen Namen gegeben, da wir glaubten, zu jung zu sein.

Vielleicht musste ich die erste Liebe verlieren, um zu begreifen, was dieses Gefühl überhaupt war. Als ich die Beziehung mit Nate beendete, nahm ich an, ich hätte keine Ahnung, was Liebe sei, weil ich überzeugt war, noch nicht alt genug dafür zu sein. Aber Liebe kennt kein Alter. Es gibt keine Angabe, wie es auf Brett- und Kartenspielverpackungen ist. Nirgendwo steht: Liebe, zwei Mitspieler, Alter von zwanzig bis neunundneunzig.

Meine einstige Beziehung zu Nate war jedoch ein wichtiger Stein im Mosaik meines Lebens. Selbst wenn wir das, was wir gehabt hatten, nie als das bezeichnet hatten, was es gewesen war: *Liebe.*

Ich wusste, wie einzigartig das war, was ich zerstört hatte und erneut spürte ich das inzwischen so vertraute Brennen in der Herzgegend.

Vermutlich war ich ein wenig sentimental wegen des anstehenden Termins. Zwar wurde ich erst in fünf Stunden erwartet, aber da ich ahnte, dass ich ohnehin nicht mehr schlafen konnte, zog ich mich aus und ging ins Badezimmer. Vielleicht verlieh mir das Wasser einen Panzer, der mir half, die Würde zu bewahren, sobald ich Nate nach fünf Jahren und knapp vier Monaten zum ersten Mal wiedersah.

Beinahe hätte ich über meine eigene Idiotie gelacht. Der Tag heute würde mich zerstören, denn ich kannte den Sitzplan und der besagte, dass Nate mit einer gewissen Mary-Lou, der Nach-Jennifer-Frau, kam.

Obwohl ich beim Kauf des Brautkleides mit dabei gewesen war, verschlug es mir erneut den Atem, als ich Nell sah. Das Oberteil und die Ärmel, die ihr bis zu den Ellbogen reichten, waren aus feiner Spitze, was wunderbar zu dem eher schlichten Rock passte. Das Kleid unterstrich ihre zarte Figur und ich vermutete, Will kippte aus den Latschen, wenn er sie über den mit weißen Blumen verzierten Gang der kleinen Kapelle auf sich zukommen sah.

Ich ging einen Schritt auf meine Freundin zu, stellte mich hinter sie und sah über ihre Schulter. Unsere Blicke trafen sich in dem bodentiefen Spiegel.

„Du siehst wunderschön aus", flüsterte ich ehrfürchtig. Tränen glitzerten in ihren Augen und ich setzte schnell ein strahlendes Lächeln auf, um zu verhindern, dass sie weinte und damit ihr Make-up ruinierte. „Du bist die schönste Braut, die mir als Brautjungfer je untergekommen ist!", griff ich auf unseren Running Gag zurück, der auf der Suche nach dem richtigen Kleid entstanden war. Es funktionierte. Nell grinste und hielt mir den Schleier entgegen.

„Ich bin ja bisher auch die erste Braut, bei der du Brautjungfer bist", konterte sie, während ich ihr den Schleier ins Haar steckte. Dabei achtete ich darauf, ihre Frisur nicht zu zerstören, wegen der sie im Morgengrauen aufgestanden war. Unsere Freundschaft hatte die räumliche Trennung gut überstanden, was aber vermutlich daran lag, dass wir keine Liebesbeziehung, sondern einfach eine bereits sehr tiefe Freundschaft weiter geführt hatten, worum ich unendlich dankbar war.

„Hast du Carolines Buch schon fertig gelesen?", erkundigte sich Nell und ich schüttelte den Kopf.

„Ich bin noch mittendrin", gab ich zur Antwort, denn die detaillierten Schilderungen des jahrelangen Missbrauchs zu lesen, ging mir enorm an die Substanz. Caroline war mit ihrem Schicksal an die Öffentlichkeit gegangen, um die Menschen im Bezug auf Kinderpornographie zu sensibilisieren.

Zudem hatte sie eine Kampagne gestartet und kämpfte darum, dass Kindermisswahlen in möglichst vielen Bundesstaaten verboten wurden. Ich teilte ihre Meinung, dass diese Wettbewerbe nur dazu dienten, Kinder in ein Korsett zu quetschen, das vermittelte, Aussehen sei alles und es unverantwortlich war, bereits Vierjährige in knappen Outfits ins Rampenlicht zu stellen. Mr. Hawk war, nachdem das Buch vor drei Monaten erschienen war, von Mithäftlingen in der Dusche so heftig verprügelt worden, dass er angeblich noch immer auf der Krankenstation lag. Es gelang mir nicht, Mitleid ihm gegenüber zu empfinden.

„Sobald ich fertig bin, gebe ich es dir", versicherte ich meiner Freundin.

„Schon gut. In den Flitterwochen werde ich vermutlich sowieso keine Zeit zum Lesen haben", merkte sie, begleitet von einem Kichern, an.

„Liebes, bist du so weit?", ertönte Mr. Newmans Stimme durch die Tür und ich bemerkte, wie Nell zitternd ausatmete. Ihre Aufregung war nahezu mit Händen zu greifen, was kaum verwunderlich war. Schließlich heiratete man bestenfalls nur einmal im Leben.

„Bereit?", fragte ich leise, nahm ihre Hand und drückte sie sachte. Sie warf mir einen flüchtigen Blick zu, bevor sie – gefühlt zum fünfzigsten Mal – den Sitz des Kleides und des Schleiers überprüfte.

„Wir kommen gleich, Dad!", rief sie und wandte sich dann an mich. „Denkst du, er ist der Richtige?"

„Natürlich!", antwortete ich, ohne, groß darüber nachzudenken. „Will trägt dich auf Händen! Er betet dich an! Solltest du ihn darum bitten, den Boden zu küssen, ehe du einen Fuß daraufsetzt, würde er es tun."

Sie kicherte erneut. „Quatsch!“, widersprach sie. Über den Spiegel hinweg bedachte ich sie mit einer in die Höhe gezogenen Augenbraue.

„Ganz sicher? Wollen wir wetten?“, hakte ich nach.

Nun lachte sie auf. „Nein, besser nicht!“ Mich beschlich ein ungutes Gefühl, als ihre Miene plötzlich wieder ernst wurde. „Und wie sieht es mit dir aus? Bist du bereit?“ Sie brauchte es nicht aussprechen, damit ich wusste, worauf sie hinauswollte.

Ich schluckte schwer und wich ihrem Blick aus. Für eine Sekunde dachte ich daran, ihr ein überzeugendes Lächeln zu schenken und ihr zu versichern, dass mit mir alles in Ordnung sei. Aber Nell war meine beste Freundin. Ich würde sie nicht anlügen.

„Nein“, gab ich im Flüsterton zu und nun war ich es, die darum kämpfen musste, das Make-up nicht mit Tränen zu ruinieren.

„Wenn es eine andere Möglichkeit gegeben hätte, hätte ich dir das nicht zugemutet, doch du bist meine beste Freundin und er ist mein Bruder …“

„Das würde ich nie von dir verlangen!“, unterbrach ich sie. „Ich komme klar. Schließlich sind noch mehr Leute eingeladen und immerhin hatte ich zwischenzeitlich ebenfalls Beziehungen.“

Zwar keine, die ernst genug gewesen war, um zusammen auf eine Hochzeit zu gehen, aber das brauchte ich nicht auszusprechen. Nell wusste, dass ich mich nach Nate nie wieder zu einhundert Prozent auf jemanden eingelassen hatte.

Es klopfte erneut. Diesmal ging anschließend die Tür auf und Mrs. Newman kam herein. Als sie ihre Tochter sah, bekam sie große Augen und eilte zu uns herüber.

„Du siehst atemberaubend aus“, keuchte sie und umarmte sie vorsichtig.

Ich zog mich zurück und gönnte den beiden einen Moment zu zweit. In wenigen Minuten sah ich Nate das erste Mal wieder, nachdem ich uns das Herz gebrochen hatte. Selbst die fünf Jahre, die vergangen waren, änderten nichts daran, dass meines gleich noch einmal brechen würde, sobald ich ihn zusammen mit dieser Mary-Lou sah.

KAPITEL 37

In zahlreichen Nächten, in denen ich wach gelegen und überlegt hatte, wie es wohl sein könnte, Nate das erste Mal wiederzusehen, war meine Fantasie oft mit mir durchgegangen. Eine Version war gewesen, dass er lichtes Haar und einen Bauch bekommen hatte, gekrönt von einem schlecht sitzenden Polyesteranzug, der einen Frittenbuden-Geruch verströmte.

Ich stellte fest, dass es mir half, nicht durchzudrehen, wenn ich ihn mir so abstoßend wie möglich vorstellte.

Als ich ihn neben dem Altar stehen sah – er war Wills Trauzeuge – war er alles andere als abstoßend. Natürlich nicht. Das würde er für mich niemals sein!

Der schwarze Anzug schmiegte sich perfekt an seinen athletischen Körper. Sein braunes Haar, welches er nun ein wenig kürzer trug, war sauber gescheitelt und gekämmt, sodass es mich sofort in den Fingern juckte, darin für das Chaos zu sorgen, das dort sonst immer geherrscht hatte. Ohne Zweifel hatten die fünf Jahre Nate gutgetan. Er war erwachsener, größer, maskuliner und strahlte ein lässiges Selbstbewusstsein aus, das vermutlich dafür sorgte, dass ihm die Frauenherzen nur so zuflogen.

Er sah kein einziges Mal in meine Richtung und ich würde mich selbst belügen, wenn ich behauptete, dass mir dies nichts ausmachte. Aber was hatte ich erwartet? Dass er mir die Hand schütteln und mich umarmen würde?

Gewiss nicht.

Schließlich gab es jetzt Mary-Lou. Während der Zeremonie suchte ich die gut gefüllten Reihen der Kirchenbänke nach ihr ab, konnte jedoch niemanden entdecken, der für die Frau an Nates Seite in Frage kam.

Im Anschluss an die Trauung riss ich sämtliche Aufgaben an mich, um Nate und Mary-Lou zu vergessen. Ich verteilte Reisbeutelchen, half, die Tauben freizulassen, und brachte Anfahrtsbeschreibungen unters Volk, wie man auf dem besten Weg zu der Location kam, an der die eigentliche Feier stattfand. Nate ging ich aus dem Weg, allerdings ertappte ich mich immer wieder, wie ich zu ihm hinübersah. Jedes Mal hatte er die Hände in den Hosentaschen, unterhielt sich mit jemandem, aber keine Mary-Lou weit und breit. Es war seltsam. Schließlich waren die beiden bereits über ein Jahr zusammen. Nach dieser Zeit hatte eine Beziehung doch etwa ein Stadium erreicht, in dem die meisten Frauen selbst heimlich Hochzeitsmagazine horteten, oder?

Durch die Gästeschar vor der Kapelle kam Nell auf mich zu. Hoffentlich forderte sie mich nun nicht auf, mich zu Will und ihr zu gesellen! Prompt erfasste mich mein schlechtes Gewissen. Was war ich nur für eine schreckliche Brautjungfer! Ich sollte an ihrer Seite sein und mich nicht hinter entfernten Verwandten von Will herumdrücken, um zu vermeiden, Nates Aufmerksamkeit zu erregen.

„Es ist unglaublich!“, schnaubte sie, als sie vor mir stand.

„Wovon redest du?“, hakte ich nach, da ich ihr nicht folgen konnte. Bisher war, abgesehen von meinem Verhalten, alles glatt gelaufen.

„Mein Bruder hat ernsthaft vergessen, mir zu sagen, dass er ohne Begleitung kommt!“, zischte sie.

Meine Kehle schnürte sich zu, als mein Herz begann, so heftig gegen meine Rippen zu schlagen, dass ich fürchtete, es plante einen Ausbruch, weil es genug von mir hatte. Nell sprach von der nun hinfälligen Sitzordnung und ich sah, wie sie weiterredete, doch in meinem Kopf war nur noch das Echo der Worte ‚ohne Begleitung‘ zu hören. Ihre Lippen bewegten sich plötzlich nicht mehr, aber ich erwachte nur verzögert aus meiner Trance.

„Vielleicht ist sie krank geworden“, mutmaßte ich lahm, denn ich vermutete, dass sie etwas Derartiges von mir erwartete.

Eine steile Falte tauchte zwischen den Brauen meiner besten Freundin auf. „Hast du mir überhaupt zugehört?! Sie haben vor vier Wochen Schluss gemacht! Vier Wochen! Und mein Bruder kam nicht auf die Idee, mich darüber zu informieren!“

„Schluss gemacht?“, wiederholte ich langsam und sah nun ganz unverhohlen zu Nate hinüber. Er unterhielt sich mit Will und wirkte weder bedrückt oder so, als plage ihn Liebeskummer. Etwas in meiner Brust flatterte.

„Ja! Ist das zu fassen?!“

Nein. Es war nicht zu fassen. Wochenlang raubte mir das Wissen, dass Nate in Begleitung zur Hochzeit seiner Schwester kam, den Schlaf. Das war alles umsonst gewesen! Mary-Lou schien Geschichte zu sein. War das die Chance für uns, um ein neues Kapitel aufzuschlagen? Oder hatte ich ihn damals so sehr verletzt, dass er mir das bis heute nicht verzeihen konnte?

Ich bekam keine Zeit, darüber nachzudenken, denn Will kam zu uns herübergeschlendert und legte den Arm um die Taille seiner Frau.

„Unser Wagen ist da, Honey“, teilte er ihr mit und führte sie unter dem Beifall der Anwesenden zu der wartenden blütenweißen Limousine. Im Augenwinkel erkannte ich, dass Nate auf mich zukam. Mein erster Impuls war Flucht, doch er war bereits zu nahe, sodass ein Hechtsprung hinter die Hecke einfach nur extrem albern und unreif gewesen wäre.

„Eden“, begrüßte er mich und nickte mir zu, während ich versuchte, zu verarbeiten, wie rau und sexy er klang. Wie konnte er nach all dem, was ich ihm, was ich *uns,* angetan hatte, so gelassen, so entspannt klingen? Er musste mich hassen! Ich schluckte und hoffte, damit meine Stimme zu klären.

„Nate“, erwiderte ich und erschrak über mich selbst, weil man mir viel zu deutlich anhörte, wie sehr mich die Begegnung aufwühlte.

Trotzdem war ich nicht in der Lage, zu verhindern, dass sich ein Lächeln auf meinen Lippen ausbreitete. Ich blickte auf meine Schuhspitzen, ehe ich endlich den Mut fand, ihm ins Gesicht zu sehen. In all den Jahren, nach all den Ereignissen und Weichen, die das Leben gestellt hatte, übte er nach wie vor dieselbe Faszination auf mich aus. Musste er so umwerfend sein? Hätten die fünf Jahre nicht irgendeinen Makel an ihm hinterlassen können?

Wir sahen uns in die Augen und mein Körper reagierte, wie er es bereits im Alter von fünfzehn Jahren getan hatte. Mit beschleunigtem Puls, trockener Kehle und dem unbedingten Verlangen, mich in seine Arme zu werfen.

„Wie geht es dir?“, wollte ich wissen, nachdem mein Sprachzentrum seinen Dienst wieder aufnahm.

Nate schüttelte den Kopf, sah zur Seite und stieß dabei ein Geräusch aus, das irgendwo zwischen Lachen und Schnauben lag. Es war wie eine Ohrfeige! Ich rang noch um Fassung, als er den Blick zu mir wandte und direkt in meine Seele schaute.

„Wirklich, Eden?“

Zwei Worte, die wie Hammer und Meißel auf all das wirkten, was ich um mich errichtet hatte.

Zwei Worte, die dafür sorgten, dass sich die ersten Risse in meinem Panzer aus Gefasstheit bildeten.

Ich schluckte und wich seinem durchdringenden Blick aus.

„Du hast mir das Herz gebrochen und alles, was du von mir wissen möchtest, ist, *wie es mir geht*?“

Ein Beben durchlief meinen Körper. Tränen kündigten sich an, doch ich drängte sie mit meiner verbliebenen Kraft zurück. „Es …“, setzte ich zu einer Entschuldigung an, allerdings brachte mich Nates in Richtung Haaransatz gezogene Braue zum Schweigen. Das Verlangen, mich hinter meinen Händen zu verstecken, war riesig, aber damit hätte ich das sorgfältig aufgelegte Make-up zerstört. Also schloss ich nur die Lider, bis der Kies neben mir knirschte und ich befürchtete, er könnte einfach gegangen sein.

Doch er war geblieben und sogar näher gekommen. Die geringe Distanz zwischen uns sorgte dafür, dass ich die feine Note seines Aftershaves deutlicher wahrnahm.

Sofort erinnerte ich mich daran, wie gut er immer gerochen hatte. Ich hatte es seinen Nate-Geruch genannt und wie ein pawlowscher Hund war ich versucht, meine Nase erneut an seiner Brust zu vergraben. Das rief mir ins Gedächtnis, was ich getan, welche Fehlentscheidung ich getroffen hatte. Das hier war die erste und möglicherweise auch einzige Chance, die ich bekam, um mich zu erklären und die Wahrheit zu sagen. Mehr als fünf Jahre Funkstille, da ich von Nate förmlich aus der Landkarte seines Lebens radiert worden war und wer sagte mir, dass er das nach dem heutigen Tage nicht wieder tun würde?

Ich besaß keinen Trumpf, den ich ausspielen konnte, ich musste alles auf eine Karte setzen.

„Ich war dumm, Nate. Es vergeht kein Tag, an dem ich nicht bereue, was ich angerichtet habe. Damals glaubte ich, dass das, was ich für dich empfinde, keine Liebe sein kann, weil ich überzeugt war, zu jung dafür zu sein. Ich dachte, Liebe empfindet man erst später, wenn man erwachsen ist und das warst weder du, noch war ich es. Statt die Chance zu erkennen, die wir gehabt hätten, war ich feige und sah lediglich den Schmerz. Sobald ich mir nur vorstellte, dich einen ganzen Monat oder länger nicht zu sehen, raubte es mir schon den Atem. Irgendwann hörte ich nur noch auf die Angst. Da war nichts anderes mehr in meinen Gedanken. Angst ist allerdings ein schlechter Ratgeber. Das weiß ich jetzt, aber vor fünf Jahren war ich ein kleines, naives Mädchen, das sich für unsagbar schlau hielt. Ich war überzeugt, das Richtige zu tun, und beging den größten

Fehler meines Lebens. Ich wollte so unbedingt vermeiden, dass du mich hasst, doch die Gleichgültigkeit, die danach kam, war viel schlimmer. Ich erwarte nicht, dass du mir das verzeihst, denn ich kann es mir nicht einmal selbst verzeihen."

Irgendwie schaffte ich es, die Tränen im Zaum zu halten. Als ich aufsah, war Nates Gesicht klar und deutlich und ich sog jedes Detail in mir auf. Seine karamellfarbenen Augen, in denen ich denselben Schmerz erkannte, wie ich ihn empfand. Den leichten Bartschatten auf seinem Kinn, was genügte, um mir in Erinnerung zu rufen, wie es gewesen war, sie an meiner Handfläche zu spüren. Seine etwas ungerade Nase, mit der er jedes Mal über meine Wange gestrichen war, ehe er mich mit seinen seidigweichen Lippen geküsst hatte. Den Schwung seines Mundes, für den ich mein Leben geben würde, wenn ich ihn nur noch einmal auf mir fühlen durfte.

„Präsens", sagte er und brach den Bann.

„Was?", fragte ich verdutzt, weil ich nicht wusste, was er damit meinte.

„Präsens. Du hast in der Gegenwart gesprochen, als du von deinen Gefühlen für mich geredet hast."

Eine Falte bildete sich inmitten seiner dunklen Brauen, die sich langsam aufeinander zu bewegten, während er mich aufmerksam musterte.

„Oh … äh", stammelte ich unbeholfen. „Habe ich das?"

Nate trat einen Schritt näher, senkte seinen Blick in meinen. „Hast du", bestätigte er und sah zwischen meinen Augen und meinem Mund hin und her. *„Was ich für dich empfinde"*, zitierte er mich. „Das heißt, du tust es noch immer", kam es im Flüsterton über seine Lippen.

Irgendwas in mir rief, dass ich mir schleunigst eine Ausrede einfallen lassen sollte, doch ich befahl der Stimme, zu schweigen. Das hier war der Moment der Wahrheit und ich würde meine erste Liebe und den Menschen, der mir mehr bedeutete als alles andere, nun nicht belügen.

„Ja“, brachte ich heiser hervor. „Ich empfinde immer noch etwas für dich. Wenn ich ehrlich bin, habe ich wohl nie damit aufgehört.“

Nates Adamsapfel bewegte sich über dem blütenweißen Kragen seines Anzughemdes. „Und was empfindest du?“, bohrte er weiter und drängte mich in eine Ecke, aus der mich nur eine aufrichtige Antwort befreien konnte.

„Ich liebe dich. Das tat ich damals und das tue ich auch heute.“

Ein nach Erleichterung klingendes Seufzen wich aus Nates Kehle. Einen Wimpernschlag später hatte er die Arme um mich geschlungen, mich an seine Brust gezogen und es war, als hätte es diese fünf Jahre voller gescheiterter Versuche, die Scherben meines Herzens wieder zusammenzusetzen, nie gegeben.

Nates Berührung heilte meine Wunden innerhalb eines Sekundenbruchteils.

„Wir waren so unendlich dumm“, flüsterte er an meinem Scheitel und schloss seine Umarmung fester um mich. Er presste mir damit fast die Luft aus den Lungen, aber lieber würde ich einen letzten Atemzug in seinen Armen tun, als tausende ohne ihn.

„Vor allem ich“, lud ich den Großteil der Bürde auf meine Schultern.

„Nein, auch ich habe mich geweigert, das, was wir hatten, offen als Liebe zu bezeichnen“, sprach er weiter und seine Ehrlichkeit rührte mich zutiefst. „Ich hätte es dir damals im Auto einfach sagen sollen. Vielleicht wäre es dann anders gekommen.“

„Daran erinnerst du dich noch?“

„Ich habe es nie vergessen“, murmelte er.

Was hatte ich uns nur angetan?

Wir standen so lange eng umschlungen da, bis meine Füße in den ungewohnten Schuhen zu schmerzen begannen und ich mein Gewicht verlagern musste.

Zögernd nahm Nate seine Arme herab, aber er verflocht sofort seine Finger mit meinen. Tausendmal hatten wir das bereits getan und doch war es neu.

Mein Herz klopfte aufgeregt, als er mich auf ein im Schatten einer Linde geparktes Auto zuführte. Er entriegelte den Wagen mittels einer Fernbedienung, hielt mir wortlos die Beifahrertür auf und half mir hinein. In der gewohnt ruhigen Art steuerte er das Auto zu der Location, wo die Feier stattfand.

„Erzähl mir von dir, Eden. Was hast du die letzten Jahre gemacht?"

Ich holte tief Luft und überlegte, was ihn wohl interessieren könnte.

„Grandma ist zusammen mit ihrem Lebensgefährten nach Florida gezogen und Mae ist seit zwei Jahren Mitglied einer Hip-Hop Tanzgruppe. Anfang des Jahres hat sie uns ihren Freund vorgestellt hatte. Meinem Dad wich für einen Moment jegliche Farbe aus dem Gesicht, als er Jordan das erste Mal sah. Ich weiß nicht, ob die Piercings, die Baggy-Pants oder die schulterlangen Dreadlocks die Ursache waren, aber inzwischen hat er sich an Jordan gewöhnt. Er ist ein netter Kerl und die beiden geben ein süßes Paar ab."

Nate grinste und griff über die Mittelkonsole hinweg nach meiner Hand. Das hatte er früher schon immer getan, sobald wir zusammen unterwegs waren und tief in mir breitete sich eine Wärme aus, die ich in den letzten Jahren schmerzlich vermisst hatte.

„Und was ist mir dir? Wie ist es dir ergangen, Eden?"

Während ich die üblichen Eckdaten Highschoolabschluss, College und Arbeit abriss, erreichten wir mit einer satten Verspätung unser Ziel. Nate machte allerdings keine Anstalten, aus dem Auto zu steigen. Anhand des Gelächters und der Musik, die durch das leicht geöffnete Wagenfenster zu uns getragen wurde, ahnte ich, dass die Feier auch ohne zwei der Trauzeugen in vollem Gange war.

„Und bei dir?“, stellte ich die Gegenfrage. Ich wusste kaum etwas von ihm, denn Nell war mit ihren Informationen enorm spärlich umgegangen.

Ohne meine Hand loszulassen, erzählte er mir von Kalifornien, seiner Tätigkeit als Fluglotse und ich war ihm dankbar, dass er darauf verzichtete, mich mit unnötigen Details über Jennifer oder Mary-Lou zu quälen.

„Du wohnst also in Kalifornien?“

Er nickte und mir wurde schwer ums Herz. Das bedeutete, dass noch immer knapp eintausendvierhundert Meilen zwischen uns lagen.

„Aber weißt du, was das Gute ist, wenn man als Fluglotse arbeitet?“

Ich schüttelte den Kopf.

„Man bekommt Vergünstigungen und manchmal sind sogar Freiflüge drin“, ließ er mich wissen, stieg aus, kam auf meine Seite und öffnete mir die Tür.

Mein Herz klopfte aufgeregt, als sich die Puzzleteile zusammenfügten.

„Sind wir nun wieder Freunde?“, kam es kaum hörbar über meine Lippen, denn ich hatte Angst, dass ich das zarte Hoffnungspflänzchen, das sich zeigte, zunichte machte, wenn ich zu laut sprach.

Feine Lachfältchen umspielten seine Augen, die nur für mich zu strahlen schienen, als er mich ansah. „Waren wir je etwas anderes?“

Ich erwiderte sein Lächeln, schürzte die Lippen und überlegte kurz. „Wir waren einmal mehr“, erklärte ich schließlich und stieg aus dem Wagen.

Unmittelbar vor Nate blieb ich stehen, woraufhin er mein Gesicht in seine Hände nahm und sich zu mir herab beugte.

„Das waren wir und trotz allem waren wir immer auch Freunde. Man kann keine Beziehung haben, ohne auf irgendeine Art und Weise auch befreundet zu sein“, entgegnete er ernst. Sein Mund schwebte nur Millimeter vor meinem und der warme Atem, der mein Gesicht streifte, genügte, um mir den meinen zu rauben.

Ich suchte noch nach den richtigen Worten, als Nates Lippen mich für den Bruchteil eines Augenblicks berührten.

„Wir sind Freunde, die sich lieben, Eden. Das waren wir damals und das sind wir heute."

„Heißt das …", begann ich.

„Ja, heißt es. Ich liebe dich", murmelte Nate, ehe er mich küsste, mir verzieh, mir das Versprechen auf eine zweite Chance gab und mich heilte. Ich schwor mir, ihn nie wieder gehen zu lassen.

„Ich liebe dich", flüsterte ich an seinen Lippen und wusste sofort, dass das hier definitiv der wertvollste Schneekugelmoment meines Lebens war.

ENDE

NACHWORT

Vor etwa einem Jahr kam mir die Idee, eine Liebesgeschichte zu schreiben, die einen leicht verbotenen Touch hat. Es war noch alles sehr, sehr vage, aber eines Nachmittags hatte ich sozusagen eine Erleuchtung. Sofort hat es gekribbelt, ich musste auf der Stelle an den PC, um mir alles von der Seele zu schreiben.

Die Anfänge von „We Never Called it Love" waren schnell gemacht, doch je länger ich schrieb, umso mehr hat mich die Story gefesselt. Ursprünglich war ein anderes Ende für Eden und Nate vorgesehen, aber mit jedem Wort wuchsen die beiden mir mehr ans Herz. Bald war klar: Das geplante Ende – das haben sie nicht verdient.

„We Never Called it Love" ist mein elftes Buch und ich kann mit Gewissheit sagen, dass ich in kein anderes Manuskript so viel Zeit, so viele Gedanken, so viel Herzblut investiert habe, wie hier. Keine andere Story hat mich mehr Nerven, Tränen und Schlaf gekostet. Wie viele Nächte ich wach gelegen und den Plot hin und hergewälzt habe, kann ich unmöglich benennen. Auch nicht, wie viele Stunden ich in der Summe immer wieder irgendwo saß und ins Leere gestarrt habe, weil ich mit meinen Gedanken bei Eden und Nate war. Ich habe auch keine Strichliste geführt, wie oft ich einzelne Abschnitte oder auch das ganze Manuskript auf dem Reader gelesen habe. Auch weiß ich nicht, wie oft ich zu meinem Handy gegriffen habe, um schnell einen Satz oder einen Gedanken zu notieren, der mir gekommen war, als ich beispielsweise gerade an der Kasse im Supermarkt anstand.

Eine Zahl kann ich jedoch nennen. Zweihundertachtzig.

Zweihundertachtzig Stunden habe ich an meinem PC gesessen und getippt. Doch das Tippen ist nur etwa die Hälfte der Miete und so sagt auch diese Zahl nichts darüber aus, wie viel Zeit das Team des Verlags und ich in dieses Buch investiert haben.

Doch wenn dir, liebe Leserin, das Buch gefallen hat, dann war es das wert.

Alles Liebe
Eure Kim

SNOW WHITE LINES

Black and White Reihe, Band 1

Um nicht in der elterlichen Apotheke zu versauern, packt die 20-Jährige Hailey Norris ihre Kamera und macht sich auf den Weg nach New York, um als Fotografin durchzustarten. Doch New Yorks Pflaster ist härter, als Hailey vermutet hatte und schon bald droht ihr Traum zu zerplatzen. Ein letzter Job könnte ihre Rettung bedeuten, denn sie soll den Teenie-Star Jayden Payne fotografieren. Dumm nur, dass dieser sie, ohne sie jemals gesehen zu haben, als Idiotin bezeichnet. Noch dümmer ist allerdings, dass Hailey ziemlich schlagfertig kontert. Doch trotz ihres verbalen Ausrutschers bietet Jayden Hailey den Job als seine persönliche Fotografin an. Ihrem Traum nahe, ergreift sie die Chance und begleitet Jayden während seiner Tournee, wo sie hinter die Fassade des schillernden Teenager-Idols blicken kann und mehr Abgründe entdeckt, als sie je vermutet hätte.

WOUNDED BLACK HEART

Black and White Reihe, Band 3

Matt Norris saß zwei Jahre unschuldig im Gefängnis. Nun ist er frei und sinnt auf Rache. Während er nach seiner Entlassung von allen nur als potentieller Schwerverbrecher abgestempelt wird, schwelgt die Person, die ihm all das angetan hat, im Luxus, den ihr reicher Ehemann ihr ermöglicht. Aber nicht einmal der Atlantik wird Matt aufhalten können. Um seinen Plan umzusetzen, benötigt er Geld. Viel Geld. Die beste legale Möglichkeit für einen muskulösen, tätowierten Kerl, die benötigte Summe rasch zu erzielen, ist der berüchtigte Nachtclub Flare, wo er einen Job als Barkeeper ergattert. Langsam rückt sein Ziel in greifbare Nähe, als plötzlich Arie in sein Leben tritt. Auch sie muss schleunigst Geld beschaffen, wenn sie verhindern will, dass sie ihr Elternhaus verliert. Doch mit ihrem neuen Job als Stripperin im Secret macht sich Arie nicht nur Freunde, sondern gerät in Schwierigkeiten, die die junge Frau auf eine harte Probe stellen. Kurz vor der Vollendung seines Plans wird Matt gezwungen, eine Entscheidung zu treffen, was ihm im Leben wichtiger ist: Rache oder Liebe?

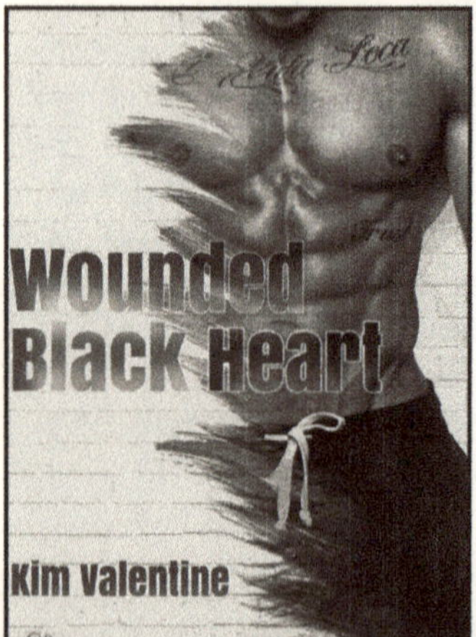